북한문학의 이해 1

엮은이 **김종회**

경남 고성 출생. 경희대 국문과 및 동 대학원 졸업. 문학박사. 『문학사상』으로 문단에 데뷔. 문학평론가. 평론집 『위기의 시대와 문학』, 『문학과 전환기의 시대정신』 등과 저서 『한국 소설의 낙원의식 연구』, 『문학과 사회』 등 출간. 한국문학평론가협회상 수상. 현재 경희대 국문과 교수로 재직중.

필자 소개(원고 게재순)

김종회 : 문학평론가, 경희대 교수	서하진 : 소설가
노희준 : 소설가	김주성 : 소설가
고봉준 : 문학평론가	고인환 : 문학평론가, 경희대 강사
박주택 : 시인, 경희사이버대 교수	이봉일 : 경희대 강사
유진월 : 희곡작가, 한서대 교수	백지연 : 문학평론가
김용희 : 아동문학평론가	김수이 : 문학평론가
노귀남 : 경희대 강사	홍용희 : 문학평론가, 경희사이버대 교수
김종성 : 소설가, 장안대 겸임교수	이선이 : 시인, 문학평론가, 경희대 교수

청동거울 문화점검 **9**

북한문학의 이해

1999년 12월 30일 1판 1쇄 발행 / 2002년 9월 25일 1판 2쇄 발행

엮은이 김종회 / 펴낸이 임은주 / 펴낸곳 도서출판 청동거울 / 출판등록 1998년 5월 14일 제13-532호
주소 (137-070)서울 서초구 서초동 1360-28 익산빌딩 203호 / 전화 02) 584-9886~7
팩스 02) 584-9882 / 전자우편 cheong21@freechal.com

편집장·디자인 조태림 / 편집 박정화 / 영업관리 정재훈

값 12,000원

ISBN 89-88286-18-9

청동거울 문화점검 ❾

북한문학의 이해 1

김종회 편

청동거울

새로운 세기의 개막과 그 의미를 규정하는 수식어들이 난분분한 가운데, 이 세기의 경점을 지나고 있는 우리 민족사의 지평 위에서 우리에게 더욱 아픈 상처로 감각되는 대목이 있다. 이는 곧 남북한의 혈맥이 단절된 분단의 상황이요, 그로 인해 지금도 '현재진행형'으로 발생하는 비극적 사태들이다.

분단 체제의 변화와 극복이라는 명제는 새 시대의 가장 중대하고 핵심적인 화두로 존속할 것이며, 민족 화합과 통일이 성취되는 그날에 이르기까지 민족사의 모든 부면에 지속적인 영향력을 발휘할 것이다. 이를테면 정치, 경제, 사회, 문화 등 어느 분야를 막론하고 앞으로 남북 관계의 상관성을 도외시한 어떤 논의도 그 정당성이나 완결성을 인정받기 어렵다 할 터이다.

오늘날 우리는 겨우 중첩된 경제적 질곡을 벗어나고 있으며 북한은 아직도 심각한 국제적 고립을 모면하기 어려운 형편에 있어, 보다 역동적이고 활력 있는 남북한 대화와 교류가 전개되는 데는 난관이 적지 않다. 더욱이 북한의 경우에는 체제의 개방이 그 와해로 이어진다는 위기의식으로부터 자유롭지 못하여, 도전적이고 배타적인 자세를 허물 겨를이 없다.

그러나 그럼에도 불구하고 민족 화해의 당위론을 내세우고 전망을 제시하는 일, 더욱이 문화예술을 통하여 이의 추동력을 발양하는 일의 중요성은 아무리 강조해도 지나치지 않을 것이다. 정치나 경제 부문에서 마련되기 어려운 접촉과 결속의 마당이 여기서 쉽게 펼쳐질 수 있기 때문이기도 하거니와, 기실 이 부문의 정신적 교감과 문화 통합의 시도는 남북의 미래를 하나로 묶어 나가는 데 하나의 시금석이 될 수 있기 때문에 그러하다.

민족 문화예술 그리고 민족 통합의 꿈을 상정하는 문학은 남북간에 공동체적 의식의 구조를 확장해 나가는 한편, 북한이 '차우셰스쿠'처럼 무너지지 않고 '등소평'처럼 점진적인 개선의 길을 걸어갈 수 있도록 유도하는 예인 등대로서 기능할 수도 있을 것이다. 그것은 또한 남북이 함께 쓰라린 과거를 반복하여 역사적 퇴행의 길을 걷는 우매함을 떨쳐 버려야 한다는 소망과도 관련되어 있다.

이 책은 이와 같은 커다란 부피의 인식 태도를 '북한문학의 이해'라는 항목을 통해 그 한 부분에서 실천해 보자는 의욕을 포괄하고 있다.

북한문학은 우리가 지금껏 익히고 있는 문학의 일반적인 개념이나 영역과는 그 궤를 달리하고 있으며, 그것의 실상을 파악하는 데 있어서도 북한의 사회 체제를 반사판으로 하는 문맥을 떠나서는 정확한 통찰이 불가능하다. 그래서 여기에서는 먼저 북한문학 자체의 맥락을 따라 문학의 성격과 작품에 대한 해석 및 평가의 논리를 세우고자 했다. 제1부 '해방 후 북한문학의 흐름과 방향'은 그러한 시각으로 시, 소설, 비평, 연극, 아동문학에 이르기까지 여러 장르에 걸친 북한문학의 전개와 그 실상을 다

루었다.

북한문학에 있어서는 변하지 않는 부분과 변화하는 부분이 있다. 1960년대 중반에 확립된 주체문학, 수령형상문학의 근간은 북한의 체제가 환골탈태하지 않는 한 변화할 가능성이 없다. 그러나 1980년대 이래 사회주의 현실 주제를 반영한 북한문학의 변화는 비록 전체 규모에 있어 부수적이기는 하나 구체적인 작품을 통해 다각적인 변화의 양상을 반영해 왔다. 제2부 '북한문학 주요 작품의 연구와 비평'에서는 이 두 가지 방향성에 역점을 두고 작가와 작품에 대한 연구와 비평의 실제를 통해 북한 사회와 북한문학을 이해하려 했다. 여기에서는 그 동안 국내에서 본격적으로 다루어지지 않았던 작품들을 심도 있게 고찰하고 있어 뜻깊은 측면이 없지 않다.

편자의 북한문학 이해와 실제적인 작품 분석을 통한 남북한 문화 통합의 노력은 순차적인 계획에 따라 계속될 예정이다. 그 첫 성과로서 이 책이 발간되기까지 귀한 글을 주신 필자 여러분과 이들의 배면에서 함께 공부하며 든든한 뒷그림이 되어 준 현대문학연구회에 깊이 감사한다. 아울러 이처럼 소담스러운 책으로 꾸며 주신 '청동거울'에도 감사의 뜻을 표한다.

엮은이 김종회

제1부
해방 후 북한문학의 흐름과 방향

제1부
●
해방 후 북한문학의 흐름과 방향

해방 후 북한문학의 전개와 실증적 연구 방향

김종회

1. 서언

오늘의 북한문학 또는 북한문학사를 기술하는 데는 다음과 같은 두 가닥의 시각이 적용되게 마련이다. 하나는 북한문학 그 자체의 문맥 안에서 작품에 대한 해석 및 평가의 논리를 검색하는 일이고, 다른 하나는 남한문학과의 상관성 아래에서 문학을 통하여 제기되는 민족적 문화 통합의 장래를 상정하는 일이다.

전자는 이미 발표된 작품이나 자료를 찾아서 일정한 체계를 세워 나가는 한편, 전 세대의 문학사와 어떤 의미구조로 연결되는가를 밝히면 대체로 만족할 만한 결과를 얻을 수 있는 작업이다. 그러나 후자는 이와 같지 않으며, 상당 부분 귀납적이고 결과론적인 논술보다 선험적이고 연역적인 진단의 기능에 의존해야 한다. 문학 외적인 조건이면서 남북한의 문학 모두에 지대한 영향력을 행사하는 남북한 관계의 현황 및 전망이, 어떤 행로를 밟아 나갈지 정확한 예측을 불허하기 때문이다.

북한문학 스스로도 문학의 한 영역으로서 독자적인 의의와 가치를 지니지 않는다고 할 수는 없겠지만, 한반도의 특수한 지정학적 상황과 결부해 볼 때는 궁극적으로 남북한간의 문화적 접점이라는 절대 명제의 하위 개념으로 종속될 수밖에 없다. 요컨대 오늘의 북한문학을 논의하고 분석하는 일의 끝머리에는 이 엄숙한 명제가 길목을 지키고 있는 것이며, 어떠한 논리로도 이를 우회하거나 무시하고 넘어갈 수 없는 상황인 셈이다. 그러기에 남북한의 문학을 개별적으로 다루는 모든 연구는 이 같은 사실을 하나의 불씨처럼 근본적인 숙제로 안고 나아갈 수밖에 없다.

북한의 문학이 최고 통치자인 김일성·김정일 부자의 교시에 의해 기본 방향을 설정했고, 이를 구체적으로 적용한 당의 문예정책에 의해 인도되어 왔다는 특수한 사정에 비추어 보면, 남북간의 대치 국면을 포함한 문학 외적 도그마들이 문학의 활동 영역을 현저히 제한하고 있음을 쉽사리 알 수 있다.

특히 수령 혹은 지도자라는 호명으로 그 지위를 나타내는 김씨 부자의 경우는, 모든 문학 또는 예술 논의의 시발이면서 스스로 비평 주체가 되기도 하는 보기 드문 면모를 과시한다. 그들의 문학적 시각은 그대로 하나의 전범이 되는 이데올로기로 굳어져서, 그 시각의 창안자 자신이 그것을 변경하지 않는 한 이의나 수정 자체가 불가능하다. 그러므로 북한문학은 문학 자신을 주인으로 한 자발성을 유지하기 어려우며, 자연히 교조적이고 일률적인 색채를 띠고 만다는 한계성을 노정하게 된다.

다만 근래에 와서 소련 및 동구 사회주의권의 정치적 붕괴 이후 '우리식 사회주의'를 고집하면서도, 문학과 독자 사이의 지나친 간극을 메우고 문학을 주민 계도의 수단으로 증폭시키기 위해 부분적인 자생력을 허용하는 경향이 없지 않다. 주로 시나 소설의 창작과 관련하여 이러한 부분적 개방의 분위기는 비평 영역에도 순차적으로 유입되고 있는 것이 사실이지만, 그것은 결국 북한 통치 세력의 문예정책 기조가 변화하지 않는 한 주변부의 움직임으로 그칠 가능성이 크다.

오늘의 북한문학은 물론 동시대의 독자적 소산이 아니다. 북한문학 내부에는 당연히 문학사의 초창기에서부터 현대문학에까지 이르는 문학적 개관의 형틀이 마련되어 있으며, 정홍교 · 박종원 · 류만 등 북한의 비중 있는 문학 연구가들에 의해 집필된『조선문학개관 1 · 2』나 사회과학원 문학연구소에서 펴낸『조선문학통사』같은 저술이 대표적인 논의를 담고 있다. 오늘의 북한문학은 이러한 통시적 논의의 후발로 위치하면서, 전 시대의 문화적 전통이나 정신적 유산을 거의 그대로 이어받고 있다.

남북한의 문학이 외형적으로 확고하게 분리되기 시작한 것은 1945년 해방과 분단 이후의 일이지만, 우리 문학 전체를 바라보고 분석하는 태도 자체를 달리함으로써 서로 다른 가치관에 의해 독자적인 문학사관을 형성하는 일은 그 파급 효과를 문학사의 초창기 기술에까지 역류시키게 된다. 상기의 문학사들이 한국문학사라는 표제를 달고 있는 우리의 여러 저술에 견주어, 변별적인 시기 구분은 물론 세부 항목의 분류나 소제목의 설정 등에 판이하게 다른 형태를 보이는 것은 바로 그 때문이다. 이 심각한 괴리 현상이 더 깊어지기 전에 양자를 접목시키고 발전적 문화 통합을 도모해야 한다는 소명이 오늘날 남북한 문학사를 다루는 모든 연구자에게 부여되어 있음을 부인할 이는 아무도 없다. 이는 또한 한반도의 두 정치 체제가 현실적으로 당면하고 있는 비극성의 본질에 대하여 문학이 제기하는 하나의 치유 방안이기도 하다.

그러나 그와 같은 작업이 당위론적 전망에 의해서만 시도된다면 그것은 별반 의미를 갖지 못한다. 남북한 사이에서도 그와 같은 사실에 대해 별다른 가시적 조치가 취해진 바 없다. 따라서 오늘의 북한문학에 관한 기술도 당분간은 현재까지 진행되어 온 사실을 바탕으로 정리하는 것이 될 수밖에 없다.

이 글에서는 북한문학에 대한 이와 같은 인식을 바탕으로 해방 후 북한문학에 관한 연구, 특히 작품의 실제를 중심으로 한 실증적 연구 방향의 탐색을 시도하게 될 것이다. 그리하여 먼저 북한문학의 역사적 검토와 최근 동향에 관한 고찰을 시작으로, 북한 문예이론을 개괄적으로 정리한 다음 그 문예이론이 순차적 시기에 따라 문학작품에 어떻게 적용되었는지를 살펴보려 한다. 아울러 이를 토대로 북한문학의 실상과 민족사적 의미 및 전망을 밝히는 데까지 나아가고자 한다.

2. 북한문학의 역사적 검토 및 최근 동향

1) 북한문학의 역사적 검토

남북한 분단 이후의 북한문학은 1967년 '조선노동당 제4기 15차 전원대회'를 분기점으로 그 전후의 시기가 현격한 차이를 드러낸다. 이 분기점을 구획하는 개념은 주체사상과 주체사관에 바탕을 둔 주체문학이다.

1967년 이전 시기의 북한문학은 북한 역사학의 발전 과정에 연동하여 통례적으로 다시 두 단계로 나눈다. 즉, 해방 이후부터 1950년대 중반까지 유물사관의 공산주의 이론을 문학에 적용하던 시기와 그 이후 1960년대 중·후반까지 마르크스─레닌주의의 원론을 창조적으로 문학에 적용하려 했던 시기로 구분한다.

해방 직후에서 '고상한 리얼리즘'이 정착되는 1947년까지 북한문학의 초입은 일제 치하 프로 문학에 대한 비판적 계승이 주된 골자를 이루고 있으며, 1946년 토지개혁을 계기로 '건국사상총동원운동' 등 '사상교양운동'이 활발하게 일어나게 된다. '고상한 리얼리즘'은 그에 따른 하나의 창작 방법이며, 이것은 그 이후로 전개되는 북한문학의 완강한 도식주의에 하나의 출발점을 이룬다.

1948년 9월 정권의 체계가 갖추어진 다음 북한문학은 냉전 시대의 전개를 반영하는 정의, 예컨데 "조선문학의 특징의 또 하나는 사회주의 조국인 소련을 선두로 하는 제 인민민주주의의 국가와 전세계 근로자 인민과의 굳은 단결과 친선과 화목을 표시하는 국제주의 사상을 그 기본으로 하는 문학"[1]과 같이 소련식 공산주의와 유물사관을 비판 없이 추종하는 외형을 보인다.

동시에 정권 주체 세력들의 입지를 더욱 강화하기 위해 1953년 임화, 김남천, 이태준 등 남로당계 작가의 숙청, 1956년 한효, 안함광 등에 대한 반종파 투쟁을 거쳐 문학의 정치주의적 경향이 가속화되기에 이른다. 이 시기의 북한문학은 한반도의 역사 위에 새로운 정치 체제로 등장한 공산정권과 그 이론을 문학과 조합하는 실험적 단계를 거친다.

그 이후 1958년 말 사회주의 사회로의 개조와 정치적 전망이 공식화되는 시기로부터는 북한 정치 체제와 제도에 부응하는 공산주의자의 새롭고도 전형적인 성격을 창조하는 데 주력하게 된다. 이 무렵 부르주아 잔재와의 투쟁 과정이나 천리마 운동에 발맞춘 공산주의 문학 건설의 슬로건은 바로 그 공산주의 원론에 근거한 공산주의자의 전형을 창조하려는 북한문학의 지향점을 반영하고 있다.

1967년 이후의 북한문학은 주체사상, 주체문학을 논리화한 이후 이를 문학에 반영되는 유일사상체계로 수렴하면서 소위 수령형상문학[2]

---

1) 한식, 「조선문학에 나타난 국제주의 사상」, 『문학의 전진』, 1950.

의 시발을 보인다.

이 분기점을 계기로 북한문학은 그 이전 마르크스―레닌주의 미학 및 카프와 항일혁명문학을 계승하던 성향에서 주체문학예술에 기초를 두고 그에 상관된 김일성의 빨치산 운동을 유일한 항일혁명 전통으로 받아들이는 방향으로 급격히 선회하였다.

여기에서부터 북한문학의 상투성·도식성·무갈등성 등 획일화의 폐단이 비롯되는 것이며, 그에 대한 공식적인 반성의 표현이 나타나는 것은 1980년대 초반에 이르러서이다. 물론 1980년대에 들어서도 주체문학 또는 수령형상문학의 본류가 쇠퇴하는 것은 아니지만, 1967년 이후 10여 년간 북한문학은 수령형상문학만을 지상의 목표로 하는 무풍지대에 침윤해 있었던 셈이다.

1980년 1월, 김정일은 조선작가동맹 회의에서 "높은 당성과 심오한 철학성으로 주체적인 창조세계를 구현해 나갈 것"을 교시하였다.

이때의 '높은 당성'이란 주체문학의 기본적인 패턴을 유지하는 것을 말하며, '심오한 철학성'이란 문학이 북한의 사회 현실 및 인민 대중과 괴리되지 않도록 현실적 상황을 반영하도록 교시한 것을 말한다.

1986년에 이르러서도 김정일은 「혁명적 문학예술작품 창작에서 새로운 앙양을 일으키자」라는 글을 통해, 체제 외부의 사상적 침투를 경계하면서도 다시 문학이 현실적 상황을 반영하도록 교시하였다.

이러한 북한의 문예정책 변화는 주체문학을 본류로 하고 부수적으로 현실주제문학론을 내세우는 것으로, 더 이상 문학을 현실로부터 차폐된 자리에 두는 것이 이득이 되지 못한다는 자체 평가의 결과이다.

1990년대 북한문학이 보이는 보다 확장되고 강화된 변화의 모습은

---

2) 수령형상문학의 대표적인 작품으로 김일성의 혁명적 업적을 찬양하기 위해 1967년 6월에 결성된 4·15문학창작단의 '불멸의 역사' 시리즈와 1980년 이후 김정일의 공적을 내세우기 위한 '불멸의 향도' 시리즈 등 집체창작 문학작품을 들 수 있다.

이와 같은 역사적 전개 과정을 거쳐 비로소 가능해진 것이다.

북한에서의 문학사 서술은 북한 내부의 역사 발전 과정과 문예정책에 밀접하게 상관되어 있으며, 이는 북한에서 사용하고 있는 문학사의 정의, "문학의 발생발전의 합법칙성을 밝히며…… 합법칙성을 옳게 밝히려면 매개문제들을 인민사와의 밀접한 련관 속에서 당대의 사회제도, 계급투쟁, 경제관계, 정치 및 사회적 의식형태들 그리고 다른 예술종류들과의 호상관계 속에서 고찰하여야 한다"[3]와 같은 설명을 통해 쉽사리 알 수 있다.

그런 점에서 북한의 문학사 연구는 인문과학이 아닌 사회과학의 영역에 속한다[4]는 논거는 타당하다.

주요한 북한의 문학사 가운데 자주 거론되는 것은 1959년 조선민주주의인민공화국 과학원 언어문학연구소 문학연구실 발간으로 되어 있는『조선문학통사』(상·하권)와 1977~81년 사회과학원 문학연구소에서 집필한『조선문학사』(전5권), 그리고 1986년 정홍교, 박종원, 류만 등을 저자로 한『조선문학개관』(Ⅰ·Ⅱ)을 들 수 있다.

각 문학사의 발간 연도를 통해 알 수 있듯이 주체문학 확립 이전의『조선문학통사』는, 새로운 체제로서의 사회주의 예술미학 확립을 위한 당의 정책과 사회과학적 연구 방법을 기초로 하고 있다.

반면에『조선문학사』와『조선문학개관』의 경우는, 해방과 분단 이후 북한에서 수행된 문학의 전개와 성과를 주체사상과 주체문학의 준거에 따라 편성한 것이다. 따라서『조선문학통사』에서와는 달리 카프 문학이 축소되고 항일혁명 안에 편입되어 나타나는 것을 볼 수 있다. 가장 늦게 간행된『조선문학개관』의 경우 주체사상의 일관된 적용을 위해『조선문학사』가 무리하게 기술했던 근·현대문학의 축소와 왜곡이

---

3)「문학사」,『문학예술사전』(과학백과사전출판사), p.365.
4) 김대행,「북한의 문학사 연구, 어디까지 왔는가」,『문학과비평』(1990, 가을호).

교정되는 면모도 나타나고 있다.

이 문학사들은 대체로 고대와 중세의 문학에 비해 근대 이후의 문학에 대한 서술이 광범위한 양을 차지하는 특성을 보인다. 이를 알기 쉽게 하기 위해 각 문학사의 서술 시기를 나열해 보면 다음과 같다.

『조선문학통사』 상권(출판년도:1959. 5) : 고대문학~19세기 문학

『조선문학통사』 하권(1959. 11) : 1900년~전후시기의 문학

『조선문학사』 1권(1977. 12) : 고대·중세편

『조선문학사』 2권(1980. 7) : 19세기 말~1925년

『조선문학사』 3권(1981. 12) : 1926~1945년

『조선문학사』 4권(1978. 10) : 1945~1958년

『조선문학사』 5권(1977. 12) : 1959~1975년

『조선문학개관』 1권(1986. 11) : 원시 고대~1920년대 전반기

『조선문학개관』 2권(1986. 11) : 1920년대 전반기~1980년대 전반기

이는 문학을 북한 체제의 근·현대적 성격과 관련하여 서술하려는 집필자들의 의도를 보여주는 대목이기도 하다.

1980년대 이후의 현실주제문학론이 문학사 기술에 미친 영향은 문학사에 있어서의 작가들에 대한 가치 평가로도 반영되고 있다. 예를 들어 반인민적 반동적 작가로 규정되던 이광수가 『조선문학개관』에서 긍정적 평가를 획득하는가 하면, 『조선문학사』에서 친일 행적으로 인하여 거론조차 되지 않던 이인직이 『조선문학개관』에서 이광수와 유사한 평가를 받는다.

또한 『조선문학사』에서 기술에 누락되었던 김소월과 한용운에 대한 긍정적 평가가 『조선문학개관』에 다시 반영되는 것도 이와 같은 맥락에 속한다.

2) 최근 북한문학의 동향

1980년대 이후 북한 사회의 개방화에 대한 관심이 증폭되고 또 사회주의 현실을 실제적으로 드러내는 작품들이 이전 시기와는 다르게 다수 생산되면서, 북한문학이 그 내부에서부터 부분적인 변화를 보여온 것은 사실이다.

산업화 과제가 정책의 주안이던 1970년대의 '생산현장 영웅'에 비해 '숨은 영웅'이 등장하고, 주체문학론과 부수적 현실주제문학론의 병행을 뜻하는 '높은 당성과 심오한 철학성'의 구현이 새 지도자 김정일의 교시[5]로 나타난다.

이때 당성과 철학성은 서로 이율배반적인 방향성을 갖고 있지만, 기존의 것을 지키면서 새로운 것을 추구해야 하는 북한문학의 딜레마를 함축하고 있는 배합에 해당한다. 북한의 문예정책 당국으로서는 문학의 대중 장악력이 현저히 떨어진 현실을 버려둘 수 없었던 것이다. 그에 대한 처방으로 일종의 철학성을 바탕으로 현실의 '의의있는 문제'를 포착하려 했던 것이다.

이러한 사실들은 1980년대의 북한문학이 획일성을 극복하려는 노력과 탈이데올로기의 시대적 분위기를 반영하고 있음을 보여준다. 물론 현실주제문학 가운데에서도 체제 자체에 대한 비판은 나타나지 않고 체제 내적인 갈등을 부분적으로 다루고 있는데, 여전히 인물의 고정성이나 결말의 도식성을 극복하지 못한 형편이다.

1990년대의 북한문학은 다음과 같은 두 가지 성격을 확연히 드러낸다. 첫째는 '높은 당성'을 철저히 구현하면서 혁명적 낭만주의의 경향으로 사회주의적 영웅을 긍정적 인물로 그리는 것이고, 둘째는 1980년

---

5) 1980년 1월 제3차 조선작가동맹대회에서 김정일이 행한 연설의 요지가 '높은 당성과 심오한 철학성의 구현'이다.

대보다 더 강력하게 도식주의적 창작 성향을 비판하면서 문학의 지성도를 높이고 현실의 진실성을 창조하려는 것이다. 이 양극화 현상은 김정일의 저서 『주체문학론』[6]에서 뚜렷하게 천명되고 있다.

이 저서는 1967년 주체문학의 시발로부터 동시대에 이르기까지 김정일에 의해 주도된 북한 문예정책의 총화이며, 급격하게 변화하는 세계사의 상황에 따라 북한문학의 변화를 새롭게 덧붙인 것이다.

특히 과거 문학 유산에 대한 재평가를 통해 그 동안 부당하게 소외되었다고 판단된 카프 문학과 실학파 문학에 대해 다시 긍정적으로 평가하는 변화를 보여주고 있다. 북한 정책 당국의 승인 아래 1980년대 중반부터 이루어졌던 이인직, 이광수, 최남선에 대한 재평가와 더불어 한용운, 김억, 김소월, 정지용, 심훈, 이효석, 방정환, 나운규 등을 새롭게 평가하는 작업도 이루어지고 있다.

『주체문학론』에서 '문화유산론'과 함께 새롭게 제기된 과제는 '리얼리즘론'이었으며, 이는 영웅적이고 긍정적인 인물에 기초한 '고상한 리얼리즘론'에 반하는 것으로 도식적 인물의 긍정 및 부정에 대한 비판까지도 그려내야 한다는 인식을 담고 있다. 이는 일반 문학 독자층과 학계의 변화 욕구를 수용하는 한편, 동구 사회주의권 붕괴 이후 '우리식 사회주의'와 '우리식 문화'의 구체적 모색을 시도한 것이라 할 수 있다.

1994년 7월 김일성의 사망은 북한의 모든 정책적 판단을 중지 사태로 몰아가고 남북간의 평화적 분위기도 급냉시켰다. 그것은 또한 북한문학을 일시적으로 1980년대 이전으로 회귀하게 하는 경향을 나타내기도 했다. 이는 궁극적으로 북한의 체제 유지에 대한 위기감에서 말미암은 것으로, 김정일 시대와 그의 체제가 안정되기까지 회피할 수

---

6) 김정일, 『주체문학론』(조선로동당출판부, 1992).

없는 상황인 것이다.

또한 1990년대 중반 이후 계속되고 있는 북한의 식량난은 위기감을 더욱 고조시키면서, 그와 같은 사회적 위기가 문학적 상상력의 억압으로 나타날 수밖에 없다.

그러나 정보화 시대의 개막과 통신망의 발달로 인한 전세계의 지구촌화는 북한 사회의 개방과 체제 변화를 요구하고 있으며, 앞으로 북한식 사회주의의 성패와 관계 없이 '현실주제문학'의 생산은 누구도 가로막을 수 없는 명제가 될 가능성이 크다고 할 수 있겠다.

3. 북한 문예이론의 문학작품에의 적용

1) 북한 문예이론의 개관

북한의 문예이론은 '주체철학을 문예이론에 빛나게 구현'한 것이며 이로써 '인간학으로서의 문학예술에 대한 리론을 확고한 과학적 토대 위에 올려놓았다'[7]고 설명된다. 즉 북한 문예이론의 토대는 주체사상이며 이로부터 문예이론이 과학적 토대를 갖게 되었다는 주장이다.

여기에서는 북한의 주요한 문예이론을 주체문예이론의 철학적 원칙과 작품 창작 적용 방법론을 중심으로 살펴보기로 한다.

(1) 주체문예이론의 주체철학적 기본 원칙

가) 당성

북한 문예이론에 있어서 '당성'이란 당에 대한 충실성을 말하며, 그

---

7) 사회과학원 문학연구소, 『북한의 문예이론』(인동, 1989), pp.10~11.

것은 곧 김일성 수령에 대한 충실성이란 내용과 일치한다. 이는 레닌이 「당조직과 당문학」에서 언급한 당파성의 개념,[8] 곧 예술적 진리를 담보해 주는 전제 조건으로서 문학이란 프롤레타리아의 보편적 과업의 일부분이 되어야 하며 당이라는 메커니즘의 톱니바퀴 나사가 되어야 한다는 규정과는 전혀 다른 의미이다.

나) 노동계급성

노동계급성은 노동계급의 입장과 관점을 고수하고 노동계급의 이익을 옹호함으로써 문학예술로 하여금 노동계급의 혁명 위업에 철저히 복무하게 하는 것을 의미한다.[9] 말하자면 작가나 작품은 모두 일정한 계급의 편에 서는 것이며, 사회주의의 문학예술은 노동계급성을 띠어야 한다는 논리이다.

다) 인민성

인민성의 문제는 문학예술 작품을 인민들의 비위와 감정에 맞고 그들이 알기 쉬운 형식으로 창작하여야 한다는 점을 강조한 것이다.[10] 이는 크게 내용적 측면과 형식적 측면으로 나눌 수 있으며 내용은 인민들의 생활과 투쟁, 생활 감정, 요구와 지향 등을 진실하고 정당하게 반영하는 것이고, 형식은 문학예술을 인민들이 잘 알 수 있고 그들에게 잘 수용될 수 있도록, 즉 교양의 기능을 확대할 수 있도록 만들어야 한다는 것이다.

---

8) 김영룡, 「사회주의 현실주의 논의의 역사적 전개에 관한 일 고찰」, 『현실주의 연구』(제3문학사, 1990).
9) 이형기 · 이상호, 『북한의 현대문학 I』(고려원, 1990).
10) 앞의 책.

(2) 주체문예이론의 작품 창작 적용 방법론

가) 종자론

북한의 문학이론 가운데 가장 독자적이며 가장 큰 비중을 차지하고 있는 종자론은 내용과 형식을 유기적 관계로 설명한다. "위대한 수령 김일성동지의 주체적 문예이론을 구현하여 당 중앙은 문학예술작품의 종자에 관한 독창적 리론을 제시했다"[11]는 언급을 보면 종자론이 북한에서 만들어진 특수한 용어임을 알 수 있다. 그 '종자'의 개념[12]은 다음과 같다.

종자란 작품의 핵으로서 작가가 말하는 기본문제가 있고, 형상의 요소들이 뿌리내릴 바탕이 있는 사상적 알맹이

작품의 핵을 이루는 종자는 생활에 대한 진지한 연구와 그 본질에 대한 심오한 인식에 기초하여 파악된 사상적 알맹이

종자는 또한 형상의 요소들이 뿌리내릴 바탕이 있는 생활의 사상적 알맹이

이처럼 종자는 목적지향성을 가진 북한문학에서 그 방향을 결정하는 사상적 핵심이라 할 수 있다. 즉 종자론은 북한문학의 목적성을 강조하는 이론이다.

나) 전형화 이론(갈등이론)

전형화 이론은 현실 반영에 관한 창작론이다. 이는 사회주의적 사실주의 문학의 등장인물 설정의 요체를 설명한다. 북한문학에서 전형화

---

11) 사회과학원 문학연구소, 『북한의 문예이론—주체사상에 기초한 문예이론』(인동, 1989), p.207.
12) 앞의 책, pp.207~209.

이론이 특히 강조되는 이유는, 그들의 사실주의가 개별적인 것에서 보편적인 것을 찾아내고 보편적인 것에서 개별적인 것을 드러내야 한다는 원칙과 관련된다.[13] 따라서 등장인물은 평범한 인간이 아니라 과학적이고 합법칙적인 인식의 결과로 창조된다.

다양하고 복잡한 현실 속에서 전형적인 것, 본질적인 것을 정확히 찾아내어 예술적으로 심오하게 일반화하여 여러 계급과 계층의 전형적인 인간성격을 훌륭히 그려냄으로써만 작품의 높은 사상예술성을 보장하고 그 교양적 기능과 동원적 역할을 강화할 수 있다.[14]

이와 같이 창조된 전형이 필연적으로 겪는 갈등은 세 가지로 제시되며, 첫째 사회주의와 자본주의의 갈등, 둘째 사회주의내에서의 갈등, 셋째 김일성을 찬양하고 김일성을 문학 작품화하는 것인데, 셋째의 경우는 앞의 두 경우와 달라서 당연히 창작 대상과의 갈등 양상이 아니며 창작 방법에 있어서의 갈등을 말한다.

다) 속도전 이론
종자론과 전형화 이론이 작품 내부의 규정이라면, 속도전 이론은 작품 외적인 것, 곧 창작의 속도에 대한 규정이다.

속도전은 작가, 예술인들의 자각성과 책임성을 높여 창작에 모든 사색과 열정, 온갖 지혜와 재능을 쏟아붇게 함으로써 비상히 빠른 창작속도와 함께 작품의 높은 질을 보장하게 한다.[15]

---

13) 홍기삼, 『북한의 문예이론』(평민사, 1981), p.57.
14) 사회과학원 문학연구소, 앞의 책, p.227.
15) 사회과학원 문학연구소, 앞의 책, p.265.

이는 당 사상 사업의 요구를 즉각적으로 수용하여 작품을 빠른 속도로 창작해냄으로써 혁명 투쟁과 건설 사업을 고무, 충동하기 위한 것이며 앞의 두 이론과 함께 사상성의 강화를 목표로 한다.

라) 사회주의적 내용과 민족주의적 형식

1932년 스탈린의 연설로부터 시작된 '사회주의적 사실주의'라는 용어와 그 내용은, 넓게는 막스—레닌주의를 의미하고 좁게는 북한의 특수한 사정에 비추어 당의 노선과 정책, 곧 김일성주의가 될 것이다.

민족주의적 형식 또는 전통이란 과거의 문화 유산을 모두 포괄하는 개념이 아니라 계급적 관점이 우세하게 작용하는 반영론이다. 이는 내용과 형식의 유기적 결합이 결국 현실 반영을 통해 이루어진다는 결론으로 이어진다.

2) 시기별 작품의 실증적 고찰

(1) 1945년~1960년의 작품과 문예이론의 적용

이 시기의 북한문학은『조선문학개관』의 시기 구분을 따르면 평화적 민주건설시기(1945. 8~1950. 6), 위대한 조국해방전쟁시기(1950. 6~1953. 7), 전후복구건설과 사회주의 기초건설을 위한 투쟁시기(1953. 7~1960) 등 세 단계를 나눈다.『조선문학통사』에서 "해방 후 우리 문학의 유일한 최고의 창작방법은 사회주의적 사실주의다"라고 밝히고 있는 것처럼, 이 시기 창작방법론의 중심은 명백히 사회주의적 사실주의이다. 여기에서는 북한문학 내부의 이 시기 구분에 준하여 시, 소설의 장르별로 작품과 문예이론의 적용 양상을 살펴보기로 한다.

가) 시

평화적 민주건설시기의 북한 시문학은, 북한의 물적 토대를 사회주의적인 것으로 정착시키고 '사회주의 조국'을 건설하는 당면 과제의 필요성을 선전하며 인민들의 동참을 유도하는 임무를 맡고 있다. 주제별로는 해방의 감격을 노래한 작품, 사회주의 개혁을 찬양하는 작품, 소련과의 연대 및 미국에 대한 증오를 담은 작품, 김일성을 찬양하는 작품 등으로 나눌 수 있다.

다른 주제의 작품도 대개 그러하지만 특히 사회제도 개혁을 찬양하는 작품은 당의 문예정책을 직접적으로 반영한다(예 : 김우철, 「농촌위원회의 밤」). 더욱이 1947년 '고상한 리얼리즘'이 북한문학의 창작방법론으로 공표되면서 체제 개혁을 찬동하고 대변하는 고상한 인물들이 주요한 캐릭터로 등장하게 된다(예 : 김광섭, 「감자현물세」).

그러나 이 시기의 가장 큰 문학적 성과는 이후 북한문학에 하나의 전형을 이룬 조기천의 『백두산』으로, 이는 항일무장투쟁에 있어서 김일성의 영웅적 활약상을 다루고 있다.

조국해방전쟁시기의 시는, 그 지향성이 바뀌어 전쟁을 승리로 이끌고 남북 전조선에 걸쳐 사회주의 조국을 건설하는 데 목표를 두게 된다. 주제별로는 인민군대의 영웅적 투쟁상과 후방 인민들의 노력, 미군에 대한 증오와 소련 및 중국군에 대한 연대감, 그리고 김일성을 찬양하는 내용 등이 중심을 이룬다.

인민군대의 영웅적 투쟁상을 그리는 것은, 그로써 전후방의 사기를 진작하고 정신 무장을 강화하기 위한 것이었다. 여기의 등장인물들은 여전히 '고상한 리얼리즘'을 대변한다(예 : 안룡만, 「나의 따발총」/김학연, 「독로강 기슭에서」). 반면에 미국과 미군에 대한 분노와 저주를 퍼부은 시는, 적개심을 유발하여 인민들의 전투 의욕을 북돋우기 위한 것이었다(예 : 백인준, 「얼굴을 붉히라 아메리카여!」).

전후복구시기의 시는, 시대적 당면 과제인 경제 복구와 김일성 찬양이 주조를 이룬다. 이때 시적 화자나 등장인물은 '따발총' 대신 '삽'을 든 복구 현장의 인물로, 역시 '고상한 리얼리즘'에 입각해 있다(예 : 박세영, 「나도 쓰딸린 거리를 건설하다」). 김일성에 대한 찬양은, 그의 권력점유가 더욱 확고해짐에 따라 점점 노골화되고 있다(예 : 정문향, 「조국 땅 한 끝에」/조벽암, 「광장에서」).

나) 소설

평화적 민주건설시기의 소설은, 『조선문학개관』에 의하면 수령님의 불멸의 혁명력사와 빛나는 혁명업적을 형상화한 작품(예 : 강훈, 「장군님을 맞는 날」/한설야, 「개선」 등), 민주 개혁을 내용으로 한 작품(예 : 리기영, 「개벽」/황건, 「산곡」/리기영, 『땅』 등), 새 조국 건설을 위한 투쟁을 반영한 작품(예 : 황건, 「탄맥」/리북명, 「노동일기」/천세봉, 「오월」, 「땅의 서곡」/윤시철 「이앙」 등), 남조선 인민들의 투쟁을 형상화한 작품 (예 : 박태민, 「제2전구」/리동규, 「그 전날 밤」 등)으로 나누어진다.

이 시기 소설문학의 임무는 역시 사회주의 사상의 선전과 계몽에 있으며 '고상한 리얼리즘'에 바탕을 둔 혁명적 낭만성이 두드러진다.

위대한 조국해방전쟁시기의 소설은 『조선문학개관』에서 정의의 성전에서 발휘한 인민군 장병들의 영웅성과 완강성을 형상화한 작품(예 : 황건, 「불타는 섬」/천세봉, 「고향의 아들」 등), 후방 인민들이 발휘한 숭고한 애국적 헌신성과 영웅성을 형상화한 작품(예 : 류근순, 「회신 속에서」/리종민, 「궤도 우에서」 등), 미제와 그 앞잡이 남조선 괴뢰도당의 부패성과 추악성을 폭로한 작품(예 : 한설야, 「승냥이」/김형구, 「뼉다구 장군」 등)으로 나누고 있다.

이 시기의 소설문학은 인간의 보편적 감정에 이르는 모든 서사적 요소들을 해방 전쟁의 승리와 반동자의 처단이라는 당의 목표에 복속시킴으로써 '무기로서의 문학'이라는 성격을 약여하게 보여준다.

전후복구건설시기의 소설은,『조선문학통사』와『조선문학개관』을 따르면 로력에 대한 주제에 바쳐진 작품(예 : 리북명,「새날」/유항림,「직맹반장」등), 농업협동조합을 다룬 작품(예 : 강형구,「출발」/김만선,「태봉령감」등), 조국해방전쟁을 다룬 작품(예 : 석윤기,「전사들」/김영석「젊은 용사들」등), 계급 교양을 위한 작품(예 : 황건,『개마고원』등), 력사물 주제의 작품(예 : 리기영,『두만강』/최명익,「서산대사」등), 전후 시기의 남조선 인민들의 투쟁을 다룬 작품(예 : 리근영,「그들은 굴하지 않았다」/최재석,「탈출」) 등으로 나누어진다.

이 시기의 소설은 전쟁의 패배로부터 야기된 사회적 혼란을 안정시키기 위해 반동적 세력과 분파주의를 척결하고 경제 복구와 체제 정비를 완수하려는 목적성을 드러낸다. 이는 궁극적으로 소설문학을 통한 김일성의 지도력 강화라는 방향으로 나아가게 된다. 그것은 수령형상문학을 핵심으로 한 향후의 문예정책을 예고하고 있기도 하다.

(2) 1960~1980년의 작품과 문예이론의 적용

이 시기 북한문학은 이 글의 서두에서 언급한 바와 같이 1967년의 주체사상 및 주체문예이론의 확립이라는 중요한 변수를 포함하고 있다.

그리하여 북한문학사에서 1967년까지 전반기는 '사회주의의 전면적인 건설을 다그치기 위한 투쟁 시기'로 표현되며 1967년 이후는 '온 사회의 주체사상을 앞당기기 위한 투쟁시기'로 기록된다. 전자의 시기가 '천리마 현실'을 반영하며 공산주의적 인간형의 창조와 인민들의 삶을 그렸다면, 후자의 시기에서는 김일성 우상화를 내용으로 한 '불멸의 역사' 총서 등 '수령 형상화'에 주력하게 된다.

가) 시

천리마 대고조 운동의 현실을 맞은 1960년대 전반기 문학은 '천리마 현실 반영기'라 불리며, 이 시기의 시문학에 대해 북한의 문학사는 "천리마의 기상으로 들끓는 장엄한 현실은 이 시기 시문학에 새로운 시대정신의 나래를 달아 주었다"[16]고 기술한다. 오영재의 「조국이 사랑하는 처녀」, 정서촌의 「하늘의 별들이 다 아는 처녀」 등이 그 대표적인 작품이다.

수령 형상화 문학이 본격적으로 시작되면서 북한문학사는 이와 관련하여, 당의 유일사상을 더욱 철저히 세우며 사회주의의 완전 승리와 온 사회의 주체사상화를 내세운다.[17] 이는 곧 김일성에 대한 찬양을 목표로 한 송가시의 개화를 말하며, 정서촌의 「어버이 수령님께 드리는 헌시」 등과 김일성 가계에 대한 칭송의 집체창작 「영원히 빛나라 총성의 해발이여」를 비롯한 많은 작품의 산출을 보게 된다.

물론 북한의 수령형상문학은 이 시기에 국한된 것이 아니고 해방 이후부터 지속적으로 추구되어 왔으며, 각 시기별 배경의 변화에 따라 약간씩의 차이를 드러낼 뿐이다. 또한 수용 대상에 있어서도 어린이들을 대상으로 하는 아동시가에도 점차 광범위한 확산을 보이고 있다.

북한문학의 서정시는 남한의 경우와 같이 한 개인의 순수한 내면이나 정서적 분위기의 표현을 지향하지 않는다. 이는 반드시 인민의 진취적이고 사회주의적인 생활을 바탕으로 하고 있다. 김동전의 「봄」이나 박종식의 「바다의 비밀」, 또 김정일이 직접 나서서 칭찬한 김상오의 「나의 조국」 같은 작품들을 보면 이를 잘 알 수 있다. 「나의 조국」은 김일성에 대한 흠모의 정을 강하게 담고 있으며, 이와 같은 시가 북한문학에 있어서 서정시의 모습인 것이다.

---

16) 박종원 · 류만, 『조선문학개관 Ⅱ』, 사회과학출판사(인동 재간행, 1998), p.251.
17) 위의 책, p.324.

나) 소설

시와 마찬가지로 소설에 있어서도 이 시기 초반의 작품은 천리마 기수의 전형 창조를 하나의 과제로 한다.

그리하여 천리마 운동과 공산주의적 인간형의 창조에 나선 작품들로 김병훈의 「해주—하성서 온 편지」, 권정웅의 「백일홍」, 석윤기의 「행복」, 리병수의 「령북땅」 등을 들 수 있다.

또한 혁명적 교양과 투쟁 정신을 내세우며 창작된 일련의 장편소설들, 곧 천세봉의 『대하는 흐른다』, 석윤기의 『시대의 탄생』, 김병훈의 『불타는 시절』, 정창윤의 『천산령을 넘어』, 박태원의 『계명산천 밝아오느냐』 등의 작품들을 볼 수 있다. 이 중 박태원의 『계명산천 밝아오느냐』는 그가 쓴 『갑오농민전쟁』의 전사에 해당하는 작품으로 익산 민란을 주요 배경으로 하여 민중과 지배계급 간의 갈등을 다양하게 형상화하고 있어 주목된다.

이와 같은 혁명적 대작들은 '대중적 영웅주의'의 인물들을 보여주면서 사회주의의 전면적인 건설과 더불어 공산주의적 인간성의 개조를 시도하는 하나의 보기가 되고 있다.

1967년 이후 주체사상화를 앞당기기 위한 투쟁 시기의 소설은 우선 김일성을 중심으로 한 혁명 전통의 계승과 북한문학의 3대 고전으로 불리는 『피바다』, 『한 자위단원의 운명』, 『꽃파는 처녀』 등의 재창작에 대한 열정으로 시작된다. 이 3대 고전은 김일성의 주체사상과 혁명 문예사상이 완벽하게 구현된 고전적 모범에 해당하며,[18] 평범한 민중적 인물이 어려운 현실 속에서 혁명 의식화해 가는 과정을 그리고 있다. 아울러 수령 형상의 창조가 1967년 주체사상이 확립된 이후 본격적으로 시작되며,[19] 이 무렵에 결성된 '4·15문학창작단'을 중심으로 김일

---

18) 박종원·류만, 위의 책, p.278.
19) 권정웅의 『력사의 자취』, 석윤기의 『눈석이』 등이 그 시발을 이룬다.

성의 일대기를 장편소설 총서로 간행하는 '불멸의 력사' 시리즈가 시작된다. 이 시리즈의 각각의 소설들은, 김일성이 소년 시절부터 시작하여 '혁명적이고 영웅적인 활약'을 벌여 온 과정을 각각 한 부분씩 나누어 기술한다. 이는 북한 문예이론의 혁명적 수령관이 소설작품에 총체적으로 적용된 경우이다.[20] 동시에 이 시기 소설의 수령형상문학은 이후 북한 소설의 경향을 지배하는 움직일 수 없는 기준이 되며, 1980년대 이후의 현실주제문학도 궁극적으로 이 범주를 벗어나지는 못하게 된다.

(3) 1980~1990년대 후반의 작품과 문예이론의 적용

1980년 이후 북한문학은 철저히 주체사상에 입각한 문예이론에 의해 지배되고 있다. 당성을 중심축으로 인민성과 노동계급성이 바탕을

---

20) '불멸의 력사' 총서가 다루고 있는 시기와 내용은 다음과 같다.
  『닻은 올랐다』(김정) : 1925년에서 1926년 10월 '타도제국주의동맹' 결성까지
  『혁명의 려명』(천세봉) : 1924년에서 1928년 사이 길림에서의 활동
  『은하수』(천세봉) : 1929년에서 1930년 6월 '카륜 회의' 까지
  『대지는 푸르다』(석윤기) : 1930년
  『봄우뢰』(석윤기) : 1931년 12월 '명월구 회의' 에서 1932년 4월 '반일인민혁명군' 창건까지
  『1932년』(권정웅) : 1932년에서 1933년 1월까지의 남만원정 과정
  『근거지의 봄』(이종렬) : 1933년에서 1934년 두만강 연안 유격 근거지 창설까지
  『혈로』(박유학) : 1934년에서 1936년 사이의 북만 원정
  『백두산 기슭』(현승걸·최학수) : 1936년 3월에서 1936년 5월 '조국광복회' 창립까지
  『압록강』(최학수) : 1936년 8월 무송현성 전투에서 1937년까지
  『위대한 사랑』(최창학) : 1933년 부모를 잃은 고아들을 거두는 과정
  『잊지 못할 겨울』(진재환) : 1937년에서 1938까지
  『고난의 행군』(석윤기) : 1938년 '남패자 회의' 로부터 1939년 4월 '북대정자 회의' 에 이르는 과정
  『두만강 지구』(석윤기) : 1939년 5월부터 '대부대 선회작전' 이 시작되기 전까지
  『준엄한 전구』(김병훈) : 1939년 9월에서 1940년 3월 대부대 선회를 영도하는 과정
  『빛나는 아침』(권정웅) : 해방 직후부터 1946년까지
  『조선의 봄』(천세봉) : 해방 직후부터 토지개혁이 성공하기까지
  『50년 여름』(안동춘) : '조국해방전쟁' 의 발발로부터 '대전해방 전투' 까지
  『조선의 힘』(정기종) : 서울방어전투작전을 펼치고 전략적 필요에서 일시적인 후퇴를 하기까지
  『승리』(김수경) : 반공세를 성공시키고 정전 담판장에서 항복서를 받기까지
  이 중 1970년대 말까지 간행된 순서로 보면, '불멸의 역사' 첫 작품인 『1932년』(1972), 『혁명의 려명』(1973), 『고난의 행군』(1976), 『백두산 기슭』(1978)의 차례이다.

이루고, 이를 통해 인민의 자주성과 애국주의적 내용이 기본 주제가 된다. 따라서 반동 부르주아 문학과 종파주의로부터 북한 특유의 사회주의 이념을 보호하며 반자본주의 및 반제국주의 노선을 견지하면서 통일시대를 내다보는 문학관을 수립하고 있다.

그런데 1980년대 들어 점진적으로 부각되기 시작한 현실주제문학은, 사회주의적 문예 창작의 지침으로서 확고한 지위를 누리던 영웅적 인물의 형상화로부터 일상 생활 속에서 평범하고 진실한 인물을 그리는 '숨은 영웅' 찾기로 그 방향성의 변화를 노정하였다. 이를 북한식 표현으로 말하자면 개성과 철학적 심도를 지닌 '사상예술성'의 창작이 나타나는 것이다.

전체적으로 1980년대 이후의 북한문학은 주체문학론의 주류와 부수적 현실주제문학론이 공존하는 형태로 드러나고 있다. 이를 시, 소설의 장르별로 작품과 문예이론의 적용 양상을 결부하여 살펴보면 다음과 같다.

가) 시

북한문학에서 주체문학의 대표적 유형이 송가시이며 송가시의 시작은 김일성에서부터 비롯되는 것이지만, 1980년대에 들어와서 김정일에 대한 송가시가 김일성과 대등한 편수를 보이다가 1990년대에 이르러서는 양적 질적 팽창을 보인다. 대표적 작품으로는 정서촌의 「조선의 영광」, 전병구의 「정일봉의 해맞이」, 백하의 「하늘에 새긴 글발」, 구희철의 「귀틀집 생가에서」, 한찬보의 「김일성 장군 만세」, 강명학의 「수령님은 우리의 김일성 동지」, 최창남의 「태양만이 보이는 언덕」 등을 들 수 있다.

이 시기 북한문학에서 조국 통일에 관한 시로는 백인준의 「조국에 대한 생각」, 동기춘의 「인생과 조국」, 김홍권의 「땅을 씻지 말아라」, 김형준의 「통일 렬원」, 강기수의 「봄비」, 주광남의 「강화도를 바라보며」 등을 들 수 있다.

북한문학의 현실주제문학은 근본적으로 그 내부의 상투성과 도식성에 대한 반성의 결과이며, 외형적으로는 동구권 사회주의의 몰락에 따른 위기의식을 창작 현실에 반영한 결과라 할 수 있겠다. 이 문학적 경향이 확산되면서 진실한 생활 감정은 물론 자연이나 연애를 주제로 한 서정적인 시들도 조금씩 확대되어 가게 된다. 결국 이 시기의 북한문학은 인민 대중의 관심과 흥미 유발이라는 목표를 하나의 주요한 항목으로 상정하고 있는 셈이다.

이상은 주제론적 측면에서 1980년대 이후의 북한 시를 살펴본 것이며, 그 양식적 특성에 관한 고찰은 또 다른 논의를 필요로 한다.

북한 시의 양식은 그 내용을 담는 그릇으로서의 특성상 서사시, 장시, 풍자시, 우화시, 산문시, 담시, 벽시 등의 등장을 볼 수 있다. 이 가운데 특히 서사시는 1947년 조기천의 『백두산』에서 출발하여 1992년 오영재의 「인민의 아들」 등에 이르기까지 조국해방 투쟁, 항일혁명 정신, 사회주의 건설을 위한 영웅 또는 '숨은 영웅'의 형상화 등이 북한 시의 중심을 이루어 왔다. 또한 서정시의 경우 '감정과 사상의 지향을 결합시킨 형상적 사유의 산물'로 규정되고 있으며, 당의 정책 노선과 정치적 전략에 의거한 도구로서 시가 존재한다는 것을 잘 알 수 있게 한다.

나) 소설

1980년 이후의 북한 소설은 그 주제에 따라 크게 두 갈래로 나눌 수 있다. 하나는 역시 시에서와 마찬가지로 주체문학의 큰 흐름이며, 이는 김일성을 대상으로 한 '불멸의 력사' 시리즈와 김정일을 대상으로 한 '불멸의 향도' 시리즈가 주축이 된다. 다른 하나는 사회주의 현실주제문학으로서 이는 1980년대 들어 처음 나타나기 시작하는 경향이며 세대간의 갈등, 부부간의 갈등 및 여성의 사회 활동을 둘러싼 갈등, 경제 문제와 관련된 갈등, 통일주제문학 등을 대표적인 관심사로 하게 된다.

이 가운데 세대간의 갈등을 다룬 소설은 젊은 세대와 나이 든 세대의 교감을 다룬 작품(예 : 김삼복, 「세대」/백남룡, 「60년 후」/리규택, 「인간의 수업」/신용선, 「나의 선생님」 등), 세대간의 갈등을 다루면서 젊은 세대의 가능성을 강조한 작품(예 : 백보흠, 「천암산」/정현철, 「삶의 향기」/김창옥, 「마감 사람들」 등), 세대간의 갈등을 조명하면서도 두 세대의 중요성을 함께 인식하고 있는 작품(예 : 백보흠, 「우리의 벗」/백철수, 「어제도 오늘도」/윤리태, 「어제와 오늘」 등)으로 구분하여 볼 수 있다.

부부간의 갈등이나 여성의 사회 활동에 관한 소설로는 우리에게 잘 알려진 백남룡의 『벗』[21]이 이혼 문제를 다루고 있고 김교섭의 『생활의 언덕』[22]이 부부간의 갈등과 여성 문제를 함께 다루고 있다. 그 외에도 여성의 직장 문제와 고부간의 갈등 등 가정 생활을 다룬 작품이 많이 산출되고 있다. 대표적인 작품으로는 강복례의 「직장장의 하루」, 리광식의 「벗에 대한 이야기」, 방정강의 「어머니의 마음」 등이 있다.

무사안일주의와 관료주의를 둘러싼 작품으로는 강수의 「언제나 그 날처럼」, 안홍윤의 「칼 도마 소리」, 백남룡의 「생명」, 최성진의 「이웃들」, 한웅빈의 「행운에 대한 기대」 등이 대표적이다.

경제 문제와 관련된 갈등을 다룬 소설은 과학 기술 주제의 소설과 농촌소설이 특히 중점적으로 그려진다. 전자의 경우 소설에 등장하는 청년 과학자 및 기술자는 당과 수령에 대한 충성심이 강하고 창조적 지혜와 열정의 소유자이다.[23] 허춘식의 『야금기지』, 리희남의 『여덟시간』

21) 백남룡, 『벗』(문예출판사, 1998).
22) 김교섭, 『생활의 언덕』(문예출판사, 1984).

등은 이 분야의 주제가 잘 그려진 소설로 통한다. 후자의 경우는 북한의 경제적 낙후성과 뒤늦은 농촌에 대한 관심을 보여주는 것으로, 창작의 실제에 있어서는 객관적 농촌 현실의 반영이 이루어지지 않고 도식성도 예전과 그대로인 한계점이 드러난다. 그 중에서도 김삼복의 「향토」와 리명의 「명부암」 등이 비교적 성공한 소설로 꼽힌다.

통일주제문학은 전통적으로 반미 투쟁으로부터 출발[24]하는 것인데, 1990년대 이후에는 북한 인물들이 겪은 분단 현실을 다룬 작품이 점점 많아지고 있다. 이를 주제별로 구분해 보면, 분단 현실에서 북한 사람들이 겪는 문제를 다룬 작품(예 : 리화, 「옛말처럼」), 이산가족의 아픔을 다룬 작품(예 : 임종상, 「쇠찌르레기」), 남한의 현실 주제를 다룬 작품(예 : 김대성, 「상승」), 해외 동포의 현실을 다룬 작품(예 : 설진기, 「조국과의 상봉」), 반미 투쟁을 주제로 한 작품(예 : 남대현, 「광주의 새벽」), 남한의 방북 사건을 다룬 작품(예 : 리종렬, 「산제비」)으로 나눌 수 있다.

이상의 이 시기 소설 작품들을 종합해 보면 작가들의 예술적 기량이 성숙되고 있음을 알 수 있으나 결말의 도식성 등 여전히 극복하기 어려운 한계를 발견하게 된다. 그러나 '숨은 영웅'의 등장이나 긍정적 인물 및 부정적 인물의 갈등구조 등은 지금껏 북한문학에서 볼 수 없던 것으로 향후의 문학적 전개와 더불어 주의깊은 관찰을 필요로 한다 하겠다.

3) 북한 문예이론과 문학작품의 상관성

지금까지 살펴본 바와 같이 북한문학에 있어서 문예이론의 변화는 철저히 당의 정책적 지침에 따르고 있으며, 문학은 그 사회 구성원의

---

23) 정희, 「현실주제소설문학에 형상된 우리 시대 청년 과학자, 기술자의 성격적 특질」, 『조선어문』 (1964. 4).
24) 박영태, 「반미투쟁을 주제로 한 소설을 더 많이 창작하자」, 『조선문학』(1986. 3).

정신적 교양을 위한 도구의 기능을 담당하고 있다. 따라서 주체문학이라는 확고한 문예이론이 정립되기 이전, 곧 1967년 이전의 북한문학에서는 대체로 고상한 리얼리즘이나 사회주의적 리얼리즘과 관련된 인물 형상을 검증해 볼 수 있고, 1967년 이후의 북한문학에서는 주체사상 및 주체문학과의 관련 아래 시대 현실의 변화에 맞추어 나타난 교시 또는 지도적 지침을 문학 창작의 실제와 대비해 볼 수 있다. 여기에서는 상기 1967년이라는 분기점 이후의 주체문학을 중심으로 살펴보기로 한다.

물론 1967년을 넘겼다고 해서 북한문학의 목적이나 주제가 단번에 큰 차이를 드러내는 것은 아니다. 다만 주체문예이론이라는 범주 안에서 시대 변화에 따라 변화하는 당의 교시와 그에 연동된 북한문학의 부분적인 변화를 포착할 수 있을 뿐이다.

1967년부터 1970년대까지는 수령 형상 창조를 통한 당성의 고취와 민족적 형식의 전범 제시가 주요한 관건으로 떠오른다. 당과 조국과 수령은 동일한 존재로 간주되며, 수령 형상의 창조는 긍정적 주인공과 주체적이고 자주적인 인민의 삶을 그리는 일과 동일시된다.

또한 민족적 문예 형식과 항일혁명 전통을 계승하기 위해 항일혁명문학의 발굴과 소개가 이루어지고 「꽃 파는 처녀」, 「한 자위단원의 운명」, 「조선의 노래」 등 혁명가극을 소설로 옮기는 작업도 진행된다. 이들은 수령 형상의 창조와 당성의 구현을 통해 민족적 형식을 정립하고 인민성을 가장 잘 표현했다는 설명에 이른다.

1980년대는 '숨은 영웅'의 창조와 형식적인 미에 대한 강조가 두드러진 시기이다. 김정일은 1980년 1월 8일 제3차 조선작가동맹대회에 보낸 서한인 「현실발전의 요구에 맞게 작가들의 정치적 식견과 기량을 결정적으로 높이자」라는 글에서, '숨은 영웅'의 창조에 대해 고상한 풍모와 아름다운 정신 세계를 형상하도록 당부하였다. 이것이 1980년대 북한문학의 움직일 수 없는 창작 지침이 된 것은 불문가지이다.

이러한 '숨은 영웅'의 형상화와 지나친 도식주의 및 무갈등의 극복을 향한 노력 등은 1980년대에서 1990년대에 이르는 북한문학 전반에 걸친 미세한, 그러나 분명한 변화에 발판이 된다. 이는 주체문학을 인민 대중과 연계하려는 의도를 반영하는, 북한문학 내부의 시대적 분위기 판독과 밀접히 연관되어 있다.

1990년대는 대중의 인텔리화와 새 세대 인물의 창조 등의 문제가 문학의 과제로 나타난다. 동시에 1992년 김정일의『주체문학론』에서부터 카프 문학과 실학파 문학의 재조명, 민요·시조·궁중예술에 대한 재평가가 논의되며 사회주의적 긍정인물론이나 혁명적 낭만주의에 대한 비판도 볼 수 있다. 즉 "소설의 주인공이 현실에 실지 있는 인간이어야 하고 사람들 곁에서 같이 숨쉬고 있는 친근한 모습으로 안겨와야 한다"는 주장이 등장하는 것이다. 현실주제문학의 이와 같은 흐름은 궁극적으로 1990년대 과학 기술 향상을 위한 노력이나 새 세대 인텔리의 양산이라는 목표와도 관련되어 있다.

김일성 사후에도 북한문학은 여전히 혁명문학의 전통성 확보와 그 계승을 위한 강력한 노력을 보이고 있으며, 김일성에 대한 충성 및 계속적인 형상화와 더불어 김정일에 대한 충성의 맹세 및 다짐이 문학의 주제로 드러나고 있다.

이상과 같은 북한문학의 성격은 문학의 계몽성과 효용성에 대한 북한 특유의 인식을 바탕으로 하고 있으며, 이는 남한문학의 실상과 대비해 볼 때 그 간극이 너무도 커서 추후 남북한 문화 통합이나 통합 문학사를 염두에 둘 때 그 험난한 앞길을 예고하고 있다 하겠다.

4. 북한문학의 실상과 민족사적 의미

1) 북한문학과 사회적 환경 및 인민 생활과의 상관성

북한문학이 당의 정치·사회적 목표를 반영하고 있고 선전·선동의 도구로 기능하고 있는 만큼, 그 주제에 있어 인민 생활의 진솔한 모습을 반영하고 있다고는 보기 어렵다. 그러나 작품의 구체적 세부를 이루는 소재에 있어서는 인민 생활의 현실을 바탕으로 하지 않을 수 없다. 이러한 측면은 1980년대 이래의 현실주제문학에 있어서 더욱 현저히 드러나는 추세이며, 북한의 문예정책 당국도 문학과 인민의 접촉 면적을 확대하기 위해서는 그와 같은 현상을 용인하지 않을 수 없는 형편인 셈이다.

북한 시에 나타난 현실 주제의 사회 현실은 청춘남녀의 연애나 중매, 여성들의 사회 활동, 생활 풍습과 민속놀이, 생활 속에서의 통일에 대한 기대 등 점차적으로 다양한 형태를 보이고 있다. 북한 소설에 나타난 사회 현실은 혼인과 가족의 형성, 부부 관계, 부모와 자녀의 관계, 이혼 문제, 농촌 생활, 산업자원과 에너지 문제 등 더 다양한 형태를 보이고 있다. 기본적으로 북한 사회가 역사 이래 보기 드문 폐쇄성을 갖고 있는 만큼, 문학작품에 나타난 소재적 차원의 정보를 통해 그 실상을 정확히 추론하기는 어렵다.

그런데 이들 작품을 통해 분명히 드러나는 한 가지는, 구체적인 인민 생활에 있어서 김일성과 김정일이 갖는 실제적 위치의 문제이다. 문학 속에서 발생하는 모든 문제의 해결책이 언제나 김씨 부자의 교시와 사랑에 맞닿아 있다는 점이 그것이다. 예컨대 세대간의 갈등이나 부부간의 의견 대립, 농촌을 버리고 도시로 떠나는 자녀들 등이 작품 속에서 서로의 입지를 가지고 맞서 있을 때, 이 구조적 대립을 해소하는 방안은 문학의 내부의 논리와 질서에 의존하는 것이 아니라 문학 밖으로부터 유입되는 수령과 지도자 동지의 은덕으로부터 말미암는 것이다. 이는 북한문학의 한계이며 향후의 과제이기도 한데, 동시에 그만큼 남북한 문학의 이질성과 문화 통합의 전망이 절박하다는 사실을 일러주고 있다.

2) 남북한 문학사의 접점

남북한 통합 문학사의 전망이 순탄하지 않는 것은, 북한문학이 남한의 그것에 비해 훨씬 더 체제 종속적이라는 사정, 곧 북한문학만의 문제로 귀일하는 것은 아니다. 이는 공히 남북한 양자간의 문제이며, 따라서 그 문제의 극복을 위한 노력도 양측에서 함께 병행되어야 마땅하다.

그 동안 남북한 통합 문학사를 서술하려는 노력이 지속적으로 있었으나, 대개 산발적인 연구의 형태로 끝났으며 그 접근 방식 또한 정론화되어 있지 않다. 다만 문학사 기술을 위한 방법론의 문제에 있어서는 김윤식[25]과 최동호[26]의 논리를 주목할 만하다.

김윤식은 '근대성'의 문제로 남북한 문학사의 접근을 시도하고 있으며, 그는 북한의 문학사를 초역사 곧 초근대, 혹은 탈근대의 성격을 띠는 것으로 파악하여 북한 문학사의 이러한 몰근대성에서 오는 위기의식이 근대로 회귀하려는 지향성을 낳게 되는 요인으로 파악한다. 이러한 근대성에의 해석은 남한의 경우와 결부되어 근대성 문제를 통해 남북한 근대문학사가 정립되는 데서 두 문학사의 접점이 마련되어야 함을 상기시키고 있다.

---

25) 김윤식, 『북한의 문학사론』(새미, 1996).
26) 최동호, 『남북한 현대문학사』(나남출판, 1995).

최동호는 남북한 현대문학사 서술의 방법에 있어, 그것이 포괄의 논리, 사실의 논리, 근대성 극복의 논리, 민족문학의 논리 등 네 가지 논리를 모두 수용해야 한다고 주장한다. 그리고 이에 따라 남북 양측의 문학을 보다 공통된 관점 아래 일치시킬 수 있도록 기존의 시기 구분을 과감히 확대하여 설명하고 있다.

물론 이러한 시도들은 차후에 이루어질 실제적이고 구체적인 문화 통합을 위한 연구의 시론에 해당한다. 이제 본격적인 연구가 이루어지면 그 양상이 여러 가지로 나타나겠지만, 남북 양측이 가진 문화적 특수성을 어떻게 조합하여 보편성을 가진 문학 논의의 마당으로 끌어낼 것인가가 궁극적인 관건이 된다 하겠다.

너무도 이질적으로 자기 갈 길을 가버린 두 문학사의 접점을 찾고 그 통합을 모색하는 일은, 기실 문학적 연구 과제로 그치는 것이 아니라 남북 동질성의 회복과 민족 화합의 길을 닦는 작업이라는 중차대한 의미를 함께 끌어안게 될 것이다. 그러므로 남북한 통합 문학사는 그 자체가 이미 문학의 영역에 국한되지 않고 절실한 민족사적 과제로 떠오를 수밖에 없는 실정에 있다.

3) 민족사적 관점에서 본 북한문학의 의미

남북한 문학의 서로 다른 영역 및 차별성에 대한 인식과 연구가 실질적인 성과를 보이기 시작한 것은 1980년대 중반을 넘어서서의 일이다. 이 시기의 활발한 민족문학 논의가 우리 민족의 또 다른 구성원인 북한과 북한문학에 대한 관심을 촉발하였고, 그것이 진보적인 학계의 연구 대상으로 상정되기에 이르렀던 것이다. 북한문학에 대한 실질적 연구는 특히 1988년 7·7선언에 이어 7월 19일에 이루어진 납·월북 문인에 대한 해금 조치[27] 이후 더욱 고무되고 활성화되었다.

그러나 북한문학의 온전한 연구에는 여전히 어려운 문제가 남아 있으며, 그것이 북한문학의 민족사적 의미를 긍정적으로 평가하는 데 적잖은 장애 요인이 되고 있는 것이 사실이다. 그것의 주요한 항목 하나는, 북한문학에 가해지고 있는 문학 외적인 힘의 실체이다. 이는 다분히 정치 목적을 수반하고 있어서, 문학의 형상이 북한의 정치 노선으로부터 직접적인 영향을 받고 있다는 점이다. 문학이 문학의 자기 체계 아래에서 논의와 연구를 수행할 수 없다면, 엄정하고 객관적인 문학사, 즉 민족사적 전망과 활로를 안은 문학사를 기술하기는 어렵다.

우리는 백낙청이 지적한 바와 같이 이미 분단 극복을 역사적 과제로 안고 있는 시대일 뿐 아니라 분단 체제를 꾸준히 허물어 가는 다각적인 노력이 진행 중이고 그것 없이는 통일다운 통일을 생각할 수 없는 그런 시대에 들어서 있으며, 그리고 이런 통일 시대에는 주어진 현실을 엄정하게 드러내면서 동시에 그 극복에 일조하는 문학 본연의 변증법적 작업이 요청된다.[28] 이와 같은 시대의 북한문학에 대한 민족사적 요구는 당연히 문학을 정치 문제의 기계론적인 예속물로 전락시키는 데 반대할 수밖에 없는 것이다. 다만 아직도 북한이 그것을 수용할 만한 자체의 역량이나 개방화된 인식을 보유하지 못하고 있다는 사실이 더욱 문제의 해결을 요원하게 하는 원인이 되고 있다 하겠다.

물론 북한문학을 바라보는 우리의 시각에도 수정해야 할 부분이 있다. 북한문학을 단순히 이해하는 차원에서 머물지 않고 우리 문학과의 통합적 관점 아래 포괄하기 위해서는 그것을 자유롭게 수용하고 연구할 수 있도록 하는 환경의 조성이 필요하다. 이제는 더 이상 낡은 논리

---

27) 이 해금 조치로 복권된 작가는 정지용, 김기림, 임화, 백석, 박팔양, 이용악, 오장환, 설정식, 권환, 박세영, 박아지, 김창술, 안용만, 조운, 조벽암, 임학수, 이흡, 이찬, 김조기, 김용호, 임선경, 안막, 여상현, 조남령, 유진오, 이병철, 박산운, 김상현, 상민 등이며 홍명희, 한설야, 이기영, 조영출, 백인준 등 5명은 해금에서 제외됨으로 완전한 연구의 자유에는 여전히 상당한 한계가 남아 있었다.
28) 백낙청, 「통일시대의 한국문학」, 『한국현대문학 50년』(민음사, 1995), p.608.

로 그것을 방어하고 통제할 필요가 없을 만큼 우리 민도의 향상이 이루어졌음을 상기해야 할 터이다. 연구자들 또한 북한문학을 우리의 잣대로만 재단할 것이 아니라, 그들의 역사적 관성과 특수성을 충분히 고려하면서 살펴보아야 한다는 점이다.

남북한 양측의 문학 가운데 각기 극복해야 할 문제, 상대방의 문학에 비추어 관점을 조정해야 할 문제, 그리고 문학 외적인 제도와 체제로부터 말미암는 경직성을 넘어서 전 민족적인 관심과 협력 아래 문화 통합의 전망을 현실화시켜 나가는 문제 등은, 그 해결이 문학 내부에만 머무는 것이 아니라 마침내 민족적 숙원인 남북의 화해와 평화통일의 길을 닦는 역할을 수행하는 것이므로 가일층 진지한 연구가 요청된다 하겠다.

5. 마무리

이 글은 해방 후 북한문학의 흐름을 역사적으로 검토하고 최근의 동향을 확인하며, 북한 문예이론의 문학작품에의 적용 양상을 실증적으로 고찰하기 위한 목적으로 작성되었다. 동시에 그러한 실증적 연구 결과와 더불어 북한문학의 사회적 환경 및 인민 생활과의 상관성을 확인하고 남북한 이질성의 극복과 통합 문학사의 가능성 및 문화 통합의 전망을 설정해 보기 위한 목적을 가지고 있었다.

글의 준비 기간 및 글의 분량 등의 사정으로 조사·연구된 자료나 결과를 모두 여기에 수록하지 못했으며, 북한 현대문학사의 문예이론과 작품의 실증적 분석을 모두 한데 모은다는 것이 실상은 너무 과한 의욕이기도 했다고 여겨진다.

근래에 와서 북한문학에서 뚜렷하게 나타나는 한 가지 현상은 남한의 문학에 대한 관심이 점차 확대되고 있다는 점이다. 지금까지의 북한문학에 대한 논의는 기본적으로 북한문학 내부에서 이루어진 성과를 토대로 한 것이지만, 북한문학 내부에서도 동시대의 남한에서 북한문학에 대해 이루어진 연구나 관계 서지를 도외시해 버릴 수는 없을 터이다.

그러한 사정은 남한문학에서도 마찬가지이다. 미상불 1988년 남한에서의 납·월북 문인에 대한 해금 조치 이래 북한 현대소설 출간이 하나의 유행성 풍조를 보였으며, 『피바다』와 『꽃 파는 처녀』를 뒤이어 백남룡의 『벗』, 김일우의 『섬사람들』, 김종인의 『무등산』, 강학태의 『조선의 아들』, 남태현의 『청춘송가』, 최상순의 『나의 교단』, 석윤기의 『봄 우뢰』, 권정웅의 『1932』, 김정의 『닻은 올랐다』, 하정회의 『백양나무』, 최창학의 『위대한 사랑』, 허문길의 『대학시절』, 홍석중의 『높새바람』, 김석범의 『사랑으로 쓰는 교육수첩』, 백보흠의 『우리의 벗』 등이 우후죽순처럼 쏟아져 나왔다. 그러나 북한문학에 비해 미학적 가치가 훨씬 앞서는 남한문학에 익숙한 독자들이, 지적 호기심 이외에는 크게 구미가 동하는 요소를 발견할 수 없게 되자 1990년대 초반에 이러한 출간 사업이 시들해져 버리고 말았다.

그러나 남한 작가들의 작품 속에 등장하는 북한 현실은 점점 그 농도나 빈도를 더하여서, 이문열이나 김원일 등의 분단문학 이외에도 10여 편의 통일 가상소설이 등장한 바 있다.

또한 국내외 여러 인사들에 의해 북한 방문기가 쓰여지고, 그것이 북한을 객관적으로 바로 바라볼 수 있는 기능을 포괄하면서 상당한 수준의 수용력을 보이기도 했다. 루이제 린저의 『북한이야기』는 그녀의 남한 방문기인 『전쟁놀이 장난감』과 짝을 이루면서 화제를 모았고, 이은일의 『나에겐 또 하나의 조국이 있었다』, 조명훈의 『북녘일기』, 황석영의 『사람이 살고 있었네』, 홍경자의 『내가 만난 북녘사람들』, 문귀현의

『분단의 장벽을 넘어서』, 임수경의 『어머니 하나된 조국에 살고 싶어요』, 문익환의 『걸어서라도 갈 테야』, 조광동의 『더디 가도 사람 생각하지요』와 『더디 가도 우리식으로 살지요』 등이 상재되어 나와 있다.

그런가 하면 남한에서의 문학사 기술에 북한문학을 한 영역으로 편입시키는 사례가 여럿 있고, 학계에서도 국어국문학회가 대표적으로 '북한의 국어국문학 연구'(1990), '남북한 국어국문학 연구의 성과와 전망'(1995) 등의 주제로 학술대회를 개최하는 등 북한문학의 연구가 분단 반세기를 넘어서는 이 시대에 남한의 문학 연구자들에게 회피할 수 없는 소명적 과제임을 재인식하게 한다.

앞서 본론의 내용에서 서술한 바와 같이 1980년 이후 오늘의 북한문학은, 1960년대 이래 주체문예이론의 완강한 얼개 아래에서 생활의 다양한 체험이나 창작방법론의 변화를 부수적으로 수용해 온 외형을 나타내고 있다.

이러한 독특한 성향이 언제까지 유지될지 또는 어떠한 방향으로 발전해 갈지는 예단할 수 없는 일이지만, 한 세대가 넘어가도록 견고한 성채처럼 변동이 없던 주체문학론의 문학 현실에 사회주의적 현실주제문학론의 새로운 조류가 시발되기에 이른 것은 결코 간단한 사실이 아니며 또 우연의 소치도 아니다.

조국의 통일이 성취되는 장래와 그것을 문학으로 다루는 작업의 소중함을 말하기는 남북한 문학이 마찬가지인데, 궁극적으로 북한의 문학적 현실 변화가 그 길의 모색을 예고하는 하나의 시금석이 되어야 한다는 것은 남북한 문학 연구자 모두의 작은 소망이 아닐 수 없다.

해방 후 1960년까지 북한문학의 흐름

노희준

1.

『조선어문체론연구』는 언어의 표현적 요구를 두 가지로 분류하고 있다. 하나는 '론리성에 대한 요구'이며, 다른 하나는 '형상성에 대한 요구'이다. '론리성'이란 청자(독자)가 화자가 말한 바를 오직 '한가지로만' 이해하도록 표현해야 한다는 원칙이다. 이러한 원칙은 '감정정서적 측면', 즉 '형상성'에 대해서도 그대로 적용된다.

여기서 우선적으로 확인되는 것은 '동일성'의 논리이다. '화자/언어/텍스트'의 단계에서 의미의 차이란 존재하지 않는다. 문학은 그것을 읽는 인민에게 '동일한 논리와 감정'을 심어 주고 환기시켜 줄 때만 그 미학성을 높이 평가받을 수 있다. 이는 북한예술이 공동의 지시물적 체계, 다시 말해 특정 사회주의의 이데올로기적 규약 속에서 성립되고 있음을 의미한다. 따라서 북한 사회주의 이데올로기를 벗어난 시각에서 그것의 미학적 가치를 평가하거나, '문학외적조건'[1]을 고려하지 않은 채 그것의 내적 구조를 연구하는 등의 작업은 가능하지도 않고 유용하지도 않다. 이는 북한의 문학이 북한 사회주의 체제의 하위 체계로서 연구되어야 함을 의미한다.

북한의 해방 후 문학 전개는 크게 네 단계[2]로 나누어진다. 이는 1967년을 기점으로 하여, 크게 '사회주의적 사실주의시기'와 '유일주체사상시기'로 이대분되기도 한다. 북한문학이 당의 문예정책에 가장 직접적인 영향을 받아 형성되고 있다는 사실을 감안할 때 이러한 시기 구분에 큰 문제점은 없다. 그러나 김일성이 주체성을 처음 언급한 것은 55년으로 거슬러 올라간다는 점, 대외적 상황상 50년대 말부터 독자 노선이 심각하게 고민되었다는 점[3] 등을 고려할 때, 네 단계의 문학 전개에서 앞의 세 단계(해방 후~1959년)와 이후 단계(1960년 이후)는 일정한 차이점을 보인다고 할 수 있다. 일례로 이미 전쟁 이후에는 소련을 찬양하거나 중국과의 동지애를 강조하는 작품을 거의 찾아볼 수 없다. 따라서 본격적인 주체사상은 67년에 발표되었다 하더라도, 변화의 조짐은 50년대 말부터 형성되고 있었다고 보아야 한다.

이러한 기준하에서 이 글은 '조선문학예술총동맹'이 결성되고 당성·인민성·노동계급성이 본격 등장하는 1961년을 체제 정비의 시작

---

1) 윤재근·박상천, 『북한의 현대문학 II』, 고려원, 1990, p.12.

2) 『조선문학개관 II』(박종원·류만, 사회과학출판사, 1986(인동, 1988))에 의하면 평화적 민주건설시기 (1945. 8~1950. 6), 위대한 조국해방전쟁시기(1950. 6~1953. 7), 전후복구건설과 사회주의 기초건설을 위한 투쟁시기(1953. 7~1960), 사회주의의 전면적 건설과 사회주의의 기초건설을 앞당기기 위한 투쟁시기(1961년 이후~현재)가 그것이다. 남한에서 출판된 대부분의 북한문학 연구서 역시 이 구분을 따르고 있다.

3) 김일성이 최초로 '주체사상'에 대해 언급한 것은 1955년 12월 28일로 거슬러 올라간다. 그가 주체사상을 언급한 것은 스탈린 사망 이후의 소련 정세 변화가 스탈린 모방주의를 유지했던 김일성에게 독자 노선의 필요성을 상기시켰기 때문이다. 또한 북한의 경제적 이해 관계나 대외 강대국과의 관계를 감안할 때, 김일성이 주체성을 심각하게 고민한 시기는 1960년 초반으로 거슬러 올라간다. 이는 1950년대 말의 중소분쟁 격화와 중국군 철수(58. 3) 등의 사건이 그로 하여금 자신의 입장(주체성)에 몰두하게끔 했기 때문이다. 1961년 9월 조선노동당 제4차 대회가 개최되었을 때에 김일성은 이미 주체성 이론 하에 자신의 경제 노선을 추진할 수 있는 위치에 있었다. 그는 숙적들을 처단하고 절대 권력을 수립하는 데 성공했으며, 북한에는 소련 점령군도 중국 점령군도 존재하지 않게 되었다. 그럼에도 그가 55년부터 63년까지의 8년 동안 주체성을 언급하지 않은 것은 중국과의 외교 관계가 불안했기 때문이다(서대숙, 서주석 역, 『북한의 지도자 김일성』, 청계연구소, 1989, pp.120~140 참조).

으로 보고, 첫번째에서 세 번째에 걸친 시기인 해방 후~1960년까지의 문학을 그 대상으로 삼는다. 상술했듯, 이 시기의 문학은『조선문학통사』에서 '해방 후 우리문학의 유일한 최고의 창작방법'[4]으로 들고 있는 '사회주의적 사실주의'를 그 기반으로 하는 문학이다.

따라서 이 글은 해방 후부터 1960년까지의 북한문학이 이 시기 당의 문예정책, 즉 '사회주의적 사실주의'를 대원칙으로 하면서 북한 사회의 구체적 변모에 따라 다시 세 시기로 구분되는 것으로 보고, 시기별로 그 양상을 대략적으로 고찰하는 것을 그 목표로 한다. 이러한 고찰이 북한문학은 북한 사회주의 이데올로기의 하위 체계라는 전제하에서 이루어지는 것임은 물론이다.

2.

평화적 민주건설시기[5]의 당의 문예정책은 1946년 5월 24일에 김일성이 행한 역사적 연설의 한 대목, '문화인들은 문화전선의 투사로 되어야 한다'는 말에 잘 함축되어 있다. 여기서 문화전선이란 '민주주의적 민족문화를 건설'하기 위한 근본 원칙과 제반 임무를 뜻하는 것으로써 '내용에서 민주주의적이고 형식에서 민족적인 혁명적이며 인민적인 문화'의 건설을 의미한다.

이러한 민주 민족적 내용 형식론의 의미는『김일성 저작집』에서 좀더 구체적으로 밝혀진다. 그것은 '선진국가들의 문화가운데서 조선사람의 비위에 맞는 진보적인 것'[6]들을 섭취한다는 것이다. 결국 문화전선이란 소련과 중국의 진보적 사회주의를 북한의 상황에 알맞게 정착

---

4) 사회과학원 문화연구소,『조선문학통사 현대편』, 인동, 1988, p.180.
5) 여기서부터의 시기 구분 및 용어는『조선문학개관』에 따른다.

시키기 위한 전선이다. 이 시기 문학에 있어서 가장 문제시되는 것은 사회주의 및 사회주의적 사실주의의 토착화이다.

이러한 노선하에서 이 시기 평론의 주된 관심은 '민족문화론'과 '고상한 리얼리즘'의 두 가지 논제로 집중된다. 전자가 전통의 계승과 민족 정체성의 확립에 주안점을 두는 일종의 문화예술론이라면, 후자는 현단계 북한 사회주의에 가장 유용한 예술 형식을 확립하기 위한 창작 방법론이라 할 수 있다.

북한은 1946년 3월 25일 북조선문예총연맹을 결성하고 이를 통해 독자적인 민족문화론을 발전시킨다. 이에 수반한 논의의 대표적인 것으로는 한설야의 「예술운동의 본질적 발전과 방향에 대하여」, 안막의 「조선문학과 예술의 기본임무」「조선 민족문화 건설과 민주주의 노선」, 안함광의 「예술과 정치」「민족문화론」, 이찬의 「예술문화의 군중 노선」, 한효의 「문학과 민주건설」, 윤세평의 「신민족문화수립을 위하여」, 이청원의 「조선민족문화에 대하여」 등이 있다. 이 중 중요한 논문은 안함광의 「민족문화론」이다. 이 논문은 '민족문화론'의 성격과 한계를 가장 잘 드러내 보여주기 때문이다.

안함광은 그의 논의에서 '민족문화는 과거 조선의 민족주의 문화를 계승하는 것이 아니라 프로 문학의 이념을 현 단계적 특질 위에서 계승해야 할 것'이라며, '당대의 정치적 과업이 진보적 민주주의 국가수립에 있다'고 말한다.[7] 새로운 민족문화의 수립을 전통과 서구의 창조적·선택적 융합이라고 볼 때, 여기서 전통이란 다름 아닌 '프로 문학의 이념'이다. 이전의 민족주의 문학은 부르주아 문학이며, 반일제 투쟁의 문화적 임무와 봉건적 요소를 철저히 숙청하지 못했기 때문에 전통에서 제외되어야 한다. 문제는 그가 정치 노선과 문학 노선을 자주

---

6) 김일성 저작집 2권, p.235.
7) 안함광, 「민족문화론」, 『해방기념평론집』, 1946. 8 참조.

혼동하고 있다는 사실에 있다. 문학의 전통과 정치적·문화적 전통이 동의어가 될 수는 없다. 그는 일제 식민지 상황의 특수성을 들어 카프가 문학적 임무뿐만 아니라 정치적 사업까지 떠맡아야 했다는 사실을 강조하지만, 카프의 전통이 민족 현실의 총체성을 담보할 수 있느냐의 문제에 대해서는 심각하게 고려하고 있지 않다. 이에서 알 수 있듯 '민족문화론'은 양적으로는 풍부하게 이루어졌지만, 현실적인 면에서 상당히 구체성을 결여하고 있다. 이 논의는 과학적·체계적 문화예술론이라기보다는 북조선문예총의 지휘에 따라 사회주의 건설이라는 이념을 선전 선동하기 위해 급조된 문학정치론의 인상을 준다. 대중적 토론에 기초하여 근로 인민의 사상과 감정을 끌어들이고 있는 것 역시 이러한 추상성을 극복하기 위한 노력이었을 것이다.

'고상한 사실주의'는 1947년 김일성의 신년사에서, '사상적, 정치적, 예술적으로 고상한 작품을 생산할 것'에 대한 요구로 처음 언급된다. 당시 북한 문학이론이 대부분 소련에서 받아들여졌다는 사실을 감안할 때, 이 문예정책은 소련의 문학론을 당시 북한의 건국사상총동원 운동을 가속화시킬 수 있는 문학론으로 토착화시키는 작업으로 이해된다. '조선인민의 민족적 사명과 민족적 발전은 사회주의 소련 및 평화애호 인민과의 구제적 연계 속에 그 담보의 열쇠가 있는 것'[8]이라는 표현에서 알 수 있듯, 이 당시 사실주의는 소련과의 견고한 친선 관계를 강조하고 있다.

여기서 강조되는 것은 '혁명적 낭만주의'이다. 이는 '인간을 현실에서 이탈시키지 않으면서 인간을 현실 이상으로 향상'시키는 '로맨티시즘'으로 '사회적 영웅'[9]을 그릴 것에 대한 요구이다. 다시 말해 여기서 중요시되는 것은 건국사상을 구현한 인간 타입을 창조하는 문제이다.

---

8) 엄호석, 「조선문학과 애국주의 사상」(『문학의 전진』, 1950. 8) 참조.
9) 이정구, 「창작방법에 대한 변증법적 리해를 위하여」(『문학예술』, 1949. 9) 참조.

대표적 논문은 안막 「민족문학과 민족예술 건설의 고상한 수준을 위하여」, 윤세평 「신조선 민족문화소론」, 한효 「민족문학에 대하여」「고상한 리얼리즘의 체득」 등이 있다.

이 시기 시문학의 임무는 새로운 민족문화 창출을 위해 사회주의 개혁과 경제 건설의 필요성을 선전하고, 혁명적 낭만성의 구현을 통해 인민들의 동참을 유도하는 것이었다. 이 시기의 시문학은 주제별로 해방시,[10] 사회주의 찬양시,[11] 친소 및 국제적 연대의 시,[12] 김일성 찬양시[13] 등으로 나뉜다.

이 중 가장 주류를 이루는 것은 사회주의 체제에 대한 찬양시이다.

① (…) 나라를 찾은것만 해두 고마운데/땅까지 차지하게 되다니……/이거 꿈인가 생시인가/눈을 뜨이고 귀는 열리어//땅은 밭갈이하는 농민에게/칠판에 굵다랗게 쓴 토필글씨를/한 자 한 자 더듬어 읽는 돌쇠는/야학에서 이태나 유식하다는/머슴살이에 잔뼈가 굵은 로총각이었다. (김우철 「농촌위원회의 밤」 부분. 『해방 후 서정시 선집』(문예출판사, 1979)에 수록)

② 열섬 감자다/한알이라도 보람지게 하여/나라일 돕는 것이 본심이라 하

---

10) 민병균 「해방도」「고향」, 박팔양 「평양을 노래함」「다시 만난 영광의 날」, 조기천 「울밑에서 부른 노래」, 「두만강」 등이 있다(이후 작품 열거는 가나다 순에 의함).

11) 토지개혁, 노동법령, 산업국유화를 찬양하는 내용을 담은 시들을 말한다.
토지개혁은 김광섭 「감자현물세」, 김순석 「벼 가을 하러 갈 때」, 김우철 「농촌위원회의 밤」, 리찬 「새 소식」, 리호남 「지경돌」, 민병균 「재령강반에서」, 정문향 「푸른 벌로 간다」, 조기천 「땅의 노래」, 집체작 「밭갈이 노래」 등에, 노동법령·산업국유화령은 김북원 「용광로 앞에서」, 김상오 「압연공」「기사」, 리정구 「로동법령송」「청수공장」, 박세영 「승리의 5월」, 안룡만 「축제의 날도 가까워」, 정문향 「대의원이 나서는 구내」, 한식 「산업건국의 노래」 등에 잘 나타난다.

12) 강승한 「려사에서」, 김상오 「첫눈」, 리정구 「영원한 악수」, 박세영 「소련군대는 오는가」, 백인준 「니꼴라이 붉은 군대에게 드리는 노래」 등이 있다.

13) 김북향 「목숨 바쳐 따라가오리」, 김영철 「우리 품에 안기리라」「유언」「불길」, 김춘희 「태양을 따르는 해바라기처럼」, 리원우 「아침마다 부르는 합창시」, 리정구 「물결 속에서」, 리찬 「김일성 장군의 노래」「우리의 수도를 아름답게 하는건」「삼천만의 화창」, 박세영 「햇볕에서 살리라」「해 하나 별 스물」, 백인준 「김일성 장군님을 우리의 태양이라 노래함은」, 조기천 「백두산」, 한식 「우리의 태양 김일성 장군님」, 집체작 「헌시」 등이 있다.

시며/큰놈으로만 고르시는/어머니의 옳은 생각에/미소하는 아버지시다 (김 광섭, 「감자현물세」 부분. 『해방 후 서정시 선집』에 수록)

①과 ②는 각각 '고상한 리얼리즘'이 창작방법론으로 공포되기 이전 과 이후의 작품이다. ①에서는 민주 개혁(토지개혁)이 돌쇠라는 농민 에게 가져다 준 혜택이 강조되고 있다면, ②에서는 사회주의 체제의 발전을 위해 봉사하는 어머니의 현명함에 그 초점이 두어지고 있음을 어렵지 않게 확인할 수 있다.

'혁명적 낭만성'이 가장 잘 구현된 작품은 조기천의 『백두산』이다. 이 작품은 북한의 문학사에서 항일무장투쟁에서의 김일성의 영웅적 활약상을 전형화하여 이후 항일무장투쟁 문학과 김일성 찬양문학의 주류를 이루는 작품이다. 이 시에서는 김일성 개인에 대한 찬양과 함 께 '항일유격대 영웅들의 영웅성' '인민과의 련계'가 강조된다. 여기 서 김일성의 형상은 '1930년대 우리나라에 있었던 공산주의자―혁명 적 애국자들의 가장 우수한 특성들을 종합'[14]한 것으로, 영웅적 인간상 과 함께 새로운 조국의 건국사상의 모습을 보여주는 것이다.

한편, 이 시기 소설문학은 ①수령 찬양소설[15] ②민주 개혁 찬양소설[16] ③새 조국 건설의 투쟁을 반영한 소설[17] ④남조선 인민의 투쟁을 다룬 소설[18]로 나누어진다.

'혁명적 낭만성'이라는 개념에 주목할 때 이 시기 소설 중 가장 주목 되는 작품은 이기영의 『땅』이다. 이 소설은 '지난날… 가장 반동적이 고 악독한 계급은 지주계급이었습니다. 지주가 얼마나 우리 농민들을

14) 『조선문학통사』, p.216.
15) 강훈, 「장군님을 맞는 날」, 한설야 「개선」 등이 있다.
16) 리기영 「개벽」 『땅』, 황건 「산곡」, 한설야 「마을 사람들」 등이 있다.
17) 리북명 「로동일가」, 박웅걸 「류산」, 윤시철 「이앙」, 천세봉 「오월」 「땅의 서곡」, 한설야 「탄갱촌」, 황건 「탄맥」 등이 있다.
18) 리동규 「그전날밤」, 박태민 「제 2전구」 등이 있다.

가혹하게 압박하고 착취하였는가는 소설 『땅』만 읽어 보아도 잘 알 수 있습니다.'[19]는 표현에서도 알 수 있듯 이 시기 대표적 작품이다. 이기영의 다른 작품처럼 이 작품에서도 주동인물과 반동인물, 즉 농민계급 곽바우와 지주계급 고병상의 대립은 두드러진다. 소극적이고 반혁명적인 곽바우가 면당 위원장인 강균의 영도에 의해 지주계급을 타파하는 소영웅으로 탄생한다는 줄거리가 대략의 내용이다. 여기서 강균이 소부르주아 출신이라는 점은 중요하다. 왜냐하면 토지개혁과 같은 곽바우 같은 농민계급에 의해서 이루어지지만, 소부르주아인 강균 역시 당을 대표하여 곽바우 같은 농민이 올바른 길을 열어 나가게끔 농민의 실천에 있어 지도적 역할을 수행할 수 있다는 것이 이 작품의 핵심을 이루기 때문이다. 이 소설은 당의 매개하에 새 조국 건설의 영웅적 인물이 탄생하는 모습을 그려냄으로써 '자기의 인식적 교양자적 기능'[20]을 훌륭히 수행한 것으로 여겨진다.

3.

위대한 조국해방전쟁시기의 문학은 조국 사회주의 건설이라는 대전략 속에서, 미국의 식민지 남한을 해방시키겠다는 의도를 강하게 담고 있다. 1951년 6월 30일 김일성이 작가·예술가들과의 담화 '우리 문학예술의 몇 가지 문제에 대하여'에서 밝히고 있듯, 이 시기 문학의 임무는 전투에 임하는 인민군들의 사기를 진작시킴과 동시에 후방의 인민들을 고무시키고 전쟁을 승리로 이끌어 전 조선의 사회주의화를 이루는 데 있다.[21] 당의 목표는 무엇보다 승전이다. 따라서 이 시기 문예정

---

19) 김일성 저작집 16권, p.161.
20) 『조선문학통사』, p.211.

책의 노선에는 '무기성'이 두드러진다. 1950년 6월 26일의 김일성 방송 연설의 한 대목을 인용하면, 이 시기 문학의 임무는 '문학예술의 모든 사업을 전시체제로 개편하고… 싸우는 우리 인민들의 수준에서 가장 강력하고도 예리한 무기'가 되[22]는 것이다. 이와 함께 주변 사회주의 국가의 성원을 강화하고 이러한 국제적 입장에서 반미의식을 고취하려는 경향이 나타나는 것은 필연적이라 할 수 있다. 1950년 7월 8일에 행해진 두 번째 방송 연설에서 김일성은 소련 및 다른 사회주의 국가의 국제적 성원을 주지시키면서 '미제 무력 침공자들의 침략목적을 낱낱이 폭로하면서(…) 미제의 무력침공을 격퇴하고 우리 인민들의 (…) 투지의 강대성을 침략자들에게 보여주어야 한다'고 강조한다.[23]

북한문학에 있어 이 시기는 시의 시대이다. 『조선문학개관』에 의하면 조국해방전쟁의 현실은 전쟁에 민감하게 반응할 수 있는 '혁명적이고 전투적인 시문학'을 절실하게 요구했다. 전쟁의 급박한 상황에 순발력 있게 대처하는 데 있어 시는 소설보다 유리한 장르였기 때문이다. 따라서 짧은 분량의 전투적 단시, 즉 '전투적 서정시'가 많이 창작되었다. 이 시기 시문학을 주제별로 살펴보면 전방의 영웅투쟁시,[24] 후방의 영웅투쟁시,[25] 김일성 찬양시,[26] 반미 선전시[27] 등으로 나뉜다.

21) 박종원·류만, 위의 책, p.140에서 재구성.
22) 『조선문학통사』, p.239.
23) 과학원 역사연구소, 『조선통사』, 오월, 1988, p.400.
24) 김북원 「락동강」, 김영철 「당과 수령을 위하여」, 김조규 「여기 한사람을 묻는다」 「이 사람들 속에서」, 김학연 「독로강 기슭에서」, 박세영 「숲속의 사수 임명식」 「나팔수」, 석광희 「결전의 길로」, 심봉원 「전호속의 나의 노래」 「자동차 운전사의 노래」, 안룡만 「나의 따발총」, 조기천 「조선의 어머니」 「나의 고지」 「조선은 싸운다」 「불타는 거리에서」 「문경고개」, 조령출 「조국보위의 노래」, 채경숙 「빛나는 전통은 우리 심장 속에」, 집체작 「진군 또 진군」 등이 있다.
25) 김순석 「영웅의 땅」, 「어랑천」, 정문향 「다시한번 그는 바라보았다」, 민병균 「어러리벌」 등이 있다.
26) 차덕화 「수령」, 리맥 「장군님께서 오신 마을」, 정문향 「그이의 음성을 들으며」 「수령은 부른다」, 백인준 「크나큰 그 이름 불러」, 김영철 「김일성 장군님께」, 김우철 「사랑의 손길」 「경애하는 수령」, 리하수 「생산의 불길로」 등이 있다.
27) 김상오 「증오의 불길로써」, 리용악 「피발선 새해」, 백인준 「얼굴을 붉히라 아메리카여」 「월가의 관병식」 「소박한 사람들의 목소리」, 홍종린 「조선에서 손을 떼라」 등이 있다.

무엇이 너의 가슴에/스물두살 젊은 나이보다도/심장속 끓는 피보다도/더 존귀한 것을 알게 하였더냐!/더 숭고한 것을 위하는/결심을 택하게 하였더냐!//고향길에 닿은 조국의 고지와/고향하늘에 닿은 머리우/푸르른 조국의 하늘을 우러러/수령님 만세를 높이 부르며/너는 갔다/피타는 가슴으로/원쑤의 화점을 노리여보며/힘줄뻗은 그 손에/우리 인민이 준/수류탄과 따바리를 들고/너는 갔다. (김학연「독로강 기슭에서」부분. 『해방 후 서정시 선집』에 수록)

위에 인용한 시는 안룡만의「나의 따발총」과 함께 무기로서의 시가 갖추어야 할 덕목을 잘 보여주는 작품이다. 이 시에서 눈여겨 볼 것은 평범한 인물이 '존귀한 것'을 알게 되어 전쟁에 참여했다는 점과, 적의 화구를 몸으로 막아내는 '희생 정신'을 보였다는 점이다. 여기서 존귀함이란 김일성에 대한 충성과 애국심이며, 희생 정신이란 승전을 위해 목숨을 아끼지 않는 태도를 말한다. 이쯤에서 알 수 있듯 전쟁기의 '고상한 인물'이란 전쟁 이전에는 '평범한' 인물이었다가 전쟁에 참여해서는 자신의 목숨까지 희생하여 동료들의 전투의식을 고양시키는 영웅으로 새롭게 탄생한 인물을 의미한다.

불처럼 타는 눈으로/그는 내다보았다./나고 자란 회양리/그 언덕을/눈보라 길을/아름다운 조국의 하늘…/뛰는 가슴으로/그는 다시 한번 바라보았다/원쑤의 머리 우에/마지막 멸망의 불벼락을 내릴/그 하늘을/다시 한번 뛰는 가슴으로 (정문향,「다시 한번 그는 바라보았다」부분, 『승리의 길에서』(조선작가동맹출판사, 1955)에 수록)

위 시는 전시 북한 후방, 한 평범한 여성의 영웅적 모습을 형상화한 것이다. 이 여성은 남편을 인민군대에 보내고 조국을 위해 전선 원호 사업과 후방 보위 사업을 하다 적에게 잡혀 온갖 악형을 당한다. 그러나 이러한 수난 앞에서도 적들의 요구에 응하지 않고, 끝내 사형장에 끌려가 죽음을 맞으면서도 고향땅의 하늘을 돌아보는 행위를 통해 깊은 희생 정신과 열렬한 애국 정신을 잃지 않는다. 이는 김일성이 교시한바, '인민 속에서 나온 수많은 우리 영웅들의 형상'[28]과 일치하는 것이다. 따라서 이 여성의 죽음은 단순한 비극이 아니라 '승리를 약속한 비극'인 셈이다.

그 뉘보다/우리마을 사람 잘 알으시고/그뉘보다/우리 마을 걱정 많이 하시며/어려울 때나 괴로울 때나/언제든지 인민위원회가 있고/언제든지 로동당이 있다고 하시며/(…) 소금이 없으면/소비조합에 말해/ 얼른 실어오시오 /간곡한 말씀 주시며/장군께서 몸소 찾아오신 일이 있었다//그의 다정하신 말씀이며/그의 너그럽고 미더운 모습이여 (리맥, 「장군께서 오신 마을」 부분. 『해방 후 서정시 선집』 수록)

위는 이 시기 김일성 찬양시의 대표적 예이다. 이전 시기(민주건설시기)나 60년대 이후 시의 '현실 이상' 혹은 '신적 존재'로서의 김일성이 아닌 평범하고 친근한 수령의 모습이 강조되고 있다. 진정한 영웅은 '인민 속에서' 나와야 한다는 사상이 김일성 찬양의 방식을 변용시키고 있음이 흥미롭다.

주목되는 다른 경향의 시는 반미시이다. 반미시에는 남한 정부를 일제 식민지에서 미국 식민지로의 교체로, 6·25전쟁을 남한의 식민 상태를 종식시키는 조국해방전쟁으로 보는 북한의 역사적 관점과 태도가 잘 드러나기 때문이다.

---

28) 사회과학원 문화연구소, 『조선문학사』(과학백과사전출판부, 1959(인동, 1988)) 참조.

그러나 당신들은 아는가/오늘 아메리카땅에서는 식인종이 나오고 있다. 인간부스레기들이…/(…)/딸라로 빚어진 월가의 네거리에/넥타이를 맨 식인종/실크햇트를 쓴 사람버러지/자동차에 올라앉은 인간부스레기/성경을 든 도적놈/온갖 잡색/력사의 저주로운 추물들이/제국주의의 고름을 풍기며/하수도의 오물인 듯/뒤섞여 설레이지 않느냐/ 당신들의 곁에서 (백인준, 「얼굴을 붉히라 아메리카여!」 부분.『백인준 시선집』(문학예술종합출판사, 1993)에 수록)

위의 시를 보면 제국주의 미국과 미군에 대한 분노와 저주가 적나라하게 드러나 있다. 시인은 미국인들을 '식인종', '인간부스레기', '도적놈'이라 부르고 있으며, 시의 말미에는 '미국의 어머니들'은 자식들을 전쟁에 보내지 말라, 만약 전쟁에 내보낸다면 하나도 남김없이 모두 죽이겠다는 경고를 남기고 있다. 자본주의 혹은 제국주의 비판이라기보다는 강한 분노와 적개심을 불러일으키는 데에 주안점이 주어졌음을 알 수 있다.

한편, 소설문학 역시 짧은 시기에 창작될 수 있는 단편소설 위주로, 강력한 무기성·선동성을 지닌 작품에 주안점을 두는 경향을 보인다. 정론문학(논설문)과 실화문학(논픽션)의 등장은 이 시대 산문문학이 사실성, 기동성, 선동성, 즉각적인 감화력 등을 요구했음을 알게 해준다.

『조선문학개관』의 분류를 간략화하면, 이 시기 소설문학은 전방의 영웅소설,[29] 후방의 영웅소설,[30] 반미·반남한 소설[31] 등으로 나뉜다.

---

29) 김만선 「사냥꾼」, 윤세중 「구대원과 신대원」, 윤시철 「나팔수의 공훈」, 천세봉 「고향의 아들」, 황건 「불타는 섬」 「행복」 등이 있다. 이 중 「행복」만이 중편이고 나머지는 단편이다.
30) 류근순, 「회신 속에서」, 리종민 「궤도 위에서」 등이 대표적이다.
31) 김형교 「빽다구 장군」, 한설야 「승냥이」 등이 대표적이다. 이 중 「빽다구 장군」은 풍자문학의 전형을 보여준 작품이다. 『조선어문체론연구』를 보면 야유(반어, 풍자, 조롱)란 서로 협동하고 화합하는 것을 목적으로 삼는 북한 사회내에서는 가능하지 않은 방법으로 되어 있다. 따라서 북한에 있어 풍자문학이란 곧 '반동세력을 규탄하기 위한 형식'에 한정시켜도 무방하다.

김일성 찬양소설의 경우 영웅을 형상화한 소설에 포함되어 있음이 인상적이다.

영웅소설의 형식에 실화소설 형식이 가미되고, 전쟁 상황에서의 승전의식 고취, 김일성 지도자의 찬양 등이 어우러져 전방적 상황의 형상화에 전범을 제공해 주고 있는 작품이 바로 황건의 단편「불타는 섬」이다. 이 소설은 월미도 전투의 실화를 바탕으로 리태훈 중대장과 통신수 안정희의 목숨에 앞서는 애국심을 보여줌으로써 애국 정신과 승전의식을 강조한 작품이다. 이야기상에서만 본다면 장병들의 육탄 돌격은 리태훈이 부하들에 앞서 목숨을 걸고 진격하는 솔선 수범에서 비롯된 것이지만, 소설의 말미에서 보여지듯 그러한 영웅적 행위의 이면에는 지도자 김일성 수령의 정신이 녹아 있다. 리태훈의 영웅적 행위는 '김일성 장군님께서(…) 조국땅 어디에나 자기의 사랑하는 아들딸들이, 그중에서도 미더운 당원들이 총칼을 들고 서 있는 것을 눈앞에' 보고 있을 것이기 때문에 가능한 것이기 때문이다. 여기서 알 수 있는 것은 친애하는 아버지 김일성이 모든 인민을 공평하게 사랑하고 있다는 믿음이다. 김일성은 단순한 우상이 아니라 전 인민의 가슴속에 '육화된 영웅'으로서 나타나고 있는 셈이다. 이러한 경향이 전쟁을 성공적으로 수행할 보편적 영웅을 생산하려는 목적에서 생겨난 것임은 물론이다.

전쟁 수행을 위해서는 모든 인간 감정의 이데올로기화가 필수적이다. 리기영의 장편『고향』은 이러한 인간 애정이 이데올로기적 목적에 통합되는 대목을 보여주고 있어 인상적이다.

애인과 애인간의 사랑도, 형과 동생과의 사랑도, 아버지와 아들과 어머니와 딸과의 사랑도, 결코 그것이 현재 우리들이 생활하고 있는 사회를 떠나서는, 그 처지를 떠나서는 문제가 서지 않는다고 확신하게 되었습니다. 그런 까닭으로 우리들의 사랑이라는 것은 이와 같은 사회적인 그 처지의 기준 우에서 정립되고 평가되여야 합니다. (…) 이성간의 사랑은 단순한 개인과 개인의 결합만이 그 전부가 아닐 것입니다. 육체적 결합을 초월하고 결합되는 사랑! 동지적 사랑이라 할가? 이런 사랑이야말로 육체적 결합을 전제로 하고 출발하는 련애라는 것보다는 더 크고 힘있고 영구한 것인 줄로 나는 생각합니다. 련애도 물론 진실한 동지간에 결합되는 것이래야 일평생 가는 것이 있기야 있지만. (리기영, 『고향』 부분(조선작가동맹출판사, 1995, pp.468~469))

희준과 옥희의 사랑은 그들의 혁명적 목표가 개인적 사랑과 중첩됨으로써만 가능해진다. 사랑은 사상에 바탕을 두어야 하며 당의 목적에 부합되어야만 진정하다. 따라서 무기가 되어야 하는 것은 문학만이 아니라, 인간 감정의 모든 영역이다. 전쟁과 혁명의 승리를 위해서 자신의 모든 감정을 제도할 수 있는 인간이야말로 이 시기의 '고상한 인간형'인 셈이다.

4.

전후복구건설 및 사회주의 기초건설시기에 있어 김일성에게 가장 중요한 문제는 정권 유지(체제 정비)와 경제 재건이었다. 그는 대내적으로 전쟁 실패의 원인을 숙적들에게 넘겨 동료들과 인민들의 지지를 얻고, 3개년 경제계획(1954~1956)을 성공적으로 수행하기 위해 대외적으로는 소련의 차관을 받아들여야만 했다.[32] '모든 것을 전쟁의 승리를

---

32) 서대숙, 위의 책, pp.120~138 참조.

위하여'란 구호는 '모든 것을 민주기지 강화를 위한 전후 인민경제 복구발전에로'라는 구호로 변환된다.[33] 이는 문예 분야에도 그대로 적용된다. 김일성은 이 시기 문학의 과업이 '주체를 철저히 세우고 당의 문예정책 집행을 방해하는 부르죠아적 및 종파주의적 경향을 철저히 극복청산'[34]하는 것에 있다고 말한다.

문단에서의 남로당계 숙청은 이러한 작업을 위한 물밑 작업으로 진행된 것이다. 전쟁의 실패는 공산당 자체의 오류가 아니라 일부 내부 세력의 반동과 종파주의에 국한된 것으로 조작된다. 이를 통해 김일성은 당에서의 세력을 굳힘과 동시에, 체제 정비를 위한 준비를 끝마치게 된다.

이를 위한 평론 분야에서의 논의는 '당성 · 인민성 · 계급성'과 '사회주의적 사실주의'의 강화로 진행된다. 카프의 문학적 전통이 되새겨지고,[35] 도식주의에 대한 비판[36]이 잇따른다. 전자가 새로운 문예정책의 근거를 확보하기 위한 의례적인 것이라면, 후자는 이 시기 문예정책의 구체적 변화를 보여준다.

'도식주의'에 대해 엄호석은 '우리 선전 노동자들을(…) 일면적으로 보여줌으로써(…) 중요한 개인 생활간의 측면들로부터 제외한 결과'라고 말하고 있으며, 한효는 이의 '사상적 허약성'을 지적하면서 임화, 이태준 등을 과거 형식주의와 퇴폐주의의 영향에서 벗어나지 못한 부르주아 미학이라고 비판한다. 도식주의 비판은 북한 공산주의 사회 체제와 인민들의 일상적 삶 사이의 모순, 즉 사회적 생활과 개인적 생활 사이의 괴리를 메우기 위한 사상적 · 문예학적 대안인 듯하다. 이는 김

---

33) 『조선문학통사』, p.297에서 재구성.
34) 박종원 · 류만, 위의 책, p.177.
35) 대표적 논문으로 한설야, 「전국작가예술가 대회에서 진술한 한설야 위원장의 보고」(『조선문학』, 1953. 10)이 있다.
36) 엄호석, 「사회주의 리얼리즘과 우리문학」(『조선문학』, 1955. 3)과 한효, 「도식주의를 반대하여」(『제2차 조선작가대회문헌집』, 조선작가동맹출판사, 1956)가 대표적이다.

일성의 두 가지 과제(체제 정비·경제 재건)을 좀더 견고하게 다지려는 목적에서 수행된 것이다.

이 시기 시문학은 전후복구건설시,[37] 농업협동화 찬양시,[38] 김일성 찬양시[39] 등이 있다. 이 중 경제 건설과 관련된 시들이 가장 큰 비중을 차지한다. 다음은 전후복구건설시의 대표적 예이다.

해마다 일억만장 벽돌이 쏟아져 나온/요업공장 소성로 건설장으로/조국이 불러 당이 불러/초소에서 우리는 왔다.//수류탄 쥐던 억세인 손들이/따바리 메던 름름한 어깨들이/벽돌을 쌓는다. 벽돌을 나른다. (박석중「초소에서 우리는 왔다」부분.『박석중 시선집』(조선작가동맹출판사, 1956)에 수록)

져나르는 한 진흙과 자갈에서도/나는 정녕 본다./조국의 자유를 지켜/그 모진 포화를 이겨낸/불굴의 용사 진실한 사람들/불꽃 튀는 건설의 마음을//번듯이 늘어가는 포장공사로/고루어 가는 쓰딸린 거리로/승리한 인민의 위훈을/우리는 영원히 여기에 새기리라.//케블선에 위험한 전류가 흐르면/끝없이 주렁질 가로등은/밤도 낮도 같이 영웅 도시를 밝히리라. (박세영,「나도 쓰딸린 거리를 건설하다」부분.『박세영 시선집』(조선작가동맹출판사, 1956)에 수록)

다시 일어선 열풍로의/훈훈한 방부제 냄새/녹쓸었던 철판에/다시 흐르는

37) 김북원「건설의 노래」, 김우철「굴착기」, 류종대「복구건설의 노래」, 박세영「나도 스딸린 거리를 건설하다」, 석광희「로라운전수」, 석팔봉「우리는 승리했네」, 정문향「새들은 숲으로 간다」「벌목부의 호소」「승리의 길에서」, 정서촌「등불」「가무재고개」, 한명철「보통 로동일」등이 있다.
38) 김북원「춘경 이야기」「대지의 서정」「대동강이여」, 리용악「평남관개시초」등이 있다.
39) 김북원「광장에서 부르는 노래」, 산운「우리는 언제나 잊지 않네」, 김정일「조선아 너를 빛내리」, 박아지「그이 가시는 곳엔 전변이 온다」, 원종소「김일성 원수께 드리는 노래」, 정문향「조국땅 한 끝에」, 조벽암「광장에서」등이 있다.

증기소리//아, 모든 것을 다시 추켜세운 그내우로/새들이 난다/그 보진 싸움속에서도 가슴 들놀지 않던/제철공들의 무쇠의 가슴을 치며, 가슴을 치며 (정문향, 「새들은 숲으로 간다」 부분. 『해방 후 서정시 선집』에 수록)

박석중의 시는 조국해방전쟁에 참여했던 인민들이 평범한 삶 속으로 돌아와 전후복구건설에 열성적으로 참여하는 모습을 그리고 있다. 전쟁시기의 '고상한 영웅'은 사라지고 대신 집단노동에 참여하는 근로자들이 등장하고 있음에 주목하자. 박세영의 시에서는 1연 5행에 영웅(불굴의 용사)와 평범한 인민들(진실한 사람들)이 병치되고 있다. 이는 당의 목표가 '전쟁의 승리'에서 '인민경제 복구발전건설'로 이행하면서 긍정적 인간의 성격이 어떻게 변화되었는가를 잘 보여주는 대목이다.

정문향의 시가 북한문학사에서 높은 예술적 성과를 이룬 작품으로 평가받는 것은 이러한 목표 이행의 필요성에 훌륭하게 부합되는 미적 형상을 표현했기 때문이다. 위에서 보듯, 이 시는 경제 복구라는 사회적 당위와 노동하는 인민들의 개인적 삶의 모습을 적절하게 조화시키고 있다. 금속성('열풍로' '철판' '제철공' '무쇠')과 자연성('내' '새' '숲')이 교묘하게 배합된 독특한 서정성은 전쟁 시기의 구호시와 별반 다르지 않은 여타 시들과 달리 인민들의 경제 건설에의 참여를 한층 세련된 방식으로 고무하고 있다.

협동경리의 자랑은 안고/꽃바람 불어오는 언덕 넘어로/고마운 임경소 뜨락또르 맞이하여/맘속의 봄을 벌판에 노래하는 이들에게/(…)/ 깊이 갈아 땅이 잘 풀려 좋더라 많이 갈아/조합원 우리 일손이 남아 좋다 (김북원 「춘경 이야기」 부분. 『해방 후 서정시 선집』에 수록)

위에 인용한 농업협동화 찬양시에서도 개인적 영웅보다는 농업협동화에 참여하는 집단이 강조되고 있음을 확인할 수 있다.

깊은 의자에 몸 담그신/그이의 손길은 조용히 그어가셨다/《김일성 농장》
자신의 이름자 우에 몸소 줄그으시며/다시 써넣으신 두 글자!/아! 누가 알
았으랴! 그 《5호》라는 글자를/그 글자 속에 스며있는 그이의 뜻을/누가 알
았으랴! 조국땅 하늘끝 먼 개간지/그 땅이 그 옛날 몸소 그이께서 이끄시던
대오/심장깊이 간직한 암호속에 부르던 《5호 전구》/아 오늘의 《5호농장》이
되었음을 (정문향 「조국땅 한 끝에」 부분, 『조국에 대한 생각』(조선작가동
맹출판사, 1959)에 수록)

58년에 쓰여진 이 시는 협동농장 이름이 '김일성 농장'에서 '5호 농
장'으로 바뀌게 된 내력을 작품화하고 있다. 농장 이름의 교체를 통해
통치자보다 인민을 더 강조하는 김일성의 태도를 보여주면서, 김일성
의 고매한 인격에 대한 찬양과 항일무장투쟁 정신의 농업협동화로의
계승을 강조하고 있다. 이는 당시 김일성의 당면 과제를 감안할 때, 인
민의 '지지'에 의한 지도자의 형상화가 얼마나 중요했는가를 보여준
다. 또한 북한과 당내에서의 김일성의 지위가 확고해졌다는 것을 반증
한다. 따라서 이 시를 통해서도 이 시기가 유일사상체제의 준비 기간
이었음을 짐작할 수 있다.[40]

한편 소설문학은 전술했듯이 도식주의와 무갈등성을 반대하는 문예
정책의 변모에 따라 내용과 소제적 측면이 다양화된다. 분류하면 로력
주제소설,[41] 농업협동소설,[42] 조국해방전쟁소설,[43] 계급교양소설,[44] 력
사소설,[45] 남조선 인민의 투쟁을 다룬 소설[46] 등이 있다.

---

40) 각주 3) 참조
41) 리북명 「새날」, 윤세중 「시련 속에서」, 유항림 「직맹반장」, 변희근 「빛나는 전망」 「겨울밤의 이야기」
   등이 있다.

이 시기 소설문학에 있어 주목되는 작품은 이기영의 『두만강』이다. 대장편(예쁘뻬야) 양식으로는 최초의 것이라는 점과, 과거 역사에 대한 당대적 재해석을 통해 작품의 주제를 전후 문예에서 강조하는 계급 교양이라는 목적에 부합시키고 있다는 점이 이 작품의 문예사적 위치를 확고하게 한다.

『땅』에서와 마찬가지로 이 작품에서도 긍정적 인물과 부정적 인물의 대립은 소설의 중심축으로 작용한다. 전자는 빈농민 출신의 박곰손, 후자는 송월동 마을의 지주 한길주이다. 평소 정직하고 선량했던 박곰손이 한길주에 의해 애써 개간한 땅을 빼앗기고 화전민 생활과 옥고 등 갖은 고초를 겪고 나서, 투쟁을 하지 않고는 새로운 사회를 건설할 방법이 없다는 사실을 깨닫고 의병운동에 참여하게 되는 내용을 담고 있다. 여기서도 주인공을 역사의 바른 길로 인도하는 지도자적 인물이 등장하는데, 양반 출신의 선진적 인테리 리진경이 그이다. 그러나 『땅』과 다를 바 없는 이러한 인물 구성에도 불구하고 이 작품이 도식성의 수준으로 떨어지지 않는 것은, 『땅』이 토지개혁의 필연성과 당의 올바른 지도에 강조점을 두고 있는 데 반해, 이 작품은 계급 모순과 봉건 사회를 타파해 나가기 위하여 투쟁하는 농민들의 계급 투쟁을 김일성의 혁명 투쟁으로 몰아감으로써 지도자 김일성의 역사적 정당성을 구현하는 데 기여하고 있기 때문이다.

황건의 첫 장편소설 『개마고원』에 있어서도 이러한 사정은 크게 다르지 않다. 해방 후 새조국건설시기를 시대적 배경으로 삼고 있는 이

---

42) 단편으로 강형구 「출발」, 김만선 「태봉령감」이 있으며, 중편으로 리근영 「첫수확」, 장편으로 천세봉 『석개울의 새봄』 등이 있다.
43) 김영석 「젊은 용사들」, 석윤기 「전사들」, 윤세중 「도성소대장과 그의 전우들」 등이 있다. 모두 중편이다.
44) 황건의 장편소설 『개마고원』이 대표적이다.
45) 리기영 『두만강』(1~3부), 최명익 『서산대사』가 대표적이다.
46) 단편으로 리근영 「그들은 굴하지 않았다」, 최재석 「탈출」, 장편으로 엄흥섭 『동틀무렵』 등이 있다.

소설에는 일제의 가혹한 착취와 억압으로 말미암아 불행한 청춘기를 보낸 김경석이라는 긍정적 인물과 해방 전 조국광복회 회원이었던 김재하라는 지도적 인물이 등장한다.[47] 김경석의 '무엇을 할 것인가'라는 물음은 김재하의 올바른 영도를 받아 김일성 원수와 그를 선두로 한 공산주의자들의 혁명적 전통을 계승하는 것으로 귀결된다. 이 작품의 궁극적인 목적은 민주 개혁에 있어 김경석이라는 훌륭한 지도자의 탄생이 '오직 김일성 원수를 선두로 한 공산주의자들의 무장 투쟁을 경험한 김재하에 의해서만 가능했다'[48]는 사실을 밝힘으로써, 30년대 김일성 원수를 비롯한 공산주의자들의 항일무장투쟁 정신의 계급 교양을 고무하는 데 있다. 새조국건설시기와 이 시기를 구세대와 신세대의 교체라는 시점에서 동일선상에 놓은 것은 항일무장투쟁 정신을 전후 복구건설시기에 이앙하려는 의도에서 나왔을 것이다.

이상 해방 이후~59년까지의 북한 문예와 문학을 간략히 고찰해 보았다. 특기할 것은 전쟁 이후에 이미 문예정책에 있어 심각한 변화의 징후가 발견되고 있다는 사실이다. 이 시기 당의 문예정책 및 사회주의적 사실주의는 전쟁에서의 패배로부터 야기된 사회적 혼란을 안정시키기 위해 반동적 세력과 분파주의를 척결하고 경제를 새로이 복구하여 체제 정비를 완수하려는 목적에 종사하고 있는 것으로 파악되는 바, 이는 소설문학 속에서 김일성의 지도성 강화라는 측면으로 나타난다. 이러한 경향은 당의 지도성 강조로부터 김일성 수령의 역사적 정당성으로 넘어서는 지점을 보여줌과 동시에 '유일주체사상시기'의 문학을 예고하는 것으로 여겨진다.

---

47) 작가는 여러 가지의 진실한 생활 체험을 통하여 얻어진 생활적 재료들을 예술적 형상에로 옮겨 놓음에 있어서 생활에서의 긍정적인 것과 부정적인 것을 첨예화된 대립 속에서 치열한 투쟁에로 내움으로써 긍정적인 것에 대한 아름다움과 동경, 부정적인 것에 대한 증오와 멸시의 감정으로 인민들을 교양하는 문학예술의 과업을 수행하려고 노력하였다(조중곤, 「'개마고원'에 대한 약간의 고찰」,(『조선문학』, 1957. 12). 현대문학비평자료집(이북편) 4. p.320 재인용).
48) 『조선문학통사』, p.332.

1960~1970년대 북한문학의 흐름

고봉준

1. 주체사상과 1960~1970년대 북한문학

북한문학에서 1960~1970년대라는 시대가 함의하는 의미는 그 어느 시기보다 중요하다. 해방 이후부터 지속적으로 추진되었던 북한식 사회주의 체제가 1967년 주체사상의 확립과 더불어 완성되었기 때문이다. 1967년대 이후 북한의 문학예술은 사회주의적 사실주의의 미학적 요건을 주체사상에 입각하여 새롭게 규정함으로써 주체성과 혁명성이 더욱 고양되는 양상을 보여준다. 이러한 구분점에 근거해 북한의 문학사는 1960~1967년을 '사회주의 전면적 건설을 다그치기 위한 투쟁 시기'로, 1967년 이후를 '온 사회주의 주체사상화를 앞당기기 위한 투쟁 시기'로 서술하고 있다.

1967년 이후 주체사상에 바탕을 둔 주체문예이론은 안정적 확립기에 접어든다. 1960년대 이전의 문학예술이 사회주의의 이념, 계급적 요소, 인민성의 요건 등을 중시하고 집단적인 것과 전형적인 것의 차이를 강조했다면, 1967년 이후의 문학예술에서는 주체적인 것과 혁명적 투쟁의식이 전면에 부각됨으로써 한층 이념성이 강화되는 모습을 보여주고 있다. 그러므로 사회주의적 사실주의의 개념도 인민 대중이 선호하며 향수하고 있는 민족적인 문예의 형식을 통해 사회주의의 이념과 노동계급의 혁명적 의식을 구현하고 형상화하는 방법으로 인식된다. 이것은 물론 노동계급의 혁명적 세계관인 마르크스주의를 기초로 하여 혁명적인 것의 승리를 지향하는 역사 발전의 합법칙성을 정확히 반영하기 위한 것이라고 설명되고 있다. 사회주의적 사실주의가 계급적 존재로서의 인간의 투쟁을 구체적인 사회 역사적 환경과의 통일 속에서 묘사한다는 개념으로 정식화되어 있는 것처럼 북한에서는 사회주의적 사실주의 문학예술이 특정한 국가의 사회·역사적 조건에 따라 달라질 수밖에 없음을 강조한다. 북한 사회가 추구하고 있는 사회주의적 국가 건설의 혁명적 수행이라는 과업에 따라 문학예술도 그 요구를 실천해 나아가기 위한 독자적인 요건을 갖추어야 한다는 것이다. 그렇기 때문에 북한의 문학예술은 노동계급의 문학예술이 추구하는 국제주의적인 속성보다는 오히려 민족적인 것, 주체적인 것이 강조되는 방향으로 나아간다. 말하자면 민족적 주체성에 대한 요구가 강조되고 있다고 할 수 있다.

주체문예이론에 의하면, 문학예술에서의 주체 확립의 본질적 내용은 "자기 인민의 정서와 감정에 맞게 문학예술을 창조하여 자기 나라 혁명과 자기 나라 인민을 위해 적극 복무하는 문학예술을 건설하는 것"이다. 여기서 말하는 자기 인민의 정서와 감정에 맞는 문학예술이란 인민의 예술적 재능과 창조적 지혜가 깃들어 있는 '민족적 문예 형식'을 뜻한다. 그리고 바로 이 민족적 문예 형식을 통해 사회주의 국가 건설의 혁명적 이념을 구현한다는 것이 주체문예이론의 목표라고 할 것이다. 그러나 주체문예이론에서 강조하고 있는 문예의 민족적 형식이라는 것은 전통적인 민족 문학예술의 형식에 대한 현대적 재인식과는 거리가 멀다. 사회주의적 사실주의의 미학적 원칙보다는 김일성의 혁명사상에 근거하여 혁명적 이념을 구현하고 있는 '혁명적 문예 형식'을 민족 문학예술의 전형으로 내세우고 있기 때문이다. 혁명적 문예 형식이란 일제 식민지 시대 김일성의 항일무장투쟁시기에 김일성의 지도 아래 창작되었다고 하는 항일혁명문학 즉『꽃 파는 처녀』,『피바다』,『한 자위단원의 운명』등의 형식을 지칭한다.

1967년 이전의 북한문학이 주로 당시의 '천리마 현실'을 반영하여 '인민 형상화'에 주력하였다면, 1967년 이후의 문학은 주체사상과 김일성 우상화로 치닫고 있다는 점에서 '수령 형상화' 작업에 집중된다. 특히 소설의 경우에는 1967년 이전의 작품들이 주로 대중적 영웅주의를 바탕으로 '공산주의 인간형'의 창조에 힘을 쏟고 있는 반면, 1967년 이후는 김일성의 생애를 소설화한 '불멸의 역사'로 대표되는바 수령 형상화의 극점을 보여준다. 이러한 경향은 비단 소설 장르에 국한되지 않고 시, 평론, 희곡 등의 전 영역에서 확인되고 있다. 특히 이 시기에 접어들어서는 창작 문학이 당의 정책과 이념을 충실히 반영할 수 있도록 창작을 독려하고 이끄는 모습을 보여준다. 본고는 1960~1970년대 북한문학의 흐름을 시, 소설, 평론, 희곡으로 구분하여 고찰하고자 한다. 그러나 실제로 이러한 장르 구분이 구체적인 논의의 차원으로 확대·심화되기는 매우 어려운데, 이는 북한의 문학예술이 남한의 그것과 너무도 상이한 방식으로 생산되기 때문이다. 즉 북한의 문학예술은 김일성의 교시에서 출발하여 그 교시가 당의 정책으로 수렴되고 나아가 그것이 작가들을 통해서 구체적으로 구현되는 방식을 취하고 있어 각 시기별 혹은 장르별의 문제의식을 별도로 추출할 수 없다. 또한 아직까지는 북한의 현대문학 자료들을 제한적으로만 접할 수 있기에 그러한 한계는 더욱 클 것으로 생각된다.

2. 1960~1970년대 시의 양상

1) 1960~1966 : 사회주의의 전면적 건설을 다그치기 위한 투쟁 시기

북한은 1957~1961까지를 경제 개발 5개년 계획의 해로 설정하였다. 그러나 이러한 계획은 '천리마 운동'의 덕분으로 2년이 앞당겨져 1959년에 조기 성취되었다. 따라서 원래 이전의 계획을 변경하여 1961년부터를 '사회주의 전면적 건설을 위한 투쟁 시기'라고 명명하게 된다.[1] 북한문학사는 천리마 대고조 운동의 현실을 맞은 1960년대 전반기의 문학을 '천리마 현실 반영기'라고 명명하고 있다. 이 시기에는 천리마 현실을 작품에 반영하는 것과 천리마 기수들의 전형을 창조하는 것이 주요한 문학적 과제로 제시된다. 이 시기의 시문학에 대해 북한의 문학사는 "천리마의 기상으로 들끓는 장엄한 현실은 이 시기 시문학에 새로운 시대 정신의 나래를 달아 주었다"[2]라고 서술하고 있다. 그리고 이러한 인물의 전형 창조에서는 계급성을 바탕으로 한 투쟁성이 중요한 부분을 차지하고 있음을 볼 수 있다. 이 시기의 대표적인 작품으로는 오영재의 「조국이 사랑하는 처녀」(1963)를 들 수 있는데, 『조선문학개관』은 이 작품을 "조국과 인민을 위해 헌신적으로 일하는 천리마시대의 인간―한 농촌처녀의 아름다운 풍모에 대한 찬양이며 그에 대한 조국의 뜨거운 사랑"[3]이라고 평가하고 있다.

인물의 전형 창조와 더불어 이 시기의 시에서 주목할 만한 또 하나의 문제는 '천리마의 현실 반영'이다. 여기서 현실 반영이란 사회의 급속한 변화 과정, 즉 공업화·산업화에 대한 문학적 대응을 총제적으로 말

---

1) 윤재근·박상천, 『북한의 현대문학Ⅱ』(고려원, 1990), p.277.
2) 박종원·류만, 『조선문학개관Ⅱ』(인동, 1988), p.251.
3) 같은 책, p.253.

하는 것이다. 생산력의 발전 없이는 체제 유지조차 불확실하다는 위기감을 느낀 북한의 지도층은 급속한 생산력의 증대를 통해 사회주의 낙원의 비전을 인민들에게 심어 주고자 하였다. 이러한 문제의식을 잘 드러내고 있는 작품으로는 최영화의 「천리마로」(1959), 박호범의 「천리마」(1964), 정문향의 「시대에 대한 생각」(1961), 남응손의 「천리마 달린다」(1960), 라호일의 「청년 사회주의 건설자 행진곡」(1960) 등이 있다.

또한 이 시기에 북한은 조선노동당의 혁명 전통과 정권의 정통성을 부각시키기 위해서 자신들의 정통성을 김일성의 항일무장투쟁에서 찾는 작업에 집중한다. 따라서 시문학 역시 항일무장투쟁을 형상화한 것들이 다수 등장하는데, 그러한 작품들의 대부분이 항일무장투쟁을 조선노동당의 역사와 동일시하는가 하면 나아가 김일성 개인의 영웅적인 활동상을 항일무장투쟁과 동일시하여 형상화하고 있다. 이러한 경향의 대표적인 작품으로는 박세영의 장편 서사시 『밀림의 역사』(1962)를 들 수 있다. 이 작품에서 박세영은 "영광스러운 항일무장투쟁사에 대한 깊은 연구와 혁명전적지를 답사하고" 썼다고 밝히고 있는데, 이러한 시의 경향은 자연스레 김일성 우상화와 영웅화로 치우치게 되며 특히 그 대부분이 김일성의 군건한 통치 체제를 구축하는 이데올로기로 작용하였으며, 그 내용상에서도 비현실적인 과장으로 일관되고 있는 것이 특징이다. 집체작 「인민은 노래한다」(1962), 백인준의 담시 「대동강에 흐르는 이야기」(1962), 안충모의 「연풍호반의 새봄」 등은 그 대표적인 작품이다.

한편 이 시기의 시문학은 김일성이 민족 주체성을 강조하는가 하면, 소련·중국 등과 정치적으로 미묘한 관계로 치달음에 따라 그들 국가들과의 우호적 관계를 형상화한 작품들은 거의 등장하지 않는다. 이러한 경향은 1950년대 시들과 대별되는 차이점이기도 하다.

2) 1967~1979 : 당의 유일사상체계를 더욱 철저히 세우며 사회주의의 완전 승리, 온 사회의 주체사상화를 앞당기기 위한 투쟁 시기

북한의 문학사에서 1967년 이후는 "당의 유일사상을 더욱 철저히 세우며 사회주의의 완전승리, 온 사회의 주체사상화를 앞당기기 위한 투쟁시기"[4]로 기술된다. 또한 이 시기의 문학은 "다양하고 풍부한 현실과 생활감정을 반영하면서 그 형식에 있어서도 전례 없는 새로운 발전을 이룩"하였으며, 특히 송가의 전면적인 발전은 '가장 특기할 사변'[5]이라고 할 수 있다. 물론 송가, 송가의 형식이 이 시기에 처음 등장한 것은 아니다. 송가 형식의 시문학은 그 대상에 대한 최대한의 칭송을 목표로 하며, 1967년 이전 시기에도 분명 존재했다. 그러나 67년 이전의 송가가 천리마 운동의 동력으로서의 민중 형상화에 집중한 반면, 이 시기의 송가는 주체사상의 확립에 영향을 받아 수령 형상화로 집중된다. 따라서 이 시기에 송가적인 작품들이 활발하게 창작된 것은 주체사상의 확립, 곧 유일사상체계의 확립을 위한 문학적 과제로서 수행된 결과였다. 이와 같은 송가 문학, 특히 송가 서사시는 70년대를 전후하여 출현한 것으로 보여지는데, 이에 대해 류만은 "온 사회에 당의 유일사상체계를 세우기 위한 투쟁이 힘있게 벌어진 결과"[6]라고 설명한다. 송가적 성격의 서정시들을 묶은 『수령께 드리는 충성의 노래』나 『우리의 태양 김일성 원수』(1969), 집체작 「수령님의 만수무강 축원합니다」(1972), 「어버이 수령님 만수무강을 축원합니다」(1972), 최영화의 「태양이 누리에 빛나는 이 봄에」(1972), 렴봉우의 「남녘의 마음」(1972) 등은 그 대표적인 경우이다.

---

4) 같은 책, p.324.
5) 같은 책, p.325.
6) 류만, 『현대조선시문학연구』(사회과학출판사, 1988), p.117.

이 시기 시문학은 항일혁명투쟁의 형상화에도 집중적인 노력을 기울인다. 이는 앞서 서술했듯이 항일혁명투쟁을 통해 정권의 정통성을 확보하는 한편 김일성 가계의 안정적인 통치 기반을 확립하기 위한 정책적 고려이다. 시문학에서 항일혁명투쟁을 처음 다룬 것은 1947년 조기천의 『백두산』이다. 그 이후 항일혁명투쟁의 문학적 수용이 본격적으로 요구된 시기는 1959년 제2차 항일혁명 전적지 답사단 파견 이후이며 1960년부터 항일혁명문학의 시기라고 불릴 만큼 활발한 창작을 보인다. 그리고 1960~70년대의 시에서 항일혁명투쟁의 문학적 반영은 주요한 주제로 부각된다. 1964년 리호일의 『수리개 날은다』에 실려 있는 「청봉의 달」, 「군함바위」, 「그는 영원히 살아 있다」와 안룡만의 「첫 유격대가 부른 노래」(1978), 홍종련의 「밀영에 새벽 닭 우네」(1966), 김병두의 「혁명의 대오는 가고 있다」(1978) 등은 그 대표적인 작품들이다.

그리고 위의 작품들이 대부분 서정시의 성격을 띠고 있는 것들이라면 이 시기에는 김일성 개인뿐만 아니라 그 가계의 혁명적인 측면을 드러내는 서사시들도 상당수 창작된다. 집체창작 서사시 「푸른 소나무 영원히 솟아 있으리」(1969)에서 학교 선생인 김형직은 항일 투쟁의 선구자로 묘사되며, 허우연의 「강반석 어머니」(1969)에서 김일성의 어머니 강반석은 남편을 잃고 살아가는 와중에도 김일성을 혁명 투사로 길러내는 훌륭한 어머니상으로 그려지고 있다.

1960~1979년대의 시에서 찾아볼 수 있는 또 하나의 경향은 바로 남한의 현실에 대한 관심과 통일에 대한 문제의식, 그리고 미국에 대한 비판이라는 주제이다. 이러한 경향은 1960년대 초반의 한국 사회의 정치적 변화에 즉각적인 대응의 형태를 지니고 있다. 특히 박산운의 「싸우는 남조선 청년학도들에게」(1960), 리찬의 「노도처럼, 격랑처럼」(1960), 백하의 「교실은 비지 않았다」(1964), 리호일의 「천백 배 복수

의 불길로」(1964) 등의 작품들은 김일성의 교시에 입각하여 4·19혁명을 시적 소재로 채택한 대표적인 작품들이다. 이 작품들은 대부분 4·19를 주도한 남한 학생들을 민족 해방의 영웅으로 묘사하고 있으며, 4·19를 계기로 통일 조국을 이룩하자는 선언적인 목소리로 가득 차 있다.

1967년 이후 시문학은 노골적인 반미 감정을 드러내는 경우가 빈번해진다. 특히 이 시들은 남한과 미국을 지배―종속의 관계로 묘사하는데, 따라서 한반도의 통일을 가로막고 있는 주요한 세력을 미국으로 상정하고 있다. 그 대표적인 시집이 『조선은 하나다』(안창만 외, 1976)인데 여기에 실린 일련의 작품들은 이전 시기와 비교할 때 반미 감정이 한층 고조되어 있고 '남조선 해방'에 대한 강한 신념을 내포하고 있다. 안창만의 「조선은 하나다」는 민족 통일의 당위성을 강조하고 있지만 이때의 통일이란 '수령님이 밝혀주신 5대 강령 홰불따라' 처럼 북한의 남한 해방을 의미하는 것이기 때문에 어디까지나 투쟁을 통한 성취의 대상으로 표현되고 있다. 이외에도 김시권의 「미제에게 죽음을 주라」, 김조규의 「미제국주의를 단죄한다」, 석광희의 「직사포는 노효한다」, 김윤일의 「남녘땅이 앞에 있다」 등의 작품들은 반한·반미의 감정들을 잘 보여주는 작품들이다. 그러나 한 가지 주목할 사실은 이러한 작품의 경향이 시간이 지남에 따라 조금씩 변모의 양상을 보여준다는 것이다. 이는 류만의 『조선문학개관』에 실려 있는 김정일의 다음과 같은 담화에서 기인하는 듯하다.

시인들이 시문학의 고유한 특성인 풍부한 서정성을 높이기 위하여 현실을 체험하고 생활을 정서적으로 깊이 파고들도록 하여야 합니다.[7]

---

7) 박종원·류만, 『조선문학개관』(인동, 1988), p.324 재인용.

이 시기의 주목할 만한 변화로는 김정일이 문예정책에 대한 담화들을 발표한다는 사실이다. 이 담화에서 김정일은 서정성과 생활 체험의 형상화를 강조했는데, 이 담화는 이후의 북한 시문학에 상당한 영향력을 행사했다. 왜냐하면 이전의 시들이 전투적이고 직설적인 표현에 그친 데 비해서 이 담화 발표 이후의 시들에서는 순화된 표현들이 많이 눈에 띄기 때문이다. 물론 이러한 변화가 북한 시문학 전체의 변화를 의미하는 것은 아니다. 이것은 단지 표현의 영역에 한정되어 일어난 부분적 현상일 뿐이며 궁극적으로 북한식 사회주의 · 주체사상에 입각한 정치적 이념은 오히려 더욱 견고해졌기 때문이다. 하지만 반미 · 반한의 시에서 욕설과 야유 등으로 일관되었던 이전의 시들과는 달리 점차 표현의 층위에서 세련된 양상을 획득해 가고 있다는 점은 주목할 필요가 있는 듯하다.

3. 1960~1970년대 소설의 양상

1) 1960~1966 : 사회주의의 전면적 건설을 다그치기 위한 투쟁 시기

1961년 9월 조선노동당 제4차 대회는 북한에서 '사회주의 기초 건설'이 이룩되었음을 선언하는 한편 계속적인 혁명을 촉구한다. 이때 '사상 · 문화 · 기술'의 소위 3대 혁명이 제시되는데, 이는 사상 혁명을 통해 사람을 개조하고, 문화 혁명을 통해 사회를 개조하고, 기술 혁명을 통해 자연을 개조한다는 입장이다. 이러한 '사회주의 전면적 건설을 다그치기 위한 투쟁시기'의 문예정책이나 이론은 이전 시기인 '기초건설시기'와 크게 다르지 않았다.[8] 이 시기에도 여전히 중요한 것은 바로 '사상 개조'였다.

사회주의적 개조가 완성되고 사회주의의 전면적 건설을 위한 투쟁이 힘 있게 벌어질 때 우리 나라에서는 천리마 운동이 더욱 심화 발전되었다. 우리 인민은 〈천리마를 탄 기세로 달리자!〉라는 당의 전투적 구호를 높이 받들고 …… 이러한 천리마 현실을 제때에 민감하게 반영하여 우리 시대의 영웅인 천리마 기수들의 전형을 창조하는 것은 문학예술부문 앞에 나선 매우 절박한 과업이었다.[9]

인용문에서 나타나듯이 이 시기 북한문학이 가장 우선적으로 해야 할 일은 '천리마 기수의 형상 창조'였다. 김일성은 이와 관련하여 1960년 11월 27일 작가, 작곡가, 영화 부문 일꾼들 앞에서 행한 연설에서 "우리의 문학과 예술은 천리마 시대 사람들의 보람찬 생활과 영웅적 투쟁 모습을 그려야 하며 그들의 희망과 염원을 뚜렷이 나타내야 할 것입니다"[10]라고 교시했다.

이 시기의 소설은 크게 세 가지의 주제를 드러내고 있다. 그 중에서 첫째가 바로 '천리마 현실의 반영'과 '천리마 기수의 전형 창조'이다. 천리마 현실의 반영과 천리마 기수의 전형 창조는 주로 단편소설들에서 잘 드러난다. 이것은 천리마 운동이 빠른 속도를 지향하는 이유에서였다.[11] 그 주요한 작품으로는 단편 김병훈의 「해주─하성서 온 편지」(1960), 「일동무들」(1960), 권정웅의 「백일홍」(1961), 석윤기의 「행복」(1961), 리병수의 「령북땅」(1964), 김북향의 「당원」(1961), 이윤영의 「진심」(1961), 최창학의 「애착」(1963) 등과 중편 리북명의 「당의 아

---

8) 윤재근 · 박상천, 앞의 책, p.278.
9) 박종원 · 류만, 앞의 책, p.196.
10) 같은 책, p.197.
11) 천리마 현실을 반영하는 데서 이 시기 가장 뚜렷한 자욱을 남긴 것은 단편소설이다. 소설가들은 현실 속에서 연이어 창조되는 기적과 혁신, 사람들 속에서 발현되는 고상한 공산주의적 미풍을 반영하는 데서 가장 기동적이고 민감한 단편소설 형식을 적극 이용하여 특색 있는 단편소설들이 수없이 창작되었다.
　　 같은 책, p.190.

들」(1961), 김홍무의 「회답」(1963), 현희균의 「청춘의 고향」(1966), 그리고 장편 윤시철의 『거센 흐름』(1964) 등이 있다.

「백일홍」은 산간벽지에서 철길을 지키는 영예 군인 선우혁의 이야기로서, 그는 고상한 세계관으로 아직 혁명적 자각을 하지 못했던 그의 아내 금녀를 감응시킨다. 그리고 작품의 끝부분에 이르면 금녀가 천리마 운동에 차질이 생기지 않도록 열차가 정지하지 않게 철로에 굴러떨어진 돌을 위험을 무릅쓰고 밀어내는 헌신적인 모습을 보여준다. 「해주—하성서 온 편지」는 대학입시를 눈앞에 두고도 자원하여 건설장으로 달려온 서칠성이라는 평범한 청년이 혁명적인 자각에 의해 진정한 투사가 되어 동료들을 격려하여 3~4년 정도 소요되어야 할 철길 공사를 75일 만에 끝낸다는 이야기이며, 「길동무들」은 '자기 고향땅에서 공산주의를 맞이하리라는 황홀한 꿈과 불같은 열정으로 가슴 불태우는 낭만적이고 정열적인 처녀' 오명숙이 자신의 꿈을 이루기 위해 며칠 밤을 새우며 못을 파낸다는 이야기이다. 이러한 작품들은 평범한 인물들이 사회주의 건설을 위해서 열정적으로 일하는 모습을 제시함으로써 당과 수령에 대한 자발적인 충성을 요구한다. 이처럼 평범한 인간이 '기적의 창조자'가 되는 데에는 정신적 요인이 있는데 그 요인은 바로 '혁명적 자각' 즉, 공산주의를 건설하려는 낭만적 지향과 열정이다. 이 시기의 작품들의 특성은 이와 같이 인민들을 천리마 시대로 끌어들이는 선전 선동의 성격이라고 볼 수 있다.

둘째, 항일무장투쟁에 대한 형상화 작업이다. 1960년을 전후하여 북한에서는 항일무장투쟁의 현실과 '항일유격대원들의 고상한 사상정신적 풍모를 형상화한 작품들'을 통하여 인민들의 사상성을 고양하기 위해 이를 주제로 한 소설들을 창작하게 하고, 그것을 높이 평가했다. 그런데 이 시기 항일혁명투쟁의 형상화에서 특이한 점은 항일무장투쟁의 참가자들이 직접 작품을 창작했다는 사실이다. 그러한 예로 임춘추의 『청년 전위』(1962)를 들 수 있다.

셋째, 조국해방전쟁이라 일컬어지는 6·25전쟁에 대한 소설들이 다수 등장했다. 북한은 '미제의 격화되는 새 전쟁 도발 책동'에 대처하기 위해 조국해방전쟁 현실과 인민군대의 영웅적 투쟁을 형상화하여 인민들을 교육시켜야 한다는 미명하에 6·25전쟁기의 상황을 소설 속에 담으려 하였다. 대표적인 작품으로는 중편 김재규의 「포화 속에서」(1964)와 정창윤의 「포성」(1966), 그리고 장편 석윤기의 『시대의 탄생』 등을 거론할 수 있다.

이상의 주제 외에도 농촌에서의 계급 투쟁을 그린 천세봉의 『대하는 흐른다』(1960), 남한에서의 계급 투쟁을 그린 이기영의 중편 「한 녀성의 운명」(1963), 갑오농민전쟁 이전인 1860년대의 모습을 담은 박태원의 장편 『계명산천은 밝아오느냐』 등은 이 시기의 중요한 작품들이다.

이 시기 소설의 특징적인 면모를 정리하자면 다음의 두 가지 사실에 주목할 필요가 있다. 이 특징들은 모두 등장인물의 성격과 밀접한 관련을 맺고 있는데, 첫째는 이 시기 소설에서 중요시한 것이 긍정적인 인물의 의식 변화라는 점이다. 이 인물들은 하나같이 처음에는 지극히 평범한 인물이었으나 소설의 후반부에서는 철저한 혁명성을 체득한 영웅으로 묘사되고 있다. 둘째, 이 시기 소설의 주인공은 철저히 전형적이고 긍정적인 인물이라는 점이다. 소설 속에서 긍정적인 인물은 계급적·사상적인 면에서 시종일관 긍정적인 면만을 지닌다. 부정적인 인물의 경우도 이는 마찬가지이다. 이러한 이유 때문에 소설 속에서 등장인물간의 갈등이 존재하지 않는다.[12]

한편 이 시기의 작품으로 『조선문학개관』에 거론되지 않은 작품 중에서 천세봉의 『안개 흐르는 새 언덕』(1966)은 주목할 만한 가치를 지

---

12) 김재용, 『북한문학의 역사적 이해』(문학과지성사, 1994), p.225.

니고 있다. 이 소설은 북한에서 거의 판매 금지 처분을 받다시피 한 작품으로 기존의 소설들과는 사뭇 다른 양상의 인물들을 등장시키고 있다. 주인공 강민호는 일제에 대해 적개심을 가지고 있는 맑스주의 노동자이다. 그는 부르주아의 딸인 순영과 사랑을 하게 되지만 소시민적인 순영과는 맺어지지 못하고 건실한 노동자인 경희와 결혼을 하여 철웅이라는 아들을 두게 된다. 강민호는 소설 속에서 일본의 눈을 피해 곳곳에서 노동자들을 모아 투쟁을 벌이다가 나중에 만주로 가서 항일혁명투쟁을 하게 되는데 거기에서 김일성을 만나게 되고 훗날 북한 건국의 공로자가 된다. 그의 아내인 경희는 만주에서 투쟁 중에 사망하고, 그의 아들 철웅은 민호처럼 건실한 맑스주의자로 성장하여 김일성을 돕는다. 순영은 나중에 자신의 소시민적인 삶을 뉘우치며 자결하게 된다. 소설에서는 이들 외에도 민호를 돕는 맑스주의자들과 민호를 쫓는 친일 부르주아들, 일본 경찰들이 등장한다.

이 소설이 처음 출판되었을 때 안함광은 등장하는 인물의 성격을 작가가 단순화하지 않고 사실주의적인 진실성에 입각하여 그리고 있다고 긍정적으로 평가하였다. 소설 속에는 부정적인 인물인 순영이나 일경 고이시에게 부정적인 면만 존재하는 것이 아니라 긍정적인 일면도 나타난다. 그리고 이들이 비극적인 운명을 맞이하는 이유는 단순히 그들이 부정적인 인물이기 때문이 아니라 당시의 필연적인 상황 때문이었다. 또 긍정적인 인물인 강민호의 성격도 흔히 북한문학의 긍정적인 인물이 그러하듯이 원칙을 견지하는 강한 사람이 아니라 그러면서도 인정을 이해할 수 있는 인물로 그리고 있다. 안함광은 이러한 면을 들어 이 작품이 당시에 북한문학에 만연한 도식성을 뛰어넘을 수 있는, 진실성을 가진 소설로 평가했던 것이다.

그러나 이에 대해 김일성은 영화 예술인들과의 한 담화 「혁명 주제 작품에서의 몇 가지 사상미학적 문제」(1967. 1. 10)에서 이 작품에 대해 부정적인 평가를 내린다. 그 비판의 핵심은 부정적인 인물인 순영의 계급적 바탕이 애국적 민족주의자의 딸이라는 것과 강민호와 같은 노동자 계급을 작품의 초반부에서 깡패처럼 묘사한 것이 그 계급적 바탕과 맞지 않다는 점이다. 즉 적대적 갈등 관계에 있는 인물의 계급적인 바탕 설정이 잘못되었다는 점이다. 이러한 김일성의 입장으로 보았을 때, 안함광의 긍정적인 평가는 다분히 비판받아야 할 것이었다.

2) 1967~1979 : 당의 유일사상체계를 더욱 철저히 세우며 사회주의의 완전 승리, 온 사회의 주체사상화를 앞당기기 위한 투쟁 시기

김일성은 1967년 '당의 유일사상체계를 철저히 세울 데 대한 방침'을 제시하였는데, 이 시기를 기점으로 북한문학은 이전의 마르크스―레닌주의 미학에서 벗어나 주체사상에 기초한 유일사상체계에 종속된다. 1967년 5월 당 중앙위원회 제4기 15차 전원대회는 이러한 전환을 결정적으로 마련한 회의였다. 그리고 1972년 12월 27일 최고인민회의 제5기 1차 회의에서는 헌법까지 개정하여 이전까지의 '인민민주주의헌법'(1948. 9. 28) 대신에 '사회주의헌법'을 채택하였다. 이 헌법이 이전의 헌법과 다른 점은 항일무장투쟁의 혁명 전통을 물려받는다는 규정과 주체사상을 국가의 지도 이념으로 삼는 자주적인 사회주의 국가로 규정한 점이다. 이렇게 헌법까지 개정하면서 사회주의의 전면적 건설을 선언한 북한은 계속 혁명의 과업으로 3대 혁명을 계속하고 나아가 온 사회를 주체사상화할 것을 선언하였다. 여기서 말하는 온 사회의 주체사상화는 곧 김일성 권력의 절대화, 신성화를 의미한다. 그리고 온 사회의 주체사상화를 위한 전초적 운동으로 3대 혁명 소조운동이 있었는데 이의 실질적인 책임자는 바로 김정일이었다. 이는 북한에서의 세대 교체의 시작을 의미하는 것이며 이 시기부터 김정일의 권력이 부각되기 시작한다.

이 시기 소설의 가장 중요한 특징은 '집체창작'의 활성화이다. 이즈음 북한에서는 천리마 운동의 발전 형태인 '속도전' 이론이 등장한다. 이것은 김정일에 의해 제기된 것으로 그는 이것이야말로 생산의 질과 양을 함께 보장할 것이라고 주장하였다. 그리고 이 속도전 이론이 문학 창작에 적용될 때에 조직을 통한 창작 방법을 제시한 것이다. 이런 이유로 1967년 이후부터는 집체창작을 위한 제도적 장치가 마련되었다. 1967년 4월 15일 김일성의 55회 생일에 4·15창작단이 생겨서 시, 소설 분야의 창작을 맡게 되었고, 1968년 4월 25일 김일성의 항일유격대 창설 36주년 기념일(인민군 창설 기념일이기도 함)에 백두산창작단이 발족되어 가극 등 주로 공연예술과 관련된 창작을 하게 되었다.

이러한 예술창작단에 의해 창작된 작품으로 대표적인 것이 김일성의 항일혁명투쟁을 찬양한 '불멸의 역사' 총서이다. 또한 4·15창작단은 김일성이 항일무장투쟁시기에 창작했다고 주장하는 연극 대본 『피바다』, 『한 자위단원의 운명』, 『꽃 파는 처녀』 등을 장편소설화하는 작업을 하기도 했다. 김일성의 우상화를 위해 김정일의 주도에 의해 창작된 '불멸의 역사' 총서는 다음과 같은 창작 지침에 의해 창작되었다. 첫째, 김일성의 위대한 풍모를 형상화한다. 둘째, 혁명 역사를 생활적으로 진실하게 그린다. 셋째, 김일성뿐만 아니라 김일성이 출생한 가정을 일대기식이 아닌 역사적 사건을 중심으로 단계별로 창작한다. 넷째, 수령의 형상을 시기적으로 통일시키는 문제를 제시하고 그 구체적인 미학적 실천 방법까지 밝힌다.[13]

'불멸의 역사' 총서는 1970년대 초반에서 1994년까지 창작되었다. 창작된 시기순으로 나열하면, 권정웅의 『1932년』(1973), 천세봉의 『혁

---

13) 이명재, 『북한문학사전』(국학자료원, 1995), p.549.

명의 려명』(1973), 석윤기의 『고난의 행군』(1976), 현승걸·최학수의
『백두산 기슭』(1978), 현승걸의 『두만강 지구』(1980), 석윤기의 『대지
는 푸르다』(1981), 김병훈의 『준엄한 전구』(1981), 김정의 『닻은 올랐
다』(1982), 천세봉의 『은하수』(1982), 최학수의 『압록강』(1983), 진재
환의 『잊지 못할 겨울』(1984), 석윤기의 『봄우뢰』(1985), 리종렬의 『근
거지의 봄』(1986), 최창학의 『위대한 사랑』(1988), 박유학의 『혈로』
(1988), 권정웅의 『빛나는 아침』(1988), 안동춘의 『50년 여름』(1990),
천세봉의 『조선의 봄』(1991), 정기종의 『조선의 힘』(1992), 김수경의
『승리』(1994)까지 20권에 이른다.

한편 이 시기의 소설은 김일성뿐만 아니라 김일성의 가족까지 우상
화하는 모습을 보여주고 있다. 대표적인 작품으로 이기영의 『역사의
새벽길』(1972)은 김일성의 아버지 김형직을 찬양하고 있고, 남효재의
『조선의 어머니』(1970)는 김일성의 어머니인 강반석을 전기적으로 다
루고 있다. 그리고 김일성의 아내인 김정숙을 주체형의 혁명가로 그린
『충성의 한길에서』(1~5부) 등도 그 대표적인 작품들이다.

이 시기 소설들의 또 다른 양상은 조국해방전쟁과 항일무장투쟁시기
를 배경으로 한 '혁명적 대작' [14]의 창조라고 할 수 있다. 이는 혁명적
교양과 투쟁 정신 교양의 목적을 위해 쓰여진 사상 혁명의 수단이었
다. 이에 따라 일련의 장편소설들이 창작되었는데 천세봉의 『대하는
흐른다』 『고난의 역사』(1971), 석윤기의 『시대의 탄생』(1966), 『무성하
는 해바라기들』(1970), 김병훈의 『불타는 시절』(1971), 정창윤의 『천산
령을 넘어』(1970), 박태원의 『계명산천은 밝아오느냐』(1963~1967) 등
이 대표적인 경우이다. 이들 작품들은 대중의 혁명적 노력이 절실히

---

14) "그것(혁명적 대작)은 혁명적 투쟁을 사회력사적으로 보다 폭넓게 반영하며 그 속에서 시대의 영웅적
성격을 보다 심오하게 다면적으로 형상화한 기념비적 작품을 의미한다."
　「혁명적 대작의 창작은 시대의 요구이다」, 『조선문학』 200호, 머리글, 1964. 4. p.7.

요구되는 역사적인 격변기를 배경으로, 평범한 인물이 혁명 의식화되고 사회를 변혁시키는 데 주도적으로 나서는 모습을 보여주고 있다.

『무성하는 해바라기들』은 평범한 인물인 박진규와 주삼녀가 혁명가로 성장해 가는 과정을 그린 작품이다. 이들의 혁명성은 이미 개인사와 계급적 기반에 의해 확보되어 있다. 구한말 자진방위대 병정이었던 박진규의 부친 박병무는 조선 군대 해산과 망국을 한탄하여 간도로 이주하였다. 주삼녀의 부친 역시 고종에게 외국의 침략적 본성을 알리는 소장을 올린 바 있는 의로운 인물이다. 이들의 혁명적 성향과 열정은 시련과 고난을 거치면서 강인하게 단련되는데 진규는 면회 온 아내에게 혁명을 하라고 당부를 한다. 이들의 부부 관계는 동지적 관계로 결속됨으로써 이전의 형식적인 관계를 탈피하여 인간적인 유대감을 획득한다. 투쟁위원회 간부들의 회합 장소를 노출시키지 않기 위하여 적들을 유인하고 끝내 사형당하는 삼녀의 행위에서는 비극적인 숭고함마저 느끼게 된다. 유철로 변성명한 박진규는 김일성에게서 조선 혁명의 정세와 혁명 노선을 교육받는다. 이를 바탕으로 혁명 세력을 조직하고 대중을 교양하는 사업을 적극적으로 추진하며 올바른 지도에 의해 동만의 추수폭동을 승리로 이끈다는 내용이다. 『불타는 시절』도 위의 작품과 유사한 구조를 지니고 있다. 주인공 박성진은 혈기에 넘치는 젊은이지만 정확한 현실 인식과 투쟁 방법에 대해서는 무지한 상태이다. 그는 담임선생인 고찬명의 희생적 행위에 감화받고 혁명의 길로 나서기로 결심한다. 그 과정에서 몇 차례의 위기에 직면하지만 혁명을 위한 순수한 열정으로 이를 극복한다는 내용이다. 한편 조국해방전쟁을 시대적 배경으로 삼은 『시대의 탄생』은 인민군의 영웅적인 투쟁을 보여준다. 주인공 박세철은 작품의 초반부에서는 분별력이 없고 미제에 대한 적개심만이 앞서 있었던 데 반해서 투쟁의 과정을 거치는 동안 정치적·전투적으로 단련된 인간형으로 변모한다.

혁명적 대작에서 가장 주목할 만한 성과는 박태원의『계명산천은 밝아오느냐』이다. 이 작품은『갑오농민전쟁』(1977~1980)의 전사에 해당하는 작품으로 익산민란을 주요 배경으로 하여 민중 세력과 지배 세력 간의 갈등을 다양한 인물들을 통하여 형상화하였다. 작품의 배경인 1860년대는 세도 정권의 반역사적인 행각이 극대화되고 봉건 지배층의 농민 수탈이 절정에 이른 시기로 실제 익산민란의 주모자인 역사적 인물 오덕순과 허구적 인물인 오수동 부자가 중심 인물로 설정되었다. 이외에 수많은 인물들이 등장하는데 이들은 익산민란의 주모자의 효수 현장을 지켜 보는 가운데 강한 결속력을 갖게 된다. 혁명적 대작에서의 긍정적 인물과 적대적 인물이 천편일률적이며 다소 도식적인 한계를 드러내고 있음에 비해 이 작품에서는 왕족에서 몰락 양반, 아전, 소작농에 이르까지 다양한 계층의 인물들이 등장한다. 바로 이 작품의 소설적 묘미는 다양한 민중적 인물과 그들이 기반하고 있는 민중적 세계관에 있다고 할 수 있다.

혁명적 대작의 특징은 '서사시적 화폭'과 '대중적 영웅주의'로 집약된다. 그리고 인물의 성격 발전 과정이 중요한 문제로 대두되어 있음을 알 수 있다. 왜냐하면 사회주의 기초 건설이 끝나고 사회주의 전면적 건설이 시작되었다고 선언한 이 시기이기에 복수심만 앞서는 태도는 이제 개조되어야 했기 때문이다. 그것은 곧 인간의 공산주의적 개조를 의미하는 것이다.

3대 고전의 재창작 작업은 사회 전체를 주체사상화하기 위한 현실적인 요구에 부응하여 높은 사상예술성을 가진 문학작품들을 많이 창작하고, 그러기 위해서는 무엇보다도 그런 숭고한 경지에 올라선 정전이 있어야 한다는 문제의식에서 출발하였다. 1953년 항일유격투쟁 전적지 조사단이 조직되어 항일혁명문학을 발굴·소개한 데 이어 그후 몇 차례의 답사 활동을 통하여 혁명적 문예 전통으로 자리잡은『피바다』,

『한 자위단원의 운명』, 『꽃 파는 처녀』 등이 바로 그것이다. 이 3대 고전은 김일성의 주체사상과 혁명적 문예사상이 완벽하게 구현된 고전적 모범에 해당한다.[15] 이 세 작품은 김일성이 지도한 항일무장투쟁에서 강력한 군중 선전·선동 예술로서 널리 이용되었으며, 실제로 대중을 혁명 투쟁의 전선으로 고양하는 데 커다란 성과를 달성한 것으로 평가되고 있다. 1972년 구전되어 오던 이야기를 토대로 4·15창작단에 의해 집체창작의 방법으로 재구성, 소설화되었다.

3대 고전은 평범한 민중적 인물이 간고한 현실 때문에 혁명 의식화될 수밖에 없다는 것을 주요 내용으로 삼고 있다. 『꽃 파는 처녀』의 꽃분이, 『한 자위단원의 운명』의 갑룡이, 『피바다』의 원남이 어머니가 그 전형적인 인물들이다. 작품의 초반부에서 그들은 지주계급과 일인 경찰에게 핍박받고 있었으나, 이를 숙명적으로 인내할 뿐이었다. 그러나 특별한 계기에 의해 불행의 원인이 지주의 수탈과 일본 제국주의의 침략에 있음을 직시하게 되고 계급적으로 각성한다. 이들은 항일유격대 활동에 동조하고 마침내 적극적으로 가담하기에 이른다. 이와 같이 주인공과 적의 대결이라는 긴장된 구성은 작품의 통속적인 재미를 더해주며, 인물의 도식성으로 인해 독자들의 감정이입을 쉽게 유도해낼 수 있다. 이러한 특징은 민담과 영웅소설 등에서 공통적으로 발견되는 속성으로, 이는 3대 고전의 창작에서 강조된 통속성과 대중성을 반영한 결과이다. 이 세 작품은 한결같이 폭동의 승리나 비밀스러운 공작 활동을 벌이는 주인공의 모습으로 끝맺고 있다. 『피바다』의 결말이 상동 마을 주민들이 합세하여 폭동을 일으키는 장면으로 처리되었다든지, 『꽃 파는 처녀』에서 배 지주와 일본인 경찰을 처단한 후 공산당원이 되어 연락책을 맡고 있는 꽃분이의 모습에서 혁명의 낙관적인 미래를 예

---

15) 박종원·류만, 앞의 책, p.278.

견할 수 있게 해준다. 또한 『한 자위단원의 운명』에서 일본 토벌군과 맞서 싸우는 자위단원들과 이들의 항일유격대 입단은 독자들에게 혁명적 감정을 불러일으키고 열광적인 분위기를 이끌어내는 데 일조한다.

4. 1960~1970년대 비평의 양상

1) 1960~1966 : 사회주의의 전면적 건설을 다그치기 위한 투쟁 시기

1960년 11월의 '천리마 시대에 맞는 문학예술을 창조하자'는 김일성의 교시는 작가들이 과거의 전통은 물론이고 현재의 사회주의적 현실인 천리마 시대를 다룬 작품을 쓸 것을 요구하였다. 김일성의 이 교시는 곧 당의 문예정책이 되어 문학가들에게 큰 영향을 미치게 된다. 김일성의 이 교시는 곧 당의 문예정책이 되고 이어 천리마 시대의 현실을 반영하는 작품에서 '갈등'의 문제가 표면화된다. 특히 이 시기에 접어들어 강조되기 시작한 공산주의적 인간의 전형 창조와 맞물리면서 갈등론은 중요한 논의로 확대된다.

과거의 혁명 투사를 그리는 작품에서의 갈등의 문제는 긍정적 인물과 부정적 인물, 그 중에서도 부정적 인물을 어떤 방식으로 그려야 현실감 있게 그릴 수 있는가의 문제 정도에 그치는 정도였다. 그런 점에서 천리마 시기에 북한 비평계의 최대 쟁점으로서의 갈등의 문제는 바로 천리마 현실을 다룬 작품에서만 문제가 되고 있음이 특징적이라고 할 수 있다. 사회주의적 개조가 끝난 현실로 공표된 이 시기에 처음에는 일부 극작가들에 의해 주로 무갈등론이 대두되었으나 안함광의 글이 발표되면서 갈등론은 본격적인 논쟁으로 확대된다. 특히 김우제의 희곡「즐거운 일터」를 둘러싸고 다양한 논의들이 나왔는데 그것들은 작품에 대한 구체적인 분석의 차이에도 불구하고 무갈등론에 대한 비판으로 의견이 집중된다. 엄호석과 한형원같이 좋은 것과 더 좋은 것과의 갈등도 새로운 것과 낡은 것의 갈등의 한 발현 형태라고 주장하면서 무갈등론을 옹호하는 견해도 일부 존재했으나, 안함광을 비롯한 대부분의 평자들(윤세평, 신고송 등)은 무갈등론을 비판하였다.

그러나 이렇게 말한다고 해서 이것은 결코 모든 작품이 다 현실 생활의 적대적 모순에 기초한 갈등의 설정을 보여야만 한다는 것을 의미하지는 않는다. ……생활에서의 이러한 현상이 작품 창조에서 하나의 갈등으로 설정되어야 하며 따라서 그것이 가사 비적대적 모순에 뿌리를 갖는 것이라 할지라도 항상 투쟁의 대상으로, 즉 제거하여야 할 결함으로 명확히 설정될 것이 필요하다.[16]

이 논쟁에서 가장 설득력 있고 타당한 논리를 펼친 것으로 보이는 안함광의 이러한 주장은 이론의 발전에 있어 진일보한 면을 보여준다. 이러한 논의를 거치면서 북한 비평계 내부에서는 무갈등론은 배척당하고 만다. 그러나 문제는 안함광의 '적대적 모순도 그려야 한다'는 문제의식은 이후 사라져 버리고 사회주의적 개조가 된 현실에서는 오로지 비적대적 모순에 기초한 갈등만이 가능하다는 합의를 거친 주장만이 남게 된다. 무갈등론이 배척되고 낡은 것과 새로운 것의 대립에 기초한 갈등의 설정으로 논의가 전개되면서 '갈등의 다양화와 첨예화'의 문제로 논의가 확대된다. 1963년 7월에『조선문학』에「아침노을」이 발표되는 것을 기화로 갈등의 다양화와 첨예화 문제와 관련된 본격적인

16) 안함광,「긍정적 모범의 창조와 갈등의 문제」,『문학신문』, 1961. 1. 27.

논쟁이 시작된다.[17)

이 논의의 도화선이 된 것은 신고송의 「선명하고 감동적인 성격 창조의 길」이었다. 이 글에서 그는 "이 작품이 과거와는 다른 천리마 시대 현실에서의 갈등을 독특하게 반영하였기 때문에 이제 과거와는 다른 갈등의 설정 방식이 필요하다"고 주장하였다. 과거의 작품들은 이 적대적 갈등을 형상화하기 위하여 현실을 과장되게 그렸는데 이제 그럴 필요가 없어졌다는 것이다. 그리하여 이 작품에서 드러나는 갈등은 더 이상 사회적 갈등이 아닌 심리적 갈등이라고 주장한다. 그는 사회주의적 개조가 끝난 천리마 시대에서는 사회적 모순이 아닌 개인적 모순이 극적 갈등의 기초가 된다고 보았다. 이러한 논의가 진행되는 동안 작가동맹에서는 이 문제의 중요성을 인식하고 이에 대한 토론회를 조직하여 1964년 2월 29일 토론이 벌어진다. 여기서 발제를 맡은 이상태는 비적대적 사회적 모순에 기초하여 갈등을 반영하는 것이 사회주의 현실에 맞는 것이라는 결론을 내리게 되는데 이는 이후 북한문학의 갈등 설정의 전범이 된다.

이 시기 비평계의 또 다른 경향은 해방 후 15년간의 문학적 성과를 정리하고 새로운 방향성을 모색하려 한다는 점에서 찾을 수 있다. 이 논의는 고정옥의 「해방 후 15년간의 조선 문예학」(『조선문학』, 1960. 5), 한설야의 「해방 후 조선 문학의 개화 발전」(『문학신문』, 1960. 8. 12), 신구현의 「해방 후 15년간 문학 평론이 거둔 성과」(『문학신문』, 1960. 10. 7) 등에서 구체적으로 드러난다. 특히 고정옥의 글은 당시 북한 비평계의 주요한 성격을 보여주는 몇 가지 특징을 지니고 있는데,

---

17) 천리마 시대에 갈등의 문제가 논의된 글로는 다음과 같은 비평들이 있다.
  신고송, 「선명하고 감동적인 성격 창조의 길」, 『문학신문』, 1963. 12. 31.
  엄호석, 「천리마 현실과 극적 갈등」, 『문학신문』, 1964. 1. 24.
  김명수, 「갈등의 시대정신」, 『문학신문』, 1964. 2. 14.
  이상태, 「우리 문학사에서의 갈등의 특징에 대한 의견」, 『조선문학』, 1964. 5.

첫째 맑스—레닌주의에 기초한 사회주의적 사실주의가 당시까지 북한 문학의 문예이론이었으며, 둘째 이 시기까지는 카프를 선진적 문예학의 전통으로 받아들이고 있으며, 셋째 문학·문예학의 발전은 당의 문예정책이 튼튼히 서 있었기 때문에 가능하다라는 진술에서 문학과 당 문예정책의 관계를 파악할 수 있게 해준다. 한설야는 평화적 건설시기, 조국해방전쟁시기, 전후복구건설기에 따른 시기별 문학의 특징에 대해 지적하면서 시기별로 모범이 될 만한 작품들을 구체적으로 분석하고 있지만 그 역시 이러한 문학적 성과가 '조선노동당의 정확한 문예정책과 현명한 지도' 때문에 가능했다는 점으로 마무리하고 있다.

1960년대 초반의 비평에서 또 하나의 중요한 경향을 찾는다면 아마도 그것은 계급 교양과 혁명적 대작 창작론에 관한 집중적인 관심일 것이다. 1962년 무렵 북한은 대내외적으로 위기에 직면하게 된다. 대외적으로는 쿠바를 둘러싼 미국과 소련의 갈등과 이로 인한 전쟁의 위협을 들 수 있고, 대내적으로는 전후 세대의 증가로 인한 체제의 약화 우려가 바로 그것이다. 따라서 이때부터 경제 건설과 국방 강화를 병진하는 정책을 공표하면서 전쟁을 대비하는 자세를 취하게 된다. 이와 더불어 이러한 위기의 국제적 분위기에 직면한 새로운 세대들에 대한 교양 교육이 추진된다. 이러한 시대사적 맥락에서 제기된 것이 바로 '혁명적 대작' 창작론이다. 이것은 역사적 사건을 배경으로 투사들의 혁명 투쟁을 형상화함으로써 인민 대중 특히 젊은 전후 세대들을 교양하는 것을 목적으로 한 것이었다.

1963년 11월 김일성은 「혁명적 대작을 더 많이 창작하자」라는 글을 발표하면서 이러한 움직임을 독려한다. 그리고 나아가 1964년 11월에 「혁명적 문학예술을 창작할 데 대하여」라는 교시를 발표하는데 이는 혁명적 대작의 창작에 결정적인 역할을 하였다. 혁명적 대작과 관련된 당시의 논의로는 이억일의 「혁명적 대작의 미학적 특성과 그 형상적

구현 문제」(『문학연구』, 1965. 1)와 김병걸의 「혁명적 대작에서 작가의
창조적 개성과 예술적 기교」(『조선문학』, 1966. 6), 최일룡의 「혁명적 대
작과 사실주의 묘사정신」(『조선문학』, 1966. 2), 오승련의 「혁명적 대작
창작과 전형화 문제」(『문학연구』, 1966), 이시영의 「혁명적 대작의 구성
상의 특징」(『문학연구』, 1966) 등이 있다.

2) 1967~1979 : 당의 유일사상체계를 더욱 철저히 세우며 사회주의의 완전 승리, 온 사회의 주체사상화를 앞당기기 위한 투쟁 시기

주체사상의 확립 그리고 주체문예이론의 성립은 67년 이후의 북한
문학에 결정적인 전기를 마련했다. 이 시기에 접어들면서 북한문학은
맑스--레닌주의적인 미학에 기초하고 혁명 전통으로서의 카프 문학과
항일혁명문학을 계승하던 이전의 입장과는 달리 주체문예이론에 입각
한 항일혁명문학만을 유일한 혁명 전통으로 수용하게 된다. 특히 1967
년 5월에 있었던 당 중앙위원회 제4기 15차 전원대회는 이러한 전환을
마련한 결정적 회의로서 이후 북한문학의 흐름을 결정짓게 된다. 이에
따라 유일사상체계를 반대하는 문학예술의 모든 경향은 부르주아적 ·
복고주의적인 수정주의로 비판된다.

주체문예이론의 성립과 더불어 체제 안정기로 접어든 이 시기의 북
한 비평계가 제일 먼저 관심을 쏟은 곳은 바로 국가와 수령의 정통성
에 대한 문제였다. 국가의 수립과 수령의 존재가 당연시될 때 비로소
6 · 25전쟁은 조국해방전쟁으로서의 정당성을 획득할 수 있기 때문이
다. 따라서 70년대 초반 비평계의 주된 관심사는 이른바 '조국해방전
쟁'에 대한 정당성과 정통성, 주체사상의 독창성과 위대성 등에 집중
된다. 이러한 관심은 맨 먼저 김일성의 교시에서 드러나며, 지도 비평
적 위치에 있는 비평문학에서도 마찬가지이다.

항일무장투쟁의 형상화에 관한 교시는 72년 김일성의 신년사에서 단적으로 나타난다. 이 시기에 항일무장투쟁의 형상화는 인민 대중을 '자본가에 대한 증오심'과 '사회주의제도에 대한 열렬한 사랑' 그리고 '공산주의 미래'에 대한 믿음을 주기 위한 수단으로 요구된다. 따라서 항일무장투쟁을 그린다는 것은 인민들에게 자신들의 역사를 보여주는 것을 의미한다. 항일무장투쟁의 중요성은 70년대 중반의 사회주의 사실주의 문학의 주인공 논쟁에서도 빠지지 않고 나타난다. 그 대표적인 경우로 백경을의 「어떠한 역경 속에서도 위대한 수령님을 높이 모시고 옹호보위한 항일유격대원들이 우리 문학의 주인공이다」(『조선문학』, 1977. 1)를 들 수 있는데 여기서 말하고 있는 '인간(주인공)'이란 '항일유격대원'을 지칭하는 것이며, 나아가서 그러한 항일유격대원의 핏줄을 이어받은 조국해방전쟁시기의 전사들, 그리고 그의 자식들을 모두 포함한다. 이들은 바로 '수령에 대한 끝없는 충성'이라는 공통점 속에서 문학의 주인공이 된다. 이상과 같은 과정에서 항일무장투쟁과 조국해방전쟁의 정통성을 계승한 천리마 시대의 주역들이 북한문학의 주인공으로 떠오르게 된다. 그리고 이런 천리마 시대의 인간형은 70년대 중반에 접어들어서 속도전 문학으로 연결된다. 속도전은 주체사상에 의한 문학이론의 하나로서 북한에서 사회, 정치 운동의 일환으로 천리마 운동이 벌어진 이후 그것과 같은 맥락에서 전개된 문학 운동이다. 이것은 곧 북한에서의 문학작품의 창조 역시 물질 생산과 같은 차원에서 취급되고 있다는 사실을 말해 준다. 즉 문학을 상상력과 창조적 주체성에 입각한 개인의 창작 행위로 보지 않고 속도전과 같은 전투 행위로 간주하고 있다.[18]

1974년 『조선문학』 10월호에 실린 「속도전의 혁명적 방침을 철저히

---

18) 홍기삼, 『북한의 문예이론』(평민사, 1981), pp.52~53.

구현하여 사상예술적으로 우수한 문학예술 작품을 더 많이 창작하자」와 1976년 12월에 발표된 동근춘의 「속도전리론을 창작에 훌륭히 구현하기 위하여」 등은 대표적인 비평들이다.

소설의 경우와 마찬가지로 이 시기의 비평들 또한 반한·반미의 감정을 본격적으로 드러내고 있다. 특히 남한에 대한 비판은 당시의 열악한 정치·노동 환경에 대한 집중적인 관심과 비판을 표명하고 있다. 대표적인 글로는 리상복의 「반미구국투사·혁명가의 형상창조」(1971), 최국철의 「총칼로는 통일의 넘원을 막을 수 없다」(1971), 박종원의 「반제반미투쟁에 복무하는 혁명적 문학예술 창조의 강령적 지침」(1976) 등을 들 수 있다.

한편 북한의 비평문학에서 70년대는 주체문예이론에 입각한 문학이론의 확대·심화기이다. 이 시기에 접어들면서 그 어느 때보다도 문학예술에 대한 이론적인 노력들이 많이 등장한다. 이러한 이론적 접근은 대부분 김일성의 교시에 의해 추동되는데, 무엇보다도 주체문예이론의 핵심에 놓여 있는 종자론에 관심이 집중되어 있다. 뿐만 아니라 1973년 사회과학출판사에서 『우리 당의 문예이론』을 출판하는가 하면 1977년에는 『문학예술작품의 종자에 관한 리론』, 『사회주의 문학예술에서의 생활묘사』 등의 이론서들이 출간되는가 하면 1975년에는 주체적 문학예술의 백과전서적인 문헌이라고 명명되는 『사회주의 문학예술론』이 출간됨으로써 본격적으로 주체문예이론의 심화가 이루어지는 시기이기도 하다.

5. 1960~1970년대 희곡의 양상

북한 희곡사에서 이 시기는 토착기(1960~1970)와 무대 미학 혁명기

(1971 이후)로 명명되곤 한다.[19] 여느 장르와 마찬가지로 1960년대의 희곡 창작 태도는 주체사상에 입각한 혁명적 대작의 방식이라고 말할 수 있다. 희곡에서의 혁명적 대작의 방식이란 곧 서사적 기법을 동원한 대형극을 의미한다. 이런 계열의 희곡으로는 천세봉의『대하는 흐른다』를 비롯하여 이종순의『조국 산천에 안개 개인다』(1960),『청년전위』,『나에게는 조국이 있다』,『곡산 빨찌산』,『영웅 조군실』,『보천보의 해발』,『승리의 기치따라』등이 있다. 물론 소설의 경우와 마찬가지로 혁명적 대작의 창작은 곧 김일성 우상화와 밀접한 관련을 지닌다. 따라서 1960년대 들어서 대부분의 희곡작품은 김일성 우상화와 연결되기 시작했으며 그 대표적인 작품으로는『조국 산천에 안개 개인다』를 들 수 있다. 이 작품은 특히 평론가들로부터 "전후시기 우리문학사에서 김일성동지의 숭고한 형상을 창조한 첫 극작품이며 그 대표작"이라는 극찬을 받기도 했다.

이 시기의 북한 희곡에서 또 하나의 특징적인 점을 찾는다면 그것은 집체창작의 등장일 것이다. 즉 이 시기부터 희곡은 극작가 한 사람의 창작이 아니라 집체창작단 전체의 공동 창작물로 전이된다. 이러한 집체창작의 도입은 월북 중진급의 극작가들(함세덕, 김사량 등)이 이미 일선에서 퇴진했고 신진 작가들이 대거 주도권을 잡아가던 시기였기에 보다 수월하게 이루어졌다. 이 시기까지 명맥을 유지한 극작가로는 원로급의 송영과 극좌파 성향의 신고송 정도가 있을 뿐이었다.

1970년에 접어들면서 북한의 극문학에 피바다식 혁명가극의 대본이 포함되었다는 사실은 중요한 사실이다. 1971년 김정일은 백두산문학창작단과 피바다가극단이 공동으로 참여하여『피바다』를 위시한 5대 혁명가극을 창작하도록 지시하였다. 이에 따라서『피바다』,『꽃 파는

---

19) 유민영, 「북한의 희곡」, 권영민 편, 『북한의 문학』(을유문화사, 1989), p.270.

처녀』,『당의 참된 딸』,『한 자위단원의 운명』,『금강산의 노래』가 창작
되었다. 이러한 가극의 대본들이 극문학 장르에 편입된 것이 바로 '주
체사상시기' 극문학의 중요한 변화이다. 그리고 이와 함께 성황당식
혁명연극도 이 시대의 지배적인 흐름이었다.

한편 내용적인 측면에서 살핀다면 이 시기의 대부분 극작품은 김일
성 우상화와 숨은 영웅의 창조에 집중되고 있다. 혁명적 대작의 창작
태도가 이미 김일성 우상화와 밀접한 관련을 지니고 있다는 것은 주지
의 사실이며, 여기에 60년대부터 끊임없이 요구되던 조국과 당에 대한
끝없는 헌신의 주체로서의 숨은 영웅을 만들어냄으로써 인민들의 열
정을 고양하려는 목적이 보다 강해졌다고 할 수 있다. 이밖에도 3대 혁
명 노선의 관철을 작품화한 박봉학의『탄전의 아이들』, 홍진숙의『농
산 기수』 등과 3대 혁명 소조원에 대한 형상을 창조한 리춘구의『열네
번째 겨울』,『청준의 심장』 등은 이 시기의 대표적인 작품이다.

6. 결론

이상에서 살핀 1960~1979년대 북한문학에 대한 논의를 정리하면
다음과 같다. 이 시기 북한문학은 천리마 대고조 운동의 현실을 반영
하는 시기인 1967년 이전과 주체사상의 확립 과정에 해당하는 이후의
시기로 구분된다. 북한의 문학이 해방 이후부터 줄곧 당성, 인민성, 노
동계급성의 구현에 초점을 맞춰 왔다는 점에서 이 시기의 문학도 특별
한 변화 과정을 보여주지는 않는다.

1967년 이전의 시가 주로 사회주의 건설의 원동력인 인민의 형상화
에 주력하고 있는 데 비해, 이후의 시는 수령형상문학으로서의 한 개
인에 대한 송가로 집약된다. 인민 형상화는 주로 기계화, 공업화를 추

구하는 사회주의 농촌 건설의 추동을 위한 것들이 주류를 이루어 철저한 생활문학의 성격을 보여주었다. 그리고 이 시기의 북한 시들은 대체로 이야기 전달의 성격을 지니고 있어 서사성과 산문성의 극복이 과제로 떠오르기도 하였다. 소설의 경우 공산주의적 인간형의 창조에 있어 3대 고전을 중심으로 대중적 영웅주의의 창작에 집중하는 경향을 보이고 있으며, 수령 형상화 시기에는 '불멸의 역사' 총서를 통해 김일성의 전 생애를 혁명 투쟁의 그것으로 소설화하고 있다. 특히 김일성의 생애의 소설화를 통해 정통성을 이어받고자 하며, 인민들을 위한 사랑을 강조하고 있다는 점이 특징이라고 할 수 있다. 비평의 경우도 사정은 마찬가지이다. 이러한 공산주의 인간형과 인민 형상화를 위해, 60년대 전반기에는 무갈등론이 증폭되기도 하였으나, 1967년 이후에는 주로 천리마 운동의 속도전을 창작에서 고무하는 현상이 벌어지고, 김일성의 교시를 기반으로 한 종자론을 강조함으로써 작품의 사상적 인민 교양화를 촉구하는 데 기여하고 있다. 특히 혁명적 대작이라 일컬어지는 '불멸의 역사' 총서 간행을 위한 미학적 탐구와 주체문예이론에 대한 많은 문헌을 출간하기도 하였다. 희곡의 경우 이 시기에 이르면 자연스런 세대 교체의 모습을 보여주는데, 그 과정에서 집체창작의 등장이 주목할 만하다. 또한 이 시기는 피바다식 혁명가극과 성황당식 혁명연극이 주요한 흐름을 이루고 있었는데, 내용적인 측면에서는 여느 장르와 마찬가지로 김일성 우상화와 숨은 영웅의 형상 창조에 집중되고 있다.

1960~1979년대에 북한문학을 전체적으로 조망할 때, 1967년 이전에는 그것의 실현이 다소 인민의 형상화와 공산주의적 인간형의 창조에 주력한 반면, 1967년 이후 1970년대에는 김일성 개인의 우상화로 치닫고 있다는 점은 중요한 구분점이 된다.

참고문헌

■ 자료

안함광, 「긍정적 모범의 창조와 갈등문제」, 『문학신문』, 1961. 1. 27.

신고송, 「선명하고 감동적인 성격 창조의 길」, 『문학신문』, 1963. 12. 31.

엄호석, 「천리마 현실과 극적 갈등」, 『문학신문』, 1964. 1. 24.

김명수, 「갈등의 시대정신」, 『문학신문』, 1964. 2. 14.

편집부, 「혁명적 대작의 창작은 시대의 요구이다」, 『조선문학』, 1964. 4.

이상태, 「우리 문학사에서의 갈등의 특징에 대한 의견」, 『조선문학』, 1964. 5.

■ 논문 및 단행본

홍기삼, 『북한의 문예이론』, 평민사, 1981.

박종원 · 류만, 『조선문학개관Ⅱ』, 인동, 1988.

류 만, 『현대조선시문학연구』, 사회과학출판사, 1988.

윤재근 · 박상천, 『북한의 현대문학Ⅰ · Ⅱ』, 고려원, 1990.

김재용, 『북한문학의 역사적 이해』, 문학과지성사, 1994.

이명재, 『북한문학사전』, 국학자료원, 1995.

유민영, 「북한의 희곡」, 권영민 편, 『북한의 문학』, 을유문화사, 1989.

1980년 이후 북한문학의 흐름

—주체의 시, 서정의 시를 중심으로

박주택

1. 사회주의 혁명 건설을 위한 시론

주지하다시피 북한문학은 주체사상에 입각한 문예이론과 사회주의 리얼리즘이 지배하고 있다. 북한의 문학적 지향과 예술적 품격은 오직 사회주의 체제 안에서만 평가되고 음미될 뿐이다. 인민성과 노동계급성, 그리고 당성을 바탕으로 인민의 자주성과 애국주의적 내용이 기본 주제가 되고 있는 것이다. 이에 따라 민요나 설화 등 인민의 구전 문학이나 항일무장혁명시, 가요 등을 높이 평가하는 한편 사회주의 관점에서 기계론적 자연주의와 형식주의, 수정주의와 사대주의 등의 반동적 문예사상을 의도적으로 거부하여 왔다.[1]

이 같은 반동 부르주아 문학과 종파주의 문학으로부터 이념과 역사를 강조하는 목적의식적인 사회주의 문학예술론은 인민의 창조성과

---

1) 리수립의 평론, 「자주시대 문학의 앞길을 휘황히 밝혀 주는 불멸의 대저작 '주체문학론'」, 『조선문학』, 1992. 2.

자주성 옹호와 더불어 반제국주의, 반자본주의, 그리고 통일지향적 문학관을 표명하고 있다. 80년대 이후 북한 시의 시작은 "당이 제시한 주체적인 창조 세계와 창작 원리를 철저히 구현하며 자연주의 도식주의를 비롯한 온갖 그릇된 경향을 극복하고 창작에서 노동계급적 선을 확고히 세우는 동시에 개성적 특성을 옳게 살리며 철학적 심도를 보장함으로써 사상 예술성이 높은 우수한 작품을 더 많이 창작하여야 한다"라는 80년 1월 제3차 조선작가동맹대회에서의 김정일 지침으로부터 출발한다.[2]

이에 따르면 문예 창작의 실천적 지침으로 초인적인 신념과 힘을 지닌 신격화된 영웅에서 평범하고 진실한 인물을 형상화한 '숨은 영웅' 찾기와 개성과 철학적 심도를 지닌 '사상 예술성 작품'의 창작으로 요약될 수 있다.

'숨은 영웅' 찾기는 임진영의 지적대로 북한 사회가 안정기 사회를 반영함과 동시에 전 시대 문학의 도식적 경향을 극복하는 대안으로서 나타나는 현상이라고 평가될 수 있다.[3] 반면 '사상 예술성의 작품'은 시에서 과거로부터 지속되어 온 도식성과 산문성, 유사성, 미화불식을 극복하고 진실된 생활 체험을 통한 서정성의 확보와 운율을 살려내는 일을 주된 내용으로 하고 있다. 실제로 이 같은 반향은 80년대 초반 이후 90년대 중반까지 노동자, 농민, 인민군 대원과 같은 숨은 영웅을 형상화한 작품과 서정시 본래의 기능인 운율과 서정성의 확보라는 미학적 접근이 이루어진 작품들에서 다수 발견할 수 있다.

그러나 이 같은 문예 미학적 실천 지침과 창작 배경에도 불구하고 30년 백석과 이용악이 보여주고 있는 민중적 정서의 향토적 표출이나 해방기 공간에서 유진오, 김상훈, 안막, 오장환 등이 보여주고 있는 민

---

2) 홍용희, 「해방 50년 북한 시의 역사적 고찰」, 『시와시학』, 1995 겨울호, p.158 재인용.
3) 민족문학사연구소 엮음, 『민족문학사강좌(하)』, 창작과비평사, 1995, p.335.

족주의적 통일에의 정서와 자주 주권 회복을 담은 시와 비교해 보면 오히려 시적 상상력과 창조성에서 뒤지고 있는 것 같은 인상조차 받게 된다. 하지만 북한문학이 당성, 노동계급성, 인민성의 원칙이 철저히 지켜진 기반 위에서 시적 변용을 시도한 것이고 인민의 교양과 인민 대중에 복무해야 하는 지배 이데올로기에 예속되어 있는 이상 우리의 관점에서 북한 시를 지나치게 예술적 척도로만 평가하는 데에는 무리가 있다는 것도 동시에 염두에 두어야 하겠다.

이 글은 이 같은 논의를 바탕으로 80~90년대 북한 시에 나타난 양상과 불멸의 대저작이라는『주체문학론』이후에 나타난 시의 변화를 조선작가동맹 중앙위원회 기관지인『조선문학』을 중심으로 살펴보도록 하겠다.

2. 주체의식에 따른 시 유형

1) 김정일 송가시

김정일에 대한 송가시는 80년대에 들어와서 김일성과 대등한 편수를 보이다가 90년대에 이르러서는 양적, 질적 팽창을 보인다. 이는 권력 세습이라는 정치적 의미망 구축과 함께 역설적이지만 사회주의 문학론 건설이라는 한정된 창작 제재에 묶여 있는 북한 창작인에게 시적 제재의 다양성을 마련해 주는 계기로도 해석된다. 대표적인 시로는 정서촌의「조선의 영광」(1983), 전병구의「정일봉의 해맞이」(1989), 백하의「하늘에 샛길 글발」(1989), 구희철의「귀틀집 생가에서」(1991), 한찬보의「김정일 장군만세」(1993), 강명학의「수령님은 우리의 김정일 동지」(1995), 최창남의「태양만이 보이는 언덕」(1996) 등을 들 수 있다. 이와 같은 시에서 발견되는 특이한 점으로는 김일성에게 바쳐지던 해, 달, 별 등과 같은 천상적 존재의 상징들이 80년대를 거쳐 90년대에 김정일에게도 강도 높은 칭송과 예찬으로 이어지고 있는 것이다.

즉, 80년 초반의 시에서 보이던 김정일에 대한 조심스런 신생의 이미지 구축이 90년대에 들어서게 되면서부터는 공식 후계자인 김정일의 찬양 작업에 집중되어 나타나고 있는 것이다. 예컨대 정서촌의 「조선의 영광」(1983)에서는 김정일을 인류의 길을 밝히는 별과 같은 존재로 묘사하고 있으면서도 그가 가는 길 위에는 '생신한 바람이 일'고 '새싹도 그의 품속에서 태어나'는 인류의 청춘으로 묘사해내고 있는 것이다.

김일성의 70세를 기념하여 1982년 4월에 제막된 높이 170m 주체사상탑은 북한 인민들에게 있어서는 종교적 순례지와도 같아 1985년 홍문수의 「미래가 걱정되는 때가 있거든」이라는 시에서는 영광의 절정인 주체사상탑으로 꽃과 분수를 즐기기 위해 오는 사람은 없으며, 자신과 아들딸의 미래가 걱정되는 때가 있거든 주체사상탑을 우러르라고 외치고 있다. 그러면서도 "오, 친애하는 김정일 동지/대를 이어 완성하시는 새세계의 모양을/가장 가까이 볼 수 있는 곳 예 아니냐/가장 깊이 새겨 안을 수 있는 곳 예 아니냐"에서처럼 마치 종교적 형상물과도 같이 그려지고 있는 구원의 주체사상탑을 통해 김정일의 권력 세습을 "대를 이어 완성하시는" 순리적 역사의식으로 수용하고 있음을 보여주고 있다.

누리를 밝히는/향도의 해발로/가장 밝은/새 세계의 아침을 불러오는 봉우리//그래서 여기 비치는 해빛은/그리고 따사롭고 눈부신 것이냐/여기에 내리는 그 해빛/이 땅에 비끼여/조국의 미래는 그리도 양양하고/인민은 환희에 넘쳐있는 것이 아니냐//아, 시대를 비치고 력사를 빛내이는/은혜로운 사랑의

해빛이여/천만가닥 이땅 우에 비쳐내리는/위대한 향도의 빛발이여//

— 전병구, 「정일봉의 해맞이」(1989) 부분

　이 시 역시, 김정일을 "새 세계의 아침을 불러오"며 빛이 새로이 열려 천만 햇살을 뿌리며 시대와 역사를 어루만지며 빛내게 하는 것으로 그려내고 있다. 뿐만 아니라 온 누리를 불태우는 정일봉의 해맞이를 통해 김정일을 공산주의의 아침과 새로운 주체 조선의 역사를 열어 줄 숭고한 지도자의 이미지로 강하게 인식시켜 주고 있는 것이다. 이 같은 김정일 체제 구축 사업은 93년 김철의 "당은 김정일 동지! 그이는 우리다"라는 표현과 함께 "김정일식이 우리식이다"에까지 이르게 된다. 이와 함께 93년 리정술의 「김정일 동지의 노래」라는 시에서는 "반만년 력사 위에 빛나는 영웅, 조선이 높이 모신 민족의 영웅, 아, 천만세 받들자, 김정일 동지"에서처럼 김일성이 갖던 절대적 위상을 승계받기에 이르른다. 이것이 다시 김일성 사후 94년 8월 최영화의 「태양은 여전히 빛난다」에 이르면 인민의 심장이고 인류의 심장인 수령님이 김정일의 모습 속에 살아계시다며 "우리의 머리 위에서는/태양이 여전히 빛나고 있습니다/수령님이 모습이신 위대한 김정일 동지/그이가 태양으로 빛나고 계십니다"라고 끝맺고 있다.

　이와 같이 유일주체사상 시기인 67년 이후, 70년대 혁명 전통의 표상으로 이루어지던 김일성 우상화 작업과 충성의 문예 작업은 80~90년대에 이르러 김정일의 찬양 작업에 집중되어 나타남을 알 수 있다.

　결국 80~90년대 시는 김정일의 숭고한 위대성과 불멸의 절대성을 인민들에게 침윤시킴으로써 주체 조선의 투쟁적 혁명 정신을 결집시키는 교화적 기능을 담당해 왔다는 것을 확인할 수 있다.

2) 조국 통일의 시

92년 김정일의 『주체문학론』에서는 운문학의 관점과 견해를 세우고 주체문학의 위업을 성취하여 인민 대중 중심의 문학을 건설해야 한다고 주장한다. 동시에 사실주의 문학이 전통적으로 고수해 오고 발전시켜 온 전형화와 진실성의 원칙을 견지하여 인민 대중을 주축으로 하여 역사와 현실을 바라보고 주체 사실주의를 고수해야 한다는 당위론적인 원칙을 제시하고 있다. 이 같은 배면에는 맑스—레닌주의의 기계론적 유물사관에 대한 심각한 반성의 확인과 순수문학을 반동 문화주의로 보는 문학상의 방법론이 깔려 있다.

대표적인 시로는 백인준의 「조국에 대한 생각」(1980), 동기춘의 「인생과 조국」(1986), 김흥권의 「땅을 씻지 말아라」(1989), 김형준의 「통일 렬원」(1990), 강기수의 「봄비」(1991), 주광남의 「강화도를 바라보며」(1996) 등을 들 수 있다. 이들 작품에서 발견되고 있는 점으로는 ① 남조선을 잃어버린 낙원으로 상정하고 이에 대한 강력한 회복 의지를 보이며 어머니로 표상되는 모성적 대지로의 귀환 의지를 보이고 있다는 점, ② 분단된 조국의 근원이 미제와 남한 파쇼 원쑤에 있다고 전제하고 미제국주의와 남한 정권에 대한 투쟁과 분노를 직접적으로 표출하고 있다는 점, ③ 해방 후 혁명 투쟁 정신의 계승을 통해 체현되는 조국 통일 혁명 의지 등이 수용되고 있다는 점 등을 들 수 있다.

①의 경우, 오영재의 「분열의 장벽은 무너지리」(1989), 김형준의 「통일 렬원」(1990), 동기춘의 「나의 집」(1995)에서는 각각 다음과 같이 노래하고 있다.

만나자 얼싸안자/(……)/장벽 너머 저 남녘엔/나의 어머니와 형제들이 있다//(……)헤어진 나의 어머니는 이제는 여든이 되었다//(……)탱자나무 울

타리 곁에서 우리 헤어질 때 마흔도 못되어 젊디젊더니……//

―오영재, 「분열의 장벽은 무너지리」(1989) 부분

동요의 예 추억이 사물거리는/들 딸기, 산나리, 개암숲아(……)/퍼지도록 부르노라, 나의 남녘이여//

―김형준, 「통일 렬원」(1990) 부분

때없이 어린 시절이 생각나라/해떨어진 산에서/꼴짐지고 내릴 때면/흰김 서리는 고삭은 처마 아래서/(……)/닭알 몇 개는 두었다고/그날이면 대글대글 접시에/놓아주던 나의 어머니 계시던 집이여//

―동기춘, 「나의 집」(1995) 부분

그리고 이같이 "나의 남녘"으로 대표되는 낙토에 대한 회복 의지와 어머니로 표상되는 그리운 남쪽은 ②의 경우처럼 남한 정부에 대한 비난과 남한 지도자에 대한 무자비한 공격성으로 드러난다.

나의 눈/나의 총구 앞에/전쟁의 화약내를 풍기는/원쑤미제/네 놈이 서 있다

―림종근, 「날뛰지마라」(1986) 부분

미제는 날 강도, 도적놈, 정신거러지

―문동식, 「이 열쇠를 간직하시라」(1988) 부분

투쟁을 깨우치고 간 그대/복수를 부르고 간 그대/남녘은 서슬푸른 장검을 높이 들고/그대 생전의 념원대로/미제와 로태우 살인마들의 사지를 자르거라/배를 찔러 오장을 탕쳐버리리라./파쑈의 철창과 교수대를 찍어 던지리라

―장혜명, 「복수의 칼을 들라」(1988) 부분

북한 시에서 나타난 시적 양상으로서의 통일에 대한 의지는 보다 직접적이고 적극적이다. 한민족이라는 자각과 통일을 향한 역사 주체로서의 자각, 그리고 당의 교시 문학으로 대변되는 국수주의적 민족의식이 인민 고취의식을 목적으로 강하게 시적 문면에 자리잡고 있는 것이다.

조국 통일과 반제, 반파쑈의 이 같은 시는 해방기 시문학에서 보여지던 안막의 「그대는 북에서 나는 남에서」, 유진오의 「눈감으라 고요히」, 임화의 「깃발을 내리자」, 김상훈의 「나의 길」 등에서 보이던 시적 테마의 주제적 답습에 불과하다. 그러나 해방기 문학이 민족주의적 관점에서 조국 통일을 노래한 점에 비해 80~90년대 북한 시는 주체 사실주의에 입각한 사회주의 리얼리즘 창작론의 관점에서 씌어졌다는 점이 다르다고 할 수 있다.

③의 경우 『조선문학』에 실린 류만의 글은 시사해 주는 바가 크다.

지나온 혁명과 건설의 연대들에 우리 인민이 높이 발휘한 불굴의 투쟁정신과 혁명적 기백은 오늘도 우리 인민들의 가슴깊이 지니고 높이 발양해야 할 숭고한 혁명정신이며 기백이다. 따라서 이러한 시대정신, 이러한 불굴의 투쟁정신을 지닌 항일 무장 투쟁시기와 조국해방전쟁시기, 전후 복구 건설과 천리마대고조시기에 살며 투쟁한 주체형의 인간들의 성격을 창조하여야 할 매우 중요한 형상과제이다.

아, 그날의 투사들/이 찬바람을 맞으며/가슴 속 피를 끓여/혁명절개 억세게 벼리였으니/이 눈바람 맞으며/봄날의 언덕을 제일 먼저 보았으리
―강현만, 「백두겨울의 서정」(1993) 부분

돌아보면 혁명의 여명기에/불바다 피바다를 헤치며/정말 고생도 많이 한

혁명전사들/백번 쓰러지면. 백번 다시 일어나/어떻게 이 길에서 삶을 빛내였던가//전쟁의 깊은 상처를 안은 채/간고한 50년대가 어떻게 흘렀고/어찌하여 이 땅 우에선 한밤중에도/개척지의 우등불이 타올랐던가//

—리광제, 「우리는 배낭을 벗지 않으리」(1985)

이러한 조국 통일의 시는 항일혁명투쟁 기념일이나 조국전쟁시기의 숭고한 사상, 혁명 전적지나 사적지를 형상화하는 작품 속에도 잘 드러나 있으며 비단 80~90년대뿐만 아니라 항일혁명무장투쟁의 정신적 유산을 내세우던 천리마시기와 67년 이후 종자론과 속도전이 나타난 70년대 유일주체사상시기에도 계속적으로 나타난 주제적 전통의 맥을 잇는 시 양식으로 파악할 수 있다.

3) 현실 주제의 시

이미 문학 방법으로 고착된 사회주의 리얼리즘 창작론이 현실 주제의 창작론을 내세우는 것은 결코 우연이 아니다. 이것은 첫째, 문학 내부적 조건으로서 이미 사회주의 창작방법론이 가지고 있는 심각한 도식성과 상투성에 대한 반성적 표현이고 둘째, 외부적 조건으로서는 소련과 동구권 체제 이데올로기 붕괴에 대한 위기의식의 발현이다. 80년대의 시보다는 90년대의 시에서 현실 주제의 시가 많이 보이는 것도 80년대가 안고 있는 문학 내부의 결함을 90년대에서 새롭게 개진하고자 하는 문학 사업의 의지로 파악될 수 있다.

현실 주제의 시는 대체로 정치적 사건이나 상황에 따른 시사적 문제와 북한내의 문화와 사회 변동의 문제를 담고 있는 것으로 크게 대별할 수 있다.

우선, 정치적, 시사적 상황의 시로는 남녁 형제들의 통일 넋을 그린 김홍권의 「땅을 씻지 말아라」(1988), 광주항쟁의 청춘 투쟁을 그린 문재건의 「붉은 잎사귀」(1986), 조성만 열사의 희생을 그린 장혜명의 「복수의 칼을 들라」(1988), 전대협의 림수경을 노래한 남태범의 「수경아 다시 돌아 오너라」(1990), 범민족 통일 음악회 감상을 노래한 림공식의 「예와서 보시라」(1991), 강경대의 죽음을 노래한 동기춘의 「피의 금요일」(1991), 전 인민군 종군 기자였던 비전향 장기수 리인모가 남쪽 독방에서 '님에 대한 변함없는 나의 사랑을 승리로 넘어섰다'며 직접 투고한 「진달래의 마음」과 「개나리의 노래」(1991), 코리아 유일팀 경기를 보며 쓴 작가 미상의 「박수를 치자」(1992), 해외 동포의 그리운 조선을 향한 동경을 담은 림공식의 「말하고 싶소」(1992) 등이 있다.

다음으로 북한의 문화와 사회 변동의 문제를 담고 있는 내용으로는 냉엄한 세계사의 현실 속에서 시대적 요구에 맞는 주체적 문화 유산의 계승을 통한 현대 정신의 발양과 제국주의 사상의 틈입을 막기 위한 북한 내부의 사회, 문화에 대한 재조명이 그것이다. 이를 위해서 평양으로 대표되는 주거 공간에 대한 깊은 애착과 인민 병사에 대한 칭송과 격려 등을 담아내고 있다.

> 즐거워라, 5월 단오/그네 씽씽 띄워 보자/하늘 훨훨 날아보자/(······)//내 향촌이 제일일세 내조국이 제일일세//
>
> —백의선, 「5월 단오」(1990) 부분

> 아, 나는 지금/새로 받은 광복거리 나의 집 창가에서/황홀한 수도의 야경을 바라 본다/내 앞에 열린 불야성의 거리/아름다움의 극치를 이루고/저하늘의 별들과/이땅의 행복을 속삭이는/무수한 들불의 바다//
>
> —변홍영, 「평양의 모습」(1993) 부분

조국의 전초선을 들었다 놓는/힘찬 병사의 노래소리/격동에 찬 병사의 시
/기백넘친 병사의 춤//아, 옛추억을 불러오며/어제날 병사도 어서오라//

—박근원,「초소의 문화 오락시간」(1995) 부분

북한은 80년대의 고도 성장을 이룩한 남한에 대한 위기의식과 김일
성 부자의 세습 체제를 공고히 하기 위해 사회주의 우월성을 발양시키
고자 김정일의 위대성에 대한 깊은 인식과 양심화된 주체사상을 형상
화시킴은 물론 역사와 시대 앞에 사회주의 현실 주제의 작품을 왕성하
게 창작해야 하는 것을 고무, 추동시키고 있다. 이에 따라 당과 수령이
주는 과업의 절대성, 무조건성의 정신을 강조하며 "사회주의 현실 주
제 작품 창작에 당면한 당 정책 요구를 철저히 구현하는 것은 전적으
로 작가들의 책임성과 역할에 달려 있다"며 주체 조선의 영웅적인 혁
명 정신을 구현시킬 참신한 전형을 찾아내야 한다고 주장하고 있다.
　이와 같은 내용은『조선문학』92년 6월호에서도 그 단초를 다시 확
인할 수 있다. 이에 따르자면 혁명적 수령관에 기초한 혁명적 세계관
속에서 신념화, 량심화, 도덕화되는 순결한 충실성의 전형 이를테면
주체화된 새로운 인간 전형과 공산주의적 인간의 모습을 형상화한 작
품이 문학의 나아갈 길이라고 제창하고 있다. 그러나 이 같은 논의 중
장르상의 특성상 공산주의적 전형화는 소설에서 용이할 듯싶고 실제
로도 91년에서 96년까지 실린『조선문학』평론은 소설 중심으로 다루
고 있다. 또한 시를, 사회의 변혁과 예술적 실천을 통합하여 사회 변혁
에 기민하게 반응하며 대중적 교양과 교화력을 용이하게 할 수 있는
장르라고 규정할 때 북한 시에서 주장하고 있는 현실 주제의 시는 그
문학적 특성으로 말미암아 다양한 시적 주제를 가지고 오늘날의 북한
시의 근간을 이루어내고 있다고 말할 수 있겠다.

4) 노동의식 고취와 연애시

북한에서의 자연은 노장에서 읽히고 있는 귀의로서의 대상이 아니며 우리 문학에서 보이는 서정의식이 대체물이 아니다. 그것은 반드시 정치와 결합되거나 인민 교양이라는 시적 활용 방법에 입각해 있다. 즉 시적 대상으로서 자연은 즉자적이지 않고 언제나 조국 강산의 아름다움을 고취시켜 주체사상의 내밀화를 이루게 하는 교양적 소도구로 이용되고 있는 것이다. 예컨대 북한 시에서 자주 보이는 '폭포'를 제재로 한 시를 보더라도 폭포가 지닌 속성을 통해 조국에 대한 강직과 절조, 폭포의 수직적 이미지를 통한 상과 하의 명령적 전달, 그리고 자기 희생의 교시적 관계 설정에 차용되고 있는 것이다(백하, 「금강의 팔달」, 『조선문학』, 1989).

마찬가지로 북한에서의 연애시도 연애 그 자체로 묘사되는 것을 용납하지 않는다. 세월과 사랑에 대한 감상주의적 인생론을 용납하지 않고 전진과 속도로써 "가슴에 북을 달자"라는 노동의 진취적 목표를 함께 고취시키고 있는 것이다(서진명, 「세월과 인생」, 1989).

80~90년대에 들어와 주목할 수 있는 것은 서정성의 확보라는 시적 의미의 확장이다. 그러나 이 같은 경우에도 서정성과 당성, 노동성, 인민성 등의 이념을 어김없이 실천해 나가고 있다. 청춘남녀의 사랑을 읊더라도 반드시 그 공간적 배경은 노동의 장소이거나 사랑의 연정이 싹트는 조건도 "가슴에 끓는 그대의 열정/바이트 날에 불꽃으로 튀긴다면"(안정기, 「사랑의 조건」, 1985)에서처럼 횃불만 있으면 '키'도 '얼굴'도 탓하지 않는다고 노래하고 있다. 이러한 사랑과 노동의 결합 모티프는 80~90년대의 한 시적 방법을 이루고 있는데 이 같은 창작 배경에는 서정과 운율 획득이라는 문예 창작 방법의 미학적 측면과 현실 주제와 공산주의적 인간의 전형화라는 목적적 측면을 동시에 포함하

고 있다고 볼 수 있다.

　　탓하지 않으리/키는 늘씬하지 않아도/나무라지 않으리/얼굴은 번뜻하지
않아도//그대/말주변은 비록 없어도/꾸밈새없는 소박한 말로/내 심장 울려
준다면//고백은 해서 무엇하랴/맹세 해서 무엇하랴/가슴에 끓는 그대의 열
정/바이트 날에 불꽃으로 튀긴다면/탓하지 않으리/차림새는 수수해도/나무
라지 않으리/화려한 례물은 없어도//꺼지지 않는 심장의 홰불을 들고/걸어
갈 인생의 먼길에./그 어느 한자욱도 부끄럼없는/영원한 동행자로 된다면
　　　　　　　　　　　　　　　　　　　－안정기, 「사랑의 조건」(1985) 전문

　　풀잎에 맺힌/이슬 내리는 소리도 들릴 듯/고요한 새벽/다만 벌한 끝 어디
선가/가까이 들리다가는 멀어지고/멀어졌다가는 다시 들리는 뜨락똘소리//
그 소리/단잠든 마을/집집을 에도네/에돌아 유독 한집의 창문을 세차게 두
르리네//둥음 소리에 심장의 말을 담다/짖궂게도 처녀를 찾네//-어서 나오
렴/내 사랑 내정든 사람/그만에야 잠을 깬 처녀/서둘러 집을 나서네/그 총
각과 남몰래 만나던/버들 방천과 비길 수 없는/아름번 행복이 기다리는 논
벌을 향해//그 총각이 전조등불빛으로 불러온/그 새벽빛 보고 싶어/그 총각
이 고루어 놓은 논벌에/모내는 기계의 둥음/선참으로 울리고 싶어……//
　　　　　　　　　　　　　　　　　　　－서진명, 「새벽」(1990) 전문

　이와 같이 80~90년대 북한 시는 서정성의 확보로써의 사랑과 노동
성이라는 문예이론적 지침과의 교호 작용을 통해 북한 인민 대중 중심
의 문예관을 표명하며 노동을 매개로 한 사랑의 서정을 북돋고 있는
것이다.

3. 시의 양식으로서 북한 시

서정시와 함께 북한 시에서 보이고 있는 특이한 양상은 서사시, 장시, 풍자시, 정론시, 우화시, 산문시, 담시, 벽시 등의 등장이다. 일반적으로 서정시가 인간의 사고와 감정을 운율 있게 표현하는 것이라 할 때 서사시는 줄거리를 가지고 인물이나 성격을 형상화시켜내는 것이라 규정할 수 있다. 이처럼 서정시가 서사시와 장르상 대별이 된다고 가정했을 때 이 중에서 서사시의 하위 범주로 묶을 수 있는 것은 장시와 담시이다. 이 두 형식의 시가 서사 장르 방식에 의존하여 인물과 성격, 이야기를 창조하고 있기 때문이다. 따라서 서정시의 하위 범주로 풍자시, 정론시, 우화시, 산문시, 벽시 등을 포함할 수 있겠다. 북한의 서사시는 47년 조기천의 『백두산』에서 출발하여 강승한의 『한라산』(1948), 박세영의 『밀림의 역사』(1962. 4. 15), 문학창작단의 『조국의 진달래』(1980), 장건식의 『지평선』(1987), 민병준의 『꽃세상』(1993), 오영재의 『인민의 아들』(1992)에 이르기까지 조국해방투쟁과 항일혁명 정신의 건설 그리고 사회주의 낙원을 위한 숨은 영웅의 형상화 작업에 몰두해 왔다.

그러나 이러한 서사시는 민중, 민족의 역사적 방향 모색이라는 근대 서사시의 개념이 상실된 채 사회주의 문예 원칙인 '로동 계급 문예관' '사회주의 문예관' '주체 문예관'의 범주에 갇혀 북한식 주체 리얼리즘 정책에 귀속되고 말았다. 장시와 담시 역시 서사시와 마찬가지로 사회주의 건설에 대한 굳은 의지와 맹세를 담아내고 있다. 신흥국의 장시 「장군」(1994)은 미제국주의자에 대한 저항과 분노를 걸출한 어조로 담아내고 있고 김병만의 「포로 심문 속기록」(1994)과 림공식의 「표창에 대한 이야기」(1994) 역시 서사시가 지니고 있는 대화와 줄거리 방식에 의탁하여 인민의 사상적 무장을 고취시키고 있다.

북한 시에서의 서정시는 생활에서 환기된 정서를 서정으로 개념화시키고 있다는 점에서는 우리 시의 정의와 별다른 차이가 없어 보인다.

서정시란 생활에서 환기된 정서를 형상으로 재현한 것이다. 정서란 말은 일상생활에서 널리 쓰이지만 서정이란 말은 주로 예술 형상 분야에서 쓰인다. (……) 시인은 전형적인 감정을 잡아 작품의 특성과 요구에 맞게 재가공하게 되는 데 사유의 산물이다. 시문학의 서정성을 높이려면 시대의 주도적인 감정을 깊이있게 담아야 한다.

주체문학론에 제기된 위의 논리를 분석해 보면 서정에 대한 개념은 일반적 서정의 개념과 유사하다고 할 수 있다. 그러나 "감정과 사상의 지향을 결합시킨 형상적 사유의 산물"이라고 규정하는 데에서 당의 정책과 노선에 의거한 정치적 전략으로서의 시가 존재한다는 것을 알 수 있다. 이와 같은 맥락은 91년 『조선문학』에 실린 글에서도 발견할 수 있다.

작가들 자신이 우리당의 주체사상으로 튼튼히 무장하고 당적 작가로서의 정치사상적 준비를 갖추어야 당이 요구하는 작품을 쓸 수 있으며 당의 참다운 협력군이 될 수 있다. 작가들은 우리 당의 주체사상으로 자신을 철저히 무장하여 주체적 문예사상을 뼈와 살로 만들고 오직 주체적 문예사상의 요구대로만 창작하는 참된 당의 문예 전사가 되어야 한다. 작가들은 친애하는 지도자 동지의 친위대가 되어야 하며 언제 어떤 환경속에서도 당의 사상만을 옹호하고 보위하는 결사대로 되어야 한다.[4]

---

4) 류만, 「사회주의 현실 주제 작품 창작에서 당면한 당정책적 요구를 철저히 구현하자」, 『조선문학』 머리글(1991. 3), p.4.

따라서 대상과의 동일화, 내면화라는 서정시의 특성보다는 주인공을 사회주의 혁명의 사명을 다하도록 조정, 창조하는 데에서 북한 시의 특이한 변모 양상을 파악할 수 있다.

이런 연유로, 함축과 암시, 상징과 기호의 대상화 중 서정시가 가지고 있는 시적 장치 역시 인민의 투쟁과 사회주의 낙원 건설을 위한 사회주의 예술관에 가려 시적 기능으로서의 역할을 충실히 해내고 있지 못하다. 그러면서도 '주체문학론'은 음악성과 서정, 그리고 사상미학이 결합된 훌륭한 시를 창조해야 한다는 '주체시 창작방법론'을 제시하고 있는데 이는 문예로서의 시라는 예술적 목표보다는 인민의 교양을 위한 복무 수단으로서의 시 인식적 태도를 보이는 것이라 할 수 있겠다.

반면, 산문화의 극복과 시적 운율의 강조라는 문예미학상의 모색 시기에서 93년『조선문학』3월호에 발표된 한춘실의 「민들레꽃」은 종래에 보이던 사상미학 대신 서정성 확보라는 서정시 본래의 문학성과 운율의 미감을 동시에 보여주고 있다.

꽃망울같이 가슴 부풀던 시절/나는 사랑했네 이른 봄의 민들레를/피였다 스러짐이 아쉬워 씨앗에 날개달아 멀리멀리 나는/정열의 그 꽃을/한철에 지여도 뜻을 남기고/한철에 지여도 래일을 기약하는 꽃/따스한 봄계절 이 땅의 산과 들 오솔길마저 선참으로 곱게 장식하는 그 모양/이 고와/뭇 사람들 눈길 끄는 화려한 꽃밭에/한 번 제 얼굴 내보이진 않아도/다발의 꽃으로 련인의 가슴에 안겨/사랑과 희망의 상징으로 애무받진 못해도/나는 사랑하네 머리흰 오늘까지/남모르는 곳에 홀로 펴도 향기를 남기는 꽃/나는 사랑하네 정열의 그꽃을/소박해도 변색없이 피고 피는 민들레를

이 시는 먼저 북한 시에서 보이고 있는 혁명적 사회주의 문학 건설과

는 어느 정도 거리를 두고 있다. 민들레를 어버이 수령이나 지도자 동지로 환치시키는 대신 소박한 향기를 품은 형상으로 그려내고 있는 것이다. 뿐만 아니라, 형식면에서도 단정적이고 격앙된 어조에서 '~하네'라는 차분한 영탄의 수사로 민들레꽃이 이 땅의 산과 들을 곱게 장식하고 있다라고 노래하고 있는 것이다. 또한 첫 연의 '사랑했네'와 마지막 연의 '사랑했네'라는 반복적 수사를 통한 영원성의 강조, 2연의 '씨앗에 날개 달아 멀리멀리 나는 정열의 꽃'에서 보이는 의미의 확산과 비유적 표현 등은 과거의 시에 보이는 것과는 다른 양상의 변모를 보이고 있는 것이다. 이는 '남모르는 곳에 홀로 펴도 향기를 남기는 꽃'이 숨은 영웅의 전형화와 90년대 신인간형의 창조라는 의미로 확대하여 읽을 때에도 과거, 영웅적이고 투사적 시에서보다는 한층 문학 방법상의 성숙한 단면을 발견할 수 있다.

산문화 극복의 양상은 90년 이후에 우후죽순 발표된 짧은 시가 이를 잘 반증해 준다. 6행시인 김재원의 「당에 대한 생각」(1993), 7행의 김송남의 「하루와 인생」(1994), 주광남의 6행시 「말로 하지 말라네」(1996)에 이르면 현저히 길이가 짧아졌음을 감지할 수 있다.

최근에 올수록 북한의 시는 시연의 반복을 통한 운율적 효과, 도치와 상투적인 영탄법의 배제, 정치적 의미의 은유화 등 그 이전과는 다른 시적 변모 양상을 보이고 있다. 이와 같은 서정시의 변화 양상과 함께 서정시의 하위 범주로 분류할 수 있는 풍자시와 우화시는 방법상의 차이에도 불구하고 비판과 야유, 조소와 경멸의 내용을 지니는 점에서 공통점을 보인다.

96년에 발표된 박세일의 「감방맛이 어때?」라는 풍자시에서는 "태우, 두환이/너희들 요즘/감방맛이 어때?(……)/더 좋기는 네놈들 못지 않은/도적 왕초 영삼까지 아예/감방으로 초청하는게 어때?/아무럼, 그 좋은 맛을/네 놈들만 독점하면 안되지 뭐/삼형제가 사이좋게 냠냠해야

지"라며 조롱과 야유를 보이고 있다. 이와 같은 태도는 리상수의 「사형수 1번」(1996)이라는 시에서도 잘 드러나고 있다.

네 놈은 쇠고랑에 채워진/사형수 1번이다//(……)역도야/너는 면사포 가리워진 독재광/군부독재의 이불속에서/태줄을 달고 나온/〈문민〉 파시스트//(……) 홀딱 벗고 나서라/사형수 1번

—리상수 「사형수 1번」(1996) 부분

이와 함께 93년 2호 『조선문학』은 비료의 생산 수준을 의해 흥남비료련합기업소에서 노동계급들이 일터에서 애송하고 있다는 몇 편의 벽시를 발표하고 있는데 이는 노동의식을 서정적으로 표현하고 있다는 점에서 서정시의 하위 범주로 분류할 수 있다.

서사시가 사상과 종자의 문제를 실현하기 위해 인물의 형상화와 성격 창조에 깊이 있게 구현한 데 대하여 풍자시와 벽시는 각각 시적 어조의 비틀림을 통해 인민 대중의 언어 구사라는 사실주의 원칙과 인민 주체의 인간학 수립이라는 창작 실천 방도를 구체적으로 구현시켜 주고 있다.

그러나 서정성의 확보라는 북한의 90년대 문예 논리와 관련지어 생각해 볼 때 가장 두드러진 변화로 꼽을 수 있는 것은 역시 풍경시이다. 풍경시는 과거의 시와는 달리 자연적 소재를 주로 다루고 있다는 점에서 주목을 끌고 있다.

녕변이라 녕변의 약산동대는/노래도 많고 시도 많소/좋은 철 진달래 꽃철에 찾아오니/시 한 수 저절로 떠오르오/바위우에 층층 꽃은 웃고/꽃 속에 겹겹이/바윗돌 솟았으니/꽃과 바위 천층이요/꽃과 바위 만겹이라고//오르는 길 우에고 울긋불긋/금잔디 그 우에고 둘긋불긋//

—김정철, 「약산의 진달래」(1894) 부분

시에서는 송가시나 현실주의시에서 보이는 사회주의 혁명 건설이나 정치적 전략이 내재되어 있지 않다. 자연의 아름다움에 대한 흥취가 함의되어 있을 뿐이다. 이러한 풍경시에서 보이는 순수 서정성의 확보는 앞으로 북한 시의 진로 방향을 제시해 줌과 동시에 탈이데올로기적 시의 전개라는 하나의 교두보를 제시해 주는 표징으로 읽을 수 있다.

4. 북한 시의 전망과 민족 현실의 발견

『조선문학』 90년 12호에 실린 한중모의 평론[5]은 남조선 진보적 문학이 조국 통일을 위한 인민 투쟁을 가속화하는 가운데 민중문학에 대한 논의가 활발히 전개되고 있다고 전제하고 민족 통일, 민족 해방, 민주 쟁취의 삼민 이념을 기초로 한 남조선 민중문학에 대해 고무, 격려하는 내용을 담고 있다. 이 같은 글은 다시 96년 8호[6]에 박노해 시집 『노동의 새벽』을 평가하면서 시집 『노동의 새벽』이 식민지 군사 파쑈 통치의 사회 정치적 모순을 각성한 노동 해방과 남조선의 민중문학을 주도할 수 있는 도표를 세웠다고 높이 평가하면서도 민족 해방 민주주의 혁명 단계의 과업과 반제, 반미 투쟁의 시적 형상화를 찾아볼 수 없다고 비판하고 있다. 아울러 90년대의 남한문학을 개량주의와 병든 부르주아 문학이라고 폄하시키면서 각성된 계급 미학인 민중적 리얼리즘의 확립을 주장하고 있다. 결국, 우리가 여기서 상기할 수 있는 것은 북한문학이 남북한 문학의 외견상 뚜렷한 차이에도 불구하고 통일문학의 접점 가능성과 연계성을 조심스럽게 모색하고 있다는 점이다.

김재홍은 남한의 자유민주주의 또는 자본주의 체제에서 민중적 내용

---

5) 한중모, 「남조선 진보적 시문학에서의 조국통일 지향의 예술적 구현」, 『조선문학』(1990. 12), p.72.
6) 박종식, 「『로동의 새벽』과 열리는 새 시대의 지평」, 『조선문학』(1996. 8), p.64.

의 민족적 양식화를 추구하는 민중문학과 북한의 사회주의적 사실주의에 바탕을 둔 계급적 문학이 서로 목적과 지향성은 상이하지만 분단 상황과 인간 소외의 극복을 목표로 민족적 특성을 강조한다는 점에서 공통성을 내포하고 있다고 언명하고 있다.[7]

이 같은 근거로 량덕모의 「이벌로 오시라」와 로영우의 「흰 연기 흐름 속엔」의 북한 시와 김남주의 「조선의 딸」, 이청리의 「막장에 부는 바람」을 제시하고 노동 사상과 민중적 낙관주의, 그리고 절망을 이겨내려는 끈질긴 생명력에 있어 민족문학의 공통 원형질을 발견할 수 있다고 결론짓고 있다. 이 점은 고은, 신경림, 조태일, 정희성, 곽재구, 황지우, 백무산, 고재종이 보여준 사회적 모순의 항거, 민중적 비애와 고난의 형상화, 노동자 농민의 노동계급의식의 쟁취 등에서 다시 발견할 수 있고 민족문학의 새로운 지평을 확대했다는 점에서 북한 시에서 나타난 인민 대중 중심주의 문예 원칙과 동궤하는 것이라 가늠해 볼 수 있을 것이다.

이처럼 분단의 현실 속에서, 문학을 이질화된 남북한을 혈연적 동류항으로 매개할 수 있을 것으로 이해할 때 남·북한 문학의 접점 가능성을 결코 가볍게 간과할 수 없을 것이다. 이와 함께 80~90년대의 시를 검토하며 파악할 수 있었던 것을 대략 세 가지로 요약할 수 있다. 첫째, 남북한 통일 지향 문학의 관점에서 매우 중요한 현실 인식이라고 할 수 있는 북한 시에 나타난 민족의 발견과 민족 현실에 대한 이질적 인식이다. 북한은 이미 맑스—레닌주의의 방식을 주체 리얼리즘으로 전화, 민족을 주체사상의 영도 아래 있는 것으로 보고 분단의 비극을 제국주의와 남한 정권의 파쑈, 봉건사대주의에 있다고 이해하고 있다. 이 점은 김정일에 대한 송가시나 조국 통일 주체의 시에서 여실하게

---

7) 권영민 편, 『북한의 문학』, 을유문화사(1990), pp.260~65.

드러난다. 둘째로는 북한 문예이론에 나타난 시 창작 방법에 대한 이질성이다. 예컨대 시의 내용과 형식에 있어서도 작품의 내용의 기초는 객관적 현실 세계이고 형식은 다만 사회주의 혁명 예술과 공산주의 정신을 무장시키는 부차적 미학으로 파악하고 있다. 문예사조 역시 모더니즘이나 주지주의, 초현실주의를 반동 부르주아 퇴폐 예술로 규정하고 민족적 자주의식을 마비시키는 사상적 침투의 수단으로 이해하고 있는 것이다. 이 같은 점은 서정시를 전투적 문학 형식으로 개념화하는 데에서도 발견할 수 있다.

마지막으로 북한 시에서 보이고 있는 것은 시어의 미감과 가속화된 언어 이질화 현상이다.

오영재의 「끝없는 동뚝길」에서 보이는 '숫눈'(아무도 건드리지 않은 깨끗한 눈), 황성하의 「기다린 봄」에서의 '우등불'(추위를 막기 위해 땔나무 등을 쌓아 놓고 피우는 불), 김철민의 「스승의 모습」에서의 '해비'(해가 나와 있음에도 내리는 비) 등에서와 같이 북한의 시는 언어의 미적 특질을 잘 살려내고 있다. 이처럼 한자와 외래어를 배제한 고유어의 사용 등은 정체의식을 결락한 우리 시로서는 눈여겨 보아야 할 대목이라고 생각된다. 반면에, 재우(매우 빠르게), 유보도(가로수길), 재부(재물), 치차(톱니), 총화(결론), 로대(베란다), 제마끔(제각기) 등의 시어는 문맥을 통해서도 이해가 쉽지 않은 것으로 언어학적 측면에서 세심한 연구가 필요하다고 본다.

94년 김일성 사후 북한의 시는 김일성에 대한 회고와 김정일에 대한 충성의 맹세로 이어지고 있다. 94년 7월 '조선작가동맹 중앙위원회' 명으로 된 「위대한김일성동지령전」에를 시작으로 김열규의 「위대한 영생」에 이르기까지 영생 불멸의 신념과 충성을 맹세하고 있다.

문학은 정치, 문화의 단면을 집중화시켜 보여준다. 그러나 시문학상으로 나타난 북한의 내부는 아직 와해나 체제에 대한 회의의 기미가 보이지 않는다. 오히려, 인민의 결속과 주체혁명의 위업을 부르짖으며 투쟁의 연대를 가속화시키고 있는 것처럼도 보인다. 황장엽 비서의 망명을 넋을 잃은 인간 쓰레기로 간주하고, 심장을 도려내야 한다고 통렬하게 비난하고 있는 최창만의 시는(「양심과 분노」, 1997. 4) 사회주의적 사실주의 문학의 단련된 관성이 얼마나 첨예한가를 보여주는 극명한 예라 할 수 있겠다.

참고문헌

■ 자료
조선작가동맹 중앙위원회 기관지『조선문학』

■ 논문 및 단행본
오현주 엮음,『해방기의 시문학』, 열사람, 1988.
권영민 편,『북한의 문학』, 을유문화사, 1989.
한국문학연구회 편,『1950년대 남북한 문학』, 평민사, 1991.
민족문학사 연구소,『북한의 우리문학사 인식』, 창작과비평사, 1991.
백석,『멧새소리』, 미래사, 1991.
이용악,『낡은집』, 미래사, 1991.
김재용,『북한 문학의 역사적 이해』, 문학과지성사, 1994.
학민사 편집실,『북한에 가고 싶다(1)』, 학민사, 1995.
최동호 편,『남북한 현대문학사』, 나남출판, 1995.
민족문학사연수고,『민족 문학사 강좌(하)』, 창작과비평사, 1995.
홍용희,「해방 50년 북한시의 역사적 고찰」,『시와시학』(1995 겨울호).
김철학 엮음,『북한의 대표적 서정시』, 한빛, 1996.

북한 문예이론의 변천과 연극의 특성

유진월

1. 서론

남한과 북한의 사회는 이제 완전히 이질화되어 어디서도 그 합일점을 찾기가 어려운 상황에 달한 듯하다. 단기간의 경제 부흥과 서구화로 인하여 남한이 자유주의의 물결 속에서 소비 중심의 사회를 향해 치닫고 있는 반면, 북한은 세계에서 유일하게 폐쇄된 국가 체제를 고수하며 굶주림으로 고통받는 국가로서 유엔에 보고되고 전세계의 구호품을 받아 연명하는 국가가 되었다. 이렇게 상반되게 살아가는 남한과 북한 간에는 이제 공통점을 찾기가 쉽지 않을 만큼 이질화가 심각하다. 그러나 97년 8월 19일에는 경수로 건설 사업단이라는 이름으로 드디어 분단 이후 최대 규모의 남한 사람들이 북한을 방문하게 되었고 남북한에는 이 일을 계기로 직통 전화가 개설되기도 했다.

이러한 교류를 바탕으로 점진적으로는 남북한이 머지않은 미래에 통일될 것이라는 전망도 나오고 있으며 통일에 대비하기 위한 각 분야의 노력이 진행되고 있다. 그 중에서도 문화 영역에서의 관심이 특히 고조되어 있다. 인간의 삶의 양상을 가장 잘 반영하는 것은 다양한 문화 예술이며 문화의 측면에서 동질성을 회복하는 것은 다른 분야에서의 동질성 회복으로 나아가기 위한 토대가 될 것이기 때문이다. 문화의 측면에서도 문학을 중심으로 한 북한 연구는 상당히 활발하게 진행되어 연구의 성과물 또한 적지 않은 양이 축적되었다. 북한의 경우는 문학이론이 예술 전반에 적용되는 양상을 보이는 것이 특징이라고 할 수 있다. 문학이론과 예술이론이 다르지 않으며 문학에 관한 정책은 곧 예술 전반에 걸친 정책과 연결되어 있는 것이다. 그러한 선상에서 문학 부문에서는 그간의 남북한의 문학을 함께 아우를 수 있는 통합된 시각을 마련하고 새로운 민족문학사를 준비하기 위한 노력을 진행중이다. 남한과 북한은 제각기 문학사를 가지고 있지만 그 기술 방식이나 작품의 평가 기준은 전혀 다르다. 그래서 남한의 문학사에서 중요하게 다루어지는 작가는 북한의 문학사에 거의 들어 있지 않으며 북한의 문학사에서 비중 있게 다루어지는 작가들은 우리에게 낯설기만 하다. 결국 체제와 이념과 사회의 변모 양상이 이질화된 만큼 문학의 영역 또한 이질화가 극심하다고 할 수 있다.

본고에서는 북한 희곡 및 연극의 전개 양상과 그 변화의 토대가 되는 문예이론들을 검토함으로써 북한 문화의 한 측면에 대한 고찰을 하고자 한다. 북한의 문화는 자발적이고 순리적인 사회 변화의 산물이 아니라 당의 정책에 의하여 산출되는 결과물이라는 특수성을 가지고 있으므로 어떠한 문화의 측면에서도 먼저 문예이론의 변화를 검토해야 한다. 다음에는 문예이론의 변화에 따른 연극의 변화를 검토하고 북한 연극에서 가장 중요하게 평가하는 혁명연극, 즉 피바다식 가극과 성황당식 연극의 실체를 고찰하고자 한다. 물론 그 연극 작품을 실제로 보지 못하고 이러한 글을 쓴다는 것이 출발부터 한계를 가지고 있기는

하지만 북한에 관한 연구는 어떤 것이든지 일정 부분 자료의 한계를
안고 있을 수밖에 없다는 점을 전제하고자 한다.

2. 북한 문예정책의 변화와 그 특성

북한의 문학과 예술은 전적으로 당의 정책에 의해 좌우된다. 따라서
북한 문예를 연구한다는 것은 그에 앞서 북한의 문예정책을 고찰하는
것에서부터 시작되어야 한다. 북한에서 문예 작품의 평가는 오직 그
작품이 문예정책을 얼마나 잘 달성하고 있는가에 달려 있기 때문이다.
당의 문예정책이 바뀌면 작가는 그것에 순응할 수밖에 없으며 재빠르
게 변화를 수용하지 못하는 작가는 도태될 수밖에 없다.

북한의 문예정책은 몇 번의 변화가 있지만 1967년의 주체문학으로
의 전환이 가장 근본적이고도 중요한 변화이다. 북한의 문예정책은 당
의 문예정책이자 궁극적으로 김일성의 주체적 문예사상을 전한다는
목표를 지니고 있다. 이러한 기본적 원칙은 김일성이 사망한 1994년
이후에도 큰 변화를 보이지 않고 있는데, 김일성이 사망하기 훨씬 전
인 1967년부터 이미 김정일이 북한의 문학과 예술정책을 주도해 왔다
는 점을 고려하면 큰 변화가 없는 것은 지극히 당연한 일일 것이다. 결
국 북한의 문화 예술정책은 김정일의 문예정책이라 할 수 있다.

1) 북한 문예정책의 기본 요소

문예정책의 변화에도 불구하고 언제나 지켜지는 몇 가지 원칙들이
있는데, 그것은 북한 문예가 다른 사회주의 국가와 마찬가지로 전 시
기에 걸쳐 기본적으로 당성, 노동계급성, 인민성의 원칙을 고수해 왔

다는 점이다.

첫째, 당성이란 당에 대한 끝없는 충실성으로 주체의 혁명적 세계관에 기초한 높은 계급적 자각이며 당을 옹호 보위하며 당의 노선과 결정을 관철하기 위하여 모든 것을 다 바쳐 투쟁하는 고상한 혁명 정신이라고 김일성은 강조한 바 있다. 오직 당의 노선과 정책에 철저하게 의거한 혁명적 문학예술만이 진정으로 인민 대중의 사랑을 받을 수 있으며 근로 대중을 공산주의적 혁명 정신으로 교양하는 당의 힘있는 무기가 될 수 있다는 것이다. 당은 혁명 사상을 실현하는 정치적 무기이며 모든 예술은 당에 의해 통제되고 그러한 통제에 의해서만이 예술가로서의 활동이 가능하므로, 예술인도 정치적인 자각과 열의를 가지고 창작에 참여하도록 지도된다. 그러므로 작가와 예술인들은 모두 당의 정책과 노선을 정확히 파악하여 이를 작품에 구현시킬 수 있어야 한다. 따라서 북한에서는 당의 정책에 무조건 충성할 수 있는 예술인을 배출하는 것이 중요한 사업 중의 하나이기도 하다. 예술인들에게는 주제별 할당량이 확고히 정해져 있으며 이들은 이 양적인 배당에 맞추어 연간, 분기간, 월간 창작 및 공연 계획을 작성, 제출하여야 하며 작가 동맹, 연극인 동맹, 음악가 동맹 등의 해당 동맹 단체에서는 이를 종합하여 '노동당 중앙위원회 문학예술부'에 제출하여 비준을 받아야 한다.[1] 예술가들의 창작 활동은 이 계획에 무조건 따라야 하며 각 동맹 지도부의 엄격한 통제를 받는다.

70년대 이후부터는 당성은 아예 주체사상과 동일시되는 것으로 나타나며 문학에 반영된다. 즉 당은 곧 수령이자 주체사상이란 등식으로 공식화되는 것이다. 김일성에서 김정일로 이어지는 족벌세습체제의 확립 문제가 대두되자 그때까지의 문예정책을 '주체문예이론'과 '종자

---

[1] 손종국, 유영옥, 『북한학』, 학문사, 1996, p.600.

론' 등으로 보완하고 김일성과 그 일가의 우상화 작업을 해나가게 된다. 더욱이 김일성은 절대적 존재이기 때문에 그에 대한 형상화가 개인의 능력으로는 불가능하다는 전제하에 집체창작을 강요하게 된다. 이렇게 북한 문예는 조직과 집체성을 중시하는데, 집체작이란 단순한 공동창작이 아닌 구성원과 대중들의 의사가 총화된 상태에서 형상화된 작품을 의미한다. 이 집체창작을 위해 특별히 만들어진 것이 바로 4·15창작단이다. 이후 이들은 김정일의 주도로 김일성의 혁명적 업적을 찬양하는 수령형상문학의 대표적 결과물로서 '불멸의 역사' 총서 시리즈를 간행하고 있다. 80년대 이후에는 김정일의 공적을 주제로 한 '불멸의 향도' 시리즈까지 추가되어 이 두 시리즈는 오늘날 북한문학의 가장 중요한 결과물이자 업적으로서 평가된다.

주체문예이론이란 김일성주의의 핵을 이루는 주체사상에 기초한 문예이론이다. 공산주의자의 절대적인 전형으로서의 김일성의 형상화를 최우선적 과제로 삼고 있으며 김일성을 절대화하고 그의 일족을 신격화할 것을 요구한다. 따라서 김일성에게 절대 복종하고 그의 명령과 지시를 헌신적으로 실천하도록 하는 것이 가장 중요한 목표가 된다. 또한 종자론은 이러한 김일성주의의 사상적 핵을 이룬다. 김정일은 '문학예술에서 종자란 작품의 핵으로서 작가가 말하려는 기본 문제가 있고 형상의 요소들이 뿌리내릴 바탕이 있는 생활의 사상적 알맹이다. 따라서 모든 작품에서 종자를 바로 쥐는 것과 함께 그것을 예술적으로 잘 형상화하는 것이 중요하다'고 말하고 있다. 따라서 예술 작품을 창작하는 과정은 생활 속에서 종자를 골라잡고 그것을 예술적으로 가공하여 형상으로 실현하는 과정이 된다. 북한은 종자에 관한 사상에 대해서 주제, 소재, 사상 등과 같이 문학 창작의 어느 한 개별적인 범주에 대한 사상이 아니라 소재의 선택과 구상으로부터 작품의 구성과 성격 창조 등 창작의 전 과정에 작용하는 근본적인 사상이라고 주장한다. 작품의 사상과 예술적 질을 규정하는 결정적 요인을 밝혀 주는 기초에 대한 사상인 종자론을 내세워 모든 사상 체계를 단일화하는 북한식 문예학의 원형을 제시하고자 했던 것이다.

둘째, 노동계급성은 사회주의 문학예술론의 보편성을 가장 잘 나타낸 이론으로, 김정일에 의하면 사회주의 문화는 노동계급의 문화이며 노동계급에 의해 창조되며 노동계급을 위하여 복무하는 문화[2]라는 것이다. 이와 같이 모든 예술을 계급적 시각에서 보면서, 노동계급은 사회의 어느 계급보다도 혁명성이 강한 선진적인 계급이란 전제하에 노동계급 주도의 혁명문학론을 주장한다. 결국 사회주의적 문학예술은 노동계급의 이익과 요구에 배치되는 요소, 착취 계급의 취미와 비위에 맞는 요소를 배격하고 인류의 이상사회인 공산주의를 실현하기 위하여 노력해야 한다는 것이다.

셋째, 인민성이란 사회주의 문학예술이 노동자, 농민을 비롯한 광범한 인민 대중의 이익을 옹호하고 그들의 생활과 감정을 정당하게 표현해야 하며 수백만 근로 대중을 위하여 철저히 복무해야 하는 것이라고 정의된다. 인민들의 생활과 사상 감정을 진실하게 반영한 예술만이 대중의 심금을 울릴 수 있으며 사람들을 새 힘과 용기를 가지고 사업에 분발하도록 고무시킬 수 있으며 자기 생활을 돌이켜보고 잘못을 스스로 뉘우칠 수 있도록 자극을 주는 교양적 역할을 할 수 있다[3]는 것이다.

이러한 세 가지의 원칙들은 북한 문예이론의 근거를 이루며 북한문학과 예술의 변함 없는 기본 요소로서 작용해왔다. 다음은 이러한 기본 요소들 외에 변화의 측면을 검토하기로 한다.

---

2) 『문학예술사전』 상권, 과학백과사전종합출판사, 1988, p.586.
3) 『김일성저작집』, 13권, p.345. 『문학예술사전』 하권, 1993, p.726에서 재인용.

2) 북한 문예정책의 전개와 변화

북한 문예정책은 1947년의 고상한 사실주의를 주창하는 것에서부터 시작해서 1992년의 주체문학론에 이르기까지 몇 차례의 변화를 보여준다. 그 변화 과정을 간략하게 검토하며 특성을 고찰하면 다음과 같다.

우선 1947년의 고상한 사실주의는 긍정적이고 모범적인 것을 그림으로써 일반 대중이 이를 본받고 배울 수 있도록 해야 한다는 문학의 교양적 기능을 강조한 것이다. 노동당 중앙위원회 상무위원회는 1947년 3월 28일 제29차 상무위원회를 열고 '공장, 철도, 광산, 농촌, 어장 등 군중 깊이 들어가며, 조선 민족의 전 생활 분야에서 조선적 큰 예술적 주제를 찾으며, 조선 사람의 영웅적 노력과 투쟁과 승리와 영광을 고상한 사실주의의 방법으로 그리며, 전 재능과 역량을 창조적 노력에 바치어 조선 사람들의 고상한 민족적 품성을 형성하는 사업에 헌신적 조직가가 되며, 민주주의 새 조선 사회를 건설하는 투사들의 선진 대열에 나서라고 문학자 예술가들에게 호소한다'[4]는 결정을 내리게 되는데 이로부터 북한문학의 도식주의가 시작된다.

따라서 '국가와 인민을 진심으로 사랑하는/민주주의 국가 건설을 위하여 헌신적으로 투쟁하는/낡은 구습과 침체성에서 벗어나 높은 민족적 자신과 민족적 자각을 가진/고상한 목표를 향하여 만난을 극복할 줄 아는/모든 문제를 해결하는데 있어서 높은 창의와 재능을 발양하는/고독치 않고 배타적이 아닌/다른 사람들을 이끌고 용감하게 나아가는/그야말로 김일성 장군께서 말씀하신 생기 발랄한 민족적 품성을 가진//그러한 조선사람의 형상'으로서의 획일화된 인간형이 창작되고 동시

---

4) 「북조선에 있어서의 민주주의 민족문화 건설에 관하여」, 1947. 3. 28. 김재용, 앞의 책, pp.100~101에서 재인용.

에 무갈등론도 나오게 된다. 무갈등론이란 사회주의 국가들이 초기에 실시했던 예술론으로 사회주의 혁명을 완수한 나라에서는 갈등과 모순이 감소되었기에 문학에서 갈등을 일으킬 필요가 없다는 주장이며, 북한 문예이론은 이러한 철저한 무갈등론의 원칙을 고수한다.

그러나 1952년에 가면 북한이 절대적으로 따르던 사회주의의 조국 소련에서의 변화에 의해 북한 문예도 영향을 받게 된다. 사회주의 국가에서도 낡은 것은 여전히 존재하고 있기 때문에 새로운 것과 낡은 것의 대립과 갈등은 여전히 중요한 문제라는 내용의 52년 4월 7일자 소련의 프라우다지의 사설이 바로 그 변화의 시작이었다. 북한 문예는 바로 여기서 자극을 받아 이전의 무갈등론에 입각한 작품을 도식주의의 대표적 작품으로 간주하면서 이에 대한 비판을 하기 시작한 것이다. 발전하는 사회에 모순이 없을 수 없고 특히 극에서의 갈등은 매우 중요하다는 글이 조심스럽게 씌어진 것이다. 그러나 이러한 문제적 시각은 다시 부르주아적인 것으로 비판받게 되면서 북한 내부에서 사라졌다.

58년 말 북한은 사회주의적 개조가 완결된 것으로 보고 공산주의 사회로의 진입이라는 새로운 과제를 목표로 삼게 되었다. 사회주의적 개조가 완성됨으로써 북한 사회는 모든 적대적 모순들이 사라지고 비적대적 모순만이 존재하는 사회로 규정되었다. 따라서 사회주의 현실을 그릴 때는 비적대적 갈등으로 그리되 그 외의 경우에는 적대적 갈등을 설정해야 한다. 적대적 갈등은 첨예하고 극단적으로 설정되어야 하고 갈등 관계에 있는 인물간의 계급적 바탕을 명확히 해야 한다.[5] 이러한 적대적 갈등의 설정 원칙은 인물이 속해 있는 계급에 따라 성격을 결정하는 계급결정론으로 빠질 수 있고 이로 인하여 설정된 갈등이란 단

---

5) 김재용, 『북한문학의 역사적 이해』, 문학과지성사, 1994, p.225.

순 갈등 이상을 벗어날 수가 없는 것이다. 작가들은 현실내에서 겪는 갈등과 작품 내부에서의 무갈등 사이에서 심한 괴리를 느끼게 되었고, 계급결정론에 의거한 단순 갈등 구조에 대해서도 문제의식을 가지게 되었으나 그럼에도 불구하고 비판받지 않으려면 당의 정책에 근접해서 쓰는 것이 결국 가장 안전한 방법이었다.

이상에서 보듯이 60년대 이전의 예술이 주로 사회주의의 이념, 계급적 요소, 인민성의 요건 등을 중시하고 집단적인 것과 전형적인 것의 창조를 강조했다면, 60년대 이후의 예술에서는 주체적인 것과 혁명적 투쟁의식을 강조했다고 할 수 있다. 그리고 70년대의 예술은 김일성의 신격화와 우상화를 위해 항일 투쟁 위업을 찬양하고 북한식 사회주의 건설의 위대성, 혁명적 통일의 과제를 강조하는 것[6]으로 변화한다.

1967년에는 북한 문예정책에서 가장 큰 변화라고 할 수 있는 유일사상체계의 주체문학으로 바뀌었고 현재까지 그 양상은 지속되고 있다. 주체적 문예사상은 김일성이 창시하고 김정일이 심화 발전시켜 나가는 것으로 되어 있다. 이는 문학예술에서 당성, 노동계급성, 인민성의 세 가지 기본 원칙을 구현하면서, 당의 유일사상체계를 철저히 세우고 온갖 반동적 사상 조류를 반대하며 당과 인민을 위하여 복무하는 혁명적 문학예술로 발전시켜야 한다는 의미를 가진다. 이를 위해서 문학자와 예술가들이 주인다운 입장을 가지고 자기 역할을 다해 나가는 주체적 창조 체계야말로 '우리식의 혁명적 창조체계'라고 김정일은 밝히고 있다.

그러나 이러한 원칙을 기반으로 하여 이루어지는 70년대의 북한문학은 오히려 철저하게 대중에게 외면당했고 김정일은 그러한 문제점을 보완해야 할 시대적 요구를 인식하고 '모든 작가들은 창작에서 노

---

6) 권영민, 『북한의 문학』, 을유문화사, 1989, p.17.

동계급적 선을 확고히 세우는 동시에 개성적 특성을 옳게 살리며 철학적 심도를 보장함으로써 사상예술성이 높은 우수한 작품들을 더 많이 창작하여야 한다.'[7]는 보완적 견해를 표방하게 된다. 또한 작품의 정치사상적 풍격과 예술적 가치를 규정하는 철학적 깊이를 보장하는 것을 시급히 해결해야 할 과제로 들었다. 문학작품에서 철학적 깊이란 종자의 철학적 무게, 사상의 철학적 심오성, 사회적 문제의 예리성, 생활의 새로운 탐구, 깊이 있는 분석적 세부 묘사와 언어 구사를 통하여 보장되는 창작 과정의 총체를 의미한다[8]고 부연하였다. 종자의 철학적 무게와 사상의 심오성을 강화하라는 것은 김정일의 사상에 얽매어 새로운 사색이 결여된 것을 지적한 것이며, 사회적 문제의 예리성이란 현실 미화에 급급하여 참된 현실을 그리지 못한 것을 지적한 것이다. 생활의 새로운 탐구란 사물에 대한 개성적 관찰을, 분석적 세부 묘사와 언어 구사는 현실의 진실을 파악할 수 있을 정도의 깊이 있는 탐구를 의미한다. 이는 70년대 김정일에 의해 주도된 문학의 한계를 스스로 지적하고 있는 것이며[9] 이러한 변화된 지침에 힘입어 80년대에 오면 다소 창작의 활기를 띠게 된다.

80년대의 문예정책은 한편으로는 당성, 노동계급성, 인민성이라는 기존의 원칙을 고수하면서 다른 한편으로는 도식주의에서 벗어나 현실에 다가갈 수 있도록 하는 양면성을 지닌다. 90년대에 들어 전세계적으로 사회주의가 붕괴된 후 고립되어 있는 북한은 이러한 총체적 위기의 시대에 문학의 나아가야 할 방향을 두 가지로 제시하고 있다. 이럴 때일수록 긍정적 인물의 영웅적 생활을 그려 독자들에게 교양을 해

---

7) 김정일, 「현실발전의 요구에 맞게 작가들의 정치적 식견과 창작적 기량을 결정적으로 높이자」, 1980. 1. 8. 조선작가동맹 제3차대회 참가자들에게 보낸 글.
8) 김정일, 「주체혁명위업의 완성을 위하여」, 4권, p.222.
9) 김재용, 「1990년대 전반기 북한문학과 이후의 전망」, 『북한문화연구』 2집, 한국문화정책개발원, 1994. p.13.

야 한다는 혁명적 낭만주의의 입장과, 보통 인물의 평범한 생활을 깊이 있게 그려 독자들에게 감동을 주어야 한다는 리얼리즘적 입장이 맞서 있는 것이다. 김정일은 이 두 가지의 상반된 입장을 주체문학론에서 모순 없이 양립시키고 있으며 그렇게 하는 것이 자신의 정권도 유지하고 주민들로부터의 문학 외면 풍조도 불식할 수 있다고 여기는 듯하다.

90년대 북한문학의 정책적 목표는 이른바 주체형의 인간들이 제1 생명으로 간직하고 있는 당과 수령에 대한 충실성을 신념과 의리의 문제로 제기하고 그것을 혈연적 관계에서 예술적으로 형상화하는 것이다. 사상 문화 분야를 강화하여 인민 대중의 동요를 막아내고 유일 체제를 안정시키는 토대로 삼으려는 것이 김정일 문학론의 현실적 의미다.

김정일 시대 문예의 방향은 1992년에 출간된 그의 저서 『주체문학론』에서 확인된다. 김정일의 『주체문학론』은 그간 북한 문예를 이끌어 온 주체의 문예관, 사상, 이론에 대한 집약된 체계라 할 수 있다. 이에 따르면 주체적 문예사상은 사람 위주의 철학, 사람 중심의 주체사상에 기초하여 인간학으로서의 문학의 본성을 과학적으로 밝히는 것이며, 새로운 사회주의 문학은 인민 대중을 가장 힘있고 아름다우며 고상한 존재로 내세우고 새 시대의 참다운 인간 전형을 창조하여 온 사회를 주체의 요구에 맞게 개조하는 데 이바지하는 주체의 인간학으로 되어야 한다는 것이다.

북한 문예학계는 주체사상에 입각한 사회주의적 사실주의를 유일한 창작 방법으로 주장하다가 이 책이 나온 이후 주체 사실주의를 주장하게 된다. 주체시대 사회주의 문학예술의 유일하게 옳은 창작 방법인 주체 사실주의는 주체의 철학적 세계관에 기초하여 인간과 생활을 보다 진실하게 그려냄으로써 문학예술로 하여금 인민 대중에게 참답게 복무할 수 있게 하는 창작 방법[10]이라고 내세우고 있다.

그러나 주체문학론에서 공식화된 주체 사실주의 창작방법론은 종래의 사회주의 리얼리즘 미학이론과 큰 변별성이 없다. 그럼에도 불구하고 새로운 이론을 주장할 수밖에 없었던 것은 사회주의의 붕괴로 인하여 더 이상 사회주의 리얼리즘을 내세울 수 없게 되었으므로 새로운 이론이 필요하게 되었기 때문이다. 또한 사회주의적 내용이라는 것도 전에는 낡은 것과 새 것의 투쟁, 착취 계급과 착취 사회를 반대하는 투쟁, 인민 대중의 이익을 옹호하며 모든 사람이 잘 살도록 하는 투쟁 등을 내용으로 했지만 주체 사실주의에서는 수령에 대한 충성과 조선 민족 제일주의라는 특수한 부분을 내용으로 삼는다. 곧 어떤 변화에도 불구하고 동요하지 않는 수령에 대한 충성을 바쳐 현 체제를 유지하는 것이 곧 주체 사실주의의 핵심이 된다. 모든 긍정적 인물을 어버이 수령과 어머니 당에 충성과 효성을 바치는 충신과 효자로 그리는 것이 90년대 인물성격론의 핵심이다. 이는 곧 과거 그들이 비판했던 중세의 봉건적 윤리를 가져다 사용하는 것이 됨으로써 모순을 자초하는 격이 되었다.

3) 북한 문예정책의 특성

이상에서 북한 문예에 있어서 변함 없이 유지되는 기본적 요소와, 변화 양상에 따른 차별적 요소들을 검토해 보았다. 이러한 전 과정의 변화를 통해서 볼 때 북한 문예이론은 60년대까지는 마르크스ー레닌주의와 일맥 상통하다가, 70년대 이후 주체문예이론으로 오면서 그들 나름대로의 실용성 위주로 가다가 90년대에 마침내 주체문학론으로 완

---

10) 고철훈, 「문학예술 창작에서 사회주의 원칙을 철저히 견지하자」, 『조선어문』, 1992, 3호, p.23. 김동훈, 「북한 문예이론의 역사적 변모와 김정일의 『주체문학론』」, 『북한문화연구』 2집, 한국문화정책개발원, 1994, p.24에서 재인용.

성되는 과정을 밟고 있다. 이러한 변화 과정을 통해서 볼 수 있는 몇 가지 특징들은 다음과 같다.

첫째, 북한 사회주의 문학은 소수의 부르주아 출신 지식인들이 향유하던 문학예술을 대다수 노동계급 내지 근로 대중에게 개방시켰으며, 문예이론도 소수에게만 읽히는 전문서에서 문학예술 대중서로 변모한다. 물론 이것은 사회주의 문학에서의 기본 원칙과 부합하는 것으로 문학예술은 인민 대중을 교양하는 것을 목표로 한다는 원칙에 따르는 것이다.

둘째, 북한 문예는 내용에서는 사회주의요, 형식에서는 민족적인 것을 강조하고 있다. 사회주의적 내용이란 노동계급의 혁명적 세계관에 기초하여 민족 해방, 계급 해방의 실현과 사회주의, 공산주의 위업의 승리를 위하여 투쟁하는 인민 대중의 생활과 투쟁을 반영한 혁명적이며 계급적인 내용이라고 정의한다. 이러한 사회주의적 사실주의 문학예술은 민족적 형식을 가짐으로써만 인민들의 생활 감정과 정서에 맞고 그들로부터 사랑받을 수 있다는 관점에서 민족적 형식의 중요성을 강조하며 이는 민족 문학예술의 유산을 이어받지 않고서는 옳게 실현될 수 없다고 주장한다.

이와 관련해서 과거 민족문화에 대한 외면에서 벗어나 실학파나 카프와 같은 진보적 문학에 대한 재평가가 시작되었다. 과거의 민족문화 유산에 대한 재평가를 통해서 그 동안 철저하게 외면되어 왔던 작가들이 다수 문학사에 등장하게 되었고 새로운 평가를 받게 되었다. 남한의 문학사에서 중요하게 다루어지던 이광수, 신채호, 김소월, 한용운, 심훈 등의 작가들이 비로소 북한의 문학사에도 등장함으로써 남북한 문학사에서 그들에 대한 평가의 접점을 찾아낼 수 있게 된 것이다. 그러나 30년대의 혁명적 문학예술은 전통이라고 규정하고 민족문화는 유산이라고 하여 확실하게 차별화하고 있으며, 김일성에 의해 이룩된 혁명적 문학예술의 전통이야말로 민족문화 유산의 최고봉이라고 명확하게 위계화하였다.

셋째, 북한의 문예이론과 문예정책은 완전히 동일하고 그 세부적 특징은 다음과 같다. 첫째, 모든 문예 작품과 이론이 개인의 우상화를 위해 바쳐진다. 둘째, 사회주의적 리얼리즘의 미학적 범주와 성질이 주체사상, 민족적 형식, 속도전의 이론, 종자론 등으로 변질되었다는 점, 셋째, 논쟁과 비평 행위가 전무하고 오로지 김일성의 작품에 대한 훈고학이나 주석학만이 존재하며, 누가 더 김일성의 견해를 정확하게 이해하는가 정도 이상의 진술을 보여주지 못한다는 점, 넷째, 공산주의적 인간학으로서의 문예라는 전제 아래 문예의 사회주의적 미학의 성질을 인문학이나 예술과학으로 변형시켰다는 점[11] 등이다.

3. 북한 희곡과 연극의 전개 양상

김일성은 연극은 관중들이 이해하기 쉽고 깊은 감동을 느끼게 하는 좋은 예술이라고 교시하였고, 김정일은 참다운 혁명적 연극예술은 당원들과 근로자들에 대한 사상 교양의 힘있는 수단이라고 지적하고 있다. 근로 대중의 머릿속에 남아 있는 봉건적, 자본주의적 사상의 잔재를 뿌리뽑고 근로자들을 사회주의적 애국주의와 프롤레타리아 국제주의 정신으로 무장시키는 일이 사상 교양 사업의 중점 사항이며, 연극은 이를 위한 좋은 수단이 된다는 것이다. 북한 연극은 결국 '하나는 전체를 위하여 전체는 하나를 위하여'라는 집단주의 정신을 높이 발양케 한다는 목표를 달성하도록 독려하는 수단[12]으로서 존재 의의를 갖는다.

---

11) 홍기삼, 「북한의 문예정책과 문예이론 연구」, 『북한의 문화예술』, 국토통일원, 1984, pp.3~135.
12) 김문환, 『북한 연극의 특징』, p.311.

북한에는 오직 주체사상과 그 구현을 위한 문예정책이 있을 뿐이고, 그에 따라 연극 또한 김일성이 항일투쟁시기에 직접 창조했다는 혁명 연극과 그 전통을 이어받은 아류작들이 있을 뿐이다. '위대한 수령 김일성 동지의 주체적 문예사상을 지도적 지침으로 하여 창조 공연된 항일혁명연극은 우리나라 연극사의 새 기원을 열어놓았다'고 칭송되는 데서도 알 수 있듯이, 북한 연극의 핵심을 이루고 있는 혁명연극을 고찰하는 것이 북한 연극을 이해하는 길이 된다.

북한의 현대문학사는 다음과 같이 문학사의 시대 구분을 하고 있다. 항일혁명투쟁시기(26. 10~45. 8)/평화적 건설시기(45. 8~50. 6)/조국해방전쟁시기(50. 6~53. 7)/전후복구건설과 사회주의 기초건설을 위한 투쟁시기(53. 7~60)/당의 유일사상체계를 튼튼히 하기 위한 투쟁시기(67~). 앞에서도 언급했듯이 북한의 문학이론은 연극을 비롯한 예술 전반에 있어 기본 이론으로 적용되고 있으므로 문학사의 시대 구분을 연극사의 시대 구분에 그대로 적용해도 무방할 것이다.

항일혁명투쟁시기가 시작되는 1926년이면, 1912년생인 김일성은 14세에 불과하지만 새날소년동맹을 조직하고, 독립을 위한 항일 투쟁, 민족 해방과 계급 해방을 위한 투쟁, 계몽 사업의 강화를 통한 동포들의 정치적 각성 등의 투쟁 과업을 제시한 것으로 되어 있다. 이를 위해서 우선 『안중근 이등박문을 쏘다』를 창작 공연하게 되는데 여기서는 혁명이란 개인적인 복수나 테러의 방법으로는 성공할 수 없으며 인민 대중이 함께 뭉쳐 싸울 때 비로소 성공할 수 있다는 혁명의 진리를 강조했다. 이 작품은 조선 인민이 나아가야 할 투쟁의 길을 밝혀 주었다는 의의를 부여받는다. 특히 『성황당』은 근로 인민 출신의 긍정적 주인공을 등장시켜 자기 운명의 주인공은 자기 자신이라는 것을 깨우쳐 줌으로써 미신 타파와 같은 계몽적 주제를 인간의 자주성과 창조성을 옹호하는 혁명적 주제로 끌어올린 혁명적 대작으로 높이 평가된다.

30년대에 들어서면 김일성의 주체적 노선 제시에 따라 노동자, 농민을 비롯한 광범한 반일 역량을 민족적 및 계급적 해방을 위한 투쟁으로 불러일으키기 위한 작품들의 창작이 주를 이루었다. 1932년 김일성에 의해 반일인민유격대가 창건되고 항일무장투쟁이 제시됨으로써 무기 획득과 무장 대오의 확대 강화를 내용으로 하는 작품들이 창작되었다. 1936년 김일성은 북한에서 불후의 고전적 명작으로 꼽히는『피바다』,『한 자위단원의 운명』등을 창작함으로써 혁명연극의 본보기를 제시하였다. 『피바다』는 혁명에 대해서는 아무것도 모르던 어머니가 생활의 시련 속에서 점차 혁명을 인식하고 투쟁에 나서는 과정을 그리고 있고,『한 자위단원의 운명』은 일제의 억압에 못이겨 자위단에 들어갔다가 그 기만성을 깨닫고 일제에 맞서서 참된 혁명의 길로 돌아서는 과정을 그리고 있다.

항일혁명투쟁시기 작품은 광범한 인민 대중을 결속하여 혁명 투쟁의 장으로 불러내야 했던 현실적 요구에 기초하여 각계 각층 군중의 생활 처지와 준비 정도, 그들의 지향과 욕구에 맞는 다양한 주체사상적 내용과 예술적 형식의 연극이 창작되어 인민들의 계급 교양과 혁명 교양에 이바지했다.[13] 구체적으로는 반일 애국 역량의 통일 단결과 민족 자주의식에 대한 교양의 임무에 관한 것, 인민 대중의 각성과 혁명 투쟁을 반영한 작품, 조선 중국 일본 인민들의 반제공동투쟁을 역설하는 작품 등이다.

북한에서는 이러한 항일혁명연극은 주체사상을 철저히 구현하고 있으며 항일혁명투쟁에 철저히 복무한 문학예술로서 과거의 연극과는 본질적인 차별성을 갖는다고 평가한다. 항일혁명연극은 당성, 노동계급성, 인민성, 통속성을 철저히 구현하고 있으며 높은 사상성과 예술

---

13) 정재철, 「북한연극과 무대미술에의 접근」, 『실천문학』, 1989, 여름호, p.113.

성이 결합된 연극이라는 것이다. 또한 인민 대중 속에서 나온 전형적 인물들을 공산주의 혁명가의 전형, 자주적 인간형의 전형으로 내세우고 깊이 있게 그려내었고, 군중의 집체 창조 방법과 혁명적 창조 기풍으로 특징지어지는 예술 활동 방식도 새롭게 창조했다는 것이다. 결국 항일무장투쟁시기의 혁명연극은 내용과 형식, 주제와 표현 등의 연극의 제반 과정에 걸쳐 새로운 의미를 생산해낸 획기적인 예술로 평가된다. 70년대 와서 김일성 우상화가 강화되면서 이 작품들은 혁명연극, 혁명가극으로 다시 등장하고 부각된다.

평화적 건설시기의 북한 연극은 혁명적 전통, 토지개혁, 창조적 노동, 미제와의 투쟁 등을 주제로 한 작품이 많으며 판소리계 소설의 현대적 해석 작업과 소련 작품의 번역 등이 이루어졌다.[14] 1946년 3월 25일 북조선예술총연맹이 생기고 이는 그해 10월에 북조선문학예술총동맹으로 개칭된다. 이 산하에 북조선연극동맹이 소속되고 연출 연기 평론의 세 분과위원회와 각 도의 지부가 발족된다. 남궁만의 『복사꽃 필 때』, 신고송의 『불길』, 송영의 『금산군수』, 리기영의 『땅』, 함세덕의 『대통령』 등의 작품이 있다. 또한 이 시기의 작가들은 '인민 속으로부터의'라는 구호 아래 광산, 농어촌, 인민군대 등 현지로 파견된다는 점이 특징이며, 소련의 번역극을 통해서 사실주의적 무대 형식을 배우고 조선 연극의 구태를 벗는 데 도움을 받았다.

조국해방전쟁시기에는 전투에서 용감성을 발휘한 인민군 용사들의 투쟁 모습을 형상화함으로써 전의를 고취시키거나 미국을 규탄하는 내용이 주를 이루었다. 송영의 『그가 사랑하는 노래』, 『강화도』 등이 대표작이다.

전후복구시기에는 당의 경제정책을 관철하기 위한 노동자들의 투쟁

---

14) 서연호, 이강렬, 『북한의 공연예술 1』, 고려원, 1990. p.59.

과 자력 갱생을 강조하거나 통일에 대한 작품들이 나왔다. 56년 10월 2차 작가대회를 통해 임화, 이태준, 김남천 등 남로당 계열의 소위 부르주아 반동작가들이 숙청된다. 따라서 당의 혁명적 전통을 천명하고 문학예술에서 부르주아 잔재를 청산하며 천리마 운동과 더불어 낡은 것과 새 것의 투쟁 등을 중시하게 되었다.

61년에서 66년의 사회주의의 전면적 건설시기에는 항일 투쟁과 혁명의 시각에서 건설 사업을 다룬 작품 등이 나왔는데 가장 중요한 주제는 천리마 현실 반영과 천리마 기수들의 전형을 묘사하는 것이다. 60년 11월의 김일성 교시에 의하면 문학 현실은 위대한 천리마 현실을 전면적으로 반영하며 시대의 영웅인 천리마 기수들의 전형을 창조함으로써 인민 대중의 공산주의 교양에 이바지해야 한다고 했고 이에 따라 긍정적 모범에 의해 부정이 극복되는 천리마 현실에 맞는 유형의 갈등을 설정[15]하고 있다.

67년 이후는 사회주의 공산주의 건설을 힘있게 추진하는 시기로서 온 사회를 혁명화 노동계급화하는데 이바지하는 예술의 창작이 독려되었다. 특히 김일성의 혁명 역사를 형상화한 작품이 주를 이루는 가운데 소위 성황당식 혁명연극, 피바다식 혁명가극이 나왔으며 시극과 음악무용, 서사시극이 성립되었다.

70년대는 피바다식 가극이 공연예술의 중심을 이룬다. 이러한 공연의 특성 외에 만수대예술극장, 인민문화궁전, 2·8문화회관 등의 대규모 공연장을 건립한 것을 특징으로 들 수 있다. 특히 2·8문화회관은 5천 명이 출연하는 『영광의 노래』가 공연된 곳으로 7천 석 정도의 객석을 가지고 있으며 크고 작은 600여 개의 방이 있다고 하니 놀라운 규모를 짐작할 수 있다.

---

15) 정재철, 앞의 글, p.117.

80년대에는 김정일의 부상이 눈에 띄는데, 공연예술은 이전의 공연들에 더욱 철저를 기하는 방향으로 전개되었으며 특히 그에 의해 영화의 측면이 부각된다. 이 시기에도 새로운 소재의 발굴보다는 이전 작품을 피바다식 혁명가극으로 옮겨 놓는 일에 열중하며 점점 대형화된 무대와 해외 공연 등을 통한 변화도 조금씩 보이고 있다. 세계에 내보내기 위한 예술을 통한 변화의 조짐도 조심스럽게 예측할 수가 있는 것이다.

북한 연극은 내용상으로는 변함 없이 김일성의 우상화를 위한 유일사상과 주체문예론을 기반으로 하고 있으며, 형식상으로는 가극 등을 통한 다양한 장르의 예술을 연극의 형태로 통합하는 시도 등을 통해서 매우 화려한 대규모의 연극을 대형 무대에서 공연하는 형태로 표현된다. 신파극을 거부하고 비판한 지가 이미 오래지만 여전히 신파극적 표현법에서 완전히 벗어나지 못하고 있으며, 언제나 김일성에 대한 감사와 충성으로 이어지는 도식적인 결말 처리 등의 한계를 가진다. 따라서 아름다움의 표현과 감동이라는 예술 본연의 의미를 성취하는 데 실패함은 물론, 예술을 통한 인민의 교양이라는 목표 달성에도 어려움이 있다. 그러나 새로움을 향한 노력과 민족적인 양식의 수용이 마침내 하나의 접점을 낳았다는 사실은 의미 있는 부분이라 할 수 있다.

4. 혁명가극과 혁명연극의 특성

1966년 10월 노동당 대표자회의에서 김일성은 당의 경제 건설과 국방 건설 병진 노선을 철저히 관철하며 정치 사상적으로 튼튼히 꾸리고 사회주의 공산주의 건설을 힘있게 추진할 것을 교시하였고 1967년 당 중앙위원회 제4기 15차 전원회의에서 유일사상체계에 대한 방침을 밝히고 있다. 유일사상이란 "로동예술의 당이 로선과 정책을 세우고 당원들과 인민대중을 령도하여 혁명과 건설을 승리에로 이끌어나가는데서 지도적 지침으로 삼는 수령의 혁명사상"으로 김일성과 당이 주장하는 유일사상과 노동계급화에 이바지하는 문학예술이 이 시기에 많이 창작되기에 이른다. 특히 항일무장투쟁시기에 창조되었던 작품들이 혁명가극과 혁명영화, 혁명연극 등으로 재창작된다. 예컨대 『피바다』는 69년에 영화로 71년에 가극으로, 74년에 소설로 재창작되었고, 『꽃파는 처녀』는 72년에 영화와 가극으로, 77년에 소설로 재창작되었으며, 『한 자위단원의 운명』은 70년에 영화로, 74년에 가극으로, 73년에 소설로 재구성되었고, 『성황당』은 78년에 혁명연극으로 재창조되었다. 본고에서는 혁명가극과 혁명연극의 측면에서 이 작품들을 고찰하고자 한다.

우선 혁명가극이란 가사와 음악을 기반으로 하고 그 위에 무용, 미술 등의 형상 수단을 활용하여 인민 대중의 형상과 혁명 투쟁, 인간의 생활을 주제로 표현하는 종합적 무대예술의 한 형태이다. 작품의 주제는 혁명적이며 사실주의적이어야 하고, 이러한 주제를 독창적으로 표현해야 한다는 특성이 있다.

『피바다』는 1971년 연극으로 상연되던 『피바다』를 가극으로 옮긴 것이다. 전 7장 4경으로 되어 있는 이 작품은 1930년대를 배경으로 하고 일제 강점자들의 포악성과 잔인성을 폭로하고 김일성이 제시한 항일무장투쟁의 정당성과 위대한 생활력을 확증하는 동시에 혁명 전사, 공산주의자로 자라나는 주인공들의 전형적인 형상을 그려내는 것을 내용으로 한다. 김일성을 어버이로 치켜세우는 북한 당국의 전통적인 역사 해석이자 문화 해석을 반영한다.[16] 김정일은 1971년 혁명가극 『피바다』는 사상성과 예술성이 완벽하게 조화된 주체적이며 혁명적인 우리식의 가극이라고 높이 평가하고 이제 피바다식 가극의 시대가 열렸다[17]고 했다. 이러한 판단의 준거로서 특히 가극의 노래를 절가화한 것과 방창을 전면적으로 수용한 것을 들고 있다. 절가와 방창이란 피바다식 혁명가극을 이해하는 데 있어서 가장 중요한 개념이다.

절가는 대사에 의해 분리되는 일련의 노래로서 같은 가락에 맞춘 정형시 유형의 가사들로 구성된다. 간결한 구조 속에서 현실 생활의 크고 작은 모든 내용을 풍부한 형상으로 구현할 수 있는 다양한 서술적 가능성을 가진 세련되고 위력한 음악 형식의 하나라고 정의된다. 절가는 인민 대중에 의하여 창조되고 오랜 역사적 과정을 통하여 발전된 인민의 노래 형식이다. 인민들의 창조적 노동과 집단 생활은 간결하면서도 세련된 정형적 음악 형식 구조를 낳았고 악곡의 반복성, 전렴이나 후렴과 같은 보편적 특징을 갖게 하였다. 혁명의 새 시대, 주체의 시대는 인민 대중이 다 알아듣고 즐겨 부르는 전투적이며 통속적인 절가를 내세우고 발전시킬 것을 요구하고 있다. 절가 형식은 복잡하고 방대한 구조의 작품마저도 인민적인 음악으로 전환시키고 발전시켜 나가며 음악 향유 계층으로서의 인민 대중의 지위를 확고히 담보하는 데서 예술의 혁신적 의의를 가진다.

또한 가극에서 방창을 전면적으로 받아들였는데 김정일은 방창이란 무대 밖에서 불리워지면서 극의 세계를 그려내는 노래[18]라고 정의하고 있다. 방창은 가극을 비롯해서 영화, 연극, 무용 등의 작품들에서 등장인물이 아닌 제3자가 무대 밖에서 하는 성악 연주 형식이다. 지난날의 가극은 등장인물의 노래와 관현악단의 노래밖에 없어서 모든 노래가 무대에서만 불리워졌으나 이러한 방식으로는 인민들의 다양한 생활을 그려내는 데 일정한 한계가 있었다. 즉 방창은 객관적 입장에서 등장

---

16) 김문환, 『북한의 예술』, 을유문화사, 1990, p.324.
17) 김정일, 『주체혁명위업의 완성을 위하여』, 1권, p.422.
18) 김정일, 『가극예술에 대하여』, p.54~55.

인물의 심리 세계를 밝혀 주며 인물 자신의 입장에서 그의 내면을 노래함으로써 인물의 독백을 대신하는 기능을 하며 부정적 인물을 규탄하는 수단이 되기도 하며 시대적 배경과 환경을 비롯하여 등장인물의 생활 체험을 밝혀 주며 사건 전개의 극적 비약을 할 수도 있다. 방창으로 인하여 배우는 노래의 부담을 덜고 연기에 열중할 수 있다. 막과 막 사이에 넣어서 극의 전환을 돕기도 하고 인물이 관중에게 호소하고 싶은 내용을 전달함으로써 무대와 관객을 연결시키기도 한다.

혁명가극이 유일사상과 노동계급화를 유도하는 목적을 가지고 있으나 전통적인 민요 양식을 계승하고 있다는 점과 혁명가극의 가요가 무대 양식에서 주제를 효과적으로 전달하기 위한 독특한 수법을 개발한 점[19] 등은 인정해야 한다. 그러나 방창은 3음보격이라는 점에서, 절가는 4구체 형식이라는 점에서 향가, 속요, 시조, 가사, 민요 등 고전의 가요문학의 전통을 이어받은 것이므로 새로운 형식을 창조했다는 이들의 주장은 수정되어야 하는 것이다.

북한에서는『피바다』,『꽃파는 처녀』,『당의 참된 딸』,『밀림아 이야기하라』,『금강산의 노래』등의 작품을 5대 성과작으로 꼽는다. 그러나 이 중에서도『피바다』와『꽃파는 처녀』를 혁명가극의 대표작이자 모범적인 작품으로 볼 수 있다.

피바다식 혁명가극의 특징은 다음과 같다. 첫째, 음악은 절가와 방창을 사용해야 한다. 둘째, 무용을 종래의 극처럼 여흥을 위해 혹은 무대의 장식으로 넣는 것이 아니라 가극의 사상적 내용을 밝히는 데 있어서 필수적인 능동적 형상 수단으로 만들어야 한다. 셋째, 무대미술도 고착화된 배경으로서가 아니라 입체화시켜 시공간적 표현력을 확대하였다. 피바다식 가극 창조는 북한예술에서 종합예술로서의 가극 형식

---

19) 현재원,「북한 혁명가극에 나타난 가요형식과 극적 효과」,『북한문화연구』2집, 한국문화정책개발원, 1994. p.192.

을 현대적 양식으로 발전시켰고 가극의 통속화와 대중화를 실현시켜 새로운 사회주의 가극의 시대를 열었다. 『꽃파는 처녀』는 좁쌀 두 말의 빚 때문에 온 가족이 지주의 머슴살이를 하면서 갖은 고난을 겪는 꽃분이 일가의 비참한 생활을 이야기하고 있다. 이렇게 작은 이야기를 혁명가극의 소재로 사용하는 이유는 그렇게 함으로써 시대의 본질을 사회주의적으로 밝혀내고 민족 해방과 계급 해방 문제를 표출하며 섬세하고 인정적인 심리 작품의 양상에 맞게 주인공의 내면 세계를 다룰 수 있기 때문이다.

1972년 11월 7일 김정일은 항일혁명투쟁시기에 김일성이 창작한 불후의 명작으로 꼽히는 『성황당』의 대본을 국립연극단 예술인들에게 주고 혁명연극을 지시하였다. 『성황당』은 인간의 고통과 불행이 타고난 팔자이며 그것을 면하기 위해서는 성황당에 치성을 드려야 한다고 생각하는 복순어머니와 억압과 착취를 반대하여 싸우며 인간의 존엄을 지키는 지혜로운 청년 돌쇠의 대조적인 형상을 통해서 사람들을 미신과 종교의 구속으로부터 해방하는 문제를 제기하였다. 자기 운명의 주인은 자신이며 자기의 운명을 개척하는 힘도 자신에게 있다는 주체의 진리를 표출한 작품으로 평가된다. 이러한 의의를 가진 『성황당』을 재창작하여 공연함으로써 성황당식 연극의 시대가 열리게 되었다.

김정일은 성황당식 연극은 내용과 형식에서 주체의 인간학의 요구를 철저히 구현하고 있을 뿐 아니라 창조 체계와 방법에서 주체의 창작 원리에 튼튼히 의거하고 있는 새 형의 연극[20]이라고 지적하였다. 성황당식 연극은 주체사상의 요구와 인민 대중의 지향에 맞게 혁명과 건설에서 인민 대중이 차지하는 주인으로서의 지위와 그들의 역할을 높은 예술적 경지에서 형상화하였으며 인민 대중이 세계의 주인이며 유일

---

20) 김정일, 「연극예술에 대하여」, 1988. 4. 20, p.1.

한 지배자라는 주체의 진리를 반영하고 있다는 것이다. 또한 형식의 측면에서도 다장면 구성 형식을 택함으로써 인민의 요구를 구현하였다. 격식화된 틀에 내용을 맞추는 것이 아니라 생활 내용에 따라 장면을 설정하고 총체적인 구성을 세워야 한다는 원리에 기초한 것이다. 과거의 제한된 장면 변화 방식을 탈피하고 대담하게 장면 전환을 함으로써 무대 위에 생활을 입체적으로 담고 극을 연속적으로 펼쳐 보인다. 여기서 특히 중요한 것은 흐름식 입체무대의 사용으로 이는 극을 현실과 같은 느낌을 가지고 볼 수 있도록 만들기 위해서 막과 막, 장과 장 사이의 무대 전환 시간을 줄이는 것이다. 따라서 극의 발전에 따라 암전 대신 장치와 배경을 끊임없이 변화시켜 생활을 생동감 있게 표현할 수 있다. 인물이 살고 있는 사회 역사적 조건과 자연 지리적 조건, 시대의 분위기와 민족적 생활 풍습을 보여주는 이 기법은 관중을 극에 끌어들여 감흥을 높일 수 있다. 환등기를 이용하여 극 장면의 영화적 전환을 가능케 하고 흐름막이나 흐름무대를 통해 명전 상태에서 자연스러운 장면 전환을 가능하게 하는 것이다. 이는 북한의 대형화된 무대예술 전반의 공통점이다.

또한 음악을 받아들임으로써 정서가 넘치고 감화력이 높아지게 되었다. 평면적인 무대미술에서 탈피하여 입체적인 무대를 꾸미려는 노력을 기울였고 민족 고유의 건축, 의상, 공예를 비롯한 민족미술 유산을 통해 민족적 색채가 진한 무대[21]를 창조하였다. 대사를 생활적으로 조직하고 음악을 연극의 중요한 수단의 하나로 채택하였는데, 주로 방창 형식으로 되어 있는 연극 음악의 기능은 등장인물의 내면 세계를 깊이 있게 표현해 주며 극 흐름의 공간을 정서적으로 이어 주면서 극적 감정의 지속성을 보장하는 등 연극의 서정성을 높이는 역할을 담당하고

---

21) 김문환, 「북한연극의 특징」, 『북한문화예술 연구의 방향』, p.348.

극을 시대적 미감에 맞게 전개할 수 있게 되었다. 이전의 연극에는 배우의 동작과 화술에 있어서 과장이나 신파의 잔재와 같은 형식주의의 여운이 남아 있다고 비판하고 성황당식 연극에서는 철저한 사실주의의 원칙을 강조하였다. 이러한 특성을 가진 성황당식 연극은 이후 주체연극의 본보기가 되었으며 사람들에게 삶의 길을 알려 주는 생활의 교과서인 동시에 투쟁의 무기로 되고 있다.

이외에도 연극 관련 종합예술로서 강한 선동성과 호소성, 서정성을 지닌 시를 결합함으로써 등장인물의 격동적인 사상과 감정 세계를 직접적으로 표현하는 시극을 들 수 있다. 또한 인민의 정서에 맞는 민족음악을 기본으로 하고 극예술과 무용, 무대미술, 시, 설화를 구성 수단으로 하는 종합예술의 한 형태로서 음악무용서사극이 있다. 가극과 같이 복잡한 사건 전개와 갈등이 없이 주로 아름다운 노래와 무용, 무대미술로 이야기를 끌어 가는 음악무용이야기라는 장르도 있는데 이는 사회주의 제도의 우월성을 형성하는 데 주력한다. 음악무용서사시는 음악, 무용 등을 통하여 사회 역사적 사건들을 웅대하게 반영하는 종합예술로서 주로 항일혁명투쟁을 소재로 한다는 점에서 전자와 차이가 있다.

5. 결론

본고는 북한의 연극을 개괄적으로 고찰하고자 하는 목표를 가지고 출발하였다. 그러나 북한의 연극을 비롯한 모든 예술 활동은 문학과 예술을 총괄하는 문예이론의 지배하에 있으므로 연극의 이해를 위해서는 문예이론에 대한 접근이 선행되어야 한다. 또한 언제나 당의 문예정책에 절대적으로 따라야 하는 문예이론은 독자적인 이론의 수립이란 불가능하며 그와 마찬가지로 독자적인 예술 창조 또한 불가능하다. 결국 북한의 예술은 당의 정책을 얼마나 잘 반영하고 있으며 당에서 요구하는 정책들을 선전하고 교양하는 데 어느 정도 기여하느냐 하는 것이 유일한 평가 기준이 될 뿐이다. 그러므로 모든 예술은 오직 김일성과 김정일에 의해 주도되는 당의 정책과 문예정책에 가장 잘 부응하기 위한 경쟁을 벌이는 수단에 불과하다고 할 수 있다.

그들은 정치적 변화에 따라서 문예정책을 변화시켰고 67년 이후에는 주체예술로서의 면모를 다지기 시작해서 오늘에 이르렀다. 사회주의의 붕괴와 김일성의 사망이라는 국내외의 상황의 변화에 의해서 그들은 더욱 폐쇄정책을 하는 동시에 예술을 통한 주체사상의 강화에 몰두하고 있다. 김정일은 주체문학론이라는 저서를 통해 변화하는 세계에서 마지막으로 남은 폐쇄적인 국가 체제를 유지하기 위해 안간힘을 기울이고 있다. 그러나 앞으로 고립된 그들의 체제에도 변화가 올 것이라 믿으며 그러한 개방과 교류를 바탕으로 문화적 접점 또한 가능해질 것이라고 기대한다.

북한의 문학과 예술에 대해 논의한다는 것은 우리가 볼 수 있는 한정된 자료의 범위내에 이미 그 한계를 가진 상태에서 출발하고 끝맺어야 한다는 고통스러운 작업일 수밖에 없다. 동족이라고는 하나 낯선 체제와 문학예술 형태를 통해 창조적 활동이 아닌 노동 행위로서 할당된 작업량을 생산해내고 있는 소위 예술가들의 행위와 결과물에 대해서 우리식의 예술관과 미학적 판단 기준을 가지고 어떤 판단을 내리고 해석한다는 것이 타당한 일이 될 수 없기 때문이다. 이들의 문학예술은 그들의 정책에 의해 생산되는 것이므로 그러한 작품을 생산케 한 정책을 검토하는 일에서 연구가 진척되기 어렵고 따라서 의욕적으로 출발한 연구들이 답보 상태에 있는 것이 안타깝지만 그것이 우리의 북한예술 연구의 현황이다. 본고 또한 그 목록에 변별성 없는 목록 하나를 덧붙이는 것이 아닌가 아쉬움이 있지만, 현단계에서는 객관적인 현실 자체에 대한 이해에 기반을 둔 인식의 확산 과정 자체도 의미가 있는 일일지도 모른다.

북한의 예술이 김일성과 김정일을 우상화하고 그 체제를 유지하기 위한 수단으로서의 도식화된 문학예술에 불과함을 비판하기 이전에, 그것이 바로 우리 민족이 앞으로 하나 되어 살아가야 할 우리 동포들의 삶의 현실임을 인식한다면 그것들을 포용하지 않을 수 없을 것이다. 미학적 판단을 내리고 통합된 문학예술사로 나아가기 위한 공동의 기준을 마련하는 것이 한민족으로서의 동질성을 발견하는 데 있어 중요한 것이라 할 때, 세계에서 유일하게 하나로 묶일 수 있는 한민족의 문학예술을 연결하는 무언가를 찾아내려는 노력이 끊임없이 지속되어야 할 것이다.

광범위한 시기를 대상으로 하였기 때문에 본고는 피상적이 될 수밖에 없었으나 그러한 기본적 이해를 바탕으로 하여 이후 구체적인 작품 분석과 남한예술과의 비교로까지 나아갈 수 있을 것이다. 정체된 북한 연극 현실의 안타까움은 굶주림으로 죽어 가고 있는 그들의 현실만큼이나 안타까운 것이나 앞으로 북한 내외의 상황에 의해 점차 변화될 것이라 기대한다.

참고문헌

■ 자료

『문학예술사전』 상권, 과학백과사전종합출판사, 1988.

『문학예술사전』 하권, 과학백과사전종합출판사, 1993.

■ 논문 및 단행본

권영민, 『북한의 문학』, 을유문화사, 1989.

김문환, 『북한의 예술』, 을유문화사, 1990.

김재용, 『북한문학의 역사적 이해』, 문학과지성사, 1994.

_____, 「1990년대 전반기 북한문학과 이후의 전망」, 『북한문화연구』 2집, 한국문
　　　화정책개발원, 1994.

서연호, 이강렬, 『북한의 공연예술』 1, 고려원, 1990.

손종국, 유영옥, 『북한학』, 학문사, 1996.

정재철, 「북한연극과 무대미술에의 접근」, 『실천문학』, 1989, 여름호.

최동호, 『남북한 현대문학사』, 나남, 1995.

현재원, 「북한 혁명가극에 나타난 가요형식의 극적 효과」, 『북한문화연구』 2집, 한
　　　국문화정책개발원, 1994.

홍기삼, 「북한의 문예정책과 문예이론 연구」, 『북한의 문화예술』, 국토통일원,
　　　1984.

북한의 아동시가문학

김용희

1. 머리말

아직 풀어 나가야 할 과제들을 많이 남겨 두긴 했지만, 남북 교류는 접촉이 잦아질수록 서로의 입장을 조금씩 양보하며 상호 신뢰를 구축해 간다는 평범한 사실을 확인시켜 주는 사례가 몇 있었다. 지금까지 정치회담을 비롯해서 사회·경제·문화·예술·스포츠 분야에 이르기까지 꾸준히 확대 지속되어 오던 남북 교류는 '남북한 유엔시대'라는 새로운 전기를 맞게 되었고, 현저한 입장 차이를 내보이기는 했지만 최초의 '남북여성교류'가 이루어지는 수준에까지 도달하기도 했다. 또한 낙관도 비관도 할 수 없었던 제5차 남북고위급회담에서 예상외로 '남북합의서'가 채택되고 또 '비핵화 선언'을 창출해내는 커다란 진전을 보이며, 급기야는 '남북정상회담'의 성사를 기대해 보는 현실에까지 이르기도 했다. 그것은 화해와 공존이라는 세계사적 준엄한 파고가 남북 관계 개선에 실로 막대한 영향을 미치고 있었음을 실감하게 하는 일례들이다.

그러나 무엇보다 남북한 신뢰 회복과 민족의 동질성 확인을 진정성의 차원에서 감격적으로 체험시켜 준 매개체는 다름 아닌 두 곡의 동요일 터이다. 남과 북이 만나는 만찬장에서, 혹은 헤어지는 거리에서 정치적 이념을 떠나 아무런 갈등 없이 화음되던 우리의 동요, 「고향의 봄」(이원수 요, 홍난파 곡)과 「우리의 소원」(안석주 요, 안병원 곡)이 바로 그것이다. 높고 높은 이념의 벽이 가로놓여 남과 북이 서로 다른 생각으로 만났을지라도 이제 이 두 곡의 동요는 낯설고 어색한 만남의 분위기를 환기시켜 주며, 우리가 한민족이라는 가장 보편적인 인식을 자연스럽게 새겨 주는 상징물이 되었다. 남과 북이 만나 이 동요를 부르는 순간만은 분단의 벽은 허물어지고 진정한 민족적 화해가 이룩되는 열린 공간이 형성될 수 있었기 때문이다. 그만큼 동심의 정서는 이념으로 물들기 이전의 원초적 본성으로 되돌리는 강한 향수를 유발한다는 뜻일 것이다.

이와 같이 동심의 정서는 곧 민족의 정서로 승화될 수 있다는 가정을 상정해 두고 북한의 아동시가문학을 고찰해 보는 일은 퍽 흥미로운 일이 아닐 수 없다. 그것은 아동문학에서까지 "우리 식 사회주의제도의 우월성에 대한 심오한 예술적 반영"[1]을 고집해 온 북한 사회의 특수한 사정을 반드시 염두에 두어야 한다는 당면한 인식 때문이다. 곧 북한의 아동시가에서는 우리 동요와 같이 남과 북이 함께 노래하며 공통된 향수의 교감을 어우러내는 동심의 정서는 전혀 찾을 길이 없고, 단지 생경한 이질성만 확인할 수 있다는 사실이다.

분명 우리에게 아동문학이란 장르는 아이들에게 내재된 인간상을 재확인하고, 그 인간성 탐구를 통한 인간 형성 과정에 도움을 주려는 적

---

1) 명일식, 「문학작품에서 우리 식 사회주의제도의 우월성에 대한 심오한 예술적 반영」, 『조선문학』 (1991. 5), pp.39~41 참조.

극적 의도로 출발한 문학이다. 반면에 북한의 아동문학은 그들의 『문학예술사전』(과학백과출판사, 1972)에 따르면 우리와는 원론적 정의부터 확연히 다르다. 북한의 아동문학은 '혁명적 아동문학'으로 규정되어 있고, 동요·동시는 "경애하는 어버이 수령 김일성 원수님의 위대한 혁명가적 풍모와 덕성을 노래하며" "새 세대들을 경애하는 수령 김일성 동지께 무한한 충직한 혁명전사로 키우는데 이바지하는" 아동시가문학임을 밝히고 있다. 다시 말하면, 북한의 아동시가문학에 나타난 동심의 정서란 민족의 정서로 승화될 수 없는 특정 개인의 사적 정서인 셈이다. 따라서 북한의 아이들은 김일성이 이룩했다는 혁명 과업을 계승해 나갈 미래의 주인공인 '꽃봉오리'로 상징되어, 주체의 위업을 완성하기 위한 후비대로 튼튼히 준비해야 하는 '조선소년단'에 조직되어 있다.

남북한 아동시가는 이처럼 문학적 인식 방법 이전에 가장 본원적인 아이들에 대한 인식 태도부터 확연히 다르다. 남북한 아동시가의 이질성이란 그러니까 아동 인식의 개념적 토대가 다른 문학적 반영이란 점에서부터 엄청난 간극을 벌려온 셈이다. 그러므로 가능한 범위내에서 북한의 아동시가문학을 살피는 일은 오늘날 당면한 북한 아이들의 실상을 올바르게 이해할 수 있다는 의미를 안게 된다.

이 글은 1980년대 이후 지금까지 발간된 북한의 월간문예지 『아동문학』에 수록된 아동시가 및 교육 현장에서 활용되는 교과서인 『인민학교 국어』(교육도서출판사, 1987)와 기타 북한 간행물 등의 자료를 중심으로 북한 아동시가문학의 면모를 살펴보고자 한 것이다. 북한의 자료와 실상을 깊이 있게 접해 보지 못한 문외한인 필자가 논의의 오류에 대한 위험성을 감수하면서도 감히 이 글의 청탁을 떠맡을 용기를 낼 수 있었던 것은 남북한 아동시가문학의 생경한 이질성에도 불구하고, 일찍이 두 곡의 우리 동요를 통한 향수의 교감을 확인했던 벅찬 감회에 연유해 있음을 솔직히 고백하고자 한다.

2. 북한 아동시가문학의 여러 갈래와 특성

북한의 아동시가문학이 '어린이를 위한 문학'인 아동문학의 한 갈래
에 속하기는 우리와 조금도 다를 바 없다. 주로 어린이들의 생활을 반
영하며, 그것을 어린이들의 정서와 심리적 특성에 맞게 형상화하고 동
심적 서정을 노래해야 한다는 아동시가문학이 갖는 원래의 본질 기능
도 같다. 그러나 실제 내용에 있어서는 현격한 차이를 보인다.

북한의 문학예술이 당의 정책과 김일성의 교시에 의해서 확실하게
규정되어 있고, 작가들은 "당 문예노선의 철저한 옹호자, 철저한 관철
자가 되어야 하는"[2] 북한 사회에서 아동시가문학도 이미 당 정책의 목
적과 사명에 맞게 지향해 나가야 할 근본 원칙이 확고하게 정해져 있
다. 그 수반 과정은 성인의 시가문학보다 더 당 문예 노선을 따라 철저
하게 계획되어 있을 것이다. "청소년은 우리 조국의 장래이며 우리 혁
명위업의 계승자들입니다. 우리 조국의 장래 운명과 우리 혁명의 전도
는 청소년들을 어떻게 키우는가 하는데 달려있습니다"[3]라고 한 김일
성의 교시에 아동시가문학의 지향성은 충분히 내재해 있다. 북한의 아
동시가문학은 이러한 특정한 제반 기능을 수반해야 하는 혁명적 아동
문학의 하위 갈래에 속하며, 동요·동시 외에 당 정책 수행에 걸맞는 낯
선 여러 갈래로 나누어진 것이 특징이다.

북한의 아동시가문학은 크게 서정적인 아동시가와 서사적인 아동시
가로 대별된다. 그리고 시의 내용과 성격, 창작 의도와 방법에 따라 일

2) 「머리글」, 『조선문학』(1991. 10), pp.4~5 참조.
3) 리준길, 「주체형의 새 세대들의 아름다운 희망을 그리고저」, 『아동문학』(1981. 1), p.46 재인용.

반적으로 서정적인 아동시가는 동요, 동시, 구전동요, 풍자동요·동시, 송시, 벽시, 기행련시, 가사로 구분되고, 서사적인 아동시가는 서사시, 서정서사시, 담시로 나누어진다. 이밖에도 극적 방식으로 그리는 동요극, 동시극, 유희동요 등이 있다.[4] 아동시가문학의 수용층은 유치원 원아에서부터 인민학교, 고등중학교 학생들까지 포괄한다. 북한『아동문학』지의「글짓기교실」난에 발표되고 있는 학생들의 작품이 대부분 고등중학교 학생들인 점을 미루어, 남한으로 치면『아동문학』지는 주로 초등학교 고학년과 중학생 수준에 맞춘 아동잡지라 할 수 있다. 아동시가문학이 이처럼 복잡하게 분화되어 있어도 어린이나 청소년을 위한 시라면 보통 동요, 동시를 가리키는 것이 통례이다. 한 예로, 리영수 외 5인의 서정서사시를 모아 묶은『온나라 꽃봉오리 영광드려요』(금성청년출판사, 1986)라는 작품집이 각각의 작품마다 서정서사시란 장르 구분을 해놓고 있음에도, 표제에는 동요동시집이란 이름으로 간행한 점을 보면 그것을 쉽게 이해할 수 있을 성싶다.

"노래로 불리울 수 있게 씌여진 정형시"라고 정의된 동요는 구전동요와 창작동요로 나뉜다. 구전동요는 "과거 우리 조상들이 생활 과정에서 집체적으로 지어 부른 노래로 입으로 전해 오는 것을 말한다"[5]고 하나『아동문학』지에 발표된 구전동요는 계급적 각성을 불러일으키는 내용이 대부분이다. 북한에서 주로 지면을 통해 발표하고 있는 동요는 음절수의 규칙적인 사용과 시행의 적절한 조직(대개 4행을 한 연으로 구성함)을 고려한 창작동요들이다. 이에 비해 동시는 자유로운 운율을 가지고 읊기 위하여 씌어진 자유시의 일종이다. 이 동요와 동시는 모두 김일성의 충직한 혁명 전사로 키우고 아름다운 정서에 도움을 주는 작은 형식의 시이면서도, 생활을 보여줌에 있어서는 제한을 받을

---

4) 평양 제1사범대학 국어국문학강좌,『창작의 벗』(사로청출판사, 1974), p.180.
5) 앞의 책, p.183.

점이 없으며 크고 심각한 사상을 담아야 한다고 지적하고 있다.[6]

송시는 말 그대로 송축의 감정을 담아 흠모와 환희에 찬 서정을 노래한 시이다. 김영수의 「영광스런 당 중앙을 우러러」(1981. 2), 문희서의 「아버지원수님께 드리는 꽃봉오리들의 노래」(1982. 4), 림철삼의 「지도자선생님 고맙습니다」(1989. 6) 등에서 보는 바와 같이 전부 당과 김일성, 김정일의 현명한 영도와 위업을 예찬한 노래들이다. 송시는 동요, 동시와 함께 북한에서 어린이다운 언어 표현에 맞게 널리 활용되는 높임의 '입말체 맺음토(아요/어요/여요)'[7]를 사용하여 정서의 흐름을 가볍고 밝게 표현해내고자 한다. 이것과는 대조적으로 풍자동요·동시는 대상을 조소 규탄하기 위해 쓰는 짧은 시이다. 풍자라는 말의 의미가 내포하듯이 부정적 현상과 부정 인물, 낡고 썩어빠진 생활과 도덕에 대한 증오와 분노의 감정을 조소와 멸시, 야유 등으로 비판하는 아동시가라고 보지만, 실제 발표되고 있는 것은 미국과 남한 정부를 원색적으로 비난하는 내용 일색이다. '~놈' '낯짝' '이마빡' '처박힌 놈' '살인마' '해골 바가지' '뒈질 때' '에퉤 더러워' 등 천박한 비어를 동원하여 아이들에게 남한 현실을 왜곡시키는 중요한 구실을 하는 목적시에 불과하다.

벽시는 글자 그대로 벽에 붙여서 아이들에게 보일 목적으로 쓰는 서정시이나 "원수님과 당 중앙에 기쁨 드릴/영광의 그 날, 그 시각이/앞당겨지는 충성의 시간!"(리정남의 「충성의 시간」, 1983. 6)이라는 구절에서 감지할 수 있듯이 선전 선동력을 생명으로 삼는 구호의 일종이다. 교육 현장에서 당면한 현실적 문제를 해결하는 데 중요한 역할을 하는 이 벽시는 김일성의 혁명 사적지를 기행하며 쓴 기행련시와 같이 고무 추동을 목적으로 하는 사상 교양의 한 수단이 된다.

---

6) 앞의 책, p.180.
7) 리우진, 「아동시가 창작에서 입말체토의 사용」, 『문화어학습』(1985. 3), p.30.

가사는 노래의 곡을 붙이기 위해 쓴 아동시가이다. 노래란 가사와 곡의 유기적 결합에 의해 이루어지는 음악 예술의 한 형태인 만큼 가사는 선율에 맞춰 노래를 이루는 음악 예술의 구성 부분 중 하나이다. 북한에서 노래는 "우리의 사업과 생활에서 인민들의 심장을 하나로 굳게 융합시키며 수령님의 교시와 그 구현인 당 정책 관철에로 힘있게 동원하는 전투적 무기"[8]로 여긴 중요한 문학예술 장르이다. 가사는 노래와 인접성의 원리를 지니는 아동음악의 예속적 장르라 할 수 있다. 가사의 내용은 대체로 김일성의 따사로운 품에서 행복하게 자라는 꽃봉오리들의 사랑의 노래, 행복의 노래들로 가득 차 있다.

이와 같은 서정적인 아동시가들은 모두 시인의 주관적인 체험을 어른의 입장에서 직접 토로하는 문학이기 때문에 시적 화자에 대한 문제가 중요시되고 있다. 그러나 서사적인 아동시가는 시 속에 이야기와 인물이 중시되어 시인이 아이들에게 이야기를 들려줄 수 있는 시적 정황, 생활의 사상 등 그 내면적 의의를 밝혀 주는 형식을 취한다. 북한의 『아동문학』지에 발표되는 서사적인 아동시가는 주로 서정서사시와 담시이다. 서정서사시는 사건과 인물에 대한 서정적 평가를 강하게 드러내는 중소 형식의 서사적인 아동시가이고, 담시는 극히 짧은 이야기 속에 한두 명의 인물에 대한 생활의 단면을 노래한 가장 작은 형식의 서정서사적인 아동시가이다.[9] 이들은 환상성이 중시되는 우리의 동화시와 내용면에서는 전혀 다르지만, 형식면에서는 비슷하게 줄거리를 가지고 있고 서정적 정서를 담고 있는 아동시가이다.

이처럼 북한 아동시가문학의 갈래는 독자적인 문학 장르를 구분하려는 낯설은 여러 형태로 나누어진다. 그러나 형태의 다양함에 비해 내용은 획일적인 점이 특징이다. 획일적인 내용을 여러 형태로 노래함으

---

8) 『창작의 벗』, 앞의 책, p.196.
9) 앞의 책, p.163.

로써 문학적 목적을 다양하게 구축하려는 의도라 여겨진다. 북한 아동 시가의 내용에 획일성을 가져다 준 주된 요인은 아동시가문학 창작의 기본적 실제인 언어 형상 문제와 종자이론에 의한다.

북한의 아동시가문학에서 언어 형상의 문제란 아이들의 나이와 심리 적 특성을 고려한 배려라 할 수 있다. 북한에서는 아동시가에 어려운 표현, 아이들의 생활 정서를 떠난 현란한 미사여구, 까다롭고 애매한 암시적 표현, 멋을 부리는 현학적 취향 등의 시적 표현은 절대 금지되 어 있다. 그것은 북한의 아동시가문학이 "어려서부터 수령과 지도자를 높이 받드는 언어 생활에 습관되도록 이끌어 주는 문제"와 "아직 생활 체험이 어리고 지능이 약한 아이들에게 수령과 지도자의 혁명사상과 이론, 고매한 덕성, 불멸의 업적과 영도의 현명성을 심어주는 문제"[10] 를 제공하는 주된 기능을 하기 때문이다. 북한 아동시가에서 언어 형 상 문제의 중요성이란 이러한 언어 교양과 인식 교양을 가르치는 데 있다. 이렇듯 북한 아동시가문학에서 난해하고 어두운 표현은 철저하 게 배제되기 마련이다. 이해하기 쉽고, 발랄하고 경쾌한 것, 또한 밝고 귀여운 맛이 있으면서 기쁨과 환희에 넘치는 시어를 쓰도록 규정하고 있는 것이다.

시적 내용의 획일성을 가져다 주는 또 하나의 요인은 '종자이론'에 의한다. 종자란 '작품의 핵'이며, 작자가 말하려는 기본 문제가 있고 형상의 요소들이 뿌리내릴 바탕이 있는 생활의 사상적 알맹이라고 한 다.[11] 종자이론이란 쉽게 말하면 당성에 충실할 것을 요구하는 이론이 다. 아이들에게 동심적 서정을 심어 주는 작품의 예술성과 당 정책 구 현에 맞는 사상 교양을 동시에 충족시켜 주는 결정적 요인이 이런 종 자잡기에 달려 있다. 종자잡기란 이미 정해져 있는 시적 계기 속에서

10) 송순호, 「아동문학과 언어형상」, 『문화어학습』(1987. 2), p.31.
11) 『문화예술사전』, p.769.

새롭게 포착해야 하는 시적 발견을 의미한다. 바로 북한 아동시가의 여러 갈래와 제 특성은 개성적이고 독창적인 북한 아동시가의 시적 특성이기보다는 혁명적 수령관을 핵으로 하고 거기에 뿌리내릴 혁명적 세계관을 형상화하는 기본적인 구조적 틀이라고 할 수 있다.

3. 북한 아동시가문학의 전개와 전형성

북한의 문학사가 그렇듯이, 아동문학사도 아동문학 자체의 전개 과정보다 정치체계의 변화와 그에 따른 문학예술 정책의 연구 동향에 의해 기술되어 왔다. 그것도 북한 사회의 이념적인 정비와 사상적 통일을 기도했던 당 정책에 의해 모든 문학적 연구 방향이 통제되어 왔음을 말해 주는 것임은 두말할 나위가 없다. 그러므로 북한의 아동문학사는 시대 구분이나 연구 대상의 선별, 평가 방법 등이 우리와는 전혀 다른 양상을 띨 수밖에 없다.

조선화의 글 「해방전 프로레타리아 아동문학의 발생발전에 대하여」(『청년문학』, 1991. 1)에 의하면, 북한의 아동문학사도 항일혁명문학의 전통 계승을 내세워 아동문학 전개에 적용해 나가는 한 기준으로 설정하고 있다. 김일성이 1926년 10월 '타도제국주의 동맹'을 결성한 때부터 프롤레타리아 아동문학이 본격적으로 발전하기 시작하여, 1932년 4월 조선인민혁명군인 항일유격대를 창건한 이후부터는 김일성이 이끄는 항일혁명투쟁에 대한 공감과 가치를 반영하려는 지향이 나타나 새로운 단계로 접어들었다고 한다. 그러나 당시 일제의 발악적인 책동으로 이러한 지향은 원만하게 표현되지 못하고 단지 계급적 모순을 해부하고 지주 자본가에 대한 투쟁의식을 고취하는 정도에 머물렀다고 평가하고 있다. 그 평가는 정작 나아가야 할 조선 혁명에 관한 주체적인 노선을 높이 받들고 반일 항전에 떨쳐 나서는 참다운 혁명적 아동문학을 창출해내지 못했다는 반성이기도 한 셈이다. 이 평가는 1926년 안준식에 의해 창간된 계급주의적 경향을 띤 아동잡지 『별나라』(1926. 6~1935. 2)와 1930년 이후 계급주의적 성격으로 변신한 『신소년』(1923. 10~1934. 5)만을 유일하게 선별하여 연구의 대상으로 삼고 있다.

이러한 프롤레타리아 아동문학은 해방 이후 1947년 7월 조선작가동맹 중앙위원회 기관지인 『아동문학』이 창간되고부터 혁명적 아동문학으로 새롭게 전환된다. 북한의 새로운 혁명적 아동문학의 형성은 1954년 당시 인민학교에 입학해 있던 김정일이 쓴, 영원한 사상 주체를 밝혀 준 불멸의 고전적 명작으로 추앙받고 있는 「우리 교실」을 『아동문학』(1954. 6)지에 발표하고부터이다.

아름다운 교실
언제나 재미나는 교실
앞에는 원수님 초상화
환하게 모셔져 있지요

오늘 아침도 기쁜 마음으로
우리 교실에 들어서니
언제든지 반가운 듯이
우리 보고 공부 잘하라고……

추운 겨울은 지나가고
봄바람에 실버들 푸르렀네
우렁찬 건설의 노래와 함께

원수님을 우리는 받드네

노래하자! 원수님을
우리는 승리하였네
행복한 민주의 터전은 건설되네
노래하자! 우리의 원수님을……

우리의 교실은 알뜰한 교실
언제든지 책상에 앉으면
너그럽게 웃으시며 말씀하시네
새 나라 착한 아이들 되라고……
우리는 언제나 받드네 원수님을……
원수님의 가르침을 따라
새 나라 일군이 되자!
항상 준비하자!

—김정일, 「우리 교실」 전문

김종선의 글 「위대한 향도의 해발넘치는 「우리 교실」」(『문화어학습』
1982. 1)에 따르면 「우리 교실」은 1954년 4월 인민학교에 다니던 김정
일이 작문시간에 친히 쓴 동시라고 한다. 당시 6·25사변이 끝난 지 얼
마 되지 않아 나라 형편이 어려운, 북한에서 말하는 '전후복구건설시
기'에 김정일이 다니던 토굴집 학교가 김일성에 의해 새로 지은 새 학
교로 옮기게 되었다는 것이다. 이 작품은 새 교실에서 공부하게 된 기
쁨으로 김일성이 베푼 은덕에 대한 충성심을 표현한 동시라 하겠다.
김정일의 「우리 교실」에 의하면, 우리 교실은 아름답고 재미나는 알뜰
한 교실이다. 교단 위에 붙어 있는 김일성의 초상화가 기쁜 마음으로

공부하러 오는 아이들에게 공부 잘 하라고 반갑게 맞이할 뿐 아니라 새 나라 착한 아이들이 되라는 격려도 잊지 않아서 알뜰한 교실이라는 것이다. 이「우리 교실」은 알뜰한 새 교실을 지어 준 김일성을 높이 받들고 그의 가르침에 따라 새 나라 일꾼이 되도록 항상 준비하겠다는 굳은 결의가 효성을 넘어 충성심으로 표명되어 있다.

북한에서는 이 동시를 두고 "위대한 수령님에 대한 뜨거운 존경과 흠모의 정이 시 전반에 투철하게 일관되어 시 줄마다, 어휘표현마다 맥맥히 흘러 넘치고 숭고한 사상이 풍만한 생활정서를 통하여 생동하게 안겨와 숭고함에 휩싸이게 하는 특기할 기념비적 작품"[12]이라고 극찬하고 있다. 이 동시는 수령의 형상 창조를 시적 주제로 삼아 혁명적 아동문학이 나아갈 근본 방향을 설정해 주는 북한 아동시가문학의 전형적인 작품이 되었다. 따라서「우리 교실」은『인민학교 국어』(4학년 용) 교과서에 수록되어 있고, 또 해마다 '우리 교실 문학상' 현상 모집을 개최해서 아이들에게 어린 김정일의 전범을 따라 배워 혁명가적 품성을 키우도록 교양 과제로 삼고 있다. 이러한 김정일의「우리 교실」은 김정일을 통해 김일성의 혁명 과업을 부각시키는 상관물로 대치시킨 의도의 하나이자 김정일의 인물됨을 반전 효과로 격상시키고자 한 의도물임을 알 수 있다. 결국「우리 교실」은 혁명적 아동시가문학 형성 단계에서 "문단의 새로운 출발을 알리는 력사적 선언"[13]인 동시에 항일혁명 전통의 계승이란 미명 아래 김일성·김정일 부자의 세습 체제 이행 과정을 알리는 출발점이 된 셈이다.

---

12) 김종선,「위대한 향도의 해발 넘치는「우리 교실」」,『문화어학습』(1982. 1), p.3.
13) 김종선, 앞의 글, p.3.

4. 80년대 이후 북한 아동시가문학의 시적 경향

북한의 아동시가문학은 1954년「우리 교실」이후 지금까지 큰 변화 없이 일관된 정책에 따라 꾸준히 계속되어 오고 있다. 다만 그 동안에 어린 김정일이 내세운 김일성에 대한 충성의 사상 정서가 본받을 만한 전형으로 각인되어 오던 수령 형상 창조에서, 김정일이 성장함에 따라 김일성의 혁명 정신과 현명한 영도력을 이어받은 대를 이은 지도자로 김일성과 함께 형상 창조의 대상이 되어 왔다는 점이 변화라면 큰 변화일 터이다. 이처럼 「우리 교실」이후 북한의 아동시가문학은 뚜렷한 변화 없이 일관되게 김일성과 김정일 그 두 사람을 중심으로 흠모와 찬양되면서 오늘에 이르고 있는 실정이다.

대체로 월간 문예지인『아동문학』을 통해 북한 아동시가 문단에서 지속적으로 활동해 온 시인들로는 강승한, 김우철, 박세영, 윤동향, 윤복진 등의 중진들과 곽문철, 구희철, 김영선, 김영수, 김영심, 김옥형, 김용주, 김인철, 김정란, 김청일, 라병호, 리선갑, 리영남, 리재남, 리정남, 리종락, 리창수, 림금단, 림신철, 림철삼, 명준섭, 문병환, 문희서, 민병준, 박갑인, 방정강, 박희창, 백영수, 안갑성, 안병곤, 오필천, 오홍수, 장준범, 정신룡, 조무길, 조태룡, 차영도, 허광순, 허룡갑 등 많은 전후 세대들을 꼽을 수 있다.『아동문학』지에 발표된 80년대 이후 북한 아동시가의 구체적인 시적 경향은 영웅들의 모범 따라 배우기의 일환인 김일성·김정일의 어린 시절 형상화, 사랑으로 베푸는 수령의 품에서 자라는 행복한 생활, 남한 현실과 통일에 대한 허구화 등으로 대별해 볼 수 있다.

1) 따라 배울 영웅의 어린 시절

80년대 들면서 북한 아동시가문학이 보여주는 가장 중요한 시적 경향은 1981년 "조선소년단 창립 35돌을 맞으며 전체 조선소년단원들에게 보내는 축하문"[14]이라는 제하로 『아동문학』지에 발표된 김일성의 성명문에 잘 드러나 있다. 김일성은 이 성명에서 혁명의 전도와 조국의 미래가 전적으로 소년단원들에게 달려 있다고 전제하고 '명예의 붉은기 학교', '명예의 붉은기 분단' 칭호 쟁취 운동과 숨은 영웅들의 모범을 따라 배우는 운동에 적극 가담하여 모두 당과 혁명에 끝없이 충직한 아들딸이 되어야 한다고 당부하고 있다. 김일성의 교시가 곧 정책이고 원칙임을 재삼 상기시키지 않는다 하더라도 이미 「우리 교실」이후 지금까지 북한 아동시가문학의 가장 중요한 주제가 수령의 어린 시절 형상 창조에 있다는 것은 주지의 사실이다. 김일성의 성명문에 제시된 '영웅들의 모범 따라 배우는 운동'이란 김일성·김정일의 어린 시절 형상화와 더불어 장차 조국의 투쟁 역군으로 자라나기를 고무 추동하는 획일성을 말하는 것이다.

> 아, 아버지원수님께서
> 미제의 멸망을
> 조선의 승리를
> 온 세상에 선포하신
> 위대한 연설터에
> 푸르싱싱 자라는 소나무들아

---

14) 김일성 「소년단원들은 주체혁명위업의 후비대로 튼튼히 준비하자」, 『아동문학』(1981. 7), p.5.

〔…중략…〕

다시 또 한 번
네 둥근 줄기에 볼을 비빈다
우리도 살련다
그 날의 전사들처럼
우리도 자라련다
그 날의 전사들처럼

이 땅에 깊이 뿌리 내리면
저 하늘에 푸른 가지 펼치며
우리 모두를 맞이하고 배웅하는
연설터의 푸른 소나무들아
우리도 그 날의 영웅전사 되련다

―김영수, 「우리도 영웅전사 되련다」(1981. 4) 부분

위의 인용 작품은 '미제의 멸망'과 '조선의 승리를 온 세상에 선포'
한 김일성과 그 승리를 위해 몸 바친 영웅 전사들처럼 장차 아이들도
투쟁의 역군이 되어야 한다는 당위적 신념을 표명하고 있는 의도 외에
당의 문예정책을 철저히 따르고 옹호하는 시인의 결의에 찬 열정을 동
시에 읽을 수 있게 한다. 바로 시인은 당 건설과 활동에서의 영원한 동
행자이며 충실한 방조자이고 또 훌륭한 조언자들이기 때문이다. 다시
말하면, 이 인용 작품은 당의 정책에 철저히 따르고자 하는 시인의 결
의에 찬 자세로 아이들에게 영웅의 모범 따라 배우기를 고무 추동하고
있는 것이다. 림철삼의 「우리도 영웅될래요」(1981. 5) 허광순의 「발걸
음소리 더 높이 울려라」(1985. 6) 등의 동요·동시 외에 기행련시로 발

표되는 아동시가들은 대부분 이와 같은 고무 추동의 전형적인 시형들이다.

역시 영웅의 모범적 전형 중 문학적 주제로 집요하게 등장하는 것은 김일성·김정일의 미화 예찬된 어린 시절의 상징성이다. 미화 예찬된 그들 어린 시절의 상징이란 불요불굴한 혁명 정신의 위대성, 탁월한 영도력, 지도자 수양의 군건한 인내력 등을 의미한다.

① 말바위 말바위
봉화산의 말바위
어린시절 원수님
타고 노신 말바위

장수칼을 번쩍
번개처럼 달렸네
우리대장 한번 몰면
산도 강도 획획

천군만마 나가는 듯
하늘 땅이 쿵쿵
왜놈군대 족치며
삼천리를 달리셨네

—윤복진, 「봉화산의 말바위」(1981. 4) 전문

② 눈 내리는 이른 아침
학교갈 때면
마음속에 앞서가신

예쁜 발자욱

난로불 피울 나무
듬뿍 지고서
지도자선생님
눈길 가셨죠

동무동무 달려와
받으려 해도
멜바굳게 잡고서
걸으신 자욱

나무단 지워주신
아버지 장군님의 뜻
제 힘으로 가라신
원수님 큰 뜻

—리창수, 「앞서가신 자욱」(1985. 1) 전문

인용 작품 ①은 '봉화산의 말바위'를 타고 놀던 김일성의 어린 시절을 형상화한 동요이다. 이 동요에 김일성의 어린 시절은 "왜놈군대 족치며" 조선 해방의 꿈을 키우고 자랐다는 혁명 정신의 위대성이 각인되어 있다. 그런가 하면, 인용 작품 ②는 남의 도움도 받지 않고 험한 눈길에서도 제 힘으로 무거운 '난로불 피울 나무'를 지고 학교로 가는 김정일의 어린 시절이 형상화된 동시이다. 이 김정일의 어린 시절은 김일성의 탁월한 영도력으로 시험된 인내력을 김정일이 묵묵히 참고 이겨낸다는 수양 과정이 의도화된 것이다. 여기서 동시의 제목이 상징하는 「앞서가신 자욱」이란 큰 사람이 되도록 자식을 교육시키는 김일성의 탁월한 영도력이라는 '큰 뜻'과 그 뜻을 참고 이겨내는 어린 김정일의 수련 능력이 모두 남보다 앞서 있다는 뜻이다. 이와 같은 김일성과 김정일의 어린 시절의 모범성은 혁명적 아동시가에서 가장 훌륭한 종자잡기인 것이다. 결국 영웅들의 어린 시절 모범 따라 배우기란 김일성과 김정일의 형상 창조이자 우상 창조인 셈이다.

김일성·김정일에 대한 우상 창조는 남보다 이미 그들을 기다리고 있는 탄생의 전설에서 보다 잘 나타나 있다. "조선의 태양이 누리를 비친다/만경대가 얼싸둥둥/삼천리가 얼싸둥둥"으로 김일성의 탄생을 형상화한 림철삼의 「만경대의 전설」(1986. 4)이나 "지도자선생님/탄생하던 날/백두산은 천만년을/기다렸대요"라는 김정일 탄생을 노래한 리종락의 「기다린 백두산」(1985. 2)이 그 대표적인 예이다. 두 사람의 탄생의 비범함을 똑같이 노래함으로써 김정일을 김일성과 동등한 위치에 올려놓아 완전한 후계자임을 입증하고 있는 것이다. 이러한 후계자의 입증은 두 개 봉우리로 제시하고 있는 것으로 쉽게 확인할 수 있다. 김일성은 "일제를 쳐부신 혁명의 제일봉"인 「장군봉」(림철삼, 1989. 7)으로, 김정일은 "조선의 미래를 안고/빛나오른" 「정일봉」(림철삼, 1989. 7)으로 그들은 각각 북한 사람들이 의지할 현재와 미래의 두 정신 기둥인 것이다.

이들 부자 외에도 공산주의 혁명 투사로 추앙받고 있는 김정숙과 김형직이 각각 어머니와 할아버지로 형상화되어 있다. 이러한 북한의 아동시가문학이 김일성 혈육들의 영웅적인 어린 시절의 모습을 형상화하고 있는 것은 아이들에게 장차 김일성 혈육을 위한 투쟁의 역군으로 자라나 충성할 것을 제일 덕목으로 삼았다는 것이라 하겠다.

2) 사랑의 품 안에서 행복한 생활

북한 아동시가문학에 나타난 또 하나의 유형은 김일성과 김정일의 사랑의 품에서 한없이 따뜻한 행복감을 느끼며 생활한다는 감격적인 내용들이다. 이것은 아이들에게 그들의 고매한 덕성을 각인시키는 사상 덕목의 하나이다.

> 잊을 수 없어요
> 따뜻한 그 봄날
> 아버지원수님
> 우리집에 오셨던 그 봄날
>
> 원수님을 반기며 향기 가득 터치던
> 뜨락의 복숭아 꽃
> 해마다 피고 피며
> 그날의 기쁨을 불러 오는 집
>
> 나의 머리 다정히 쓸어주시고
> 옷장도 이불장도 열어보시던
> 사랑의 그 손길
> 지금도 나를 포근히 안아 주시는 것 같아요
> 다정한 그 목소리
> 지금도 곁에서 듣는 것 같아요
>
> ─문희서, 「봄날만 같아요」(1981. 7) 일부분

이 인용 동시는 '아버지원수님'으로 표현된 김일성이 '우리 집'을 방

문해 준 그 사랑의 미침이 아직도 봄날만 같이 따뜻하게 남아 있다는 행복한 생활을 회고조로 노래하고 있다. 여기서 '따뜻한 그 봄날'이라는 표현은 김일성이 방문한 날이 따뜻한 봄날이라는 뜻이 아니라 김일성이 나의 머리를 다정히 쓸어 준 그 자애로움이 봄날처럼 따뜻하다는 의미이다. 곧 '봄날'은 아이들을 한없이 사랑하는 김일성의 고매한 덕성을 의미할 터이다. 이 같은 김일성에 대한 끝없는 찬미는 정신룡의 「잊지말래요」(1981. 8)에서처럼 "오늘의 이 행복 꽃 피워 주신/원수님의 은덕을 잊지말래요"라는 당위성으로 드러나게 마련이다. 그 잊을 수 없는 김일성의 따뜻한 품은 곧 조국의 품이기 때문이다.

> 어머니, 어머니
> 조국은 무엇이나요
>
> 조국은 네가 태어난 곳
> 네가 늘 보는 들판
> 네가 늘 보는 푸른 하늘
> 아버지원수님의 품이란다
>
> ―명준섭, 「어머니, 조국은……」(1986. 9) 부분

이 인용 동시는 바로 '조국＝원수님의 품'이라는 등식 관계가 어머니와 아이의 문답 형식으로 자연스럽게 유도되어 있다. 다시 말하면 "네가 태어"나고, "네가 늘 보는 들판"과 "푸른 하늘"이 김일성의 품처럼 은혜롭다는 의미가 바로 내가 태어나 자라고 묻혀야 하는 조국이 김일성이 주관하는 세계라는 개념으로 함축되어 있다. 윤복진의 "원수님 손길따라/대동강은 흘러요"(「대동강을 따라서」, 1986. 4)에서처럼 조국은 김일성의 품이어서 그의 손길 따라 조국의 모든 산천은 주관되고

조정되게 마련이다. 한마디로 말해서, 북한의 아동시가문학에서 김일성은 아이들의 행복과 기쁨을 안겨 주는 근원으로서 아이들에게 행복한 삶을 살아가도록 봄날 같은 빛을 내려 주는 하늘이기도 하고, 삶의 터전을 마련해 주는 들판과 같은 존재이기도 한 것이다. 이러한 김일성의 사랑의 품은 가이없어서 "그 품이 얼마나 큰가를/내 아직은 다 알지 못해요"(문희서 「조국의 품, 사랑의 품」, 1981. 9)처럼 무한히 열려 있는 공간이다. 이 가이없는 사랑의 공간에서 자라난 북한 아이들은 '나는 조선아이"(서오기, 1987. 8)라는 자부심을 가지고 생활할 뿐 아니라 김일성이 태어난 만경대를 영원한 마음의 고향으로 새기며 살아가는 것이다. 결국 북한 아동시가문학에 나타난 행복한 생활의 표현법은 북한 아이들에게 김일성의 은혜로운 사랑에 감복하고, 무조건적인 충성심과 그에 따른 희생도 감수하는 인간으로 키우는 의도화된 교양 덕목이라 할 수 있다.

3) 남한 현실과 분단의 허구화

북한 아동시가문학에 나타난 또 다른 유형은 남한 현실과 분단 고착화에 대한 허구성이다. 북한 아동시가에 의하면, 미국은 원한의 분계선을 갈라놓은 원흉이며 '밉고 미운' '원쑤놈'의 나라이다.

누가누가 우리 땅을
갈라 놓았나
지도를 그리자니
손이 떨린다.

원쑤놈들 철조망

늘여놨지만
콩크리트 장벽을
쌓아놨지만

밉고 미운 미국놈
안된다 안돼
우리나라 못다친다
조선은 하나!

그 누구도 못가른다
우리의 마음을
분계선 없는 지도
나는 그린다

—윤동향, 「내가 그린 지도」(1988. 12) 전문

이 인용 동시는 "조선은 하나"지만 "원쑤놈들"인 "밉고 미운 미국놈"들이 "철조망"과 "콘크리트 장벽을 쌓아" 분단을 고착화시킨 주범이라며 통탄하고 있다. 그 통탄은 다시 "밉고 미운 미국놈"에게 "안된다 안돼"라고 결연한 자세로 꾸짖으며, "분계선 없는 지도"를 그리겠다는 엄숙한 다짐을 표명하고 있다. 이와 같이 북한 아동시가에서 미국은 통한의 분계선을 갈라놓고 고착화시킨 끝없이 '밉고 미운' 원한의 나라이다.

북한 아동시가에서는 미국과 마찬가지로 남한 정부와 통치자들도 '밉고 미운' 증오와 경멸의 대상이다. 남한 정부의 통치자는 미국의 앞잡이이자 꼭두각시라는 인식 때문이다. 그 "밉고 미운 미국놈"과 그 앞잡이들로 인해 남조선 아이들은 배움의 권리를 잃고 식민지 파쇼 통치

밑에서 온갖 천대와 멸시를 다 받으며 신음하고 있다는 것이다.[15] 「내가 그린 지도」는 바로 남조선 어린이를 구하기 위해서라면 "밉고 미운 미국놈"을 조선에서 몰아내어 "분계선 없는 지도"를 다시 그림으로써 가능해질 수 있다는 것을 전제한 동요이다. 북한 아동시가에서는 미국과 남조선의 통치자에 대해서 풍자동요·동시라는 시형을 통해 원색적으로 경멸하고 비난하기까지 한다.

> 우환거리 생겼다 조심들해라
> 두발 가진 미친 개 컹컹 짓는다
> 박정희놈 제 아비로 떠받들더니
> 미국놈의 졸개로 미쳐날뛴다
> 기껏해야 두 환짜리 미친 개에게
> 아차하면 물린다 때려 잡아라
>
> —김옥형, 「두 환짜리 미친 개」(1981. 5) 부분

위의 인용된 풍자동시는 남한 통치자를 전면 부정하고 경멸·조롱하는 선을 넘어서 혐오의 대상으로 삼고 있다. 남한 통치자인 전두환이란 이름을 "두 환짜리 미친 개"로 비꼬아서 "두 환짜리"라는 한낱 가치 없고 값싼 "미친 개"에 "아차하면" 물리니까 "때려잡아" 화근을 없애야 한다는 섬뜩한 느낌마저 들 정도로 원색적인 비난을 퍼붓고 있다. 풍자동요·동시란 이름으로 발표되는 모든 북한 아동시가는 남한 사회의 변화에 맞춰 그때 그때 경멸과 비난의 대상을 바꿔 가며 힐난하는 시사적인 작품들이다. 예를 들면, 허룡갑의 「양코배기 철갑모」(1981. 6), 문희서의 「안간다 안가」(1984. 11), 김정란의 「야하 꼴봐라」(1985.

---

15) 김일성, 앞의 글, p.4.

7) 등이 그것이다.

북한의 아동시가문학은 동요·동시를 통해 남한 정부를 허구화할 때 주로 통치자의 이름을 직접 등장시키는 것이 한 특례이다. 그것은 남한과 북한 사회 모두에 기능하는 전술적 의미를 염두에 둔 시적 장치라 할 수 있다. 남한 사회에 대해서는 통치자를 모두 남한 국민의 적으로 몰아붙임으로써 통치자와 국민들 사이에 첨예한 적대감을 형성하게 하여 남한 사회에 화합을 분쇄하려는 의도화된 장치이고, 북한 사회에 대해서는 선전 선동을 위한 사상 교양의 수단으로 의도화된 장치인 것이다. 북한의 아동시가문학은 이같이 목적의식을 위해 남한 현실을 마음대로 왜곡하고, 마음대로 허구화하고 있다. 그 왜곡은 김일성의 품에서 한없는 은혜로움과 따뜻한 사랑을 받고 자라나는 북한 어린이들과 온갖 천대와 멸시를 당하며 사는 남한 어린이와 대조를 이루게 되어, 북한 아이들에게 우월감을 갖게 할 뿐만 아니라 분단 고착화의 원흉이라는 남한 통치자에 대한 증오심을 키워 주며 김일성의 투철한 혁명 전사로서 남한을 해방시켜야 한다는 의무감을 심어 주는 구실을 하는 것이다. 밝고 발랄하고 귀여운 맛을 주는 언어 형상 문제를 남달리 강조해 온 북한 아동시가문학에서 풍자동요·동시에서의 천박한 비어 사용은 어떤 목적을 위해 수단과 방법을 가리지 않는다는 사실을 반어적으로 말해 준 것이라 하겠다.

결국 따라 배울 김일성·김정일의 어린 시절 형상화나 수령의 품에서 자라는 행복한 생활, 남한 현실에 대한 허구화 등 이 세 가지 시적 경향은 모두 북한 아이들에게 인식 교양과 사상 교양이라는 교육적 효용성을 염두에 둔 북한 아동시가문학의 특징인 것이다.

5. 맺음말

 지금까지 이 글은 80년대 이후 북한에서 발간된 월간 『아동문학』지에 수록된 아동시가와 기타 북한 자료를 통해서 북한 아동시가문학의 제 특성을 살펴본 것이다. 그것은 북한 아동시가문학을 살피는 일이 곧 북한 아이들의 당면한 현실을 보다 바르게 이해할 수 있다는 점에 기초한 것이다.

 오늘날 화해와 공존이라는 세계사적 준엄한 파고는 철벽 같기만 하던 우리 분단의 벽을 넘어서 우리에게도 화해와 공존의 기운을 북돋아 주고 있다. '남북합의서' 채택, 비핵화 선언 등 실로 분단 극복을 향한 힘찬 발걸음을 한 걸음씩 내딛고 있는 현실이다. 이러한 시대적 현실에서 우리는 이미 남북한 신뢰 구축과 민족의 동질성 회복이라는 교감을 「고향의 봄」, 「우리의 소원」이라는 두 곡의 동요를 통해서 감격적으로 체험한 바가 있다. 그것은 분단 이래 가속화되어 왔던 남북 이질화 현상에 동심의 정서로 민족적 일체감을 체험시킨 일이라 할 만하다. 그만큼 동심의 정서는 남과 북의 이념적 대립도 초월하게 하는 강한 향수를 지닌다고 하겠다. 그러나 한편으로 북한의 아동시가문학은 모든 아이들이 공동으로 소유하고 있는 동심이란 고유 정서도 그 사회의 체제에 따라 개인의 사적인 정서로 묶어 둔다는 사실을 새삼스럽게 깨닫게 해주고 있다.

 남북한 아동시가문학의 이 같은 이질감은 문학적 인식 방법 이전에 아이들에 대한 인식 태도부터 달라서 파급된 현상이다. 그것은 북한의 주체사상이라는 특수한 문화 현상이 "우리 식 사회주의제도의 예술적 반영"이라는 형태로 아동시가문학에 적용되면서 아이들의 동심이란 고유한 정서를 특정 개인의 사적 정서로 침윤시킨 결과이다. 북한이 아이들을 '조국의 미래'라고 아이들에 대한 인식을 남한과 똑같이 하면서도 북한 나름의 '주체위업의 계승자'라는 특정한 사명을 부과하여, 새 세대들에게 주체의 혁명관 수립이라는 목적 수행을 아동시가문학이 담당하게 했기 때문이다. 그 결과 북한 아동시가문학은 김일성·김정일의 어린 시절이 미화 예찬되어 아이들에게 따라 배울 전범으로 내세워지고, 북한 사회는 그들의 따뜻한 품 속에서 행복한 생활을 꿈꾸는 이상 세계의 표본으로 제시되었다. 그와는 상대적으로 남한 사회는 무참히 왜곡되어 어린이들이 미국과 그 앞잡이들의 파쇼 통치 밑에서 배움의 권리를 잃고 온갖 천대와 멸시를 받고 사는 비참한 삶의 현장으로 비쳐지고 말았다. 이러한 획일성은 북한 아동시가문학의 성격과 창작 의도에 따라 낯설은 여러 갈래로 나누어짐으로써 우리에겐 더욱 생경한 이질감을 감득하게 해주었다. 남북 분단 이후 지금까지 우리식대로의 예술적 반영이라는 특정한 아동문학의 개별성이 엄청난 이질감을 초래하게 만든 것이다.

문학은 다양성을 생명으로 삼는 예술이다. 특히 동심을 소지한 아이들의 문학일수록 다양성의 추구를 절실하게 요구한다. 아이들에게는 끊임없이 무엇인가를 알고 싶어하는 욕망과 지향, 미지의 세계에 대한 호기심, 자기 나름대로 생각하고 판단하는 상상력, 그리고 순진무구한 천진성과 낭만성 같은 특유의 심적 특성이 있다는 사실에 연유한다. 그러므로 아동문학은 아이들이 우리의 미래라는 인식에서 비롯되어, 문학을 통한 새로운 가치관과 숭고한 인간 정신을 심어 주어야 하는, 고유한 문학적 기능을 가지고 있다.

아동문학이 그렇다고는 하더라도, 우리가 이미 남북 교류에서 동요를 통한 진정한 향수의 교감을 분명히 체험했듯이 이질화된 북한 아동시가문학을 살펴보는 일도 결국 동심의 교감을 이루어 민족적 화해를 촉발시키겠다는 작은 노력의 하나라고 할 수 있다. 동요를 통한 향수의 교감을 확인했다는 것은 이제 남북한 아동시가문학에서도 동심의 교감을 이루어 아동 특유의 고유한 정서를 북한 아이들에게 다시 되돌려 줄 수 있으리라는 확신을 심어 주는 일이기 때문이다.

제2부
•
북한문학 주요 작품의 연구와 비평

북한문학의 혁명 전통과 전형의 변화

노귀남

1. 머리말

북한문학에 대한 관심의 의미는 우리 역사의 분단 모순을 극복하기 위해 동질성을 회복하고, 궁극적으로는 북한문학도 민족 공동체에 수렴되는 우리 문학이라는 자기 확인에서 찾을 수 있을 것이다. 북한문학에 대한 일차적인 이해의 수준을 넘어서서 활발한 비판적 토론이 제기되어야 한다는 인식과 요구는 그런 점에서 절박한 문제이다.

그렇지만, 그런 작업을 하기에는 현실적으로 많은 걸림돌이 있다. 안으로는 문학적 감수성의 차이를 조정해야 할 것이고, 동시에 북한문학을 바르게 이해하기 위해 문헌이 완전 개방되어야 할 것이다. 또한 문학 교육에서도 북한문학을 읽고 비판하는 기회가 열려 있어야 할 것이다. 물론 이 문제는 일방적인 우리 생각으로 해결되지 않는다.

우선, 삶의 방식이나 세계관의 차이에서 오는 문학적 감수성의 차이와 한계를 극복하기 위해 남북한 문학을 교류하여 양쪽이 함께 널리 읽힐 수 있어야 한다고 본다. 이때, 북한문학은 '당문학'이란 성격 속에서 만들어지고, 남한문학은 문학의 '자율성'에 바탕을 두고 이뤄지고 있음을 인정하는 것은 당연하다. 그런데 문학 원론으로서 '자율성'은 문학이 주어진 삶의 방식에 젖어 있기를 거부하고 그것을 뒤집어 보고 비판의 시각을 확보하기 위한 방편이라는 의의를 지닌다. 문학적 감수성은 삶 속에 있기도 하지만, 끊임없이 그 바깥에 서서 비판적 시각을 갖기를 원한다. 이때 무엇보다 문학 비평이 그 기능을 감당할 수 있을 터이고, 비평적 읽기 작업 속에서 벌어지는, 성격이 서로 다른 남북한 문학의 긴장 관계가 그러한 비판적 위상에서 동질성 회복의 길을 찾아나간다면 바람직한 통일문학이 이뤄지지 않을까.

이 글은 우선 북한문학의 가장 뚜렷한 특징을 말하는 "혁명문학의 전통"에 대해, 그 원형으로 삼고 있는 고전적 명작의 형성과 관련한 문헌을 검토하고, '전형의 변화'의 측면에서 전통과 변화의 의의를 대비시켜 볼 것이다. 이 가운데서 가장 문제적으로 다루어야 할 것은 리얼리티의 측면이다. 현실을 담아내고 그것을 비판하는 문학적 기능을 생각할 때, 전형의 변화는 곧 새로운 현실과 관계를 재정립하는 의미를 가진다. 사회에 대한 비판과 발전은 현실에 기초하는 '리얼리티'가 먼저 획득되어야 가능함은 당연하다. 북한문학에서 이 점의 의의와 한계를 엄격하게 살펴보는 것은 북한을 이해하는 객관적 입장을 세우게 할 것이다. 이와 함께 중점적으로 다룰 작품은 백남룡의 중편「벗」, 정현철의 단편「삶의 향기」등이다.

1) 북한문학에 대한 연구들

부분적이나마 우리가 북한문학을 일반적으로 접하게 된 것은 1988년 후반부터이다. 그것은 통일 열망의 확산으로 얻어진 「7·7선언」에

후속된 월북 문인 해금 조치에 힘입은, 비공식적인 덤이었다. 이 불완전한 성과나마 일단 그 일은 우리에게 커다란 충격을 주었고, 또 어떻게 받아들여야 할지 고민거리를 만들었다. 차츰 그 수용의 문제가 우리 문학의 장 속으로 깊숙이 던져졌던 일은 당시 여러 문학지들에서 여러 차례 논의하였던 것으로도 충분히 알 수 있다.[1]

그러나 그 논의의 수준은 '북한문학을 어떻게 볼 것인가'라는 모색에서 크게 벗어나지 못했다. 그것은 부분적으로는 북한문학의 특수성 때문일 것이다. 북한의 문예이론과 문예정책은 작품과 불가분의 관계에 있기 때문에, 작품 평가는 그 자체만으로 하기 어렵고 반드시 문예정책과 함께 살펴보아야 한다. 권영민, 오현주, 김윤식 등의 글은 작품 이해에 선행되는 문학사를 검토하는 방법으로 북한의 문예이론과 문예정책에 대해 언급했다.[2] 유중하는 북한문학사에서 혁명문학의 전통이 비중이 높은 것을 주목하고, 그 전통이 이뤄지는 공간의 현실성이 확보되는 과정을 부분적이나마 밝히려 노력했다.[3] 그는 진정한 통일문학을 전망하는 과제의 하나로 북한의 주체문학 조형기, 즉 항일혁명투쟁시기에 초점을 맞추어 그것과 중국의 현대문학의 흐름과 비교하여 비판적 관점에서 논의를 전개했다.

백진기는 지상토론에서 북한문학에 대한 비판적 판단보다 북한 문예 바로 알기 운동을 조직화해야 한다고 주장했는데, 그것은 북한의 주체적 문학이론과 문학작품은 '당문학'이라는 점을 전제해 그에 상응하는 자세로 이해하려는 노력이 선행되어야 한다는 뜻이었다.[4] '문학의 최

---

1) 『현대시학』, 1989. 2./『현대문학』, 1989. 3./『문학사상』, 1989. 6./『창작과비평』, 1989 여름호와 가을호 등등에서 좌담과 토론 형식으로 북한문학의 수용 문제가 모색되었다.
2) 권영민, 「북한의 문예이론과 문예정책」, 『예술과비평』(1988 가을호).
  ――――, 「북한에서의 근대문학 연구」, 『문학사상』(1989. 6).
  김윤식, 「북한문학 어떻게 대할 것인가」, 『문학과사회』(1989 봄호).
  ――――, 「주체사상에 기초한 사회주의적 문예이론」, 『문학사상』(1989. 6).
  오현주, 「북한의 '혁명문학' 40년」, 『사회와사상』(1989. 2).
3) 유중하, 「주체문예이론의 대중노선에 대하여」, 『창작과비평』(1989 여름호).

고 형태는 당문학'이라는 인식이 깔려 있는 이 문제의 이면에는 문학의 효용성과 그 실천적 측면에서 개진되었던 '민족문학 주체 논쟁'에 이은 1980년대 말 노동자 계급의 당파성과 관련한 가장 첨예한 입장 대립을 나타내는 한 부분이었다.[5]

임헌영은 이런 논쟁적 부분을 감안한 듯, 북한문학에 대한 평가에서 절대적 평가와 사회주의적 미학론에 입각한 상대적 평가를 절충해서 보는 단계로 전환해야 한다고 제안했다.[6] 그것은 북한 안에서도 문학사 기술이 심한 변모를 거치면서 작품에 대한 가치 평가가 달라져 왔기 때문이기도 하다. 말하자면, 1970년대 이후 최고의 가치를 확보하고 있는 "『피바다』류의 고전명작이나 '불멸의 력사' 총서 등이 사회주의적 미학론에 입각한 상대적 평가의 대상은 되지만 북한의 문학사적 기술의 내재적 기준의 변모에 따라 앞으로 어떻게 재평가될 것인가에 대해서는 확언할 단계가 아니다"[7]는 판단이 제기될 수 있다는 뜻이었다. 이 점은 실제로 김정일의 『주체문학론』(1992)에서 과거 문학에 대한 부분적인 재평가가 제기되었을 때 현실로 나타난 문제이다.

이와 같이 북한의 문학사 기술상의 변모는 우리가 그 문학을 평가하는 데 또 다른 장애가 된다. 이런 측면에서, 그 변모의 양상을 따라서 북한문학을 시기별, 주제별로 나눠 보는 것은 가장 쉬운 기초적 이해가 된다.[8] 그러나 이 방법은 북한문학을 설명하기는 좋겠지만, 남북한 문학을 포괄하여 지향할 가치를 세울 수 있는 길이 되지 못하기 때문에 한계가 있다.

최동호와 김윤식의 연구는 북한문학 연구에서 무엇보다 방법론상의

---

4) 「지상토론:현단계 민족문학의 상황과 쟁점」, 『창작과비평』(1989 여름호), p.32.
   백진기, 「북한의 문예에 대한 올바른 이해를 위해」, 『실천문학』(1989 여름호), p.67 참조.
5) 『창작과비평』(1989 여름호), pp.20~29 참조.
6) 임헌영, 「북한의 창작문학」, 『문학사상』(1989. 6), p.178.
7) 위의 책, p.179.
8) 김재용의 『북한 문학의 역사적 이해』(문학과지성사, 1994)는 그 대표적인 연구이다.

문제를 우선하여 다루었다. 김윤식의 경우, 북한의 주체문학은 '초근대' 또는 '몰근대'의 성격을 띠는 것으로서 역사를 배반한 것이라고 암시하고 있는데,[9] 이런 평가는 북한문학에 대한 시기별 이해와는 다른 차원에 놓인다. 거기서 김윤식은 '근대성'을 척도로 해서 통일문학을 지향하여 남북한 현대문학사 서술 방향을 잡고자 하였다. 최동호는 포괄성, 사실성, 근대성 극복, 민족성 등의 논리를 50년 동안의 이질화를 극복하는 변별점을 확립할 전제로 제시했다.[10]

이런 방법론상의 노력이 의미 있기 위해서는 북한문학 작품 읽기에서 심층적 구성과 의미를 찾아낼 수 있어야 한다. 이로써, 작품을 도식적으로 이해하는 수준을 넘어서고, 문학의 자율성을 확보하는 비판적 비평의 길을 열어 놓을 수 있을 것이다.[11] 이런 일이 무엇보다 중요한 북한문학 연구의 중요한 과제이다. 이 글은 이러한 방법론의 모색의 연장선에서 남북한 공통의 현실 문제에 다가서는 문학적 작업을 할 것이다.

2. 혁명문학예술 전통의 형성과 변화

북한문학사를 크게 두 단계로 나눌 때, 주체사상을 확립하는 1967년 무렵을 전환점으로 한다. 1단계는 맑스—레닌주의에 기초해 문학 유산을 정리하고 연구한 시기였다. 이때는 카프 문학의 전통이 중요시되었다. 2단계는 주체사상에 기초해 문예이론을 정립하고 대중 교양에 중점을 두었다.[12] 주체문학의 전통은 항일혁명투쟁시기의 문학을 원형

---

9) 김윤식, 『북한문학사론』(새미, 1996), p.15, p.31 참조.
10) 최동호 편, 『남북한 현대문학사』(나남출판, 1995), pp.19~23 참조.
11) 졸고, 「'인민성'의 문제로 읽은 북한문학의 변화와 전망」(『경희어문학』 제17집, 1997) 참조.
12) 민족문학연구소, 『북한의 우리문학사 인식』(창작과비평사, 1991), p.411.

으로 삼음으로써, 카프 문학의 전통은 거의 무시되었다. 한설야 숙청
은 극명한 그 징표였다. 문제는 이 과정에서 문학적 사실에 대한 가치
평가가 폄하되거나 강화되는 심한 편차를 보였다는 점이다.

이런 점은 고전적 명작이 혁명문학의 전형으로 강화되는 과정에서
확인된다.

1) 3대 고전적 명작의 형성

혁명문학 전통의 표본이라 할 이른바 고전적 명작이라는 『꽃파는 처
녀』, 『피바다』, 『한 자위단원의 운명』 등은 항일혁명투쟁시기에 그 원
형이 성립되었다고 『조선문학개관 · 下』(1986) 등에서 기록하고 있다.
북한문학사 기술이 시기에 따라 큰 편차를 보이고 있음을 감안할 때,
그 기록에 대한 비판적 검토는 필수적이다. 이를테면, 고전적 명작의
성립 과정에 대한 문헌적 고찰이 이뤄진 뒤에 그 작품에 대한 올바른
평가가 이뤄질 수 있다.

고전적 명작이 항일혁명투쟁시기에 처음으로 창작될 때, 『꽃파는 처
녀』는 혁명가극이고, 『피바다』와 『한 자위단원의 운명』은 혁명연극이
라는 장르였다. 이것이 1969년 이후부터는 영화, 혁명가극 등으로 각
색되었으며, 장편소설로 집체창작되기는 1972년 이후였다고 보인
다.[13] 그 원형과 장편과의 관계는 매우 밀접한 것인데, 북한에서는 "불
후의 고전적 명작들을 여러가지 문학예술형식에 옮기는 데서 원작에
무조건 충실할 것"[14]을 필수적으로 요구한다.

필자는 이 논문에서 원작을 소설화한 세 편의 장편 작품을 통해서 혁

---

13) 1972년판 북한의 『문학예술사전』에는 3대 걸작의 장편소설에 대한 언급이 없다. 장편소설 『피바다』
　　와 『한 자위단원의 운명』 등은 북한의 〈문예출판사〉에서 1973년에 간행되었음을 확인하였다.
14) 사회과학원 문학연구소, 『주체사상에 기초한 문예이론』(1975), 서울 : 인동, 1989, p.51.

명문학의 의미를 해석해야 하므로, 먼저, 원작에 무조건 충실해야만 작품의 혁명적 내용과 높은 사상예술성을 손색 없이 옮길 수 있다고 말하는 점을 감안하여, 원작이 어떻게 문학사에 침투되어 갔는지, 아래 자료를 중심으로 그 전개 과정을 살펴보기로 한다.

①『조선문학사(『문학』 게재)』, 평양 : 교육도서출판사, 1960.

②『조선문학사―1926~1945』, 사회과학원문학연구소 김하명 외 3명 지음, 평양 : 과학백과사전출판사, 1981(서울 : 열사람, 1988).

③『조선문학개관·下』, 박종원·류만 지음, 평양 : 사회과학출판사, 1986(청주 : 온누리, 1988).

④『항일무장투쟁 과정에서 창조된 혁명적 문학예술』, 평양 : 과학원출판사, 1960.

⑤『주체사상의 빛발 아래 개화 발전한 항일 혁명 문학예술』, 평양 : 사회과학출판사, 1971(서울 : 갈무지, 1989).

①에서 연극은 군중 문화 형태로 창조된 '혁명적 문화예술'이라고 한다. 연극은 오락이 아니라 전투의 승리를 보장하기 위한 중요한 무기로서 전투의 한 부분이다. 유격 부대내에서 창조된 연극들 중 예술적으로 우수한 것으로서『혈해』(2막 3장),『성황당』(단막),『경축대회』(2막) 등을 꼽았다. 여기서『혈해』즉 '피바다'는 유격 부대 가정을 중심으로 혁명 부대의 영웅성과 인민들의 불굴의 투지에 대해 이야기했다는 언급이 있는데,『꽃파는 처녀』나『한 자위단원의 운명』은 거론되지 않았다. 이것은 ②, ③에서 혁명적 문화예술을 몇 단계로 나누어 보는 점과도 차이가 있고, 그 시기도 유격 근거지 형성부터 해산까지, 즉 1932년부터 1935년 사이의 것만 다루고 있다.

②, ③에서 보면, 문학사 기술상의 시기 구분이 점차 정형화하는데,

항일혁명문학을 '항일혁명투쟁의 첫 시기'와 '항일무장투쟁시기'로 나눴다. 이와 같은 경향은 북한내에서의 역사 연구의 시기 구분 논쟁과 그 변화와도 밀접한 관계가 있다. 항일무장투쟁사 전반에 걸친 체계화가 60년대 후반 이후에 이뤄졌다는 점[15]으로 미뤄, 그 결과가 문학사 기술에도 반영된 것으로 판단된다. 이러한 시기 구분에 따라 ②, ③에서는 『꽃파는 처녀』는 첫 시기에 넣고, 『피바다』와 『한 자위단원의 운명』은 항일무장투쟁에 포함시켰다.

④와 ⑤를 대비해 살펴보아도 위에서와 같은 문학사 기술상의 변모를 알 수 있다. ④에 실린 리상태의 논문, 「항일무장투쟁과정에서 창조된 혁명적 연극」에서 논의된 작품은 『혈해』, 『경축대회』, 『아버지는 이겼다』, 『유언을 받들고』 등이며, 『혈해』는 1936년 만강에서 공연되었다고 적고 있다.

⑤에서는 혁명연극의 '불후의 고전적 명작'으로 『피바다』와 『한 자위단원의 운명』만을 다루고, 『꽃파는 처녀』에 대한 기록은 보이지 않는다. 혁명예술에 포함시키는 장르를 살펴보면, ④에서는 정론, 오체르크, 시, 가요, 소설, 연극 등이고, ⑤에서는 가요, 연극, 무용, 미술 및 인민 창작으로서의 가요와 설화 등이다. 여기서 주목되는 변화는 인민 창작의 의미를 확대한 점이다. 그 이후에 ②에서 보여주는 바에 따르면, 혁명가극, 이야기, 동화를 더 추가시켜 문학사에 기술했다.

이러한 변화 가운데 주목되는 것은 『꽃파는 처녀』의 경우이다. 위에서 확인한 바로는, 이 작품은 1967년 이전에는 논의하지 않은 것으로 보인다. 그러다가 ②에서 "혁명가극의 첫 시원으로 되는 작품"(p.97)이라고 기록했다. 1972년판 북한의 『문학예술사전』을 찾아보면, 『꽃파는 처녀』는 김일성의 지도로 1930년 오가자에서 창작 공연된 고전적 작

---

15) 도진순, 「북한의 역사학계에서 근·현대사 시기구분 논쟁과 그 변화」, 『역사와현실』 창간호, 한울, 1989, p.176에 제시된 북한의 현대사 이해체계 개관 도표 참조.

품이라고만 하고 혁명가극이라는 설명은 없고, 1972년에 이것을 영화로 각색하고, 또 『피바다 가극단』(1971. 7. 17. 창립)에 의해 '서경, 7장, 종장'으로 구성된 혁명가극으로 각색한 작품이라 설명했다. 이 점은 『꽃파는 처녀』가 1972년에야 처음으로 영화 또는 혁명가극으로 만들어진 작품이든지, 그때까지 알려지지 않아 뒤늦게 발굴된 작품이라는 추론을 해볼 수 있게 한다.

말하자면, 고전적 명작의 원형이 '항일혁명투쟁의 첫 시기'와 '항일무장투쟁시기'에 걸쳐 모두 형성되었다고 말하기 어렵다. 이와 같은 사실들에서 제기되는 북한문학 속의 전통의 의미는 현재적이며 목적적임을 알 수 있다. 역사는 사실들의 단순한 집합이 아니라 그것을 바라보는 세계관에 의한 총체적 의미망 속에서 재구성되는 것이기 때문에도 전통의 의미는 현재적이고 목적적인 것이라 할 수 있다. 북한 사회에서는 그 관점이 끊임없이 '혁명'을 향해 통일되어 있었다. 당의 유일사상체계는 그러한 혁명관의 결집체라 할 수 있는데, 거기서 말하는 당과 혁명의 역사적 뿌리인 '혁명 전통'은 항일혁명문학예술에서도 그 전통의 중요한 구성 성분을 이룬다고 말한다. 그 혁명 전통은 "맑스―레닌주의 이론을 조선혁명의 구체적 조건에 맞게 창조적으로 발전시키고 혁명이론과 혁명실천을 철저히 결합시키는 과정에서 이룩된 것이며 유례없이 간고하고 피어린 항일무장투쟁의 불길속에서 창조된 귀중한 혁명적 재부"(위 ⑤책, p.283)라고 요약한다. 이것을 두고 말하기를 전면적으로 계승 발전시켜야 할 "끝없이 귀중한 혁명적 재부"라고 하는 점에서 전통의 의미는 역시 현재적이고 목적적이다.

전통의 가치를 이와 같이 열려 있는 문제로 제기함과 동시에 그 혁명 전통은 창조의 원형으로서 위상을 갖는 것이기 때문에, 북한에서 혁명이 중단되지 않는 한 혁명 전통의 재부가 계속 최고의 가치로서 유효성을 가질 것이다.

그러나 혁명문학을 비롯한 혁명 전통에는 사실 자체보다 당의 목적에 따라 그 사실을 재평가한 의의를 더 중요시하는 정책적 관점이 개입되어 있기 때문에, 북한 사회의 복합적인 현실 변화와의 관계 속에서 그 전통은 또다시 새로운 위상 정립이 요구되는 부분이므로, 아래에서 다시 살펴보기로 한다.

2) 유산과 전통

80년대 말 이후 공산권의 붕괴로 북한은 경제를 비롯한 사회 전체의 위기를 맞고 있다. "우리 식대로 살아나가자! 사상도, 기술도, 문화도 주체의 요구대로!"[16]라는 구호에 집중적으로 구현되어 있는 '우리식 사회주의'로 단단히 결집된 정신력이라지만, 이로써 세계 현실에 대응하기에는 국제 정세가 너무 심하게 변하고 있었다. 개방으로 몰고 가는 외적 압력이 주체사상의 절대적 고수에 승부를 걸 수 없게 했다. 그 변화가 문학에 반영된 것이 김정일의 『주체문학론』 가운데 '유산과 전통'에 대한 재해석이었다.[17]

주체문학론은 물론 1992년에 새로 제시된 문학이론이 아니다. 방연승은 "김일성이 항일혁명투쟁시기에 창시한 주체사상과 주체적 문예사상을 구현해 제시한, 주체의 문예관의 개별적인 명제와 내용들을 김정일이 집대성하고 발전시켜 체계화해 그것을 전일적으로 완성한 것"[18]이 『주체문학론』이라고 설명했다. 주체사상이 사실상 1967년경에 체계화한 것임에도 불구하고, 북한에서 항일혁명투쟁시기와 주체사상의 창시 시기를 일치시키는 데는 그 사상의 뿌리를 거기에 두고 있기 때

---

16) 「머리글」, 『조선문학』(1993. 2), p.5.
17) 북한문학의 전통의 재해석에 관해서는 김윤식(1996), 위의 책, p.21~33 참조.
18) 방연승, 「……『주체문학론』에서 독창적으로 밝히신 주체의 문예관에 대하여」, 『조선문학』(1993. 2), p.30.

문일 것이다. 그것은 북한의 혁명문학이 항일혁명사상을 확고한 전통으로 삼고 있음을 말해 준다.

주체사상은 당성, 계급성, 인민성의 원칙면에서는 사회주의적 보편성을 띨 수 있는 사상이겠지만, 가장 특이한 요소인 수령관에서는 그런 성격을 변질시킨다고 보아야 한다. 수령관을 핵심에 놓고 있는 상황에서 주체문예는 혁명적 수령관에 따른 인물 전형을 가장 모범적인 작품 평가 기준으로 삼게 되어 있다. '주체형의 영웅적 · 긍정적 주인공'은 어느 작품에서나 혁명적 낙관성과 초인적 영웅적 사업 수행으로 늘 혁명을 성공적으로 완수하는 인물이다. 고전적 명작 속의 주인공형이나, 항일무장투쟁을 영웅적으로 이끌어 가는 '불멸의 력사' 속의 수령형과 같은 인물의 반복은 결국 현실성과 무관한 판에 박힌 전형성을 창조하게 되는 문제를 낳게 했고, 이를 문제삼아 김정일은 1980년 1월 8일 조선작가동맹 제3차대회에서 '숨은 영웅'을 형상화할 것을 요구하게 된다. 말하자면 현실에 대한 능동적 대응력을 갖추고서 혁명 과업을 지속시켜야 했던 것이다.

이런 요구는 특히 90년대에 들어와 국제 정세의 압박에 의해 더욱더 '우리식 사회주의'의 강화가 필요했다. '우리식'을 강조할수록, 더 많은 변화의 요인이 작용하여 그 사상의 순수성이 약화되고 있다는 현실을 말한다. 기존의 주체사상을 더욱 절박하게 공고히 해야 하는 필요성은, 80년대식의 대응으로는 도저히 감당하기 어려운 '개방' 문제가 외압으로 작용하고, 그것이 또한 사회 내적 문제로 가중되기 때문에 생기는 문제이며, 이런 속에서 90년대식의 문학적 대응이 『주체문학론』에 나와 있다.

『주체문학론』은 새 시대의 요구에 대한 문제를 제1장 '시대와 문예관'에 담고 있다. 이 가운데 "새 시대는 주체의 문예관을 요구한다"는 명제의 첫째 절과 "문학분야에서 이색적인 사상조류의 침습을 막아야 한다"는 마지막 절을 주목한다면, 그 글의 목적을 충분히 짐작할 수 있다. 북한에서 이전에 강조해 오던 대로, 주체의 문예관에서 근본핵을 이루는 것은 "인간학으로서의 문학예술의 본성에 대한 주체적인 견해와 관점"이다.[19] 이 입장에 의해서, 새 시대가 요구하는 세계적 범위에서 인민 대중의 자주성을 실현하고, 민족 해방, 계급 해방, 인간 해방을 이룩해야 하는 것이 역사적 과제라고 말한다. 여기서, 역사적 과제가 이제 '세계적 범위'에서 진행되어야 할 문제이고, 이것이 북한 사회 변화의 중요한 요인임을 단적으로 보여준다. 그런데, '이색적인 사상 조류의 침습'[20]과 동반한 이 변화에는 능동적이고 적극적인 측면보다는 소극적이고 방어적인 측면이 강하게 작용한다. 거센 변화에 대해 기존의 주체사상을 고수할 수 있는 길을 찾는 것을 핵심 과제로 삼고 있는 셈이다. 이 점에서 무엇보다 '전통'의 재정립이 요구되었다고 보인다.

『주체문학론』에서 말하는 '유산'은 민족문화 유산이고, 그 유산 가운데 이어받아야 할 것이 '전통'이다. 그 민족문화 유산에는 사회주의, 공산주의를 위한 혁명 투쟁 속에서 창조된 '혁명적 문화 유산'과 선조들이 이룩한 '고전 문화 유산'이 있다. 이 점은 세계적 범위에서 수행해야 할 역사적 과업상의 전선 구도를 민족 대 세계로 그음으로써, 민족의 범위를 우선적으로 확장한 것이었다. 이로써 고전 문화 유산을 혁명사관으로 배제하거나 선별하기보다 민족 역사로 포괄하는 입장을 세운다는 뜻이겠지만, 실제로는 혁명 전통을 민족사적 차원으로 확장하는 일이었다.

---

19) 김정일, 『주체문학론』(평양 : 조선로동당출판사, 1992. 7), pp.7~8.
20) 부르주아 문예사조의 주된 조류라고 본 자연주의와 형식주의, 그리고 반동적인 수정주의 등을 겨냥한 것임. 위의 책, pp.47~56 참조.

혁명적문학예술전통이 조선민족의 우수한 아들딸들에 의하여 마련된 전통이라는 의미에서 보나 민족공동의 재부이라는 의미에서 보나 그것은 반드시 민족문화유산속에 포함되어야 한다. …… 혁명적문학예술전통을 민족문화유산의 중요한 구성성분으로 보아야 그 전통의 력사적 지위와 가치를 전민족사적인 견지에서 옳게 평가할수 있으며 민족문화유산의 격도 높일수 있다. …… 혁명적문학예술전통을 …… 다른 유산과 평균주의적으로 대하여서도 안된다. 혁명적문학예술전통은 민족문화유산의 핵이며 중추이다.[21]

혁명적 문학예술 전통의 절대적 우위는 확보하면서, 카프 문학, 신경향파 문학, 동반작가 등은 물론이고 과거에 반동적이고 봉건적이라 평가하여 제외했던 모든 민족문학예술 유산을 재평가할 수 있는 길을 열어 놓았다. 이 점은 사실 혁명적 문학예술 전통을 재평가하는 의미가 더 크다고 보아야 한다. 새 시대의 도전에 대한 새로운 대응 방식으로 혁명적 세계관을 고취한 것이다.

이와 같은 대응대로, 우리식 사회주의란 것이 과연 기존의 주체사상을 온전히 지킬 수 있는 길로 가게 될까. 시대의 변화와 맞물려 가는 새로운 전형은 실제로 어떤 의의를 가질 수 있는 존재일까. "주체형의 인간전형을 창조하여야 한다"[22]는 명제대로, 리얼리티를 갖는 '개성화와 대중적 영웅주의'를 요구하는 것[23]이 과연 리얼리티를 확보할 수 있을까. 이런 문제들을 다음 장에서 논의해 보자.

---

21) 위의 책, p.61.
22) 위의 책, pp.161~176.
23) 계속해서 '숨은 영웅'을 형상화하고, 또한 집단주의적 생명관과 혁명적 세계관을 통해 개인 영웅주의가 아니라 '대중적 영웅주의'를 창조하는 '새 형의 영웅의 전형'을 강조했다.(위의 책, pp.169~170).

3. 전형의 변화

앞에서 살펴본 대로, 북한 사회의 변화에도 불구하고 혁명문학의 전통은 공고하다. 그것은 늘 현재적 의미를 가지고 계속적으로 재평가하여 왔음에도 불구하고 북한문학의 중심에서 혁명적 세계관을 교양하는 것이 되었다.

> 항일의 영웅들, 조국해방전쟁 영웅들, 천리마대고조시기 영웅들, 숨은 영웅들……
>
> 우리 인민의 현대력사는 결국 대를 이어 영웅을 키워온 력사였으며 우리 문학도 대를 이어 영웅들을 시대의 전형으로 내세워온 그지없이 장하고 긍지높은 문학으로 발전해왔다.
>
> 영웅을 그리는것, 요컨대 이것이 년대와 년대를 이어 줄기차게 고수해온 우리 문학의 특징적인 전통이다.[24]

전형마다 영웅성이 강조되는 것은 북한의 문학의 목적이 모든 인민 대중을 혁명적 인간으로 교양하고, 생활 가운데 혁명 사상을 관철시켜야 하기 때문이다. '숨은 영웅' 이전의 인물 전형들은 대부분 중요한 역사적 시기를 소설의 배경으로 설정하고 그 속에서 활약하는 인물은 평범한 인물이 아닌 역사적 성격을 띠는 영웅이라는 점에 특성이 있었다. 숨은 영웅은 '주체형의 영웅적·긍정적 주인공'을 일상 생활 속의 주인공으로서, 외견상으로는 평범하지만 내면적으로는 성실하고 진지하여 영웅적인 것이 특징이다. 이들은 세상의 주목을 받는 역사적 인물은 아니지만, 생활 속에서 만날 수 있는 주체형의 공산주의자의 참

---

24) 윤상현, 「90년대 인간의 성격」, 『조선문학』(1990. 7), p.48.

된 전형으로, 당과 조국과 인민에게 충직한 긍정적 인물이다. 이런 인물의 요구는 전형이 도식에서 벗어나 현실성과 개성적 특성을 살리는 길을 찾아냄으로써 작품이 현실에 상응하는 다양성을 확보할 수 있도록 하였다.

이런 변화의 의미를 아래에서 살펴보기로 한다.

1) 3대 고전적 명작 속의 전형의 의의와 한계

북한에서의 혁명문학 전통은 1926년 '타도제국주의동맹'을 기점으로 하는 항일혁명투쟁 첫 시기와 1931년 '명월구회의'를 분기점으로 하는 항일무장투쟁시기를 거치면서 이룩된 일제 강점기의 항일문학에서 비롯한다. 그 항일의 논리는 주체사상과 반제국주의 투쟁에 맞추어져 있기 때문에 분단 이후 사회주의 대 자본주의의 대립 상황에도 계속 유효하게 관철된다. 또한 『피바다』는 "조국광복투쟁의 승리를 상징하는 일종의 건국설화"[25]라는 평가가 말해 주는 것처럼, 혁명문학 고전의 전통은 북한문학사에서 매우 큰 비중을 차지하고 있으며, 북한 사회를 지탱하는 버팀목 역할을 하고 있다고 하겠다.

혁명적작품 《피바다》와 《한 자위단원의 운명》은 [… 중략 …] 혁명적주인공의 세계관형성과정을 진실하게 그리는 문제, 혁명투쟁 방법과 경험을 가르쳐줄데 대한 문제, 혁명하는 사람들의 다양한 생활을 풍부하게 그리는 문제 등 혁명적대작으로서 갖추어야 할 사상미학적원칙에 이르기까지 혁명적문학예술발전에서 나서는 원칙적인 문제들과 그 실현방도들을 완벽하게 해결함으로써 사회주의적사실주의창작방법의 고전적모범을 보여주었다.

---

25) 백낙청, 「통일운동과 문학」, 『창작과비평』(1989 봄호), p.85.

혁명적작품 《피바다》와 《한 자위단원의 운명》은 철저한 공산주의적당성과 로동계급성, 풍부한 인민성과 민족적특성으로 하여, 그의 투철한 반제투쟁정신과 완벽한 사상예술성으로 하여 항일무장투쟁시기에 거대한 사상교양적역할을 하였을뿐만아니라 오늘 우리 근로자들을 당의 유일사상으로 튼튼히 무장시키며 혁명화, 로동계급화하는데 크게 이바지하고있다.[26]

이와 같은 평가대로, 『피바다』 등 고전적 명작은 혁명적 세계관에 입각한 혁명적 인간, 즉 '주체형의 영웅적 · 긍정적 주인공'을 모범적으로 보여준다. 1936년 만강에서 처음 공연된, 김일성 원작의 혁명연극을 재창조한 장편 『피바다』[27]는 사회주의 사실주의 문학의 표본인 혁명적 인간형을 창조하고, 동시에 인민 대중을 혁명적 세계관으로 교양하는 문제를 형상화한다. 순녀는 지주와 일제의 횡포에 당하기만 하던 가난하고 무식한 농촌 어머니였는데, 아들과 마을 청년들이 하는 항일 혁명 사업을 돕게 된다. 어머니가 처음으로 통신 쪽지를 전하러 갈 때 글을 몰랐기 때문에 몸 수색을 당한 뒤 이를 갈며 아들에게 글을 배우고, 교양 자료 서적을 읽을 수 있게 되고, 공작원의 도움으로 더욱 의식화하여 적극 혁명 사업에 나서는 인간형으로 변화 발전한다. 어머니는 아들의 일을 이해하고 돕는 입장을 뛰어넘어, 공작원의 지도로 부녀회를 조직하고, 책임자로서 교양 사업을 벌여 나갈 수 있는 힘을 가진 역사 속의 주인공으로 일한다. 부녀회 경우처럼 같은 처지에 있는 여성에 의해 자기 계급의 문제를 각성하고 실천한다는 것은 인민 대중을 혁명적 세계관으로 교양하는 가장 모범되는 일일 것이다. 이때 계급의식은 지적 차원의 각성이 아니라, 삶 가운데서 수평적 인간 관계를 좇아 나오는 극히 현실적인 문제의식을 담을 수 있기 때문이다.

---

26) 『주체사상의 빛발 아래 개화 발전한 항일 혁명 문학예술』(평양 : 사회과학출판사, 1971), 서울: 갈무지, 1989. p.217.
27) 〈4 · 15창작단〉 단장 석윤기가 썼음(황석영, 『사람이 살고 있었네』, 시와사회사, 1993. p.185).

'1930년 11월 혁명의 땅 오가자에서 첫 공연을 한 혁명가극「꽃파는 처녀」[28)]를 재창작한 장편소설은 가난한 머슴꾼의 딸 꽃분이 일가가 계급 문제를 각성해 가는 과정을 그린다. 꽃분이는 수탈자 배 지주 때문에 부모를 잃고 눈이 멀게 된 동생을 혼자 돌봐야 하는 고난을 겪는다. 이런 비참한 생활 가운데 점차 사회 현실에 눈을 뜨고, 조선혁명군이 되어 돌아온 오빠를 따라 드디어 혁명의 대열에 당당히 섬으로써, 꽃분이는 고난과 절망을 혁명과 희망으로 바꾸어 숱한 사람들에게 힘찬 내일을 기약하는 혁명의 붉은 피를 덮혀 주는 인물이 된다.

장편소설『한 자위단원의 운명』에 나오는 갑룡, 철삼, 만식 등 한마을 청년은 함께 자위단 강제징집 통지서를 받는데, 각기 다른 태도로 대응한다. 철삼은 밤을 틈타 애초에 도망가고, 만식이는 훈련중 탈영했다가 붙잡혀 사형당한다. 갑룡은 일제에 유린당하는 현실 속에서 꼭 두각시 놀음을 해야 하는 자신의 처지를 고통스러워 하고, 원수에 대한 분노와 복수심에 불타지만, 아버지와 약혼녀 금순이를 생각하여 감히 어떤 행동도 하지 못한다. 그러나 포대 공사장에 강제 동원되어 일하던 친구 철삼이와 자기 아버지가 처참하게 죽음을 당하는 것을 보고 갑룡도 분노를 폭발시키고, 이런 결정적 현실을 당하여 유격대가 되기로 결심하고 길을 떠난다. 주인공 갑룡은 '어머니'나 '꽃분이'와 달리 분노하지만 인정과 여건에 끌려 행동하기를 주저하는 갈등하는 인물로서, 혁명적이고 영웅적이기보다 혁명의 길을 떠나야 하는 현실 속의 개연성을 보여주는 인물이다.

그런데 3대 고전적 명작은 한결같이 일제 강점이란 극한 상황 아래 높은 투쟁의식을 고취할 수 있는 인물을 전형화했다. 계급간 대립을 도식적으로 설정했어도, 일본 제국주의에 항거하는 민족 해방 관점과

---

28) 박종원·류만 지음,『조선문학개관·下』(사회과학출판사, 1986), 청주: 온누리, 1988, p.36.

매개되어 있기 때문에, 혁명적 세계관이 감동적으로 전달된다. 특히, 『피바다』에서 보여주듯이 고난의 극한 상황, 혁명 사상에 전적으로 무지했던 인물의 각성 과정, 투쟁과 승리로 이어지는 무갈등적인 전개 가운데 주인공 어머니의 열정과 기질에 담긴 전형성은 거의 무결점적이다. 혁명적 낙관주의를 철저히 관철시킴으로써, 고리끼의 『어머니』를 뛰어넘는 혁명 전형을 창조한 것이다.

그러나 이 완전무결성의 혁명적 기질이 획득되는 과정에서의 무갈등은 뒤집어 보면 리얼리티의 허약성을 말한다. 뿐만 아니라, 북한문학사에서 항일혁명투쟁 정신을 원형으로 한 주체사상에서 나온 혁명적 세계관이 유일한 가치 평가의 기준이 됨으로써 비평이 적극적 비판 기능을 감당하기 어렵게 하였다. 『주체사상의 빛발 아래 개화 발전한 항일 혁명 문학예술』(1971)에서 시사하듯, 주체사상에 입각한 문예이론 즉 문예비평은 다른 문학예술 장르의 상위 개념으로 존재한다. 이 때문에, 주체사상에 의거하여 창조 정신을 아무리 강조하더라도 비평은 교조적 도식화의 길로 빠질 위험을 안게 된다. 바꾸어 말하면, 창작 작품도 같은 도식성을 면하기 어렵다는 뜻이다.

이런 문제는 작품 수용에 큰 걸림돌이 된다. 단적으로 말해, 북한문학의 기본 원칙에 따른 당성과 규격화의 틀거리가 설득력을 획득하기 어렵다는 평가가 나오게 되어 있다고 하겠다.[29] 또한 항일혁명투쟁의 북한식 전형화가 "국내 민중항쟁이 가졌던 일제와 친일세력과의 모순 관계가 낳은 생생한 현실 반영과는 다소 거리가 있고…… 국경지대의 특수한 정황의 반영"[30]이라는 점에서 보면, 그 리얼리티의 총체성도 회의적이고, 『피바다』 등의 인물 전형은 비현실적이라는 결론이 나오게 된다. 이렇게 되면, 주체사상의 혁명문학 유형들은 '초역사'[31]의 것이

29)「권두정담: 오늘의 쟁점」,『현대문학』(1989. 3). p.44.
30)「현단계 민족문학의 상황과 쟁점」,『창작과비평』(1989 여름호). p.35.

라고 하여 문학사에서 배제시킬 만하다.

그런데 혁명문학의 의의를 앞에서 살펴본 바대로 현실과의 관계 속에서 재정립할 때, 3대 고전적 명작과 같은 '주체형의 영웅적·긍정적 주인공' 역시 "대를 이어 영웅들을 시대의 전형으로" 내세우는 새로운 전형으로 변한다. '숨은 영웅'은 80년대 이후의 전형으로 등장하는데, 혁명문학의 새로운 면모를 그 속에서 살펴봐야 혁명문학의 초역사성 또는 역사성을 올바르게 가름할 수 있을 것이다.

2) 숨은 영웅, 「벗」

백남룡의 중편 「벗」은 숨은 영웅의 한 전형을 읽을 수 있는 작품으로, 남한 독자에게 신선한 충격으로 다가왔다. 이 점은 무엇보다 고전적 명작 속의 혁명적 인물 유형과는 다른 인물을 발견할 수 있기 때문일 것이다.

현실은 작가들에게 있어서 창작 활동의 무대이다. 모든 작가들은 들끓는 현실 속에 깊이 들어가 생활 체험을 쌓는 한편 대중 속에서 배출된 주체형의 공산주의자의 참된 전형을, 당과 혁명, 조국과 인민에게 끝없이 충직한 숨은 영웅들을 널리 찾아내어 그들의 고상한 풍모와 아름다운 정신 세계를 훌륭히 형상화함으로써 당 제6차 대회를 승리자의 대회, 통일 단결의 대회로 맞이하기 위한 당원들과 근로자들의 투쟁을 힘차게 고무 추동하여야 한다.

……자연주의, 도식주의를 비롯한 온갖 그릇된 경향을 극복하고 창작에서 노동계급적 선을 확고히 세우는 동시에 개성적 특성을 옳게 살리며 철학

---

31) 김윤식(1996), 위의 책, p.32 참조.

적 심도를 보장함으로써 사상예술성이 높은 우수한 작품을 더 많이 창작하여야 한다. (김정일의 「80년대 문학예술이 나아가야 할 길에 대한 지침」에서)[32]

숨은 영웅은 대중의 생활 속에서 무엇보다 개성적 특성을 살려냄으로써 도식주의 등 그릇된 경향을 극복하고 현실성을 회복하는 전형을 만들려는 노력에서 나온다. 즉, 개성과 현실성이 미약하고 대중의 생활 감정과 정서를 실어내기 어려웠던 과거 전형을 지양하고 사회 변화에 맞는 전형과 생활 속 실제 인물형을 발굴하자는 것이다. 그런데 왜 평범한 생활 속 인물 역시 영웅형을 말하는가? 그 한계와 새로운 의의를 「벗」에서 살펴보자.

이 작품의 주제적 의미를 담고 있는 '벗'은 관료와 인민의 수평적 관계와 부부 사이의 동지적 평등 관계를 의미한다. 인민재판소 판사 정진우와 이혼 재판을 청구한 인민 부부 채순희와 리석춘이 중심 인물로 등장한다. 이혼 심판 과정을 중심 사건으로 보면, 판사가 인민 중심적 사고를 바탕에 깔고 문제를 풀어 나가는 것이 '벗'의 관계를 말한다. 부부 문제를 중심 사건으로 보면, 부부 갈등의 원인을 찾고 이상적 관계를 회복하는 지점이 '벗'이라는 동지적 평등 관계이다.

이 작품에서 관료가 인민에 복무하는 측면에서 인민성을 강조하는 경우 주인공은 정진우 판사이다. 그는 관료로서 사회주의적 혁명적 세계관을 충실히 견지하는 생활인으로서 '숨은 영웅'이다.[33] 그는 무엇보다 가정을 국가의 개별적 생활 단위로 본다. 이혼 문제가 "사사롭거나 행정실무적인 것이 아니라, 사회의 세포인 가정의 운명과 사회라는 대가정의 공고성과 관련되는 사회 정치적인 것"[34]이므로, 정진우는 판

---

32) 김재용(1994), 위의 책, p.259 재인용.
33) 위의 책, pp.260~263 참조.

사로서 가정을 지키는 길을 찾기 위해 온갖 노력을 아끼지 않는다. 제기된 이혼 재판을 옳게 판결하기 위해 정진우가 두 사람의 사정을 하나하나 살펴보는 과정에서 그들의 생활과 주변 인간 관계에서 문제점을 찾아내고 그것을 시정해 나가는 행동을 종합해 보면, 그 역시 역사적 영웅과 다를 바 없이 초인적이리만큼 완벽하게 긍정적인 인물로 그려져 있다. 채순희가 남편이 보수적이고 구태의연한 생활 태도에서 때벗이 하지 못하는 것을 불만으로 제기하자, 정진우는 리석춘을 도와 그의 태도를 바꾸게 하기 위해 새 기계를 만드는 데 필요한 주물 모래까지 애써 구해 주면서 그를 설득시키는데, 이런 세세한 행동은 목표를 달성하기 위해 작은 일도 소홀히 하지 않는 치밀함을 완벽하게 보여준다. 정진우의 이런 완벽함과 사회주의적 궁극 목표를 향해 지치지 않는 실천력은 범상하지 않은 '영웅적' 모습을 보여준다.

그러면 이런 숨은 영웅의 의의는 어디에 있다고 보아야 하는가. 숨은 영웅은 생활에 침투하는 전형을 찾는 것이 원칙적 의의였는데, 이처럼 그 전형이 다시 생활인의 일상적 모습과는 다른 영웅적 능력으로 끌고 간다면, 변하는 생활을 반영하고 그 현실을 총체적으로 가늠하는 리얼리티 장치 또는 전형성은 잃어버리게 된다. 이런 까닭에 숨은 영웅은 삶의 구체성과 개성의 문제를 살려야 하는 필연적 요구를 받는다.

「벗」이 채순희라는 개성적 인물을 등장시켜 새로운 전형을 지향하고 있는 측면에서 작품의 의의를 다시 살펴보자.

순희는 노동자이며 직장 가수로 활동하다가, 성악적 재능을 인정받아 예술단 성악 배우로 성장한다. 그는 외모도 세련되어 가고, 정신적으로도 변화 발전하는 입체적 인물형이다. 이에 비해 그의 남편의 삶의 태도는 성실하고 사회주의적 사상성이 투철하지만, 새롭게 변화 발

---

34) 백남룡, 『벗』(서울 : 살림터, 1992), p.125.

전하는 현실에 능동적으로 대응하지 못한다. 기계를 창안할 때도 그는 아내의 권유에도 불구하고 학구적이고 과학적으로 발전하는 길을 찾아볼 생각은 하지 않고 순전히 우직한 경험을 바탕으로 하여 밀고 나가는 평면적 인물형이다. 순희는 생활 감정상의 리듬을 맞출 수 있는 남편을 원한다. 그의 동료인 은미의 남편은 강안기계공장 제관공 노동자이지만, 공장대학을 졸업한 로동자 기사이며 지성적으로 때벗이한 로동자이다. 이와 같은 인물의 대비 가운데 더욱 선명해지는 순희와 석춘의 갈등은 현실에 맞추어 가는, 또는 새로운 사회를 만들어 가는 능동적 대응력을 갖는 인물 전형을 찾는 길을 열어 놓는다.

기존의 윤리관과 부부관으로 보면, 순희는 지나친 요구로 가정 불화를 일으키고, 집단에 문제를 만드는 부정적 인물이다. 그러나 채순희에게서 찾으려는 새로운 전형은 개성과 진정한 인민성에 있다.

순희 동무의 사생활에서 결함과 가수로서의 재능은 별개의 문제라고 생각됩니다. 〔… 중략 …〕 중음가수인 순희 동무의 포부는 대단한 겁니다. 남편과의 생활을 부정하는 하나의 원인이 거기에 있을 정도입니다. 〔… 중략 …〕 가정불화가 있다해서 녀성에게 그런 정신적이고 인격적인 처벌을 줄 수는 없습니다. 재능은 사람의 인격을 구성하는 데서 주요한 부분입니다. 재능이 피여나는 길을 막는 것은 우리 법이 허용하지 않습니다.[35]

이것은 정진우가 도 예술단의 부단장을 만나 채순희 문제를 설득하는 장면이다. 정진우는 채순희가 남편과 애정 생활에서 지성적 요구가 높은 여성이지만 사회 정신 문화 생활에 이바지하는 예술인의 진정한 사명 위에 그런 지향을 일치시키지 못하고 있으므로 인내를 가지고 집

---

35) 위의 책. p.159.

단이 그를 따뜻이 도와주어야 한다고 주장한다. 시대를 보고 앞서가는 재능을 살려 주는 길이 결국 사회에 기여하는 길이라는 말이다.

이때 개성은 집단과 일시적으로 갈등한다. 그렇지만 궁극에는 사회 발전의 밑거름이 되는 개성을 죽여서는 안 된다는 논리로 개성을 인정함으로써, 집단을 우선시하는 사회 가치와 대립하지 않게 한다. 「벗」에서 개성 충돌은 이런 논리 가운데 집단과 화해한다. 채순희와 리석춘의 갈등을 축으로 하여, 채순희의 개성을 극단적으로 옹호하는 채림, 채순희의 개성의 문제성을 비난하는 예술단 부단장, 리석춘을 지지하며 집단 가치를 우선시하는 기능공 아바이 등 등장인물의 대립 관계는 정진우를 조정자로 해서 개성과 집단의 화해라는 새로운 가치를 받아들여 모든 갈등을 해결하는 대단원으로 간다.

개성과 집단의 화해라는 새로운 가치는 곧 사회 변화의 요구를 반영한 것이다. 북한 사회가 복잡하고 다양하게 열려 있는 세계 변화에 대응하는 길은 이처럼 '변화하는 새로운 가치'를 통해 사회의 다양성을 끌어안을 수 있을 때, 그러한 힘에서 나올 것이다. 그런데 『주체문학론』에서 이색적인 사상 조류의 침습을 말할 때 논급한 것은 사실주의와 자연주의의 본질적 차이를 강조하거나, 형식주의·모더니즘의 내용 분리와 사상성을 무시한 계급의식의 마비를 비판하는 수준이었다. 소위 부르주아 문예의 주되는 조류를 이 정도로 이해하는 것에서 오늘날 복잡하고 다양한 후기산업사회의 징후를 거침없이 반영하고 변화하고 있는 문학의 모습에 대응하기 어려울 것이다. 사회주의 문학의 순수성을 수정함이 없이 그것을 극복할 수 있을지 의문이다.

이런 측면에서 북한문학에서 개성의 문제를 새로운 전형으로 담는 고민은 매우 중요한 의의를 가진다.

변화의 파고가 높을수록 또는 거대한 외적 세력에 응전한 주체적 역량이 밀릴수록 요구되는 힘은 영웅적인 것이 아니라 개성적인 것이어야 한다. 왜냐하면, 오늘날 세계가 다원주의로 가고 있고, 그런 변화 속에서 현실을 보아야 하기 때문이다. 채순희의 개성이 정진우를 매개하여 사회적 가치를 확보한다는 측면에서는 기존의 사회주의적 세계관을 유지시키는 것이 된다. 반면, 채순희형에서 기존 관료주의에 저항·비판하는 성격이 다분한 인민 중심의 인민성[36]을 부각시켜 보면, 기존 세계관에 일종의 도전장을 내는 것이 된다. 물론 당문학의 특성상 「벗」이 이런 의미로 읽히기는 매우 어렵다. 그렇지만 이런 고찰에서 북한 사회의 변화 징후와 그 향방을 가늠하는 변수들을 살펴보는 계기가 마련될 것이다. 다음 작품에서 이 문제를 더 구체적으로 살펴보자.

3) 영웅에서 개성의 문제로, 「삶의 향기」

사회주의 문학의 요체는 문학이 현실에 정면 대응하는 점에 있다. 그런데 그것이 당조직 아래 서는 당문학이 될 때는 당과 같은 방향과 목적성을 띠게 되므로, 문학의 자율성과 비판적 기능은 다하기 어렵다. 현실 문제에 대응하는 방법이 다양하게 열려 있는 것이 아니고, 당정책에 좌우되기 때문이다. 이런 측면에서 당문학이 리얼리티를 추구하는 것은 힘든 문제이다. 더구나 사회가 복잡해지고 많은 변화가 요구되는 국면에 놓이게 될 때, 문학의 원칙을 고수할수록 리얼리티를 잃고 도식주의에 빠지기 쉽다. 북한문학의 현실적 고민은 여기에 있다.

'숨은 영웅'의 전형화는 그와 같은 문제에 대한 대응이었다. 이 점을 혁명적 인간형을 '영웅화'하던 것을 개성화 내지 '인민화'하려고 한 노력이라고 평가한다면, 이때 숨은 영웅은 북한문학사에서 획기적인 전향적 태도를 보여준 전형이 되는 셈이다. 그런데 위에서 살펴본 바대

---

36) 인민성에 관한 논의는 졸고, 「'인민성'의 문제로 읽은 북한문학의 변화와 전망」(『경희어문학』 제17집, 1997) 참조.

로 숨은 영웅의 이면은 혁명 전통에 연원한 '주체형의 영웅적·긍정적 주인공'이 자리잡고 있는 한편, 실질적인 현실 변화를 담기 위해 개성화의 문제를 함께 놓고 있다. 이것은 전통 가치와 새로운 가치의 수용의 문제가 대립하는 지점을 말한다.

정현철의 「삶의 향기」(91. 11)는 배우자 선택에서 아버지와 아들 사이의 갈등이 사건의 발단이고, 그 배경에는 세대간의 가치관 대립이 놓여 있다. 이런 사건 전개의 일차적 의미에서 발전한 주제상의 의미는 무엇일까? 이것은 사회적 가치 충돌이라는 우의로 읽을 수 있는데, 결혼 문제를 매개로 해서 가부장적 가치의 해체 문제와 새로운 개성적 가치의 부상을 예고한다. 이 점을 아래에서 살펴보자.

아버지 안천주 교수는 아들 영호가 결혼 상대를 선택하는 데 불만을 가지고 있다. 결혼과 현실에 대해, 안 교수는 가부장적 가치로 보고, 영호는 개성적 가치로 본다. 안 교수에게 아내 순희는 내조자일 뿐이다. 애오라지 남편의 연구 사업과 뒷바라지에 뼈와 살을 아낌없이 깎아 바치는 헌신성이 있었기에, 젊은 나이에 박사논문을 제출할 수 있었고 오늘까지 창조의 빛나는 탑들을 성과적으로 쌓아올릴 수 있었던 것이다. 그는 아들에게도 아내와 같은 처녀를 맞이하기를 바란다. 아들도 자신처럼 과학 탐구를 생의 중심으로 놓고 모든 것을 다 바칠 각오로 임하여, 사생활과 사랑에 귀중한 시간을 빼앗길 권리가 없어야 한다고 본다. 하지만, 아들이 자신이 원하는 여성과 결혼하겠다고 하자, 아들 문제에 아무런 역할도 할 수 없는 아버지가 된 자신을 발견한다.

영호는 어릴 때부터 아버지의 말을 도전적이리만큼 잘 받아들이지 않았다. 특히, 어머니에 대한 아버지의 태도를 받아들일 수 없었다. 사도공이었던 어머니가 소질을 살려 그림을 그리고 싶어했는데, 그런 어머니와 미술박물관에 구경 가자던 것도 아버지는 시간 없다고 거절했던 것이다. 어머니는 언제나 가정의 무거운 짐만 지고 그 재능과 희망에 맞지 않은 일을 했는데, 영호 자신은 부모처럼 되고 싶지 않았다.

영호의 애인 수미는 평범한 실험공 처녀로, 영호의 첫 발명품에 대한 것이 잡지에 실렸을 때 찾아와 그 문제점을 지적하며 토론을 청하여 만나게 된다. 수미는 공장대학 졸업반으로 열처리개조로 완성을 목표로 삼고 열심히 공부하고 있다. 영호는 수미와 함께 연구하며 동지적 사랑을 느낀다. "부부는 종속이 아니라 동등한 자격과 의무로 서로 돕고 이끄는 동지적 관계가 되어야 하며, 평등은 사랑의 가장 견고한 기초이다. 이 점은 여성이 한 가정의 행복만을 위해서가 아니라 사회의 세포를 풍부히 하고 튼튼히 다지며 사랑의 더 큰 힘으로 더 많은 일을 하자는 것"이다.[37]

안 교수는 영호의 일기를 통해서 그러한 생각을 알게 된다. 영호는 아버지의 의견에 따라 배우자를 선택하지 않을 뿐만 아니라, 여성관에서도 반대 입장에 있었다. 여성이 개인적 능력과 자아 실현과 상관없이 오직 남편과 가족을 위해 헌신과 희생하는 것은 사회적 차원에서 부당하다는 의미를 넘어서는데, 영호는 그 여성 해방적 관점에서 부권의 절대적 권위에 도전한다. 이 점은 아버지 도움을 받을 수 있도록 공업대학을 지망하라고 했지만 개성과 자립을 내세워 기계대학에 입학했고, 아버지가 처녀를 소개해 준다는데 당돌하게 거절하는 등, 영호가 어릴 때부터 아버지 말을 도전적이리만큼 잘 받아들이지 않았던 일들에서 드러나는 측면이다. 말하자면 부권의 권위가 '개성'에 의해 해체되는 것을 뜻하고, 안 교수는 이 '개성'의 의의를 새롭게 수용한다.

사람은 자기의 개성화된 장점들과 가능성을 가지고 이 세상에 태어났다.

---

37) 『뻐국새가 노래하는 곳』(서울 : 살림터, 1994), p.166 참조.

그것을 꽃피우려는 것은 자주적이며 창조적인 인간의 생명적 지향이요, 누구도 빼앗을 수 없은 신성불가침이 아닐까? 새싹과도 같은 인간 고유의 개성은 태여나 8개월이면 벌써 보이기 시작한다고 했다. 그런데 난 그 독특하고 귀중한 가지들을 전정하여 내 모양으로 만들려 하지 않았는가. 제 집안 식구들이라고 모두 공통분모로 만들려 한 것이다. 이 얼마나 어리석고 무서운 일인가. 아, 이것은 죄악이다.

〔… 중략 …〕 매 사람에게는 자기의 몫이 있으되 그것은 가정의 몫과 함께 사회의 몫이다. 사회적 인간의 본성적 요구인 이 몫은 시대와 조국 앞에 엄숙히 지니게 되는 누구도 대신할 수 없고 또 그래서도 아니 되는 공민의 신성한 의무이며 도리일 것이다. 따라서 그것을 다하지 못했을 때 그가 누구든 삶의 모체인 당과 수령 앞에 제 구실을 못한 불효자로 되는 것이며 슬프게도 이 세상에 태여난 의의를 상실하고 마는 것이다.[38]

가부장적 부권의 권위가 사회에 대한 몫을 다하는 일에도 부정적이라고 인정한 것은 중요한 반성의 의미를 지닌다. 권위적이던 안 교수가 스스로, 가부장의 절대 권위가 가족 구성원의 자주적 창조적 개성을 꺾고 모두 획일적 가치에 매달리게 하는 것을 어리석고 무서운 '죄악'이라고까지 말한다. 가부장의 절대 권위의 해체를 사회적 의의로 받아들이는 것은 기존 사회 질서를 깨는 새로운 시대를 요구하고 있음을 뜻한다. 이 문제는 이미 북한 사회 안팎에서 요구하고 있는 가장 절박한 현안이다.

그러나 가부장 권위의 해체가 곧장 개성의 발현과 사회 변화를 말하는 것은 아니다. 개성화의 길이 공민의 의무이고 도리이면서 이것이 당과 수령에 대한 효성과 충성으로 이어진다면, 권위의 해체조차 권위에 기대는 아이러니를 낳고 만다. 결국 가부장적 권위는 요새처럼 버

---

38) 위의 책, pp.166~167.

티고 있게 된다.

가부장적 가치 해체가 이와 같은 이중적 의미를 가지는 데에 주목할 필요가 있다. 앞에서 주체형의 새로운 인간 전형을 창조하기 위해, '개성화와 대중적 영웅주의'를 요구했음을 말했다. 이때 대중적 영웅주의는 개인 영웅주의와 대립되는 가치를 뜻한다. 개인이 집단주의적 생명관과 혁명적 세계관을 통해 창조하는 새로운 형의 영웅의 전형을 말하기 때문에 대중적이다.[39] 숨은 영웅을 발굴하는 것이 대중적 영웅주의로 이어지겠지만, 앞에서 「벗」의 정진우형을 보았듯이, 그 이어짐이 개성화의 길로 가기에는 너무 사회적 가치 틀에 완벽하게 긍정적인 요소가 많다. 영호가 주장하는 여성의 개성 존중도 '사회의 세포를 풍부히 하고 튼튼히 다지는' 것을 말한 것이므로, 드러난 뜻은 대중적 전형을 지향한 것이라 보아야 한다. 안 교수가 자신의 가부장적 권위를 반성하며 발견하는 개성의 의의도 자주적 창조적 인간의 생명적 지향에 있긴 하지만, 그것은 가정의 몫과 함께 사회의 몫을 향한 의무와 도리라는 뜻이 강하다. 개성화가 반드시 집단적 대중적 지향성을 갖는 것이다. 이것이 사회주의의 특성이지만, 가부장적 가치 해체가 이중적 의미를 갖는다는 것과는 변별해서 평가해야 할 부분이다. 말하자면, 아이러니 속에 숨겨진 진실을 파악해야 한다.

결론적으로 말하면, 개성화를 추구함으로써 새로운 전형을 창조하고 현실의 리얼리티를 살려낼 수 있겠지만, 그것이 작은 집단 안의 반(反)개성적 요인인 가부장성을 해체하는 일로만 이뤄지지 않는다. 전체 집단의 가부장성을 해체하지 않고서는 진정한 개성을 추구하기 어렵다는 점을 지적하지 않을 수 없고, 진정한 개성 추구는 당의 전체성이 아니라 인민 사회 현실의 전체성을 보여주는 '인민성'의 원칙에서 리얼

---

39) 주 (23) 참조.

리즘을 회복하는 길이 될 것이다. 이런 가능성은 「삶의 향기」에서 보여
주는 아이러니의 의미에서 암시적으로 일깨워 주었다고 볼 수 있다.

> 평범한 생활 속에서 0은 보통 없다는 것을 뜻한다. 하지만 진정 0이 아무
> 런 내용도 없은 것인가? 안해가 짓눌린 한숨을 내쉴 때 그 마음을 헤아렸어
> 야 했다.[40)

안 교수가 뒤늦게 반성하는 '아내의 한숨'이 인민들의 짓눌린 삶과
불가분의 관계에 있을 테고, 일상 인민의 삶을 돌이켜볼 수 없는 사회
적 가치의 무의미성을 역설적으로 보여주었다. 이 점은 인민성의 원칙
을 개성화의 길에서 찾아야 하는 것이 가장 현실적인 요구임을 뒷받침
한다.

4. 맺음말

지금까지 논의에서 북한문학에서 혁명문학의 전통이 무엇에 기원하
고 있으며, 그것이 역사 가운데, 특히 8, 90년대 와서 어떻게 변하고
있는가를 살펴보았다.

북한문학의 가장 뚜렷한 특징을 말하는 '혁명문학의 전통'에 대해,
그 원형으로 삼고 있는 고전적 명작의 형성과 관련한 문헌을 검토함으
로써, 문학작품 자체의 사실보다 당의 목적에 따라 그 사실을 '재평가'
한 의의를 더 중요시하고 있음을 알았다. 또한 사회 변화와의 관계 속
에서 혁명문학의 전통은 새로운 위상 정립을 요구하고 있었는데, 이것

---

40) 위의 책, p.161.

을 이론적으로 정리한 것이 『주체문학론』 가운데 '유산과 전통'에 대한 재해석이었고, 전형의 변화로 표현한 것이 '숨은 영웅'과 '대중적 영웅주의'로서, 새로운 주체형의 인간 전형이었다. 여기서 유산은 민족문화 유산을 말하는 것으로, 문학사로 보면 문학 사실들을 혁명적 세계관으로 배제하거나 선별하기보다 민족 역사로 포괄하는 입장을 세우는 것을 뜻하고, 궁극적으로는 혁명 전통을 민족사적 차원으로 확장하면서 그것을 다른 문학 유산과 평균적으로 보는 것이 아니라, 문학사의 핵이며 중추로서 전통의 중심을 확보시킨다. 이로써, 카프 문학 등 주체사상에 의해 '숙청된' 문학도 복원하는 의미와 함께, 현실의 변화에도 불구하고, 혁명문학이 중요한 전통으로 역사와 현실 가운데서 계속 유지시켰다고 말할 수 있다. 이때 혁명문학의 중요한 문학 전략은 전형의 변화에 두고 있다.

전형의 변화는 전통 유지와 변화의 의의를 함께 가지는데, 이 가운데서 가장 문제되는 것은 리얼리티의 측면이다. 현실을 담아내고 그것을 비판하는 문학적 기능을 생각할 때, 전형의 변화는 곧 새로운 현실과 관계를 재정립하는 의미를 가진다. 사회에 대한 비판과 발전은 현실에 기초하는 '리얼리티'가 먼저 획득되어야 가능함은 당연하다. 이 점의 의의와 한계를 백남룡의 중편 「벗」, 정현철의 단편 「삶의 향기」에서 인물 전형을 통해 살펴보았다.

「벗」에 등장하는 '숨은 영웅' 정진우형은 3대 고전적 명작 등에서 추구한 '주체형의 영웅적·긍정적 주인공'처럼 생활 속의 인간의 평균을 초월하는 이념적 순수성과 완벽성을 띠고 있어, 개성과 리얼리티는 줄어들 수밖에 없었다. 반면, 채순희형의 새로운 인물이 오히려 개성을 살리고, 기존 질서의 모순을 깨고 나오는 긍정적 변화를 담고 있었다.

북한문학에서 개성의 문제를 새로운 전형으로 담는 고민은 매우 중요한 의의를 가지고 있다. 「삶의 향기」는 그 점을 중요한 소재로 다루었는데, 기존 질서의 해체를 상징하는 가부장의 가치에 대한 도전과 새로운 대응 가치로서 개성을 내세웠다. 그런데 본론에서 살펴보았듯이, 가부장적 질서라는 권위의 해체조차 기존의 절대 권위에 기대는 아이러니를 가지고 있었다. 이 이중적 의미에 숨어 있는 주제적 의미를 읽는 것이 북한문학에서 진정한 변화의 방향과 의미를 찾아내는 일이 된다.

북한문학은 개성화를 추구함으로써 새로운 전형을 창조하고 현실의 리얼리티를 살려낼 수 있을 것이다. 안팎으로 변화의 요구가 강할수록 거기에 대응하여 나갈 주체적 역량은 영웅적인 것이 아니라 개성적인 것이어야 한다. 오늘날 세계 변화의 성격이 다원주의로 가고 있고, 그런 변화 속에서 현실을 보아야 하기 때문이다. 이런 측면에서 북한문학의 내부 욕구 속에는 인민성의 원칙의 원칙적 회복이 자리하고 있고, 이것이 개성과 변화의 문제와 함께 나타나고 있다는 점을 주목해 볼 필요가 있다. 개성과 변화의 문제는 인민성의 원칙과 민주화의 원칙이라는 측면에서 남북한 문학의 거리를 좁힐 수 있는 가장 현실적인 접점이라 할 만하다.

우리는 계속해서 북한문학의 심층적 의미를 파헤쳐 읽음으로써, 북한을 이해하는 객관적 입장을 세울 수 있을 것이다. 남북한 문학의 교류는 한쪽의 일방적 요구가 아니라, 각기 다른 현실과 관계 속에서 서로를 이해하고 공유항을 찾는 데 목적이 있어야 하기 때문이다.

참고문헌

■ 자료

『꽃파는 처녀』, 서울 : 황토, 1989.

「머리글」, 『조선문학』, 1993. 2.

『민중의 바다·혈해』 상/하, 서울 : 도서출판 한마당, 1988.

『뻐국새가 노래하는 곳』, 서울 : 살림터, 1994.

『조선문학사(『문학』 게재)』, 평양 : 교육도서출판사, 1960.

『주체사상의 빛발 아래 개화 발전한 항일 혁명 문학예술』(평양 : 사회과학출판사, 1971), 서울 : 갈무지, 1989.

『한 자위단원의 운명』, 서울 : 황토, 1989.

『항일무장투쟁 과정에서 창조된 혁명적 문학예술』, 평양 : 과학원출판사, 1960.

김정일, 『주체문학론』, 평양 : 조선로동당출판사, 1992. 7.

박종원·류만, 『조선문학개관·下』(평양 : 사회과학출판사, 1986), 청주 : 온누리, 1988.

방연승, 「……『주체문학론』에서 독창적으로 밝히신 주체의 문예관에 대하여」, 『조선문학』, 1993. 2.

백남룡, 『벗』, 서울 : 살림터, 1992.

사회과학원 문학연구소, 『주체사상에 기초한 문예이론』(1975), 서울 : 인동, 1989.

사회과학원문학연구소 김하명 외 3명, 『조선문학사―1926~1945』(평양 : 과학백과사전출판사, 1981), 서울 : 열사람, 1988.

윤상현, 「90년대 인간의 성격」, 『조선문학』, 1990. 7.

■ 논문 및 단행본

「권두정담 : 오늘의 쟁점」, 『현대문학』, 1989.3.

「지상토론 : 현단계 민족문학의 상황과 쟁점」, 『창작과비평』, 1989 여름호.

권영민, 「북한에서의 근대문학 연구」, 『문학사상』, 1989. 6.

권영민, 「북한의 문예이론과 문예정책」, 『예술과비평』, 1988 가을호.

김윤식, 「북한문학 어떻게 대할 것인가」, 『문학과사회』, 1989 봄호.

김윤식, 「주체사상에 기초한 사회주의적 문예이론」, 『문학사상』, 1989. 6.

김윤식, 『북한문학사론』, 새미, 1996.

김재용, 『북한 문학의 역사적 이해』, 문학과지성사, 1994.

노귀남, 「'인민성'의 문제로 읽은 북한문학의 변화와 전망」, 『경희어문학』 제17집, 1997.

도진순, 「북한의 역사학계에서 근·현대사 시기구분 논쟁과 그 변화」, 『역사와현실』 창간호, 한울, 1989.

민족문학연구소, 『북한의 우리문학사 인식』, 창작과비평사, 1991.

백낙청, 「통일운동과 문학」, 『창작과비평』, 1989 봄호.

백진기, 「북한의 문예에 대한 올바른 이해를 위해」, 『실천문학』, 1989 여름호.

오현주, 「북한의 '혁명문학' 40년」, 『사회와사상』, 1989. 2.

유중하, 「주체문예이론의 대중노선에 대하여」, 『창작과비평』, 1989 여름호.

임헌영, 「북한의 창작문학」, 『문학사상』, 1989. 6.

최동호 편, 『남북한 현대문학사』, 나남출판, 1995.

이기영 소설의 반봉건성과 혁명의식

― 『땅』과 『두만강』을 중심으로

김종성

　북한의 사회과학출판사에서 1986년 11월 25일에 펴낸 두 권의 단행본을 원본으로 하여, 남한의 도서출판 인동에서 1988년 12월 10일 영인해 펴낸 『조선문학개관』에서는 1945년부터 1960년까지의 북한문학의 시기를 ①평화적 건설시기의 문학(1945. 8~1950. 6) ②위대한 조국해방전쟁시기 문학(1950. 6~1953. 7) ③전후복구건설과 사회주의 기초건설을 위한 투쟁시기 문학(1953. 7~1960)으로 나누어 기술하고 있다.

　해방 후 북한문학의 첫번째 단계는 '평화적 건설기의 문학(1945. 8~1950. 6)'이다. 『조선문학개관』에서는 이 시기의 소설문학을 다음과 같이 기술하고 있다.

　이 시기의 소설문학은 위대한 수령님께서 조직령도하신 영광스러운 항일혁명투쟁의 빛나는 사적들을 묘사하고 낡은 사회제도의 파멸과 새 사회 제도의 탄생을 재현하였으며 새 조국 건설을 위한 우리 인민의 창조적인 로동의 세계를 그리고 미제와 그 주구들을 반대하는 남조선인민들의 투쟁을 생동하게 반영하였다.[1]

『조선문학개관』에 기술되어 있는 평화적 건설기의 소설은 단편으로 「장군님을 맞는 날」(1948, 강훈), 「개선」(1948, 한설야), 「개벽」(1946, 이기영), 「탄맥」(1949, 황건), 「로동일가」(1947, 리북명) 등이 있고, 장편으로 『땅』(1948~1949, 이기영) 등이 있다.

1947년에 북한에서 공식적인 창작방법론으로 공포된 '고상한 리얼리즘'은 '혁명적 낭만성'의 성격을 가진, 긍정적인 인물을 형상화하는 것이다. 이 무렵 북한의 작가·시인들은 토지개혁 문제를 다루기 시작했다. 그 가운데 이기영의 『땅』은 토지개혁 문제를 전면적으로 다루어 주목된다.

이기영(李箕永)은 1895년 5월 29일(음력 5월 6일) 충청남도 아산군(지금의 아산시) 배방면 회룡리에서 태어났다. 그의 집안은 덕수 이씨 충무공파로서 아버지 이민창은 1892년 무과에 급제한 후로부터 서울에 머물렀다. 개화 사상가였던 이기영의 아버지는 가계를 돌보지 않아, 이기영은 어릴 때 가난하게 살아야만 했다. 이기영의 유년기 체험은 그의 장편소설 『봄』에 잘 나타나 있다.

이기영은 1910년 소학교를 졸업하고 멀리 달아날 궁리를 한다. 그는 가출을 여러 번 시도하다 마침내 1922년 도일(渡日)하여 동경정칙영어학교를 다닌다. 그러나 관동대진재의 발생으로 고향으로 되돌아온다. 1년 남짓의 일본 유학 생활은 이기영을 커다랗게 변모시켰다. 그는 일본어로 된 서양의 근대소설을 읽기 시작했을 뿐만 아니라, 포석 조명희를 사귀기도 했다.

1) 박종만·류원, 『조선문학개관 Ⅱ』, 사회과학출판사, 1986(인동 영인본, 1988, p.121).

1924년 4월 이기영은『개벽』창간 4주년 기념 현상 작품 모집에 단편소설「오빠의 비밀편지」를 응모하여 3등으로 당선되어 문단에 데뷔하게 된다. 그해 7월 말 서울로 올라와 조명희의 소개로 조선지광사에 취직을 한다. 이때 그는 카프에 가입한다. 그후 그는「농부 정도령」, 「홍수」,『고향』같은 작품을 발표하여 카프의 중심 인물이 된다. 한편 일제 말기에 잠시 강원도 철원에 소개해 있던 이기영은 그곳에서 8·15해방을 맞이하게 된다. 1945년 조선프롤레타리아예술동맹의 성립에 주도적 역활을 한다. 1946년 철원에서 최초의 희곡 작품「해방」을 발표한 뒤, 서서히 북한문학의 중심으로 향해 간다. 철원으로부터 평양으로 거처를 옮겨 간 이기영은 7월 북조선문예총의 기관지인『문화전선』창간호에 북한의 토지개혁을 다룬 단편「개벽」을 발표한다.

1948년 북한문학사상 첫 장편소설인『땅 : 개간편』을 발표한다. 1949년『땅 : 수확편』을 발표하고 6월 소련을 방문하고, 그 뒤「쏘련은 인민의 위대한 벗」을 발표한다. 1950년 4월 소설집『농막선생』을 간행한다. 1952년 2월 소련을 방문하고, 오슬로 세계평화회의 확대 이사회에 조선 대표로 참가한다. 1953년 10월 조쏘문화협회대표단으로 소련을 방문한다. 이해『땅』이 러시아어로 번역된다. 1954년 장편소설『두만강』1부를 발표한다. 1955년 4월 제2차 소련작가대회에 참가한다. 1957년 4월『두만강』제2부를 출간한다. 1958년 4월 최고인민회의 대표단으로 체코슬로바키아를 친선 방문한다. 1959년 소련 방문. 1960년 9월『두만강』으로 '1960년 조선민주주의인민공화국인민상'을 수상하고,『붉은 수첩』을『새세대』에 연재한다. 1961년『두만강』3부 발표한다. 1963년『한 여성의 운명』제1권을 발표한다. 1965년『한 여성의 운명』제2권 발표한다. 1967년 1월 조선문학예술총동맹 중앙위원회 위원장이 된다. 1972년 장편소설『역사의 새벽길(상권)』을 발표한다. 1973년『땅』제1부의 개정판을 발행한다. 1984년 8월 9일 사망한다.[2]

『고향』은 이기영이 해방 후 북한에서 발표한 장편소설『땅』과 자주 비교되는 작품이다.

'지식인' 희준을 주인물(main character)로 하여 작품을 전개시킨 『고향』과는 달리『땅』은 '농민' 곽바위를 주인물로 하여 작품을 전개시켜 나가고 있다.

『땅』은 1946년 3월 5일에 있은 토지개혁으로 급격한 변화의 소용돌이에 빠진 북한의 농촌 모습을 사실적으로 그린 작품이다. 이 작품은 1948년에 발표된 '개간편'과 1949년에 발표된 '수확편'으로 구성되어 있다. 그후 이기영은『땅』을『두만강』처럼 3부작으로 고쳐 쓰기 위해 1960년『땅』제1부를 출간했다.[3] 이 판본은 번인되어 1992년 1월 남한의 도서출판 풀빛에서 '이기영선집' 5권과 6권으로 출간되었다.

한편『땅』제1부는 1973년 다시 한 번 개작되어 북한의 문예출판사에서 출간되었다. 도서출판 풀빛에서 간행한 것을 텍스트로 하여 줄거리를 살펴보면 다음과 같다.

아버지가 죽는 바람에 소작지마저 떼이고 누이동생을 제사공장에 판 돈으로 장가를 들었으나 다투다가 일본인 농산기수를 논 속에 메다꽂아 그 죄로 6년간 감옥살이를 한다. 그가 감옥살이를 하는 동안 어머니는 세상을 떠나고, 아내는 다른 사람한테 시집을 가버렸고, 누이동생은 행방을 알 수 없게 된다. 그후 그는 이 마을 저 마을을 떠돌다가 강원도 산골 벌말의 지주 고병상의 집에서 10년 동안 머슴 생활을 하게 된다.

1945년 해방은 그에게 커다란 감격을 안겨 주었고, 1946년 3월 5일

---

2) 이기영의 생애는 김재용 책임 편집『두만강』(풀빛, 1989), 이상경,『이기영 시대와 문학』(풀빛, 1994), 정호웅,『우리 소설이 걸어온 길』(솔, 1994)을 참조하여 재정리한 것이다.

3) 이상경,「토지개혁이라는 역사적 전변에 나타난 인간 변모의 형상화」,『땅』上(풀빛, 1992), p.325.

의 토지개혁은 머슴 출신인 그에게 '그 자신의 땅'을 갖게 해주었다. 그는 벌말 사람들을 설득하여 벌말 개간 사업을 벌린다. 개간 사업에 온 힘을 다한 그는 쇠써래를 만들어 개간 작업의 견인차가 된다.

마침내 개간 사업을 성공리에 끝마친 그는 전순옥과 행복한 가정을 꾸미고, 벌말 마을의 중심 인물이 되어 두레를 조직하고, 농촌 환경 개선에 적극적으로 나선다. 그는 농사를 알차게 지어 현물세와 애국미까지 내는 헌신적인 활동을 벌이고, 마침내 도인민위원회 대의원으로 추천되어 김일성이 참여한 인민회의에 강원도 대표로 나갔다가 돌아와 첫 아들을 보는 것으로 소설은 끝난다.

북한문학사에서는 『땅』을 사회주의적 사실주의 미학을 바탕으로 '혁명적 낭만성'을 구현한다는 당시 문예정책의 임무를 탁월하게 수행하고 있으며 북한에서 실시된 토지개혁과 평화적 건설에 바쳐진 성과작으로 문학사적 의의를 지니고 있다고 평가하고 있다.

먼저 『조선문학통사』의 평가를 살펴보자.

작품 〈땅〉은 상술한 사상적 내용들을 일정한 사건과 인물들―곽바위, 전순옥, 강균, 동수, 순희, 순희 어머니, 박첨지, 고병상, 주태로―속에 인격화 하고 구체화함으로써 조선 력사발전에 있어서의 하나의 기념비적 사변을 형상적 형식 속에 남겨놓았다. 이것은 당대인물들을 교양한 면에서 있어서 뿐만 아니라, 후대 인민들에게 주는 인식·교양적 의의도 막대한 것으로 된다. 평화적 건설시기의 우리 인민들의 새 생활의 거창한 모습, 인민의 창조적 로력 및 도덕적 통일에 바쳐진 이 거대한 서사시적 화폭은 해방 후에 찬란히 개화하게 된 사회주의적 사실주의문학의 새로운 페지를 장식하였다.[4]

다음으로 『조선문학개관』의 평가를 살펴보자.

장편소설 《땅》은 고병상을 비롯한 지주들의 형상을 통하여 지주계급의 착취적 본성과 략탈성, 악랄성을 뚜렷이 보여주었으며 해방 후 민주주의적개혁의 실시와 새생활창조를 위한 우리 인민의 투쟁을 반대하는 놈들의 파괴암해책동을 폭로단죄하였다. 작품은 특히 토지개혁의 실시와 영농사업을 파탄시키려고 날뛰며 현물세창고에 불까지 지르는 놈들의 파괴암해책동을 폭로함으로써 지주계급의 본성은 변하지 않으며 자기의 옛처지를 되찾기 위해 집요하게 발악한다는 것을 보여주었다. 소설은 토지개혁을 전후한 민주혁명시기 우리나라 현실을 사실주의적으로 진실하게 반영할 수 있도록 갈등과 인물 관계를 설정하고 당시의 심각한 력사적변혁과정을 폭넓고 심오한 서사시적화폭으로 그려내었다. 또한 주인공 곽바위를 비롯하여 각이한 계급과 계층에 속한 다양한 인물들의 개성적 특징을 생동하게 살리고 농촌생활을 진실하고 실감있게 형상화하였으며 자연묘사와 언어구사에서 민족적특성을 잘 살리였다.[5]

이기영이 그의 장편 『땅』에서 등장인물들을, '다양한 인물들의 개성적 특징을 생동하게 살리고 있다'고 『조선문학개관』은 기술하고 있다. 『땅』에 등장하는 인물 가운데 프로타고니스트는 곽바위고, 안타고니스트는 지주 고병상이라고 볼 수 있다. 낡은 것을 비판하고 배재함으로써 자기를 정립하는 인물을 그리는 것은 소위 '고상한 리얼리즘'의 인물 창조 방법론이다. 긍정적 주인공론에 기초해서 인물을 형상화한다는 것은 프로타고니스트에 맞닿은 인물을 창조하는 것이라고 할 수

---

4) 사회과학원 문학연구소 편, 『조선문학통사』(현대문학편), 사회과학출판사, 1959(인동 영인본, 1988, p.199).
5) 박종원 · 류만, 전게서, p.129.

있다.

원래 프로타고니스트와 안타고니스트는 각각 1차적 인물, 2차적 인물을 뜻하는 개념이었으나, 소설은 갈등구조라는 명제가 확산되면서 프로타고니스트와 안타고니스트는 서로 대립되는 관계로 해석되기 시작했다. 프로타고니스트는 대체로 작가 자신이 긍정하려는, 또 그 긍정의 감정을 독자에게 전하려는 인물로 설명되고, 안타고니스트는 작가나 독자가 끝에 가서는 부정하는, 또는 부정해야 할 인물로 설명된다는 것이다.[6]

한편 포스터(E. M. Forster)는 『소설의 양상(Aspects of the Novel)』에서 인물을 평면적 인물(flat chacacter)과 입체적 인물(round character)로 나누어서 이야기했다. 평면적 인물은 단일 관념이나 성질을 가진 인물을 말한다. 다시 말해 한 작품에서 성격이 변하지 않는 인물인 것이다. 인물이 한번 등장하기만 하면 언제나 쉽게 알아볼 수 있고, 그후부터 쉽게 기억되는 점을 포스터는 평면적 인물의 강점으로 들고 있다. 이에 비해 입체적 인물은 한 작품 속에서 사건의 진전에 따라 변화하는 성격을 지닌다. 말하자면 발전적 인물(developing character)이라고 할 수 있다. 입체적 인물인가 아닌가 하는 것의 기준은 그 인물이 실감나게 놀라움을 줄 수 있는가에 달려 있으며, 입체적 인물이 실감나게 놀라움을 주지 못하면 평면적 인물이라고 포스터는 말하고 있다.

『땅』에는 평면적 인물들이 많이 등장하고 있다. 우선 곽바위와 강균과 고병상이 그러하다.

곽바위는 소설 전편에서 완전무결한 긍정적인 인물로 그려지고 있다. 그는 산돼지를 손으로 때려 잡는 힘을 지녔고, 지주 고병상의 위협

---

6) 조남현, 『소설원론』(고려원, 1980), p.130.

에 굴하지 않고, 인간적인 호소에도 흔들리지 않는다. 뿐만 아니라, 쇠써래를 만들어 개간 사업을 성공으로 이끌고, 두레를 조직해 농민운동을 성공적으로 이끌어 가는 그는 '고상한 리얼리즘'에서 주창하는 인물상에 맞춤처럼 딱 들어맞는, 정말 나무랄 데 없는 '긍정적인 인물'인 것이다.

그러다 보니 곽바위는 고대 영웅소설에 나오는 홍길동 같은 인물이 되고 말았다. 특히 하권으로 갈수록 곽바위는 영웅으로 더욱 단순화된다.

해방 후 창작된 『땅』이 일제 강점기에 창작된 『고향』보다 작품의 질이 떨어진다는 평가를 받고 있는 것은 이러한 인물의 묘사 방법과도 무관하지 않다.

『땅』에 등장하는 인물 가운데 평면적 인물로 그려진 정도가 심한 인물로 강균의 경우를 들 수 있다. 이 소설에서 강균은 처음부터 끝까지 그저 작가 이기영의 나팔수 노릇만 하고 있는 것이다.

『땅』에 등장하는 인물 가운데 그나마 살아 있는 인물이 전순옥이다. 일제 강점기 때 자주 윤상렬의 장리빚을 갚지 못해 첩이 되었던 그녀는 해방된 '조국'에서 새 생활을 하고자 하나, 과거로부터 자유로울 수 없었다. 마침내 그녀는 자살을 기도하고, 우여곡절 끝에 곽바위와 결혼을 하여 행복한 삶을 이어 간다.

『땅』은 농민소설이다. 농민소설이란 농민의 문제를 다룬 소설이라고 할 수 있다. 농민은 땅과 떨어질래야 떨어질 수 없는 존재다. 앞에서 이미 이야기했지만 『땅』은 토지개혁으로 변화하는 북한 농민들의 삶의 모습을 그린 소설이다. 『땅』에서 이기영은 『고향』에서 놀리던 붓 솜씨를 농민들의 풍속 묘사를 하는 데 이르러서 유감없이 발휘한다.

㉠ 노동하는 장면의 묘사부터 살펴보자.

그는 감자를 한 손으로 골을 켠 새에다 떨구고 두 발로는 그것을 묻어 나가는 것이었다. 그 커다란 마당발로 어쓱비쓱 묻어 나가건만 오히려 고무래로 묻는 것보다도 골고루 잘 묻는 게 용하였다. 일꾼들은 점심 전에 문앞 밭을 다 심었다.[7]

ⓛ 상례를 치르는 집 묘사를 한번 살펴보자.

몇 해 전에 읍내 송 참봉의 안늙은이가 죽었을 때는 굉장한 영구를 지냈다. 그런 집에는 조객들이 정말 장사꾼처럼 밀려 들어 온다. 그들이 행렬을 지어 들어와서 차례로 절을 한 번씩 하고 나면 그 즉시 음식상을 받게 된다. 그들은 술, 국수, 떡, 실과, 과줄 등을 한 상씩 받아 먹고는 상머리에서 주머니끈을 끄른다. 음식을 잘 먹은 집에서는 일 원 낼 것을 이 원 삼 원씩 꺼내 준다. 잘 차리면 잘 차릴수록 영구꾼의 주머니가 가벼워진다면야 빚을 지고서라도 음식을 잘 차릴 필요가 있지 않겠는가.[8]

ⓒ 혼인을 치르는 장면 묘사를 살펴보자.

미구에 신랑이 타고 갈 말을 대령한다. 곽바위은 등자를 딛고 안장 위로 올라탔다. 강균의 주선으로 이 말을 장터에서 빌려 왔다.

말구중은 뒷골 사는 천석이가 자원을 해서 나서고 함진애비는 혹부리 조대모가 되었다. 그리고 후행에는 박 첨지가 따라섰다. 혹부리는 아들 딸 오남매를 두었기 때문에 함진애비로 뽑힌 것이다.

큼직한 호마 위에 올라탄 노신랑이 앞을 서 나가자, 구경꾼들은 일제히 환성을 올리며 기뻐하였다. 그 뒤에는 박 첨지 외에 십여 명의 군중이 따라가며 권마성을 띄웠다.

일행은 그 길로 장터 신부의 자택으로 몰려갔다.[9]

이기영은『땅』에서 이렇게 노동하는 모습, 상례를 치르는 모습, 혼례를 치르는 모습 묘사에서 능숙한 풍속 묘사를 독자에게 보여주고 있지만, 해방 전의 작품인『고향』보다 문학적 성취가 떨어진다. 특히 하권 개간편으로 갈수록 작품은 인물의 영웅화가 더욱 심화되고, 도식주의에 빠져, 작가가 직접 나서거나 등장인물들이 나서서 '김 장군의 정책이 올바르다'고 주장하거나, '스탈린의 말'을 장황스레 늘어놓아 소설 미학을 깨트리고 있는 것은 아쉽다고 하겠다.

『땅』이 드러내 보이고 있는, 이러한 인물의 영웅화와 도식주의는 혁명적 낭만주의 세계관에 입각해 있다고 볼 수 있다.

물론『땅』의 이러한 점은 오히려 북한에서 진행된 토지개혁 과정의 특성에 직접 연관되어 있으며 그것이야말로 당대 현실의 진실한 반영이라고 평가하는 입장도 있다.[10]

긍정적 주인공론에 기초한 혁명적 낭만주의는 사회주의 리얼리즘에 가까운 것인데, 1947년 초 북한에서는 소위 '고상한 리얼리즘'이라는 창작방법론을 내세우게 된다. 1930년대 후반의 리얼리즘 논의를 이어받아 이루어진 8·15 직후의 해방 전후의 리얼리즘 논의와는 틀을 달리하는 이 '고상한 리얼리즘'은 그후 북한문학을 규정하는 중요한 틀로서 작가들을 직·간접적으로 옥죄이게 된다.

'고상한 리얼리즘'이라는 창작방법론에 서서 자유로울 수 없었던 이기영은『땅』을 생경한 작품으로 만든다.

그러나 이기영은『땅』에 머물러 있기에는 문학 수업과 체험의 폭이 넓은 작가였다.『두만강』이라는 대하(大河)가 그를 기다리고 있었다.

---

7) 이기영,『땅』上(풀빛, 1992), p.142.
8) 이기영, 상계서, p.99.
9) 이기영,『땅』下(풀빛, 1992), p.8.
10) 김윤식,「토지개혁과 개벽사상」,『한국현대현실주의 소설연구』(문학과지성사, 1990) 참조.

해방 후 북한문학의 두 번째 단계는 '위대한 조국해방전쟁시기 문학 (1950. 6~1953. 7)'이다. 『조선문학개관』에서는 이 시기 소설문학을 세 가지로 나누어 기술하고 있다.

㉠ 정의의 성전에서 발휘한 인민군 장병들의 영웅성과 완강성을 형상화한 작품들이다. 단편소설 「불타는 섬」(1952, 황건), 「고향의 아들」(1952, 천세봉), 「구대원과 신대원」(1952, 윤세중), 「사냥군」(1951, 김만선), 「나팔수의 공훈」(1952, 윤시철) 등과 중편소설 「행복」(1953, 허황건) 등이 그러하다.

㉡ 후방 인민들이 발휘한 숭고한 애국적 헌신성과 영웅성을 형상화한 작품들이다. 단편소설 「회신 속에서」(1951, 류근순), 「궤도 우에서」(1951, 리종민) 등을 그 대표적인 실례로 들고 있다.

㉢ 미제국주의자들과 그 앞잡이 '남조선괴뢰도당'의 부패성과 추악성을 폭로한 작품들이다. 단편소설 「승냥이」(1951, 한설야), 풍자소설 「뻑다귀장군」(1953, 김형교) 등을 이 주제의 대표적인 작품으로 들고 있다.

『조선문학개관』은 이 시기의 대표적인 소설로 황건의 단편소설 「불타는 섬」을 들고 있다.

이 소설은 국제연합군이 막대한 병력을 동원하여 인천 상륙 작전을 감행할 때 단 한 개의 포병의 힘으로 국제 연합군의 인천 상륙을 3일간이나 지연시킨 월미도 해안 포병의 이야기를 소재로 하고 있다.

이 소설은 '리태훈 중대장과 통신수 안정희의 애국주의 정신과 영웅적 성격을 생동하게 형상화하면서'[11] 승전의식을 강조한 작품이다.

해방 후 북한문학의 세 번째 단계는 '전후복구건설과 사회주의 기초

---

11) 박종만·류만, 전게서, p.160 참조.

건설을 위한 투쟁시기의 문학(1953. 7~1960)'이다. 이 시기의 문학은 김일성의 다음과 같은 교시에 방향이 설정되어 있다고 할 수 있다.

　작가, 예술인들은 복구건설의 벅찬 현실과 인민들의 영웅적투쟁모습을 잘 형상화 함으로써 전후복구건설사업에 적극 이바지하여여하겠습니다.[12]

　이 시기의 소설문학을 『조선문학개관』과 『조선문학통사』를 참조하여 정리하면 다음과 같다.

　㉠ 전쟁에서 파괴된 경제를 복구하며 자립 경제의 토대를 튼튼히 다지기 위하여 헌신적으로 싸우는 노동계급의 모습을 생동하게 형상화한 작품들이다. 단편소설 「새날」(1954, 리북명), 「직맹반장」(1954, 유항림) 등과 장편소설 『시련 속에서』(1957, 윤세중) 등이 그러한 작품들이다.

　㉡ 사회주의의 길을 따라 변해 가는 농촌과 농업협동화를 위해 노력하는 농민들의 모습을 진실하게 반영한 작품들이다. 단편소설 「출발」(1954, 강형구), 「태봉령감」(1956, 김만선) 중편 「첫수확」(1956, 리근영), 장편 『석개울의 새 봄』 등이 그러한 작품들이다.

　㉢ 조국해방전쟁시기 인민군 용사들과 인민들의 투쟁을 형상화한 작품들이다. 중편소설 「전사들」(1960, 석윤기), 「젊은 용사들」(1954, 김영석), 「도소대장과 그의 전우들」(1955, 윤세중) 등이 그러한 작품들이다.

　㉣ 당원들과 근로자들에 대한 혁명 교양, 계급 교양을 강화하여야 할 요구를 반영하여 계급 교양 주제의 작품들이 창작되었다. 황건의 장편소설 『개마고원』 등이 그러한 주제의 대표적인 작품이다.

---

12) 김일성, 『김일성 저작집』 9권, p.62(『조선문학개관 Ⅱ』 p.177에서 재인용).

ⓜ 역사물 주제의 작품 창작에서도 새로운 진전이 있었다. 장편소설 『두만강』(1~3부, 리기영), 『서산대사』(1956, 최명익) 등은 그러한 주제의 대표적 작품들이다.

ⓑ 전후 시기에 힘있게 벌어진 남조선 인민들의 투쟁을 그린 작품들이다. 이러한 주제는 장편소설 『동틀 무렵』(제1부, 1958, 엄홍섭)이 대표적인 작품이다.

이 시기에서 가장 주목되는 작품은 이기영의 '대장편' 『두만강』이다. 북한문학에서 말하는 '대장편'은 남한문학의 대하장편소설에 해당한다고 볼 수 있다. 북한이라는 동토(凍土)에서 이기영이 혼신의 힘을 다해 헤엄쳐 건너가기 시작한, '대장편' 『두만강』은 어떠한 작품일까?

3부로 구성된 『두만강』은 1954년에 제1부(29장)를 발표한데 이어 1958년에 제2부(37장)를 발표한 다음, 1961년에 제3부(36장)를 완성해 발표했다. 남한에서는 1989년 도서출판 풀빛에서 한국근현대민족문학총서 8, 9, 10, 11, 12 권으로 출간되었다. 이기영은 이 소설의 제1부로 인민상을 받았다.

제1부는 1900년 초 러일전쟁을 전후한 시기부터 1910년 한일합방에 이르는 일제의 대한제국 강점을 전후한 시기를 역사적 배경으로 하여 충청도의 두메산골인 송월동을 무대로 빈농인 박곰손의 봉기와 의병투쟁, 애국적 인텔리인 이진경의 애국계몽운동 등의 반봉건적 투쟁의 구체적 활동을 묘사하고 있다. 제2부는 1910년부터 1919년 3·1운동까지 일제의 한반도 지배 체제가 구축되는 시기의 송월동, 함북 무산 7소, 만주의 동북지방을 중심 무대로 하고 있다. 제3부는 1920년~1930년대 초 항일무장투쟁의 새로운 역사적 단계를 반영하면서, 19세기 말에서 1930년대 초에 이르는 식민지적 자본주의화 과정과 그것을 극복하고자 하는 한국 민족의 항일무장투쟁 기간을 그 역사적 배경으로 하

여 송월동, 무산 7소, 만주 동북지방 그리고 일본을 무대로 하여 소설이 전개된다.

『두만강』은 발표되기 시작하자, 높은 평과 찬사를 받기 시작했다. 『조선문학통사』(현대문학편)는 제1부와 제2부만으로도 "우리 소설문학에서는 과거 수세기에 걸쳐 우리 력사에서 버려진 인민들의 해방투쟁을 대장편(에뽀빼야)으로 묘사한 작품이 없었다. 이 점에서 장편소설가 리기영이 장구한 시일에 걸쳐 구상하여 오던 대장편〈두만강〉1, 2부를 전후에 발표한 것은 전후 우리 문학의 거대한 성과가 아닐 수 없다"[13] 면서 다음과 같이 평하고 있다.

〈두만강〉은 정당한 리유로써 박곰손 일가의 년대기라고도 말할 수조차 있다. 그만큼〈두만강〉은 과거의 우리 민족의 복잡하고 다방면에 걸친 력사를 한 가족의 대대의 이야기 속에 압축하여 보여준 민족서사시로 씌여졌다.〈두만강〉제1부는 당대의 우리 인민들의 각계 각층을 포괄함으로써 그들의 각이한 풍습과 제도들을 오늘의 독자들에게 선명한 화폭으로 보여주는 그런 산 력사교재로서의 인식적 의의를 가질 뿐만 아니라 당대의 새것과 낡은 것과의 사이의 치렬한 계급투쟁의 서사시에 대한 묘사를 통하여 오늘의 독자를 계급의식으로, 민족해방의 사상성 조국통일의 리념으로 고양함에 있어서 중요한 무기로 되였다. 즉,〈두만강〉제 1, 2부는 19세기 말엽으로부터 20세기 20년 말, 즉 3·1운동 직전까지 이르는 기간 조선이 일제의 식민지로 전변되던 전야와 그 이후의 모든 민족적 비극들과 일본의 침략을 반대하여 일어선 조선 인민의 민족해방투쟁의 첫단계를 그 복잡한 면모로 생동하게 비쳐준 거울이 되였으며, 심오하고 선명하게 개성화된 예술적 형상 그리고 이야기와 세부들의 예술적 감흥으로 말미암아 전후문학뿐만 아니라 현

13) 사회과학문학연구소 편, 전게서. p.334.

대 조선문학에 있어서 최대의 예술적 수확의 하나로 되였다.[14]

한편『조선문학개관』에서는『두만강』을 다음과 같이 평하고 있다.

　장편소설《두만강》(제1부)은 전형적이며 특징적인 사건들과 생활세부들, 다양한 인물들의 생동한 개성적형상을 통하여 당대사회의 본질을 정치, 경제, 문화 등 사회생활의 여러 측면에서 폭넓고 깊이있게 밝혀내고 있다. 소설은 비교적 긴 력사적시기를 배경으로 하고 여러가지 생활 사실들과 사건들, 수많은 인물형상들을 취급묘사하면서도 그것들이 모두 작품의 기본주제사상의 해명에 효과적으로 이바지할 수 있게 한 째인 구성을 가지고 있다. 작품은 또한 언어의 묘사표현적기능을 옳게 살림으로써 섬세하고 매혹적이며 풍부한 화폭을 창조하고 성격의 개성화를 높은 수준에서 실시하였다. 특히 인물묘사, 자연묘사에서는 우리 말의 우수성과 풍부한 묘사적기능을 훌륭히 살리고 있다.[15]

한편 남한 학계와 문학계에서도『두만강』에 대한 연구가 상당히 진척되었다. 구인환, 김윤식, 조남현, 정호웅, 김재용, 이상경 등의 연구가 바로 그것이다. 정호웅은 이기영의 해방 전 작품인『고향』과『신개지』를, 특히『두만강』의 원형으로 판단하고『두만강』에서 혁명적 낭만주의를 읽을 수 있다고 했다. 그리고 그는 이기영이『두만강』에서 객관적 현실을 구체적으로 형상화했음을 지적하면서『두만강』의 결점으로 인물 형상화의 도식성, 역사적 사실의 심각한 왜곡, 3부로 들어가면서 딱딱한 설교조, 감상적 고백조가 대폭 증가하는 것을 들었다.

이상경은『이기영 시대와 문학』(풀빛, 1994)에서「민족해방운동의 서

---

14) 사회과학문학연구소 편, 전게서, p.334.
15) 박종원 · 류만, 전게서, p.218.

사시 : 『두만강』이라는 제목 아래 심층적으로 기술하고 있다. 이상경은 "『두만강』은 그것이 대상하는 시대의 폭 넓음과 소설 전체를 일관하는 식민지적 자본주의 비판과 극복의 시각의 확고함에서 그 이전까지의 이기영 소설의 총화이자 그것들을 능가하고 있다"[16]고 말하면서 다음과 같이 결론을 내리고 있다.

　　따라서 『두만강』은 근대 초기부터 1930년대의 우리 근대사에서 각계각층의 인물들의 운명을 탐구하면서 역사적 격변기의 민족의 삶의 본질적인 문제를 포착하고 그 해답을 찾아나가면서 그 시대를 전면적으로 반영한 거대한 거울로써 우리 앞에 놓여 있다.[17]

　한편 조남현은 그의 논문 「이기영의 두만강 연구」에서 『두만강』을 다음과 같이 비판하고 있다.

　　『고향』을 통해 이기영 자신이 어느 정도 인정하였고 『신개지』나 『봄』에서는 오히려 큰 비중이나 의미를 부여한 것처럼 보이는 에로스의 형태로서 남녀관계는 『두만강』에서는 거의 찾아보기 어려운 것이 사실이다. 남녀 사이의 사랑이나 성을 에로스의 지평에서 파악하고 묘사하는 방법을 의도적으로 외면했다는 것은 결국 『두만강』의 인간관이 한 개인에 있어 '가슴'은 무시한 채 '머리'와 '손'만 중시한 쪽으로 치달렸음을 잘 입증하는 것이 된다. 혹은 '가슴'을 '머리'와 '손'의 보조장치 정도로만 파악한 것일 수도 있다.[18]

　조남현의 지적처럼 『두만강』이 왜 '머리'와 '손'만 중시한 작품으로

---

16) 이상경, 전게서, p.397.
17) 이상경, 전게서, p.397.
18) 조남현, 「이기영의 두만강 연구」, 이남호 편, 『한국대하소설연구』(집문당, 1997), p.176.

씌어졌을까? 조남현이 지적한 에로스 형태로서의 남녀 관계가 이기영의 초기작인 『신개지』나 『봄』에서보다 찾아보기 어려운 것은 무슨 이유 때문일까?

이기영이 『신개지』나 『봄』을 쓰던 시대는 일제 강점기였다. 모든 문학작품은 검열의 대상이었다. 농민봉기, 의병운동, 애국계몽운동, 독립군운동, 3·1운동, 노동운동, 농민운동 등 광범위한 항일 투쟁을 총체적으로 그릴 수 있었던 것은 일제 강점기가 아니었기에 가능했던 것이다. 그리고 그 당시 소설에서 에로스 형태로서의 남녀 관계를 표현하는 데 커다란 제약은 없었던 것으로 보인다. 그러나 이기영이 『두만강』을 쓰기 시작한 1954년부터 1961년까지의 시기는 북한이 김일성 지배 체제 아래로 북한 당대 현실 문제를 다루면서 부딪치게 되는 제약에서는 벗어났으나, 김일성 유일주체사상에 의한 문예정책이라는 그물망에서 그는 자유로울 수가 없었다. 그 자유로울 수 없음이 드러난 대목이 비단 에로스 형태로의 남녀 관계뿐만 아니라, 작중 인물의 형상에서도 그대로 드러난다고 할 수 있다.

『두만강』은 『땅』에서와 마찬가지로 프로타고니스트와 안타고니스트의 대립으로 서사구조가 짜여져 있다. 『두만강』에서 프로타고니스트는 빈농인 박곰손과 애국적 인텔리인 이진경으로 그려져 있고, 안타고니스트는 봉건 말기 지배계급의 전형적 인물로 그려진 한길주이다.

그런데 이기영은 그가 「서화(鼠火)」와 『고향』에서 농민이 갖고 있는 이중성을 사실적으로 형상화함으로써 유연하게 인물을 묘사했는데, 『두만강』에서는 농민의 혁명적 측면만을 부각시켜 작품을 생경하게 만들고 있다.

"여러분!
우리 농민들은 지금 한창 바쁠 때에 제 집 농사를 젖혀놓고 이렇게 날마다 끌려나와서 부역을 하는데 게다가 매까지 맞아야 한단 말이오. 이건 너무도 통분한 일이오! 저 애가 무슨 죄가 있기에 다리에서 피가 나도록 매를 얻어맞는단 말이오? 이것은 우리가 너무 양순하니까 저자들이 만만히 보고서 우리들을 억누르자는 것이오! 하니까 우리도 인제부터 부역을 하지 맙시다. (그는 두 주먹을 쥐고 고함을 친다.) 어떤 놈이거나 때리거든 마주 때려라! 뒷일은 내가 담당할 테다. 한맘 한뜻으로 우리도 싸워야만 압제를 면할 수 있다!"[19]

프로타고니스트 박곰손이 경부선 철도 공사장에서 따귀를 붙이며 달려드는 '십장놈'을 발길로 그의 동가슴 차고 나서, 일꾼들을 향해 외친 말이다. 『두만강』에서 농민으로서의 박곰손은 미진하게 묘사되어 있고, 혁명가로서의 박곰손이 너무나 강렬하게 묘사되어 있다. 오로지 그는 혁명을 위해 태어난 사람처럼 그려져 있다.

이렇게 이기영이 『두만강』에서 농민들을 투쟁 일변도로 그려 나간 것은 항일투쟁의 지도자 김일성의 역사적 정당성의 구현이라는 그물망에 갇혀 버렸기 때문이 아닌가 한다.

김일성을 가리킨 것으로 보이는 '청년 김장군', '청년 혁명가 김 동지'의 '영도 밑에 창건된 항일 유격대'에게 절대적인 희망을 걸고 맹목적인 충성을 다짐하면서 박씨동과 그 일파가 유격대가 있는 어랑촌을 향해 떠나는 것으로 대단원의 막을 내린 대하소설 『두만강』의 구성방법은 이기영의 한계 더 나아가서는 북한 소설의 근본적 한계를 극명하게 일러주는 것이라고 할 수 있다.[20]

조남현의 지적대로 이기영은 『두만강』 3부에서 계급투쟁사관을 강

19) 이기영, 『두만강』 1권(풀빛, 1989), p.158.
20) 조남현, 전게서, p.184.

변하는 데 급급하여『두만강』을 생경한 작품으로 만들고 등장인물들을 꼭두각시로 만들고 있는 것이다.

『두만강』에서 드러난 이러한 문제점은 해방 이후에 창작된 북한 소설에서도 빠짐없이 드러난다.

예를 들어 보면 북한문학사에서 중요하게 논의가 되는 작품인『개마고원』과『서산대사』도 예외 없이 그러한 문제점을 드러낸다.

황건의 첫 장편소설『개마고원』은 북한문학사에서 '전후복구건설과 사회주의 기초건설을 위한 투쟁시기 문학'의 대표적인 작품의 하나로 언급하고 있다.

소설은 조국의 해방, 토지개혁의 실시로부터 전후시기에 이르기까지의 비교적 긴 력사적시기를 배경으로 하여 해방 후 우리 인민이 진행한 준엄한 계급투쟁을 주인공 면당위원장 김경석을 비롯한 다양한 인물들의 형상을 통하여 폭넓게 그리었다. 소설에는 북방의 산간지대농민들의 생활풍습이 선명하게 그려져 있으며 이 지대의 특유한 자연풍경과 기후풍토가 생동한 화폭으로 펼쳐져 있다.[21]

이 시기에 씌여진 다른 북한 소설들과는 달리 리얼리즘에 보다 가까운 소설이라고 볼 수 있는『개마고원』도 '당원들과 근로자들에 대한 혁명교양, 계급교양을 강화하여야 할 요구를 반영하여 계급교양주제'[22]를 반영하다 보니, 작품 형상화에 적지 않은 문제점을 노출하고 있다.

최명익의 장편역사소설『서산대사』는 임진왜란 때 일본에 대적하여 나라를 지키는 조선 민중의 애국적 투쟁을 그린 작품이다. 평양성 전투를 중심으로 전개되는 이 소설은 서산대사를 중심으로 하는 승병과

---

21) 박종원 · 류만, 전게서, p.203.
22) 박종원 · 류만, 전게서, p.203.

의병들이 일본 침략자들에 대항하여 싸우는 모습을 사실적으로 그리고 있다. 이 소설은 소설 주제의 핵심인 민중과 외세만 강조되어 그 당시의 조선 민중들과 봉건 지배층의 관계가 그려지지 않아, 비판의 여지가 있다. 『서산대사』도 예외 없이 북한 노동당의 문예정책이라는 그물망 속에 들어간 작품들이다. 최명익은 해방 전 심리주의적 수법으로 「장삼이사」, 「심문」 같은 작품을 발표한 모더니즘 계열 작가였다.

사회주의적 사실주의라는 옷은 최명익 같은 작가에게는 맞지 않았을런지도 모른다. 『서산대사』가 출간되었던 1956년은 북한문학에서 사회주의적 사실주의의 원칙이 확립되지는 않았지만 당성, 계급성, 인민성의 원칙은 정립되었던 시기다. 모더니즘 작가 최명익이 당성, 계급성, 인민성이라는 삼중 그물망에 걸린 채, 그린 작품이 『서산대사』이다. 『서산대사』는 충분한 인물 형상화가 이루어지고 있음에도 불구하고 작가가 직접 나서서 자기 목소리를 도처에서 드러내고 있는 것은 이 삼중 그물망과 무관하지 않다고 본다.

북한 노동당의 문예정책이라는 그물망에 벗어날 수 없었던 북한 소설은 한결같이 억압자와 착취자의 대립구조로만 작품이 형상화되고 있다. 양반 관료와 지주는 악랄한 인물로 농민이나 화전민들은 선량하고 혁명적인 성정을 지닌 인물로 그려지고 있다. 이러한 억압이 『땅』과 『두만강』을 생경한 작품으로 만들고 있다. 특히 『두만강』은 계급투쟁 사관이 투철하게 작품에 반영되어 있다. 이기영이 『두만강』을 쓰면서 계속 억압으로 작용한 것이 김일성의 지도성 강화가 아니었을까. 당의 우위성으로부터 김일성 수령의 역사적 필연성으로 넘어가는 지점에서서 김일성 유일주체사상에 의한 문예정책의 그물망 속에 허우적대던 이기영의 고민하던 흔적이 박곰손이라는 빈농을 혁명적 측면에서만 부각시키려 했던 것이 아닐까.

박태원의 『갑오농민전쟁』의 구성 양식

서하진

1. 서론

　구보 박태원(1909~1986)은 우리 근대문학사에서 다양한 형식 실험을 시도한 대표적인 모더니즘 작가로 꼽히고 있다. 1930년대에 작품 활동을 시작한 이래 그는 사소설적인 초기 소설에서부터 세태소설 논쟁을 불러일으킨 『천변풍경』, 해방 공간의 번안소설, 그리고 월북 이후의 『갑오농민전쟁』에 이르기까지 쉬지 않고 소설 창작 기법을 바꾸어 나갔다. 때문에 박태원의 경우 초기의 모더니즘 작품 계열과 월북 이후의 리얼리즘 소설로 분리해서 그 작품 세계를 평가하는 것이 일반적이었다. 이러한 접근 방식으로는 박태원 개인의 문학 세계 나아가 우리 문학사 전반을 단절된 것으로 인식할 수밖에 없게 된다.

　본고의 목적은 북한의 문예 창작 강령에 충실한 사회주의 역사소설이라는 평가를 받는 박태원의 『갑오농민전쟁』의 구성 분석이다. 『갑오농민전쟁』은 그 내적 형식, 즉 인물의 성격과 주제면에서는 북한의 문예이론인 사회주의 리얼리즘에 충실한 소설이지만 주제를 형상화하는 기법에서는 모더니스트로서의 초기 박태원의 모습을 엿볼 수 있는 요소들이 발견되는 특이한 소설이다. 기법, 특히 구성의 분석을 통해 전형적 인물의 강력한 개성에도 불구하고 살아 있는 작가 박태원의 창작적 개성을 찾아내고 리얼리즘과 모더니즘의 혼재와 그 상호 보족적인 현상을 살펴봄으로써 박태원의 문학 세계에 대한 총체적 접근에 한 발짝 다가갈 수 있으리라 믿는다. 이는 또한 남북한 문학의 공동 이해에 징검다리가 될 수도 있을 것이다.

2. 장의 분절과 공간의 이동

1) 공간 분화의 양상

박태원은 『갑오농민전쟁』에서도 『소설가 구보씨의 일일』을 비롯한 초기 소설 이후 지속적으로 보여주었던 장의 분절 기법을 계속 사용하고 있다. 장의 분절과 공간 이동의 기법은 이 소설이 갖는 대표적인 모더니즘적 요소라 할 수 있다. 장을 분절함으로써 시간의 연속성을 파기하고 공간의 역할을 돋보이게 하는 것은 박태원이 즐겨 사용하는 방법이며 이때의 장의 분절은 줄거리의 진행에 따라 나누는 일반적인 분절과는 그 차원을 달리한다.

『갑오농민전쟁』은 1, 2, 3부로 나뉘어져 각각 8, 11, 22개의 총 41개의 장으로 이루어져 있으며 각 장은 또다시 소제목을 단 작은 단락들로 구성되어 전체 116개에 이르는 개별적인 이야기들로 짜여 있다. 제1장 상민이네 집—고부, 제2장 서울, 제3장 다시 고부로, 소설의 공간적 배경은 매우 유동적이다. 장의 분절과 공간 이동이 서로 맞물리면서 상승적 효과를 가져오는 것이다.

소설 속에서 서울과 고부로 나뉘어진 공간이 엇갈려 서술되고 있음은 제1권의 공간 분포를 살펴보면 보다 분명히 확인된다.

제 1 장	상민이네 집	고부
제 2 장	구레나룻이 보기좋은 사나이……	서울
제 3 장	상민이 병아리를 사오다	고부
제 4 장	새로 부임한 고부 군수……	고부
	마다리법의 효능	서울

〈표1〉

2, 3권에 이르러 사건이 진행되면서 서울, 고부가 겹쳐져 등장하기도 하지만 제1권의 구성은 이처럼 명확한 공간 분할로 이루어져 있다. 특이한 점은 고부, 또는 서울이 배경이 될 때 그 반대편의 상황은 그 장 안에서 전혀 서술되지 않는다는 것이다. 고부에서는 고부의 일만이, 서울은 서울의 풍경만이 각각이 속한 장 안에서 완결되어 있다. 이는 엄격하게 시점화된 공간 표현[1]이라 할 수 있다. 그 장 안에서의 상황이 초점화된 인물이 파악 가능한 범위 안에서만 서술되고 있다는 의미이다. 물론『갑오농민전쟁』전체가 이처럼 통제된 초점 인물의 시선으로 서술되고 있는 것은 아니다. 4, 5권에 이르면 이러한 긴장이 완화되어 서술자를 제치고 전면에 나서는 작가의 육성이 여과 없이 그대로 노출되고 있다.

이렇게 나뉜 공간에 등장하는 인물들의 성격도 그 소속된 공간에 따라 달라진다. 즉 고부의 인물들이 농민봉기를 주도하고 전쟁에 직접

---

1) '엄격하게 시점화된 공간 표현'이란 서술자가 그 장면을 하나의 무대 장면으로 상정하고 묘사한 것에서 흔히 발견된다. 이는 대개 '카메라의 눈(camer-eye)' 기법이라고 명명되는 것으로서 박태원의『천변풍경』의 장면 묘사가 그 좋은 예라 할 수 있다. 이에 대한 자세한 설명은 F. K. Stanzel, 김정신 역,『소설의 이론』,(탑출판사, 1990), p.176~186 참조.

참여하는 투쟁가들이라면, 서울의 인물들은 농민봉기에 직접 참여하지 않고 전쟁을 후원하는 긍정적 인물과 봉기의 원인을 제공하는 부정적 인물들, 매관매직을 일삼는 관료, 왕, 왕비 등으로 뚜렷이 양분되어 있다. 이를 구체적으로 살펴보면 다음 표2와 같다.

다음 표에서 보는 바와 같이 등장인물의 숫자에 있어 고부는 단연 서울을 압도한다. 소설 속에서 서울과 고부 사이를 왕래하는 인물은 *표한 오수동, 칠성이, 전봉준이다. *표한 인물들의 전언, 관찰에 의해 서울과 고부가 연결되고 있는 것이다. #표의 인물들은 서울에서 파견된 관리로서 고부로 이동하기는 하나 다시 서울로 옮아가지 않는다는 점에서 구분된다.

다음 표는『갑오농민전쟁』의 모든 갈등이 서울의 인물들에 의해 야기됨을 보여준다. 외세와 결탁하여 국정을 어지럽히고 그 폐해를 고부에 미치게 한 왕과 왕비를 위시한 그 일족은 물론이거니와 허약한 재정에 원조한 것을 미끼로 정치적, 경제적 영향력을 넓히면서 내정간섭을 일삼는 외국인들, 이들에 빌붙어 개인의 영달을 꾀하는 대신들, 무감들, 그 아래의 포졸들에 이르기까지 서울에는 부정적 인물들이 집결되어 있다. 서울에서 파견된 관리들 또한 서울 인물들의 특성을 그대로 갖고 있다. 농민군을 위무하기 위해 파견된 관찰사는 오히려 농민군의 재산을 찬탈하고 지방 토호인 이진사가 작인들을 수탈하는 것 역시 서울에서 칠만 냥에 고부 군수가 되어 내려온 조병갑의 방조 아래 가능한 것이다. 이방, 공방 등 관속들과 동소임 김첨지의 횡포는 수령의 보다 적극적인 수탈을 위한 동조일 뿐이다. 요컨대 서울은 '갑오농민전쟁'의 원인 제공지인 셈이다.

점선으로 표시한 것은 신분의 구분이다. 서울의 인물들이 신분에 관계없이 악인 쪽에 몰려 있는 데 반해 고부의 인물들은 선량한 농민, 주인에게 핍박받는 종들이 대부분이다. 이진사를 제외하면 양반 출신이

라 하더라도 전봉준, 전창혁처럼 농민의 편이며 중간계층들은 신분의

	악인	선인
서울	왕비, 세자, 대원군, 민겸호, 민영준, 민영환, 심순택, 정범조, 박제순(대신들)	이선비, 김옥균
	안짱코, 게뚜더기(포졸들), 별감, 무감들, 진령군	*오수동, 정한순, 갑성이, 목첨지, 천별감
	외국인들(청국비단장수, 왜순검, 일본공사, 대판상인, 영국공사, 벙커, 미스 비숍, 언더우드 등)	
고부	*조병갑, *홍계훈(초토사),김학진(관찰사), 이진사, 이진사 처, 상문, 상빈, 지생원(독선생), 김생원(殘班), 지생원 처	*전봉준, 전창혁(父)
	김첨지(마름), 은이방, *조참봉(책방)	강주부(약국), 이상무, 상무 처, 모, 윤포수
	짝쇠	오상민, *칠성이, 춘보, 덕삼, 덕보, 춘보, 천득, 임서방, 윤서방, 일득, 억쇠, 신서방, 복룡,임치수(농민) 미륵, 종록, 덕만, 창성, 덕석, 몽득, 병득, 갑돌, 일출, 염동, 돌석,말불, 춘만, 병만, 추서방, 종록(종) 상민 모, 조모, 영아, 영아 조모, 금녀, 연순어미, 길순, 씨동어미, 순돌어미, 서분이, 부엌녀 (농민, 노복의 처, 종) 방망이 장수, 양서방(장돌뱅이), 최서방(마부), 몽천사 주지 씨동이, 만돌, 언년, 노마, 길남, 영식, 명록, 연순, 순돌(아이들)
	김경천	김개남, 최시형, 손화중, 김기범, 서병학, 김명덕, 신상균, 최경선, 임천서, 최대봉, 김도삼, 송영창, 오지영, 변총각(동학 접주들과 교도들)

〈표2〉

고하를 막론하고 의술을 펴는 강주부의 경우처럼 대체로 긍정적인 인물이다. 서울과 고부로 양분되어 있는 『갑오농민전쟁』의 공간 가운데서 박태원이 무게 중심을 둔 곳이 농민전쟁이 벌어지는 고부임은 재론의 여지가 없는 사실이다. 그러나 서울 역시 중요한 의미를 지닌 공간이다. 서울에서는 지배계층의 부패상과 조정의 움직임이 선명히 제시되고 있다. 이처럼 『갑오농민전쟁』의 두 공간은 소설 안에서의 역할 분담이 명확하다. 이제 공간에 따른 서술 기법의 변화를 살펴보기로 하자.

2) 공간 분화와 서술 기법

『갑오농민전쟁』을 구성하는 두 주요 공간인 서울과 고부를 형상화할 때 이를 서술하는 서술자의 어조 또한 변화한다. 우선 서울을 무대로 한 장의 서술은 관찰자적인 시선에 멈추어져 있다.

안장코는 갑자기 걷기 시작했다. 그 사나이가 발길을 옮겨 수각다리쪽을 바라고 걸어갔기 때문이다. 역시 서너 간통 사이를 두고 뒤를 따르며 안장코는 다시 한 번 삵의 웃음을 웃는데 그 사나이는 길가에 띄엄띄엄 벌려있는 일본인 노점들을 유심히 살피며 걸어간다.

빼애애애애—북두껍 만한 대가지 토막 끝에 주둥이를 물리고 거기다 파랗게 빨갛게 물감을 들인 닭이 속털 너덧게를 껴붙여서 실로 동여 매놓은 조그만 고무풍선이 불어넣은 입김으로 공처럼 동그랗게 부풀어 올랐다가 문득 댓가지 구멍으로 바람이 쑤우욱 빠져나가면 댓가지 토막 끝에 붙어있는 혀를 울려서 낸 소리였다. 빽빽이란 놈이다. 장난감 파는 가게였다. 〔… 중략 …〕 장난감 육혈포, 물딱총, 오뚝이, 일본 탈바가지, 나무로 깎아 만든 각시들, 씽씽이, 화경알, 지남철, 요지경…… 이런 것들이 어수선하게 늘어

놓인 매대 한복판에 짚으로 두툼하게 둘러싼 나무토막이 하나 장대처럼 서 있는데 거기에는 대가리 만한 각시들과 함께 울긋불긋한 팔랑개비들이 두루 꽂혀있어 바람이 부는 대로 뱅글뱅글 돌아가고 장대끝에는 한 번 놓치면 그대로 하늘 높이 둥둥 떠올라가는 고무풍선들이 달려있다 〔… 중략 …〕 매대 앞에 애녀석들 너덧명이 둘러 서있다. 그러나 사지는 않고 열나절이라도 그날 서서 구경만 할 아이들이다.

옥양목, 생목, 광목, 아마포, 모스링, 후란네르, 나사천 따위, 서양 면직, 모직, 교직, 구색 맞추어 울긋불긋 색깔도 가지가지…… 일본인 드팀전이다. 드팀전 주인은 곰상하게 생기고 양볼에 면도질한 구렛나룻 자리가 시퍼런 노상 젊은 치다. 그도 머리에 전병 모자를 쓰고 있었는데 총채로 먼지를 털다가 사람의 발소리에 고개를 들었다. 그러나 구레나룻이 보기좋은 사나이는 거들떠보지도 않고 그 앞을 지나가 버렸다. 감기약, 회충약, 안약, 위산, 금계랍, 옥도정기…… 병약, 봉지들을 벌려놓고 앉아 전을 보고 있는 것은 나이 한 사십 된 주근깨 투성이의 왜녀인데 갓난애를 등에 업은 채 저희 나라 풍습대로 두 무릎을 꿇고 앉아 부지런히 대바늘을 놀려 양말만 뜨고 있다.

(1-2-1-60)

1권 2장에서 서울 거리를 활보하고 있는 오수동과 이를 미행하는 안장코의 행적을 따라가면서 작가는 수각다리--천변--효경다리--살무리골--주자골--사직골--안동 육거리--송현에 이르기까지의 거리 풍경을 필요 이상으로 상세하게 묘사한다. 세밀한 묘사에 의해 오수동이 미행당하는 장면에서 느껴짐직한 긴박감은 사라지고 대신 서울에서의 당대 풍속이 재현된다. 일본인들이 득세하여 상권을 장악하고 일인들과 청국인들 사이에 알력이 있으며, 조악한 일본 상품을 비판하다 "왜순검이다아—" 하는 고함소리에 우르르 흩어지는 아이들의 정경까지

이 장은 당대의 서울 거리 풍속 묘사로 메워져 있다.

투쟁가인 오수동의 시선으로가 아니라 오수동과 동행하는 서술자에
의해 서울 거리가 묘사되고 있는 것이다. 고부로 내려가면 명사수로
활약하며 아들, 오상민에게 혁명적인 시국관을 설파하는 오수동의 이
러한 모습은 두 공간의 이질성에 대한 극단적인 예가 된다. 전봉준 또
한 고부에서와 달리 서울에서는 현 정세를 관찰하는 이충식 선비와 닮
은 인물이 된다. 고부에서 투쟁하는 오수동과 전봉준이 소설 속에서
'인물'로 형상화되어 있다면 서울의 오수동과 전봉준은 서술자에게 자
신의 '시선'만을 빌려 주고 있는 것이다. 그러므로 서울 공간에서의 오
수동과 전봉준은 관찰자의 시선으로 주변을 묘사할 뿐이다.

"아니 아니 송아지 말이여."

"음메―"

영감의 말에 대답이라도 하듯 어디 머지 않은 곳에서 송아지가 우는 소리
가 들려왔다. 송아지 한 마리가 이편을 향해 경중경중 뛰어오고 있었다. 구
경꾼들이 일제히 또 웃는다.

"내가 말하는 건 금송아지 말이야. 평안감영에서 덩타고 올라온 금송아
지."

(2-5-4-74)

"죄인들이 나온다―"

조무래기들이 소리쳤다. 장내는 술렁댔다. 모든 사람들이 주시하는 가운
데 마침내 얼굴을 베로 가리운 죄인들이 등에 오라를 지고 나장들에게 끌려
서 형장안으로 들어왔다. 압령해온 나장들이 죄인의 얼굴에서 베헝겊을 벗
겨 거적위에 꿇어 앉혔다.

죄인들의 나이는 다 사십전후인데 하나같이 몸집은 깍짓동같고 군턱진

얼굴에는 개기름이 지르르 흐르고 있었다.

"아니, 저게 죄인들이야? 저의 집 사랑방 아랫목에서 낮잠자다 나온 놈 같애"

〔… 중략 …〕

"엄살두 되우 하네. 언제 맞기나 했나?"

동편에서도 한녀석이 소리를 지른다.

"이 자식아 넌 인제 봤니? 두 대째 부터는 걸상다리만 치고 있는데……"

(-80)

서울의 정세를 살피러 올라온 전봉준이 마침 종로에서 탐관오리들을 벌하는 것을 보고 있는 장면이다. 구경꾼들이 민비의 인척인 당대의 세도가 민영준을 어떻게 생각하고 있는지, 이날 벌을 받는 탐관오리들이 실은 '크게 해 자신 것도 없는 조무래기'들이며 그나마 눈가리고 아웅하는 민심 수습용이라는 사실 등이 전봉준에 의해서가 아니라 그가 관찰하고 있는 종로의 풍경, 깍정이들과 구경꾼들의 대화에 의해 적나라하게 드러난다. 제4장, '종로에서 죄인을 다스리다'는 전체 장이 모두 이러한 관찰로 메워져 있다. 서술자의 묘사가 전봉준이라는 인물의 주관적 시점에 제한되지 않고 '초개인적'[2]이다. 서술자는 전봉준과 동행하기는 하지만 그와 섞이지 않는다. 전체의 상황을 통찰하는 서술자의 시선에 밀려 전봉준은 여느 구경꾼들처럼 '누군가'가 되어 버리는 것이다.

이밖에도 서울 거리에서는 왜포수건, 왜경대, 손거울, 머리빗, 왜장도, 왜식칼, 지우산, 물분, 가루분, 머릿기름, 세창바늘, 궐련초, 당성냥, 돈지갑, 사기등잔, 남포등…… 을 파는 황아전, 마마콩, 모찌떡을

---

2) 보리스 우르펜스키, 김경수 역, 「소설구성의 시학」(서울 ; 현대소설사, 1992), p.104.
우르펜스키는 작가가 인물과 동행하기는 하지만 그와 섞이지 않는 경우 초개인적 시점이 나타난다고 보고 이러한 경우, 작가와 인물의 위치는 관념적, 어법론적 등등의 수준에서 갈라진다고 하였다.

파는 일본 떡가게, 거북점 치는 집, '드림명색'이 걸려 있는 복덕방(1권 2장), 방망이 감을 늘어놓고 아리랑 타령을 부르는 방망이 장수(2권 3장), 황소 등에 나뭇바리를 한짐 실은 나무 장수(2권 4장) 등의 당대 장사치들이 묘사되고 있으며 이 장사치들을 둘러싼 당시 일반 민중들의 삶이 재현되어 있다.

풍속 묘사가 살아나 있으므로 서울 거리에서의 등장인물의 성격은 상대적으로 약화된다. 특징적인 인물이 등장하더라도 이는 당대 풍속을 보다 실제감 있게 재현해내기 위한 방편일 뿐 『갑오농민전쟁』의 주제를 형상화하는 데 직접적인 기여를 하는 것은 아니다. 그 한 예를 보자.

서울 장안에 장국밥집이 처음으로 생기기는 1880년대의 일이다. 윗다방골 모교다리께 사는 목첨지란 사람이 처음으로 이 장사를 시작하였다〔…중략…〕주인 목첨지는 오십 넘은 영감으로 눈이 올롱하고 콧대가 우뚝 선게 보기에 벌써 고집있게 생겼는데 귀가 절벽이라 그와 이야기하려면 싸움이라도 하듯 꽥꽥 소리를 질러야 했고 그도 부족해서 손으로 갖은 시늉을 다 해보여야 했다. 그래도 잘 통하지 않아 동문서답일 때가 많아서 사람들은 그를 흔히 먹첨지로 불렀는데 귀머거리 눈치 빠르다고 때로는 입만 보고도 알아차리는 폼이 귀밝은 사람보다 나을 때도 없지 않았다.

이 집 두리반에는 김치 사발만 하나 있을 뿐으로 여느 장국밥집처럼 간장 보시기는 놓여있지 않았다. 손님 중에 간혹 간장을 달라는 사람이 있으면 영감은 그만 화를 버럭 내며,

「간장? 간장 찾는 것 보니 우리집에 올 손이 아니군.」

하고 흥 콧방귀를 뀌고는 다시 상대도 하려 않는다.

(1-2-4-106)

인용문은 모교라는 곳에 있는 목첨지의 장국밥집과 주인 목첨지에 대한 설명이다. 목첨지의 장국밥집은 일심계원들의 연락 장소인 때문에 이 공간이 등장하는 것은 필연적이지만 주인 목첨지의 괴팍한 성격의 묘사는 단순히 흥미를 돋구는 이상의 어떤 의미를 지니지 않는다. 고부에서의 인물이 그 성격에 따라 행동 양상이 결정되는 것과는 극히 대조적이다.

서울 거리를 형상화할 때와는 달리 고부에서는 인물의 행동은 물론 그에 대한 해석이 인물의 의식과 서술자의 해설에 의해 활동적으로 그려진다. 이는 서울에서의 인물과 고부의 인물이 그 성격과 역할이 다르기 때문에 생겨난 결과이다. 장소 이동에 따라 인물의 성격을 그리는 방식을 달리함으로써 구성의 효과를 높이고 있다. 즉 서울 사정을 지켜 보고 전달하는 역할을 하는 인물들은 고부의 인물과는 달리 행동하지 않는다. 전술한 예외적 인물 이충식이 그러하거니와 서울에 머무르는 활빈당 행수 정한순도 인물의 속성상 투쟁적 면모를 보여야 마땅한데도 독설가의 수준에 머물러 있다. 민비를 비롯한 외척들의 모습은 풍자적으로 그려져 있지만 서술자는 다만 묘사할 뿐 그에 대한 판단을 보여주지는 않는다.

반면 고부에서는 서술자는 등장인물 가운데 한 명, 혹은 일군의 인물들과 공간적으로 밀착한다. 전봉준, 혹은 오상민이라는 개인 인물의 주관적 시점에서 사건과 상황이 서술되는 것이다. 서울 거리에서 산책자이던 전봉준과 민란을 주도하면서 농민 개개인의 현 상황을 일일이 파악하는 고부의 전봉준과의 대비가 그 예이다.

3) 장의 분절과 서술 기법

인물의 대비를 한층 선명히 하기 위해 박태원은 한 절이 바뀔 때면

서로 다른 그룹에 속한 인물들을 이야기의 중심에 내세워 교차시키는 방법을 사용하고 있다. 그 대표적인 장을 예로 들어보자.

제2장	중심인물	정/부
1. 구레나룻이 보기 좋은 사나이 서울에 들어서다	오수동	정
2. 유명무실한 오가작통법	상황서술	부
3. 밤새워 산드리아 휘황한 전각에서	민비	부
4. 모교 장국밥집	정생원	정
5. 게뚜더기와 안장코	게뚜더기	부
6. 고부 군수 칠만 냥에 팔리다	민판서	부

제5장		
1. 동학도들 보은에 모이다	상황서술	정
2. 왕은 외국 군대를 부르겠단다	고종	부
3. 척화비	전봉준	정
4. 종로에서 죄인을 다스리다	상황서술	부
5. 전봉준 방망이를 쓰다	전봉준	정

위의 절들을 살펴보면 현실의 합법칙적인 발전을 지향하고 있는 긍정적인 묘사 대상들과 발전에 반동적인 부정적 묘사 대상들이 서로 엇갈려 대립되고 있음을 알 수 있다. 이 반영의 형식을 결정하는 서술자의 어조는 묘사 대상에 따라 판이해진다.

① 남대문 안 거리는 옥작복작했다. 문 밖으로 나가는 사람, 문 안으로 들어오는 사람, 짐꾼 마바리, 소바리, 소 달구지…… 한창 붐비는 틈을 비집고 한 나그네가 문 안으로 들어섰다. 맨 상투 바람에 수건 동이고 굵은 무명 솜

바지저고리에 짚신 감발 든든히 하고 등에는 괴나리 봇짐을 졌다. 나이는 거의 오십이나 되었을 듯 어글어글한 눈, 바로 선 콧대, 두툼한 입술, 사나이 답게 잘 생긴 얼굴에 특히 구레나룻이 보기 좋았다.

② 그 모양을 서너 간통 뒤에서 유심히 지켜보는 한 사나이가 있었다. 나이 한 사십이나 되었을까, 그만하면 키는 큰 편이다. 가슴도 떡 벌어지고 보기에 뚝심깨나 쓸 것 같다. 상하가 없이 사치가 성행하던 시절이라 옷차림도 번지르르 하다. 겉에 입은 두루마기도 명주, 두루마기 밑에 처지게 입은 바지도 명주, 명주로 휘감았다. 그러나 인물은 보잘 것이 없었다. 시커먼 얼굴에 코가 안장코…… 안장코도 좋지만 눈찌가 사나운 것이 큰 흠이다.

(1-2-1-57)[3]

①은 주인공 오상민의 아버지인 일심계 두령 '오수동'을 ②는 오수동을 쫓는 좌포청의 김포교를 묘사한 것이다. 오수동이 '절대 선'의 대표자라면 김포교는 그 반대편에 선 인물이다. 특이한 것은 선한 인물들이 '사나이답게', '서글서글하게' '용모단정한' 등과 같이 일반적인 형용사로 묘사되고 있는 반면 악인들의 용모는 보다 더 구체적으로 그려지고 있다는 점이다. 외양 묘사뿐 아니라 인물을 지칭할 때도 악인에게는 '년', '놈'자를 붙이는 형태가 빈번이 나타나 선인과는 분명히 구분된다.[4] 녀석, 년, 놈, 계집 등의 상스러운 표현은 『천변풍경』 이후의 세태소설들에서도 간간이 발견되고 있으나 이때에는 단순한 풍자와 회화화의 도구였다면 『갑오농민전쟁』의 경우는 보다 더 격렬한 감정이 실린 것이어서 서술 대상에 대한 증오심을 부추기고 상황을 급박

---

3) 1권, 2장, 1절, 57쪽을 이르는 표기이며 숫자가 세 개인 것은 장이 없는 경우이다. 이후로 예문의 숫자 표기는 이에 준한다.
4) 중전마마인지 뭔지(민비), 언변이 무섭게 좋은 계집(진령군), 주인 마누라(이진사 처), 도끼눈을 한 놈(짝쇠), 서방님이라는 위인(이진사), 왜놈, 오랑캐놈, 노랑대가리 여의사, 뺑커의 계집, 사모 쓴 도적놈, 일본 장사꾼 여편네, 오오에 계집년, 역졸놈, 원뭄, 모오리라는 놈, 주인집 여편네…… 하는 식이다.

한 것으로 몰아가는 역할을 한다.

이처럼 대립 구도를 보이는 인물들은 소설의 진행에 따라 선인들이 다양한 변모를 거치면서 전면에 나서는 반면 악인들은 변화를 거부하면서 부정적 전형으로 굳어져 간다. 그러나 선한 인물들이 작가에 의해 판에 박힌 역할을 함으로써 소설의 분위기를 경직되게 하는 반면 악인들의 일견 우스꽝스럽기조차 한 행태는 소설을 풍성한 해학과 풍자로 넘치게 하는 역설적 긍정 요인이 된다. 인물 구도에서 보면『갑오농민전쟁』은 북한 문예이론의 인간관을 대체로 따르고 있지만 부정적 전형도 철저히 부정적이어서는 안 되며 종국적으로는 '긍정적 전형에 교화, 개조되는'[5] 인간으로 그려야 한다는 북한 문예이론의 교시가 그대로 지켜지지는 않은 셈이다.

이상에서 장의 분절과 공간 분화에 따른 서술 기법의 차별화를 살펴보았다. 이처럼 공간에 따라 같은 인물들의 행동 양상이 다른 서술 방식으로 그려지거나 장의 분절에 따라 성격이 대조적인 인물들이 교차 서술되는 서술 방식의 의의는 다음 몇 가지로 요약될 수 있다.

첫째, 서울을 정체된 공간으로, 고부를 생동하는 공간으로 만드는 것이다. 서울에서의 인물들이 개개인의 성격보다는 전체의 군중 속의 일인으로 그려지면서 당대 상황을 설명하는 보족적인 역할을 하는 반면 한 사람 한 사람의 일상이 구체적이고 상세하게 묘사되는 고부에서의 인물들은 공간을 압도하며 살아난다. 소설이 진행되면서 이 인물들의 움직임이 큰 줄기를 형성하는 것은 마치 서울이라는 공간이 고부에 밀려나는 것 같은 효과를 획득하게 되고 이는 곧 이 소설의 주제인 민중의 힘의 위대함, 정체된 지도 계급의 몰락과 연결되는 것이다. 즉,『갑오농민전쟁』은 농민의 패배로 끝나지만 역사가 진행되는 어느 시점에

---

5) 윤재근, 「주체사상의 인간관과 문학이론」, 『북한의 현대문학 II』(고려원, 1990), p.91.

서는 지배 계급이 몰락할 수밖에 없다는 필연성을 강하게 부각시키는 역할을 한다.

둘째, 엇갈린 공간의 삽입으로 단조로움을 피할 수 있다. 소설 속에서 이 두 공간이 완전히 분리되어 있다면 첫번째의 효과는 반감될 것이다. 그러나 '관찰—행동'이라는 유기적인 공간 관계는 인물들의 변화된 모습을 통해 역설적으로 드러난다. 서울에서 관찰된 사실들에 대한 판단과 이에 따른 행동은 고부에 이르러 나타나며 사건의 고비마다 삽입되는 서울—고부의 이러한 연결은 소설에 신선함을 부여한다. 농민전쟁이 숨가쁘게 전개되는 사이사이 삽입되어 있는 서울은 그 전쟁과는 아무런 관련이 없는 듯이 태평스러워 보이며 그 태평스러움으로 인해 강한 풍자적 의미를 띠게 된다.

서울 거리의 평화는 썩어 들어가는 폐부를 역설적으로 그려낸 것으로써 현실적으로 그 폐해는 전술한 바대로 고부에 직접 전파된다. 정한순의 편지를 받아 보고 전봉준은 행동을 결정하며 오수동이 전한 소식은 상민에 이르러 구체적 행동과 연결되는 것이다. 이밖에도 소설에는 이 두 공간을 연결하는 장치들이 다수 등장한다. 그것은 편지, 장계, 소문 등으로 나타나기도 하며 앞서 살핀 전봉준의 서울 나들이로 묘사되기도 한다. 이처럼 두 개의 공간에 개별적인 의미를 부여하고 이를 긴밀하게 연결시킴으로써 『갑오농민전쟁』은 목적문학이 빠지기 쉬운 단조로운 어조를 자연스럽게 벗어나고 있다.

셋째, 서울 풍경의 묘사는 당대 풍속의 재현이라는 점에서 역사소설의 기본 사항을 충족시킨 것이라 할 수 있다. 단지 고부의 실상만이 아니라 서울과 서울을 통해 알게 되는 외세의 움직임을 균등하게 그림으로써 당대 현실의 총체적인 조망이 가능해지는 것이다. 서울이라는 공간 묘사를 통해 드러난 역사적 위기는 중요 인물들의 개인적 운명의 직접적 구성 성분이 되며 "개별적인 것과 사회, 역사적인 것이 성격부

여에 있어서나 줄거리 진행에 있어서나 상호 불가분하게 연결"[6]된다.
상민을 비롯한 농민군의 봉기가 개인적인 복수의 차원을 넘어서서 역
사 진행의 필연적인 과정으로 변화되는 것이다. 이는 박태원의 월북
전 역사소설『群像』과 비교해 볼 때 커다란 변화라 할 수 있다.

마지막으로 지적될 수 있는 점은 서울 거리를 묘사할 때의 박태원의
관찰자적인 어조가「소설가 구보씨의 일일」에서 보여주었던 '산책자
구보'를 그릴 때의 박태원을 연상케 한다는 것이다. 서울 토박이로서
박태원은 누구보다 능숙하게 서울 거리를 형상화하고 있는데, 고부를
그릴 때와는 달리 거리 하나하나, 지명 하나하나까지 상세하게 묘사된
서울 거리의 장면은 박태원의 초기 소설 작법이었던 고현학의 방법론
을 떠올리게 하기도 한다. 따라서 서울이라는 공간의 변별적 형상화를
'구보 박태원'의 뚜렷한 잔존으로 보는 것이 가능해지는 것이다. 이 부
분이야말로『갑오농민전쟁』이라는 사회주의 역사소설 한가운데 숨어
있는 모더니스트 박태원의 진면모라 할 수 있을 것이다.

또한『갑오농민전쟁』에는 이 양분된 공간들이 같은 공간, 혹은 다른
공간들이 시차 없이 배열되면서 공간적인 행위들이 동시성을 획득하
고 있다. 즉 비교되는 여러 사건들을 시차를 무시하고 병치시킴으로써
시간적 지속성을 깨트리고 공간을 무위화하는 것이다. "시간적 연속성
의 원칙을 파괴하면서 사건을 다각도로 살피게 하는"[7] 공간화의 기법
은 빨래터, 이발소, 카페로 공간이 분할되고 공간에 따라 이야기 전개
방식이 달라지는『천변풍경』을 연상케 한다.

『천변풍경』에서의 빨래터는 주지하다시피 이야기가 풀려 나가는 공

6) G. 루카치. 이영욱 역,『역사소설론』, 서울 : 거름. 1993. p.263.
7) 공간적 형식의 수용은 마음의 눈에 착점을 둔 시각적 재생이라는 뜻보다는 언어에 내재하고 있는 시간
   적 원리를 부정하고 사물을 시간의 지속성에서가 아니라 한순간에 총체성을 드러내는 것으로 파악하
   려는 시도로 볼 수 있다. W. 흘츠. *Spatial Form in Modern Literature : A Reconsideration*(오세영,
   1988. p.77에서 재인용).

동체적 삶의 핵심 공간이다. 이때 작가가 사건의 발생과 그 원인을 알려 주는 수단으로 택한 것은 아낙네들의 대화이다. 산만한 일화의 나열로 그칠 위험이 있는 주변의 잡다한 소식들이 아낙네들의 대화를 통해 제시됨으로써 작가가 따로 상황 설명을 할 필요가 없어지며 아낙네들의 어조를 조절함으로써 자연스럽게 그 일화에 대한 작가의 판단을 삽입시키면서도 외면적으로는 객관성을 견지하는 것이 가능해지는 것이다. 반면 이발소가 주공간이 될 때는 사환인 재봉이가 초점 화자가 되면서 작가는 좀더 용이하게 재봉이의 의식 속으로 틈입할 수 있게 된다. 세 번째 의미 공간인 카페에는 직업 여성들의 애환이 그려지고 있으며 이들 직업 여성들의 인간애와 성실성을 묘사하면서 다른 공간에서와 달리 작가의 육성이 나타난다. 『천변풍경』에서 작가의 창작 의도가 실린 공간이 카페라면 그 공간으로 이동할 때마다 작가는 창작 의도를 드러내는 목소리를 표출시키고 있는 셈이다. 이러한 방식이 똑같이 적용된 것이 『갑오농민전쟁』이다.

이상에서 살펴본 바대로 공간화의 기법과 장의 분절은 『갑오농민전쟁』의 작품 세계를 단일한 논리로 흐르지 못하게 방해하는 요소들이다. 그러나 역설적으로 이 요소들에 의해 소설은 주체사상의 재현이라는 절대적인 작품 외적인 권위적 담론에서 벗어날 수 있는 것이다. 살아 있는 시장 거리, 그 거리를 활보하는 인물들을 통해 드러나는 세태 풍경의 묘사는 박태원의 장기이며 이 장기가 유감 없이 발휘된 장들이 고부의 민란이 그려진 장들 사이에 삽입되면서 오히려 작품은 생동감을 얻는다. 두 개의 이질적인 공간이 변증법적으로 통일되어 있지 않다는 비판[8]도 물론 있을 수 있지만 실제 작품 속에서 두 공간이 병치되고 인물이 중첩되면서 두 공간은 서로 보족적인 역할을 한다.

---

8) 류보선, 「모더니즘의 이념의 극복과 영웅성의 세계—박태원의 『갑오농민전쟁』론」(문학정신. 1993. 2).

3. 이질적 양식의 삽입

『갑오농민전쟁』에는 편지, 노래, 선언문, 창의문, 격문, 윤음 등 소설 내적 서술자의 서술과 구분되는 일상 서술의 양식화[9] 형태가 나타나는데 이들은 인물들의 행동을 결정하는 중요한 요소마다 등장하면서 소설을 이끌어 나가는 역할을 한다.

1) 운문의 삽입—시, 시조, 노래

『갑오농민전쟁』에는 시, 시조, 노래 등 다양한 형태의 운문이 삽입되어 사건의 진행을 돕는데 그 대표적인 것으로 나무하던 상민이 염동이의 '칼노래'를 듣는 장면을 들 수 있다.

ⓐ 용천검(전설에 나오는 보검 : 본문 주) 날랜 칼은
　　해와 달을 희롱하고
　　무수장삼 떨쳐입고
　　이 칼 저 칼 넌짓 들어
　　호호망망 너른 천지
　　한몸으로 비껴서서
　　용천검 드는 칼을 아니쓰고 어이하리……
ⓑ 칼을 곧추들어 바로 내리친다.
　　칼을 비껴들어 가로 후리친다.
　　가로 후려칠 듯 바로 내리친다.
　　바로 내리칠 듯 가로 후리친다.

---

9) 바흐친, 『장편소설과 민중언어』, p.67.

앞으로 나가고 뒤로 들어온다.

좌로 돌고 우로 돈다.

이리 뛰고 저리 닫는다.

(2-6-3-134)

　인용문의 ⓐ는 염동이가 부르는 '칼노래'이며 ⓑ는 '칼노래'를 들으며 이를 지켜 보는 수동이의 눈에 비친 염동이의 칼 쓰는 모습이다. 박태원은 검술 훈련을 단순히 그 동작만이 아니라 '칼노래'를 배경음으로 깔고 묘사함으로써 영화의 한 장면 같은 분위기를 연출해내고 있다. 인적 없는 숲 속의 공지에서 춤추듯 칼을 놀리는 염동이의 모습은 고수가 펼치는 기예의 한마당처럼 느껴지는데 이에 홀린 상민은 염동에게 검술을 가르쳐 주기를 요청하게 된다. 칼노래는 실제로 1894년의 농민봉기에서 불렸던 것이기도 하다.[10] 무리의 기세에 눌려 달아나는 포졸들을 보면서 상민은 칼노래의 의미, '너른 천지에 이 칼 저 칼 넌짓 들어' 아니 쓰고 배길 수 없다는 것이 '농민이 모두 뭉치면 세상에 무서울 것이 없다'는 의미임을 깨닫게 된다.

　갑오년의 농민전쟁에서 불렸던 또 다른 노래로 지금까지도 인구에 회자되는 '새야새야 파랑새야'가 있다.

　　ⓐ 새야새야 파랑새야

---

10) 1894년 농민전쟁 당시 농민군들은 후퇴할 때에도 패잔병의 모습으로 달아난 것이 아니라 앞에선 사람이 칼춤을 추며 대열을 이끌고 뒤에서는 검가(劍歌)를 부르며 뒤따랐다고 한다. 검가는 『갑오농민전쟁』의 칼노래와 동일한 것으로, 『갑오농민전쟁』에는 그 앞 소절만이 인용되어 있다. "자고병장 어디있나 장부당전(丈夫當前) 무장사(無壯士)라, 좋을시고 좋을시고 이내시호 좋을시고, 태평가를 불러내어 시호시호 득의(得意)로다. 왈이(曰爾) 동방제자들아 너도 득의 나도 득의 우리집도 득의로다."하는 뒷부분은 농민군이 용기를 북돋기 위한 후렴구가 삽입되어 있으므로 박태원은 염동의 칼 쓰는 장면에 어울리지 않다고 보고 삭제한 것으로 생각된다. 이 검가는 관변측 기록인 『일성록』 고종 원년 9월 29일자, 최복술(최제우의 아명)의 조사 기록 보고서에 나오며 「동학서(東學書)」(규장각, 여강출판사, 『한국민중운동사자료대계』에 재수록)에도 그 기록이 있다. 이이화, 「전봉준과 동학농민전쟁 2)투쟁―반봉건 변혁운동과 집강소」, 『역사비평』, 1990 봄, 역사문제연구소, p.340.

녹두밭에 앉지 말아

녹두꽃이 떨어지면

청포장수 울고간다.

(5-19-301)[11]

ⓑ 새야새야 파랑새야,

너 어이 나왔느냐.

솔잎 댓잎 푸릇키로

봄철인가 나왔더니,

백운이 펄펄 휘날린다.

저 건너 저—청송녹죽이 날 속이었네.[12]

  ⓐ는 소설의 말미에 서울로 압송되는 전봉준을 보고 술취한 행인이 부르는 노래이며 ⓑ는 1894년 당시 전봉준의 실패를 조상(弔傷)한 동요이다. 달구지에 실려가는 전봉준에게 웃옷을 벗어 주고, 속적삼 바람으로 비틀거리며 휘적휘적 눈 덮인 밭둑을 걸어가는 술취한 사나이의 입에서 흘러 나오는 '새야새야'는 어떤 구체적인 표현보다도 더 전봉준의 패배를 절절한 것으로 느끼게 한다.

  이밖에도 밤마실 온 농민들이 모인 덕삼이네 사랑에서의 춘향가 한 소절(1-3-5-178), 이상무가 지은 농민선동가(4-8-3-128), 삼일포 유람을 떠난 왕이 읊은 시조(5-5-80), 왕의 행차를 본 엿장수가 이를 풍자하여 부르는 노래(5-5-73), 농민군의 출정가(5-12-163), 부상한 전봉준을 엎고 산 속을 헤매던 상민의 귀에 들려오는 여인의 시 낭송 소리(5-16-239) 등, 『갑오농민전쟁』에는 여러 차례에 걸쳐 운문이 삽입되어 있

---

11) 『갑오농민전쟁』 제 3부(5권)는 전체 한 장으로 되어있으므로 인용문의 표기 숫자가 셋으로 줄어든다.
12) 박은식, 「갑오동학의 난」(『한국통사』발췌 부분), 『동학농민전쟁연구자료집』(1) 동학농민전쟁100주년 기념사업추진위원회 편(서울 : 여강출판사, 1991), p.55.

다. 이 운문들은 시적인 언어 특유의 이중의미를 띄고 있으며 이 이중
의미가 갖는 고유의 상징성은 소설의 전후 문맥과 얽히면서 새로운 이
중성을 낳는다. 그 몇 예를 보자.

> "몸도 아픈데 게 눕기나 하지."
> 춘보가 한 마디 하였으나 길보는 말없이 짚을 뽑아들자 손에 침을 탁 뱉
> 아 가지고 새끼를 꼬기 시작한다. 임서방은 도로 드러눕고 신서방은 **또 책
> 을 읽는다.**
> 이윽고 날저무니 동산에 달떠오고
> 심회는 첩첩한데 젓소리 슬프도다.
> 은은한 울음소리 처량히 들리거늘
> 울음좇아 찾아가서……
> "흥, 칠성단에 정화수 떠놓고 춘향어미가 빌 판이로구나……."

(1-3-5-178)(강조는 필자)

신서방이 읊는 춘향전의 한 소절은 그 글귀만으로도 처량함이 느껴
지지만 "또 책을 읽는다"는 대목과 겹쳐지면서 독자들은 이날 저녁의
풍경이 다른 날과 조금도 다름없는 것임을 알게 되고 거듭되는 처량함
은 암울함으로 의미가 상승한다. 칠성단에 정화수를 떠놓고 비는 춘향
어미를 "흥!" 하고 비웃는 것은, 춘향의 처량함이 비록 그 이야기에서
는 행복으로 바뀌지만 이 부분을 읽는 신서방과 그를 듣고 있는 방 안
의 모든 소작인들의 처량함은 내일 또 계속될 '춘향전'처럼 끝이 없는
것이기 때문이다.

> 젊은 시절은 다시 안 오고
> 하루에 새벽은 두 번 없나니

때를 놓치지 말고 힘쓸지어다

세월이 사람을 기다려주지 않는다네

(2-8-5-249)

고부 군수 조병갑의 방, 두껍닫이 위에 붙어 있는 시이다. 이 시의 본래 뜻은 학문을 장려하는 것이니 학문과는 거리가 먼 조병갑이 좌우명처럼 이 시를 붙여 놓은 것은 우스꽝스럽게 보일 법도 하다. 박태원이 특별히 '전에 못 보던 것'이라는 설명을 붙여 이 시를 소개하고 있는 이유는 조병갑이 시를 독자적으로 해석하고 있기 때문이다. 즉, 조병갑은 "내가 고부 군수를 하면 얼마나 오래 할 것이냐, 세월이 나를 기다려 주지 않으니 제때 부지런히 긁어내자"는 뜻으로 이 시를 받아들이고 있다. '무시로 시를 들여다보는' 조병갑과 시의 이중의미는 강한 풍자성을 띠며 조병갑의 인물됨을 드러낸다.

왕이 한 두잔 술을 마시고 거나해졌을 때 문득 가야금 소리, 장고소리, 젓대소리에 어울리어 꽃 같은 무희가 너훌너훌 춤을 추었다. 궁중에서 매일 밤 허구 많은 춤을 보아온 그건만 지금 승경에 취해 보는 왕의 눈에는 마치 선녀가 하강한 듯 그저 아름답고 황홀하였다. 왕은 이윽고 취흥이 도도하여

　천고에 선도들

　놀던 시절 아득한데

　홀로 남은

　정자만 의연하고나

　다만 못 속의 달 그림자에만

　방불히

　옛 모습 깃 들어 있을 뿐

하고 시 한 수를 읊었다.

(5-5-80)

민란의 와중에 거듭 올라오는 장계에 시달린 왕이 기분 전환을 위해 유람을 떠난 곳에서의 일이다. 일본군의 파병으로 패주하는 농민군과 불타는 민가의 참혹함을 그린 제4장과 음풍농월하는 왕의 모습이 극한의 대조를 이루고 있다. 또한 치열하게 전개되는 전투의 한가운데에 삽입된 왕의 시가 표상하는 허무함은 곧 왕이라는 존재에 대한 허무함으로 이어지게 된다. 이는 또 바로 앞쪽의 엿장수의 노래의 "불이 났네, 불이 났네"라는 구절과 대비되면서 강한 풍자성을 띠게 되는 것이다.

위의 예에서 본 바처럼 소설 속의 시들은 비유적으로 상황을 전달하는 동시에 상황을 굴절시켜 전달하거나 전후의 문장과 연결되어 이중적 의미를 갖는다. 시어 고유의 상징 속에 들어 있는 여러 가지 의미의 상호 작용과 시를 읊는 인물, 혹은 앞뒤의 상황과의 관계 속에서 시들은 새로운 상징성을 갖게 되며 소설의 전체 분위기와는 다른 감정의 세계로 독자를 이끈다.

2) 선언문의 삽입—창의문, 격문

한편 소설 속에 삽입된 또 다른 이질적 양식으로는 창의문, 격문 등의 산문이 있는데 이들 선언문은 시어와는 대조적인 경직된 문장으로 작가의 의도를 직접적으로 표현한다.

오늘 안에는 나라를 위하여 목숨을 바치는 충의지사가 없고 밖으로는 백성들을 못살게 구는 탐관오리들이 많다. 사람들의 마음은 나날이 변해가고 있으며 생계를 유지할 업이 없으니 목숨을 부지할 도리가 있으랴! 학정이 날로 심하고 원성이 그치지 아니하니 임금과 신하, 어버이와 자식, 상하의 명분은 무너지고 말았다. 소위 정승판서 이하 감사, 병사, 목사, 부사, 군수,

현감들은 나라가 위태로움은 생각치 아니하고 다만 제 배를 채우는 데만 급급하며 벼슬은 으레 사고 파는 것으로 되어있고 과거보는 자리는 장마당과 같으며 국고는 텅텅 비었건만 조세공납은 개인의 곳간으로 들어갈 뿐이요, 나라는 빚더미 위에 앉았어도 청산할 생각은 아니하고 교만 사치 음란으로 더러운 일만을 기탄없이 일삼으니 온 나라가 어육이 되고 만 백성이 도탄에 들었도다 〔… 중략 …〕 팔도가 한마음이 되고 수많은 인민이 뜻을 모아 의기를 들어 보국안민으로써 사생의 맹세를 하노니 오늘의 광경에 놀라지 말고 태평세월에 들어가 살아보기를 바라노라.

호남 창의소 전봉준

손화중

―김개남(4-7-2-8)[13]

격문이라―

우리가 의를 세워 이에 이름은 그 뜻이 다른 데 있지 아니하고 창생을 도탄에서 건지고 국가를 반석위에 두자 함이라. 충성과 효도를 다같이 하고 보국안민을 위해 왜양을 쫓아내고 군사를 몰고 서울로 올라가 권세있는 귀인들을 모조리 없애버려 기강을 세우고 명분을 정하고 나라를 바로 잡으리라! 양반과 부호의 앞에 고통을 받는 민중들과 감사나 원들 밑에 굴욕을 당하는 아전들은 우리와 같이 원한이 깊은 자라 조금도 주저하지 말고 이 시각으로 일어서라. 만일 기회를 잃으면 후회하여도 미치지 못하리라!

―호남 창의소(4-7-2-79)[14]

---

13) 이 창의문은 농민군이 1차로 봉기(茂長)했을 때 공포한 것으로 고부에서 발표된 격문, 통문들과 함께 농민봉기의 의의를 밝히는 대표적인 문건의 하나이다. 박태원은 창의문의 중간 부분만을 인용하고 있다. 이는 박태원이 임금의 덕행을 칭송하고 그 덕행을 가리는 것이 오로지 탐학한 신하들 때문이라고 한 전반부와 이를 바로잡아 우리 모두 임금의 덕화를 입자는 내용으로 마무리되는 후반부를 소설의 주제와 거리가 있는 것으로 본 때문이 아닌가 한다. 창의문 전문은 신용하, 『동학과 갑오농민전쟁연구』(서울 ; 일조각, 1995), p.136에 실려 있다.

앞서 인용된 시구들이 이중의미를 띠며 소설 안에서 새로운 상징성을 갖게 되는 데 반해 창의문, 격문은 산문 언어 고유의 단선적이고 직접적인 의미를 나타낸다. 농민봉기의 근본적인 의의를 설명하는 창의문과 모든 농민의 단결과 호응을 촉구하는 격문의 내용은 탐학한 관리, 양반, 부호, 횡포한 외세를 배격하고 민중의 나라를 세우자는 것으로 요약된다. 원문 그대로의 창의문, 격문은 소설내의 다른 서술과는 달리 작가의 개성이 미칠 여지가 없으며 따라서 이 표현들은 소설내에서 이질적인 것처럼 보인다. 그 의미 전달에 있어 어떤 중간자의 개입도 필요치 않은, 미학적으로 가공되지 않은 문장들은 거칠고 생소하며 바로 그렇기 때문에 작가의 원래 의도를 아무런 굴절 없이 직접적으로 전달한다. 요컨대 이 창의문과 격문의 내용은『갑오농민전쟁』의 긴 이야기를 통해 작가 박태원이 말하고자 하는 이 소설의 주제와 연결된다고 할 수 있다.

이상 살펴본 바대로 인용된 시와 창의문들은 작가의 의도를 곧이곧대로 표현해 주는 수단이 되기도 하지만 한편으로는 작가의 의도를 떠나서 소설 속에서 독립적인 공간을 형성한다. 시를 인용한 부분에서 시어들은 작품 속의 현실인 농민봉기와는 다른 분위기, 다른 감정적 세계로 독자를 끌고 간다. 이때의 시는 전적으로 객체로서 존재한다. 시어들의 개별 요소들이 작품의 궁극적 의미와는 상당한 거리를 두게 되는 것이다.

이외에도 윤음은 왕의 이중적 성품을 폭로하는 기제로, 편지는 인물들의 내면적인 세계를 드러내거나 정보를 제공해 주는 수단으로 각각 작용하고 있다. 상황의 서술을 배제하면서 그 상황의 상징성을 돋보이

14) 창의문과 격문은 1894년 농민전쟁 당시 포고된 내용 그대로이며 다만 '방백', '수령'을 '양반', '부호'로 두 군데 고친 정도의 차이가 있을 뿐이다. 오지영,『동학사』제2장「동학란과 고부함락」, 이이화,「전봉준과 동학농민전쟁」,『역사비평』7호(역사문제연구소, 1989 겨울), p.238에서 재인용.

게 하는 것이다.

4. 역사와 허구의 교합

1) 인물의 경우

역사적 사실과 허구적 사실의 교묘한 배합은 인물 설정에서도 드러
난 바 있다. 이를 주요 인물을 대상으로 살펴보면 다음 표와 같다.

실존 인물	이름	신분	역할, 지위	출신 지역	기타
농민군 지도부	전봉준	평민	농민군 대장	태인	동학 접주
	손화중	평민	총관영	정읍	정읍 접주
	김개남	평민	총관영	태인	
	김덕명	평민	총참모	금강	금강대 접주
	최경선	평민	소두령	태인	
동학교도	김도삼	평민		고부	고부 접주
	김경천	잔반	농민군 서사	순창	피노리 접주
	최시형	평민			2대 교주
관리	조병갑	양반	고부 군수		탐관오리
	김학진	양반	전라감찰사		탐관오리
	홍계훈	양반	양호초토사		탐관오리
	이용태	양반	안핵사		탐관오리
	은인식	중인	이방		탐관오리
	김옥균	양반	참판		개화파
기타	정한순	평민	활빈당 행수		농민군 지원
	이복룡	평민	농민군		아이 장수

〈표3〉

이밖에도 왕을 비롯한 최고 권력층과 민비의 외척들 및 중앙관료들,
일본공사 오오또리를 비롯한 외국인들이『갑오농민전쟁』의 인물 중 실

허구적 인물	이름	신분	역할, 지위	기타
농민군	오상민	평민	소두령	주인공
	오수동	평민	총포 대장	상민 부(父)
	천돌석	머슴	시위 대장	
	염동이	머슴	검사(劍士)	
기타	이진사	양반	고부 토호	악덕 지주
	강주부	중인	약사	농민군 지원자
	김첨지	평민	마름	동소임
	게뚜더기	평민	포졸	오수동 미행

〈표4〉

존했던 사람들이다.[15]

실존 인물의 경우, 박태원은 그 출신지, 출신 성분, 나이, 인물의 성격 등을 실제 상황과 거의 동일하게 설정함으로써 당대 상황을 충실하게 재현해내는 장치로 활용하고 있다. 허구적 인물들 역시 출신 성분이나 역할에 걸맞는 성격을 지니지만 실존 인물들이 역사적 사실에 얽매어있는 것에 반해 허구적 인물들은 작가의 의식 가공에 묶여 있다고 할 수 있다.

박태원은 실존 인물들보다 자신이 만들어낸 허구적 인물들의 성격을 보다 더 비중 있게 그려냄으로써 역사적으로 고정된 사실로부터 자유로운 서술을 한다. 그러나 허구 인물들은 허구 인물들끼리의 사건에만 얽매이지 않는다. 주인공 오상민은 전봉준을 비롯한 당시의 실존 인물들과 활발한 교류를 하며 오상민의 주변 인물도 봉기의 과정에서 이들 동학 접주들과 직접적인 관련을 맺는다. 쉽게 연결될 수 없을 듯이 보이는 오수동과 실존 인물 김참판과의 연결(임오군란)로 오수동이라는 인물의 실제성이 획득되며 김참판의 개혁적 성격의 부각도 가능해지

---

15) 실존 인물에 대해서는 신용하, 『동학과 갑오농민전쟁』(일조각, 1995), 제2장 '갑오농민전쟁의 주체세력의 사회신분' 및 기타 1894년의 농민전쟁을 연구한 서적들을 참고로 했다. 자료 목록은 본 논문의 '참고문헌' 부분을 참조할 것.

는 것이다.

실존 인물들이 실재했던 사건들을 담당하는 주체가 되고 허구적 인물이 소설적인 허구의 사건의 주인공이 되는 것이 보편적이지만 이 관계가 반드시 일대일의 대응을 보이지는 않는다. 남도 유람을 왔다가 아전 은이방의 농간에 휘말리는 대원군, 상처를 입고 산 속을 헤매다 현숙한 여인의 간호를 받는 전봉준, 김삿갓의 출현으로 체포될 위험을 벗어나는 정한순 등의 경우는 실존 인물이 허구적 사건에 기용된 예이며 그 반대로 허구적 인물이 역사상의 실제 사건의 주체자가 되는 예도 빈번히 발견된다.

이러한 방식은 실존 인물들에게는 역사적인 사실로부터 고착된 이미지를 강화하거나 벗어나게 하는 요소로, 허구적 인물에게는 그 인물의 행동 특성에 사실성을 부여하여 개성을 강화시키는 요소로 작용한다. 어느 경우에나 허구적 사건과 역사적 사건의 혼합은 소설내의 긍정적 인물은 더욱 긍정적으로, 부정적 인물은 더욱 부정적으로 만드는 데 기여하는 것이다.

2) 장 구성의 예

실재했던 사건을 소설 속에 기용했다는 것이 역사소설의 경우 특이한 점으로 지적될 수는 없다. 다만 『갑오농민전쟁』의 경우 실제 사건과 허구적 사건, 실제 인물과 허구 인물을 교묘히 배합되거나 사건들이 엇갈려 서술됨으로써 작품의 긴장감을 유지시키고 동시에 역사적인 사실성으로 인해 고착되어 있는 인물과 사건에 대한 해석을 새롭게 했다는 데서 그 의의를 찾을 수 있다. 우선 제1권, 장의 배합을 보자.

제1장 ; 고부 양교리 상민이네 집

제2장 : 서울, 왕과 왕비, 대궐 안. 관리들의 부패상

제3장: 고부 농민들의 실상

제4장: 고부 군수 조병갑의 가렴주구

1, 3장에서는 표3의 허구적 인물이, 2, 4장에서는 표2의 실제 인물이 주 서술 대상이 된다. 『갑오농민전쟁』의 공간이 서울과 고부의 두 개의 이질적인 공간으로 나뉘어짐으로써 대립적인 세계를 형상화하면서도 소설의 단조로움을 피하는 데 일조했다는 것은 앞서 살펴보았다. 이와 마찬가지로 번갈아 가며 사건의 중심에 놓이는 허구적 인물과 실제 인물은 서로 대립적인 관계를 갖고 있다.

우선 고부 농민들의 고초는 고부 군수 조병갑의 학정 때문이다. 이에 반발하여 농민봉기가 일어나고 그 선봉에 선 것은 실존 인물인 전봉준을 위시한 동학 접주들이지만 소설 속에서 전투에 직접 참여하고 이끌어 가는 것은 오상민, 오수동 등의 허구적 인물들이다. 동학 접주들의 통솔력과 동학의 조직력에 힘입어 1894년의 농민전쟁은 시작되었으나 결국 농민전쟁은 농민군의 패배로 끝나고 만다. 그러나 박태원은 이를 단순한 의미의 패배로 그리지 않는다. 농민군의 자각—"하나님까지 양반인 이놈의 세상은 통채로 바뀌어야 한다"(오상민의 독백)—을 이끌어 낸 것만으로도 1894년의 농민전쟁의 의의는 충분한 것이며 이 자각을 바탕으로 근대의 사회주의 혁명이 가능했다는, 즉 역사 발전의 합법칙성을 보여주는 수준으로 끌어올리고 있다. 박태원은 1894년의 농민전쟁이라는 거대한 줄기 속에서 문헌에 이름이 남아 있는 인물들(실존 인물)보다는 이름 없는 수많은 사람들(허구적 인물들)에게 더 커다란 역할을 맡기고 싶었던 것이다.

그럼에도 불구하고 박태원이 1894년 당시의 사료(史料)를 소홀히 한 것은 아니다. 『갑오농민전쟁』의 농민전쟁의 흐름에는 세 갈래의 큰 고

비가 있다. 첫째, 동학교도들의 모임인 보은집회가 교주 최시형의 유화성으로 인해 해산되고 만 것, 둘째 고부 봉기 이후 안핵사 이용태의 잔혹한 보복으로 말미암아 본격적인 농민전쟁이 야기된 것, 셋째 전주 입성 이후 외세의 개입을 염려한 전봉준이 회유책을 받아들여 화의에 응하고 이로 인해 농민군이 괴멸하게 된 것 등인데 이는 모두 1894년 당시 상황과 정확히 일치하는 것이다.

5. 결론

『갑오농민전쟁』이 단순히 주체사상을 구현하는 소설에 지나지 않았다면 이 작품으로 해서 박태원의 문학사적 의의는 오히려 폄하되고 말 것이다. 그러나 살펴본 바대로『갑오농민전쟁』에서 박태원은 인물의 다양성, 공간의 병치, 이질적 양식의 삽입, 허구와 실제의 교묘한 배합 등의 방식으로 소설의 내적 대화성을 시도한다. 이러한 사실들은 박태원이 의도하였든 그렇지 않았든 간에 주체사상이라는 거대한 이데올로기의 작품내 침투를 가능한 한 막는 작용을 한다.

소설 창작 과정 자체를 소설이라 했던 박태원의 작품 세계로 볼 때 북한이라는 공간은 그에게 또 하나의 현실을 체험할 중요한 기회였던 셈이라 할 수 있다. 박태원에게 있어 월북은 그가 추구하던 전망을 가진 주인공을 찾아낼 수 있는 유일한 방편이었을지도 모른다. 이렇게 본다면 북한체제가 그에게 가한 현실적인 압박은 작가 박태원이 겪어내야 할 아이러니였다 할 것이다.

본고에서는『갑오농민전쟁』에 나타나 있는 다양한 기법과 장치들이 박태원의 작가적 의식이 퇴색하지 않았다는 증거로 보았으며 외부의 권위적 담론에 맞서는 소설 내적 담론이 오히려 치열한 작가의식을 드러내고 있다고 보았다. 『갑오농민전쟁』에는 사회주의 리얼리즘을 떠나서도 미학적으로 평가 가능한 영역이 상당 부분 존재한다. 이 점에서 『갑오농민전쟁』은 남북한 문학 미학의 공통 분모를 추출하는 소중한 단초일 수 있다.

참고문헌

강현구,「박태원 소설연구」, 고려대 박사논문, 1991.

권영민,「모더니스트 박태원 의문의 북행」,『월간경향』, 1988. 12.

김윤식,「고현학의 방법론—박태원을 중심으로」,『한국문학의 리얼리즘과 모더니즘』, 민음사, 1989.

_____,「'갑오농민전쟁'론」,『동서문학』, 1989 가을호.

_____,「박태원론—모더니즘과 리얼리즘의 관련양상」,『한국현대 현실주의 소설연구』, 문학과지성사, 1990.

류보선,「모더니즘의 이념의 극복과 영웅성의 세계—박태원의 갑오농민전쟁」,『문학정신』, 1993. 2.

문흥술,「의사 탈근대성과 모더니즘—박태원론」,『외국문학』, 1994 봄.

안   막,「조선민족문화건설의 기본임무」,『중앙신문』, 1946. 2. 11.

오경복,「박태원의 서술기법연구」, 이화여대 박사논문, 1993.

왕현종,「1894년 농민봉기 어떻게 부를 것인가」,『역사비평』, 1989 가을.

이상경,「동학농민전쟁과 역사소설」, 임헌영 편,『변혁주체와 한국문학』, 역사비평사, 1990.

이이화,「전봉준과 동학농민전쟁」,『역사비평』, 1989 겨울~1990 가을.

정현숙,「박태원소설연구」, 이화여대 박사논문, 1990.

조옥지,「'천변풍경'의 구조분석」, 고려대 석사논문, 1982.

최혜실,「'소설가 구보씨의 일일'에 나타난 산책자 연구—모더니즘 소설의 전형에 대한 일고찰」,『관악어문연구』, 제13집, 1988.

과학백과사전출판사,『문학예술사전』, 1972(서울 ; 열사람, 1988).

권영민,『韓國現代文學史年表』, 서울대출판부, 1987.

김윤식,『한국근대문예비평사연구』, 서울 ; 일지사, 1982.

_____, 정호웅 편,『한국문학의 리얼리즘과 모더니즘』, 서울 ; 민음사, 1980.

김욱동,『대화적 상상력—바흐찐의 문학이론』, 서울 ; 문학과지성사, 1994.

_____ 편,『바흐찐과 대화주의』, 서울 ; 나남, 1990.

김재용,『북한문학의 역사적 이해』, 서울 ; 문학과지성사, 1994.

김천혜, 『소설구조의 이론』, 서울 ; 문학과지성사, 1994.

김화영 편역, 『현대소설론』, 서울 ; 문학사상사, 1990.

리동수, 『북한의 비판적 사실주의 연구』, 과학백과사전종합출판사, 1988(살림터, 1992).

사회과학원 문학연구소, 『조선문학사』, 1981(서울 ; 열사람, 1992).

사회과학원 역사연구소, 『조선근대사』, 1988(서울 ; 논장, 1988).

사회과학원 문학연구소, 『북한의 문예이론』(서울 ; 인동, 1989).

신복룡, 『동학사상과 한국 민족주의』, 서울 ; 평민사, 1978.

신용하, 『동학과 갑오농민전쟁연구』, 서울 ; 일조각, 1995.

여홍상 편, 『비흐찐과 문화이론』, 문학과지성사, 1995.

윤재근 · 박상천, 『북한의 현대문학 II』, 고려원, 1990.

이득재 편역, 『바흐찐의 소설미학』, 열린책들, 1988.

이재화 편역, 『한국근대 민족해방운동사』, 서울 ; 백산서당, 1986.

정홍교 · 박종원, 『조선문학개관 I, II』(인동, 1988).

최동호 편, 『남북한 현대문학사』, 서울 ; 나남, 1995.

한국역사연구회, 『1894년 농민전쟁연구 1, 2』, 역사비평사, 1992.

한우근, 『동학란 기인에 관한 연구』, 서울 ; 한국문화연구소, 1971.

『현대문학비평자료집 6 이북편』, 서울 ; 태학사, 1993.

Bakhtin. M. Mikhail, 전승희 외 역, 『장편소설과 민중언어』, 창작과비평사, 1988.

_____, 이득재 역, 『문예학의 형식적 방법』, 문예출판사, 1992.

_____ 외, 송기한 역, 『프로이트주의』, 예문출판사, 1989.

_____, 이득재 역, 『바흐찐의 소설미학』, 열린책들, 1988.

Kiralyfalvi. Bela, 김태경 역, 『루카치미학연구』, 이론과실천, 1987.

Kliem Manfred 편, 조만영 외 역, 『맑스―엥겔스 문학예술론』, 돌베개, 1990.

Lifschitz. Michail, 이용대 역, 『마르크스의 예술철학』, 화다, 1988.

Lukacs. Georg, 반성완 역, 『소설의 이론』, 심설당, 1985.

_____, 문학예술연구회 역, 『우리시대의 리얼리즘』, 인간사, 1988.

_____, *The Historical Novel*, Harmondsworth, Middlesex, England, 1969.

Stanzel, F. K., 김정신 역, 『소설의 이론』, 탑출판사, 1990.

소연방과학아카데미, 『미학의 기초 1~3권』, 논장, 1989.

Uspensky, Boris, 김경수 역, 『소설구성의 시학』, 현대소설사, 1992.

김운일 외, 『맑스주의 문학개론』, 연변인민출판사, 1981(나라사랑, 1989).

『안개 흐르는 새 언덕』과 비평적 관점의 변화

—천세봉론

김주성

1. 천세봉의 생애와 작품 활동

천세봉(千世鳳)은 북한문학사에서 뚜렷한 창작적 역량과 더불어 정치적 입지에 있어서도 특별한 위치를 차지했던 작가이다. 그는 1915년 함경남도 고원군 덕지리에서 가난한 농민의 아들로 태어났다. 가난한 집안 형편 때문에 정식으로 교육을 받은 것은 보통학교 졸업이 전부이고, 이후 집안의 생계를 도우면서 독학으로 공부했다. 집안의 농사일을 돌보는 틈틈이 고향 마을에 농민 야학을 열어 마을의 가난한 소년들과 농민들에게 글을 가르쳤으며, 일제 말기에는 고원읍 운송점의 탁송원 또는 하급 사무원으로 근무하기도 하였다.

해방 후에는 고원군 자치위원회 위원으로 일을 하다가, 1946년 3월 25일 결성되는 '북조선문학예술총련맹(초대 위원장 한설야)'에 가담하면서 소설 창작 활동을 시작한다. 이보다 앞서 그는 희곡에 관심을 가지고 장막희곡『고향의 인상』을 썼으나 연출가가 채택을 보류하는 바람에 공연되지 못했으며, 이때의 실패에 자극받아 "인물의 대사를 가지고 희곡을 만드느라 씨름하는 것보다는 문장을 쭉쭉 써나가면서 소설을 쓰는 것이 낫겠다"[1]는 결심을 하고 소설 창작에 매달렸다고 한다.

천세봉은 1946년 처녀작 「嶺路」가 함남일보에 당선된 것을 시작으로 3년여 동안 「새로운 맥박」(1947), 「5월」(1947), 「땅의 서곡」(1948), 「호랑영감」(1948), 「소낙비」(1949), 「농부」(1949), 「푸른 산맥」(1949) 등 20여 편의 단편을 발표하였다.

1950년 소련 유학에 나섰다가 6·25전쟁이 발발하면서 귀국한 그는 「고향의 아들」(1952)과 「싸우는 마을 사람들」(1953) 등 전쟁을 소재로 한 소설을 쓴다. 이 중 중편인 「싸우는 마을 사람들」은 "전쟁의 일시적 후퇴 시기에 후방 농민들의 영웅적인 빨찌산 투쟁, 즉 해방 후 토지개혁의 혜택 아래 자라난 새 농민들이 강점자들에 의한 심각한 희생에도 불구하고 승리의 신념으로 항거하는 영웅적 정신과 불패의 모습을 생활적 구체성과 진실성을 담아 형상화한 작품"[2]으로 평가받고 있다.

천세봉은 1950년대 후반부터 장편소설 창작에 역량을 기울인다. 고향 마을에서 농업협동조합을 조직하던 체험을 바탕으로 쓴 『석개울의 새봄』(1958~1959)은, "김일성이 제시한 농업협동화 방침에 따라 조합이 어떻게 조직되고 어떻게 튼튼히 꾸려져나가는가 하는 과정을 서로 다른 계급과 계층을 대표하는 여러 인물들의 전형적 형상을 통해 사실주의적으로 일반화"[3]하고 있으며, 농업협동조합이 조직된 직후 "농촌 현실을 극적인 정황과 예리한 갈등, 풍부한 화폭 속에서 생동하게 펼쳐보여주면서 협동화의 길만이 농촌경제 발전과 농촌문제 해결의 유일하게 옳은 길이라는 것을 뚜렷이 확인하고 있다"[4]는 평가를 받았다.

---

1) 천세봉 『안개 흐르는 새 언덕』 상권(살림터, 1996)에 실린 북경대 교수 박혁의 「작가 소개의 글」 참조.
2) 사회과학원 문학연구소, 『조선문학통사』 현대문학편(인동, 1988), pp.256~257.
3) 박종원·류만, 『조선문학개관』 하(온누리, 1988), p.183.
4) 위 같은 책, p.185.

이와 함께 북한문학사에서는 당시의 작가 천세봉에 대해 농촌 현실과 자연 풍경에 대한 생동감 넘치는 묘사, 여러 계층의 인물들에 대한 다양하고 섬세한 인물 묘사, 흙 냄새와 농민들의 체취가 물씬 풍기는 농민적 언어 구사 등으로 농촌 문제를 주로 다루는 작가로서 그 창작적 개성과 높은 형상력을 인정하고 있다.

1960년대에 들어와서도 그는 1920～1930년대의 농촌 현실을 그린 장편『대하는 흐른다』(1962)와 해방 직후부터 6·25전쟁 시기까지의 농촌 모습을 담은 장편『고난의 역사』(1964) 등을 통해『석개울의 새 봄』에서 추구했던 농촌 문제 주제를 폭넓게 그려 나갔다. 이 시기에 이르러 그는 북한 문단에서 원숙한 기량을 인정받는 중견작가의 위치를 확고히 한다. 항일혁명운동을 형상화한 그의 대하소설『안개 흐르는 새 언덕』(1966)이 발표되는 것도 이 무렵이다.

원산 총파업 사건에서부터 해방까지의 시기 동안 강민이라는 주인공이 항일혁명투쟁을 벌여 나가는 과정을 사실적인 묘사와 서정성 짙은 문체로 그려낸『안개 흐르는 새 언덕』은 그 발표 시기가 1967년부터 본격화되는 유일주체사상에 기초한 문학으로의 전환 시점과 맞물리면서 격렬한 사상 논쟁에 휘말리게 되고, 이후 북한문학사에서 언급조차 되지 않는 비운을 맞는다.

그러나 당시『안개 흐르는 새 언덕』에 대해 긍정적인 평가를 내렸던 평론가 안함광[5]이 평론 활동을 중단하는 것과는 대조적으로 천세봉의 창작 활동은 이후에도 꾸준히 계속된다. 4·15 창작단의 일원으로 김일성의 항일무장투쟁을 찬양하는 이른바 '불멸의 력사' 총서 창작에 참여하여『혁명의 려명』(1973),『은하수』(1982) 등을 창작했고, 이어

---

5) 안함광(安含光, 1910～1982) : 황해도 신천 출생으로 김일성대학 교수를 지낸 문학평론가. 1930년대 카프 활동을 주도했으나 1946년 월북하여 북한 문예계의 핵심 인물로 활동하면서 최초의 북한 현대문학사로 알려진『조선문학사』(1956)를 간행하기도 하였다. 또한 북한 문학예술사상 가장 큰 논쟁으로 알려진 '사실주의 발생, 발전 논쟁'과 '민족 형식과 민족적 특성' 규명 논의에도 적극 참여하였다(이명재 편,『북학문학사전』(국학자료원, 1995), pp.752～764).

『유격구의 기수』(1984), 『조선의 봄』(1991) 등의 장편소설을 발표했다.

한편 천세봉은 작가로서의 역량을 인정받는 가운데 북한 문단에서의 지위도 차근차근 강화해 나갔다. 1954년 8월 작가동맹 중앙위원에 선출된 것을 시작으로 1958년 10월에는 문학예술총동맹 중앙위원이 되며, 1961년에는 작가동맹 중앙위 소설분과위원장, 1962년에는 동 중앙위 위원장, 1964년 12월에는 문예총 중앙위 위원장의 위치에 오른다. 이러한 그의 문단적 지위는 정치적으로 확대되어 1970년 노동당 중앙위원회 후보위원에 오른 것을 시작으로 1977년에 중앙선거위원회 위원과 최고인민회의 제6기 대의원 및 상설회의 의원, 1982년에는 최고인민회의 제7기 대의원 및 상설회의 의원을 지내기도 하였다.

1985년에 김일성 훈장을 받았으며, 1986년 4월 19일 사망한 후 아시아·아프리카 작가협회에서 수여하는 로커스상을 수상하기도 했다.

2. 『안개 흐르는 새 언덕』에 대한 안함광의 찬사

『안개 흐르는 새 언덕』은 총 8편으로 구성된 대하 장편으로 1966년 6월 5일에 상권이, 이어 동년 7월 10일에 하권이 각각 조선문학예술총동맹출판사에서 출판되었다. 출판 직후인 동년 9월 9일 『문학신문』에 기고한 「영광스러운 혁명 전통에 대한 송가—장편소설 『안개 흐르는 새 언덕』(상·하권)을 두고」[6]라는 평론에서 안함광은 이 소설에 대해 단순한 긍정적 평가를 넘어 극찬에 가까운 찬사를 아끼지 않았다.

이 평론에서 안함광은 '혁명 전통 주제의 여러 성과작들 중에서 천세봉의 『안개 흐르는 새 언덕』이 그 자랑스런 새로운 실증'이라고 전제한 뒤, 사회 발전의 여러 시기 즉 1920~1930년대의 혁명의 앙양기를

---

6) 『문학신문』(조선작가동맹 중앙위원회 기관지) 제72호(1966년 9월 9일자) 제2면.

거쳐 8 · 15 해방에 이르는 제반 역사적 현실의 특질들을 예술적 · 유기적으로 포괄해 전체 형상을 훌륭히 그려냈으며, 각 해당 시기 인민들의 생활 윤리, 세태, 풍습, 인정 등과 삶과 향훈들을 합리적으로 살려냄으로써 인민들의 제반 생활 실정과 현실 발전의 구체적 모습들을 생동한 사실주의적 화폭에 담아냈다고 평가하였다.

안함광은 특히 『안개 흐르는 새 언덕』에 등장하는 주요 인물들의 형상화와 관련하여, 긍정적 인물뿐만 아니라 부정적 인물에 대해서도 그 인간적 개성을 간과하지 않고 냉정한 객관적 입장에서 변화 · 발전하는 성격의 논리를 진실하게 추구함으로써 사실주의적 미학에 충실하고 있다는 점을 높이 평가하였다.

이와 함께 창작의 예술적 성과를 위한 당연한 미학적 요구인 구조적 일관성과 관련하여, 작품의 중심 인물들인 강림과 친일 주구 한성우, 그리고 그의 아들 한달수 사이의 갈등 관계가 주인공 강림의 활동 무대 변화, 즉 국내에서 만주로의 이동을 따라 움직이며 일관성 있게 발전해 나아갈 뿐 아니라, 새롭게 등장하는 관동군 사령부 참모장 고이시의 행적과도 자연스럽게 얽히면서, 혁명 발전의 제반 사회적 특질을 뚜렷이 담아내고 있다고 평가하였다.

또한 각 사건의 정황에 대해 사실적이고 극적인 묘사, 시 작품을 방불케 하여 독자의 넋을 서정의 물결에 잠기게 하는 유기 있는 표현, 서정성과 세련성이 잘 어우러진 풍부한 어휘, 유격대의 전투 상황과 같은 극한 현실에서조차 농담을 주고받을 줄 아는 소박하고 여유 있는 인물들의 설정 등에 대해서도 긍정적인 평가를 하고 있다.

나아가 안함광은 『안개 흐르는 새 언덕』이 지닌 이러한 장점들이 방대한 장편소설의 세계 속에 독자를 끝까지 붙잡아 두는 힘이라고 분석하면서, 그 재미와 흥미의 요소야말로 일정한 지성을 지니면서도 대중적 '통속성' [7]을 획득하게 한다고 파악하고, 결과적으로 이 소설의 총체적 형상은 1930년대의 공산주의자들이 쌓아올린 혁명 전통을 여하한 풍랑 속에서도 흔들리지 않고 끊임없이 번영하게 하는 거목의 형상이자, 그 거목에 대한 정열에 찬 탄주이며 송가라고 결론지었다.

이와 같이 안함광은 『안개 흐르는 새 언덕』의 문학적 성과를 다각적인 측면에서 평가하고 있다. 그러나 서정성 풍부한 문체나 사실적인 묘사, 세련된 어휘 등은 이전에 천세봉이 발표한 작품들에서 볼 수 있는 공통적인 개성이며, 특히 토속적인 어투로 걸직한 농담을 주고받는 소박한 인물들을 즐겨 그리는 것이나 서정적인 묘사에 뛰어난 점은 작가가 어린 시절부터 농촌에서 살며 농민들과 가까이 어울려 온 경험을 바탕으로 농촌소설을 써왔다는 사실과 무관하지 않다. 따라서 이러한 요소들은 한 혁명가의 항일 투쟁 과정을 그린 이 작품의 전체 구조내에서 볼 때 부수적인 요소들에 지나지 않는다.

앞에서 지적한 바와 같이 이 작품을 평가함에 있어 안함광이 주목하는 핵심 포인트는 주요 인물들의 성격적 특성이다. 즉 주인공인 강민과 그의 첫사랑인 순영, 일제 침략자의 상징인 고이시 등의 인물이 어떻게 발전·변모해 가는가 하는 성격화의 특성을 밝히는 데 주력함으로써, '위대한 공산주의 혁명가들에 의한 강고한 항일 투쟁 역정의 형상화'라는 이 작품의 주제를 더욱 빛내고자 하는 것이다.

그는 이 작품에 등장하는 인물들이 평면적으로 단순화되어 있지 않고 사실주의적 진실성에 입각한 입체적 인물로 그려지고 있음을 중요한 긍정적 특징으로 지적하고 있다. 즉 이제까지 북한문학에서의 인물 성격은 긍정적 인물이거나 부정적 인물로만 고정되어 형상화되는 경향을 보

---

7) 여기서 안함광이 말하는 통속성은 남한에서 통용되는 상업주의적 개념과 사뭇 다르다. 안함광에 의하면 '작중인물의 성격에 통일성이 없고 행동에 심리적 필연성도 없으며 독자의 저급한 취미나 감상에 영합하는 부르주아 문학의 통속성'과는 다른 것으로, '훌륭한 인민성에 대한 요구이며 예술성에 대한 요구'로서 '읽기 쉬우며 흥취 있고 그 내용 파악이 순탄하며 끝까지 재미를 붙여 나갈 수' 있게 하는 긍정적인 성향을 일컫는다. 따라서 『안개 흐르는 새 언덕』에 구현된 통속성은 안함광에 의해 '시대적인 문제의 해결로 지향한 작가의 현실적 관심과 높은 미학적 사업이 성과적으로 수행'된 것으로 분석된다.

이고 있었으나,『안개 흐르는 새 언덕』의 인물들에 이르러 이러한 극단적 이원화 경향에서 진일보한 면모를 보여주고 있다고 평가한 것이다.

물론 작중에서 긍정적 인물인 강림의 경우 철공소 직공으로 등장하는 초기부터 투철한 마르크스주의자이자 혁명적 인물로 설정돼 있다. 다만 ○○항도 노동자 파업 투쟁을 주도했다가 일제에 체포되어 사형 선고를 받고, 순영의 아버지 김창환의 도움으로 감형되어 형기를 마친 후 만주로 건너가서 김일성에게 감화되어 보다 적극적인 항일 투쟁의 대열인 무장 유격대 활동에 참가하는 등의 변화를 볼 수 있긴 하지만, 긍정적 인물로 고정된 기본적인 성격은 시종일관 변함이 없다. 그러나 순영이나 고이시 같은 부정적 인물들의 경우 부정적 인물이면서도 긍정적인 면을 지니고 있어 한층 입체적인 인물로 그려진다는 점은 주목할 만하다. 이에 대한 안함광의 분석을 들어보자.

작가는 어디까지나 랭정한 객관적 립장에서 그 성격의 논리를 진실하게 추구했다. 예술적 묘사에서의 객관적 랭정성은 결코 등장인물의 부정면만을 일방적으로 보아 나간다는 것을 의미하지는 않는다. 그것은 어디까지나 생활적 진실의 사실주의적 재현에 이바지한다. 실지에 있어 이 작품은 순영이의 좋은 면을 또 얼마나 많이 강조하였는가. 심지어 순영이의 자살의 사건에서조차 그것이 인간 운명의 합리적 처리를 지향한 작품의 구성상 요구를 반영한 것이긴 하면서도 우리는 여기에서도 작가가 순영이의 인간됨을 긍정하고 아끼였다는 다른 한 측면도 보게 된다. (…) 민족의 원쑤 고이시가 수욕의 제단에 오를 것을 강박하여 나섰을 때, 그리고 그것이 피할 수 없는 위기로 절박되었을 때의 순영이의 태도는 장하며 갸륵하다. 그것은 결코 남편에 대한 충실성으로 해석될 성질의 것이 아님은 더 말할 것이 없는 일이거니와 일반적 의미에서의 수절의 미덕이라는 륜리적 한계의 문제도 아니다. 그것은 어디까지나 적대적인 것에 대한 마음 밑창으로부터의 거부였으며 손상받

고 이지러진 것이기는 하였으나마 사회적, 민족적 량심의 강한 발로였다.[8]

이상과 같은 안함광의 분석에 따르면, 작가는 냉정한 사실주의적 진실성에 입각하여 부정적인 인물인 순영이의 성격을 형상화하는 데 있어 부정적인 면만을 그리지 않았다는 것이다. 순영이가 일제의 주구 한달수에게 순결을 빼앗기고 자살을 기도하는 부분은 작품 구성상 운명적 필연성을 확보하기 위한 전략의 일환이며, 이는 순영의 인간적 고뇌를 드러내기 위한 작가의 애정어린 시선이라는 것이다. 또한 비록 순결을 빼앗기고 강제 결혼한 운명을 살아가는 좌절된 삶 속에서도 고이시의 마수가 뻗쳐 왔을 때, 개인적인 차원의 미덕인 수절의 윤리를 넘어 민족의 공적에 대한 적개심과 민족적 양심의 차원에서 이를 거부하는 고상한 품성을 그려냈다는 것이다.

안함광은 작가가 순영이보다 더 부정적인 인물, 직접적인 타도의 대상인 고이시에 대해서조차 긍정적인 면을 과감하게 그려낸 것으로 분석하고 있다.

작가는 긍정적 인물만이 아니라 부정적 인물도 개성적 형상으로 부각해 내었다. 관동군 사령부 참모장인 고이시는 다소 머리를 쓸 줄 아는 '총명'한 인간으로 자처하며 등장한다. 그는 제법 재벌과 결탁한 군벌들의 터무니없는 전쟁 확대의 열정을 발 밑의 위험을 보지 못하는 멍텅구리들의 소행이라고 타기한다. (…) 작가는 고이시를 보다 우둔한 광신가 히시가루(관동군 사령관)와의 내부적 차이 속에서 그리였다. 그러면서 고이시에게는 그 어떤 '총명'과 '리지적 판단'의 가면을 부여하였다. 그것은 일제 침략군의 본질을 다양한 측면에서 드러내며 침략전쟁을 조종하는 재벌들의 죄악상을 조명하며 가면 밑에 숨은 악마적 본질과 비인간적 악랄성을 보다 심각히 폭로

---

8) 안함광, 위의 신문 제2면.

하는 사업에 복종되고 있다.[9]

요컨대 안함광에 따르면 이 작품에서 부정적 인물인 고이시는 일방적으로 저열하고 야비하게 그려지지 않고 '총명'하고 '이지적인 판단'의 면모가 함께 그려짐으로써 한층 객관적인 시각으로 조명되었다는 것이다. 그리고 이는 일제 침략군의 악마적 본질을 다양한 측면에서 효과적으로 폭로하려는 작가의 서사 전략이라는 분석이다.

이제까지『안개 흐르는 새 언덕』에 대한 안함광의 분석을 살펴보았는데, 당시 북한 평론계의 주요 인물이었던 그가 '영광스러운 혁명 전통에 대한 송가'라는 표현으로 상찬해 마지않았던 이 작품은 곧이어 전개되는 주체사상에 입각한 격렬한 이론적 · 미학적 논쟁과 반종파투쟁에 휘말리면서 북한문학사에서 사라지는 비운을 맞는다.

3.『안개 흐르는 새 언덕』에 대한 김일성의 비판

1967년에 들어와 유일사상체계가 확립되면서 북한문학도 대전환을 맞이한다. 이전까지는 카프의 전통을 이어받은 문학과 항일혁명문학이 북한문학에서 양대 축으로 인정되어 왔으나, 유일사상체계 확립과 더불어 항일혁명문학만을 유일한 혁명 전통 문학으로 인정하게 된다. 자연히 카프 계열의 작품과 문학인들은 비판의 대상이 되고, 유일사상체계에 반대하는 문학예술의 경향은 부르주아적 · 복고주의적 · 수정주의라는 비난을 면치 못하면서 종파주의로 분류된다. 이 시기에 구카프 계열의 평론가 안함광은 시인 박팔양 등과 함께 문학 활동을 중단하게 되는데, 천세봉의『안개 흐르는 새 언덕』은 바로 이러한 과도기

9) 안함광, 위의 신문 제2면.

적 시점에서 안함광의 고평을 받았던 것이다.

　비록 각색된 영화를 통해서이긴 하지만 1967년 1월 10일 『안개 흐르는 새 언덕』에 대한 김일성의 직접적인 비판은 이러한 결과의 결정적인 배경이 된 것으로 보인다. 이날 『안개 흐르는 새 언덕』을 각색하여 만들어진 영화 『내가 찾은 길』의 시사회를 마치고 영화 예술인들과 가진 담화에서 김일성은 영화에 드러난 내용과 형식상의 몇 가지 결함은 원작이 잘못되었기 때문이라고 지적하였다.

　　이 영화는 내용에서나 예술적 형상에서나 반드시 고쳐야 할 결함이 많습니다. 이 영화는 장편소설 『안개 흐르는 새 언덕』을 각색하여 만든 것인데 원작에 결함이 있다 보니 영화가 잘 되지 못한 것입니다. (…) 영화에서 민족주의자의 딸이며 인텔리인 순영이를 혁명 투쟁에 참가하였다가 변절하여 나중에는 토벌대 대장의 여편네가 되는 것으로 그렸는데 이는 아주 잘못되었습니다. 순영의 아버지는 3·1 운동에 참가하였으며 자그마한 약방을 차려놓고 의원을 하며 애국자의 지조를 지키며 살아가는 민족주의자입니다. 식민지 나라의 민족주의자들은 반제적인 혁명성을 가지고 있습니다. 민족주의자인 아버지에게서 일정한 교양을 받은 순영은 조국 광복을 위한 투쟁에 나서서 끝까지 잘 싸울 수 있는 여자입니다.[10]

　위 담화 내용으로 미루어 볼 때 김일성이 파악하고 있는 줄거리는 원작과 거의 일치하고 있다. 그런데 순영의 인물 성격에 대한 김일성의 시각은 안함광의 시각과 판이하다. 안함광은 순영이가 비록 부정적인 인물이긴 하지만 긍정적인 면을 공유한, 사실주의적 진실성에 입각한 입체적 인물로 파악한 반면, 김일성은 순영의 아버지가 긍정적인 애국

---

10) 김일성, 「혁명주제 작품에서의 몇 가지 사상미학적 문제」, 『김일성 저작집』 21, 조선로동당출판사, 1983, pp.13~19.

적 민족주의자이기 때문에 그 딸도 당연히 그러한 긍정적 인물로 그려져야 한다고 주장한다.

김일성의 주장대로 부전여전식의 성격화만 일방적으로 인정된다면, '순영과 같은 성격은 살아 있는 인물에 기초한 개별성과 보편성의 통일로서의 전형이라기보다 단순한 계급적 상징'[11]으로 재단되어야 할 것이며, 결국 작중에서 순영은 아버지의 판에 박힌 애국적 민족주의자의 꼭두각시로 축소되고 말 것이다. 같은 담화에서 김일성은 주인공인 강림의 성격화에 대해서도 비슷한 지적을 하고 있다.

> 이 영화의 가장 큰 결함은 로동계급과 혁명가에 대한 형상을 잘못한 것입니다. 이 영화의 주인공은 로동자입니다. 그런데 영화에서 로동계급을 그릇되게 취급하였습니다. 영화에서는 주인공을 주먹이 세고 힘꼴이나 쓰는 사람으로 왈패로 묘사하였습니다. 영화의 첫부분에서부터 철공소 로동자인 강민호는 사람을 때리는 싸움꾼으로 되어 있으며 그가 사귀는 로동자들도 왈패가 아니면 주정뱅이로 묘사되었습니다. 이것은 매우 잘못되었습니다. 로동계급의 위력은 개별적 로동자들이 힘꼴이나 쓰고 주먹이 드센 데 있는 것이 아니라 그들이 조직하고 단결되어 있는 데 있습니다. 그러므로 로동계급을 형상화하는 데서는 개별적 로동자들의 드센 주먹을 보여줄 것이 아니라 로동계급의 조직성과 혁명성·강인성을 그려야 하며 그의 단결된 위력을 보여주어야 합니다. (…) 영화에서 로동자이며 혁명가인 주인공을 왈패로 그린 것은 로동계급에 대한 모독으로 되며, 지난날 혁명 투쟁을 한 사람들에 대한 모욕으로 됩니다.[12]

위 인용문에 나타난 김일성의 지적은 앞서 순영에 대한 부전여전식

---

11) 김재용, 『북한 문학의 역사적 이해』, 문학과지성사, 1994, pp.227.
12) 김일성, 위의 책, pp.13~15.

긍정적 인물 형상화의 주장과 마찬가지로 강림 역시 처음부터 의식화된 노동자 계급, 세련된 혁명가로 그려져야 한다는 일방적인 긍정적 인물 형상론의 주장에 다름 아니다.

그러나 초기의 강림이 왈패로 그려지는 것은 '그가 아직 의식적 노동자 계급으로 성장하지 못한 단계를 보여주는 것이며, 그런 불완전한 일련의 시련을 겪으면서 의식 있는 혁명가로 변모하는 살아 있는 인물의 제시이고, 따라서 그가 왈패로 묘사되는 것이 노동자 계급의 전형으로 되는 것과 결코 모순된 것이 아닐 뿐더러, 오히려 혁명적 노동자 계급의 성장에 필연적인 부분일 수 있는'[13] 것이다.

이러한 시각에서 보면, 『안개 흐르는 새 언덕』에서 강림이 '강하고, 사물을 여러 모로 볼 줄 알며, 인정을 이해할 줄 아는 진실로 인간적인 사람, 원칙적인 노력의 몸부림을 하는 이상적인 혁명가의 전형'으로 그려지고 있다는 안함광의 분석 또한 발전하는 플롯의 전 단계를 염두에 두고 볼 때 큰 무리가 없는 것으로 보인다.

한편 또 다른 관점에서 볼 때 위 인용문의 지적은 일견 의미 있는 비판을 포함하고 있는 것으로도 보인다. 위 담화 내용과 관련된 영화를 직접 검토하지 못한 입장에서 원작 속의 강림이 영화에서는 구체적으로 어떻게 재현되고 있는지 정확히 파악할 수는 없으나, 김일성이 보았다는 영화가 원작을 그대로 반영했으리라는 전제하에 위 인용문을 살펴보면, 긍정적 인물은 처음부터 이상적으로 그려져야 한다는 도식적 주장 외에 그 인물을 형상화해 나가는 과정상의 문제점까지 지적하고 있는 것으로 보인다.

사실주의적인 인물 형상화의 보편적 측면에서 볼 때, 한 인물이 처음부터 고정 불변의 성격으로 그려지는 예는 거의 없다 하더라도, 그가 변화해 나가는 일련의 과정이 서사적 필연성을 부여받을 수 있게 하는

13) 김재용, 위의 책, pp.228~229.

단초, 다시 말해 그 인물이 지닌 총체적 성격의 기본적인 인자는 작품 도입부에서 직접 또는 복선의 형태로 제시되는 것이 공통적인 예이며, 플롯의 나머지 발전 단계에서 나타나는 성격의 변화 역시 이 인자의 심화 내지 확대의 과정인 것이 보통이다. 그렇다면 위 인용문의, "첫 부분에서부터 강림이 싸움꾼으로 그려지고 있다"는 지적과 "그가 사귀는 노동자들도 왈패가 아니면 주정뱅이로 묘사되었다"는 지적은 바로 문제의 영화가 그러한 긍정적 인물로서의 인자를 효과적으로 제시하지 못하고 있다는 지적일 수 있는 것이다.

원작 『안개 흐르는 새 언덕』의 대단원 부분에서 강림은 내각 수상인 김일성과 함께 조선민주주의인민공화국 조각 명단에 오른 것으로 암시되는데, 이러한 지도적 위치로 부상하는 혁명가의 출발 부분이 상당히 어설프게 처리되고 있다는 느낌을 지울 수 없다. 즉 원작의 도입부인 1, 2편에 등장하는 강림은 이미 마르크스 사상에 깊이 경도되어 모순된 인류의 계급적 불균형을 어떻게 바로잡을까 진지하게 고민하는 인물로 제시되고 있음에도 불구하고, 그런 그가 보여주는 행동들은 경망스러울 정도로 감정에 치우쳐 있거나 무분별에 가까울 정도로 조심성이 없어 보인다.

이를테면, 경찰서의 난로를 고치다가 잔소리하는 일본인 경찰서장에게 검댕을 뒤집어씌우는 등 고의적으로 골탕먹이는 장면이나, 이 사건이 계기가 되어 철공소 직공을 그만두고 돌아오는 길에 오직 울분만으로 순영네 집 개를 걷어차서 다리를 물어뜯기는 일이나, 단지 투전꾼이라는 이유만으로 황우진을 국수집 하수구에 때려 처박고 "이 개 같은 놈 더럽게 사는 놈, 인제 네가 그 더러운 아가리로 퍼낸 수작을 누가 좋은 말이라고 웃어 준 줄 아느냐? 그건 네 생활을 말하는 거다. 남을 등쳐먹구 짐승같이 사는 놈, 그저 네가 가진 힘이면 제일인 줄 아느냐?"라고 외치며 이를 갈아부치는 언동, 마르크스주의 비밀 독서회 조직이

탄로나서 순영의 보호를 받다가 탈출하여 유랑하던 중에 일제 앞잡이 유태일을 우물에 처박아 살해하는 등의 돌발적인 행위는, 일제 침략자와 그 주구들, 그리고 부르주아 계급에 대한 적개심을 지나치게 충동적으로 표현한 것으로, 나중에 냉철한 판단과 뛰어난 계략으로 대규모의 유격대를 이끌고 항일 투쟁의 선두에 서는 영웅적 면모와는 자연스럽게 연결되지 않는다. 이는 작품의 주인공을 일제 침략자와 지주, 부르주아 계급에 대한 적대감 및 저항의식이 생래적으로 강한 인물로 설정해야 한다는 강박감에서 비롯된 부자연스러움이라고 여겨진다.

4. 『안개 흐르는 새 언덕』의 도식성 극복의 한계

이상에서 『안개 흐르는 새 언덕』에 대한 안함광의 긍정적인 평가와 동 작품을 토대로 하여 제작된 영화 『내가 찾은 길』 및 원작에 대한 김일성의 비판을 비교한 결과, 양자 사이에 상당한 시각의 차이가 있음을 확인하였다. 요컨대 안함광은 『안개 흐르는 새 언덕』의 인물 형상화가 단순한 긍정적, 부정적 측면만을 부각시키는 도식성에서 벗어나 성격 변화의 풍부한 전모를 그려내고 있다는 점을 높이 평가하였고, 김일성은 인물 형상의 변화적 측면을 무시한 채 처음부터 목표하는 주제와 일치하는 도식적인 인물형이 제시돼야 한다고 주장함으로써 혁명적 인물에 대한 교조주의적 전형화를 강조하였다.

안함광의 입장에서 보면, 『안개 흐르는 새 언덕』에 나타난 인물 형상화 방법이 북한문학, 특히 주체문학론의 중요한 미학적 토대가 되고 있는 '무갈등성이론'의 한계를 일정 부분 극복할 수 있는 대안일 수 있는 것이다. 그러나 김일성의 담화에 드러난 주장에 의하면 이러한 태도는 수정주의적이고 부르주아적인 것으로 보일 수밖에 없으며, 따라서 이 작품이 발표되는 시기에 맞춰 이 작품과 같은 경향에 대한 대대적인 비판과 반종파 투쟁이 본격화되었을 것으로 보인다.[14]

북한문학의 큰 결함 중의 하나로 흔히 지적되는 것이 무갈등성이론이거니와, 이 이론은 문학 속에서의 전형화와 관련하여 '노동계급의 입장'에서 '적아를 똑똑히 가려내고', 그들(노동계급)을 '수령님의 두리에 튼튼히 묶어세워 혁명과 건설에 조직동원하는 사상적 문제'가 중요하므로 작품 창작에 있어서도 '반드시 갈등이 있어야 할 필요가 없다'는 입장을 취한다.[15] 그러므로 이 입장을 견지할 경우 부정적 인물이 지닌 긍정적 면의 부각이나 긍정적 인물이 지닌 부정적 면의 부각은 뚜렷한 적아의 구별에 혼동을 야기할 수 있으며, 결과적으로 사상적 주제를 선명하고도 확고하게 제시하지 못하는 것이 되고, 그런 부분들을 포함하고 있는 『안개 흐르는 새 언덕』과 같은 작품은 비판의 대상이 될 수밖에 없는 것이다.

그러나 이렇게 엇갈린 평가에도 불구하고 『안개 흐르는 새 언덕』에 그려진 인물 갈등구조가, 긍정적 인물과 부정적 인물의 뚜렷한 대립관계를 설정하고 궁극적으로는 긍정적 인물이 승리하는 구조를 취하고 있는 대부분의 북한 소설의 기본 틀에서 크게 벗어난 것은 아니다. 주인공 강림이 시종일관 긍정적 인물로 묘사되고 있는 점은 말할 것도 없고, 한달수 부자(父子)와 고이시 등 강림과 대립하는 인물들이 부분적으로 긍정적인 면을 지니고 있다고 해도, 그것이 보편적 인간성에 대한 성찰의 입장에서 부여된 성격이 결코 아니며, 강림의 영웅적인 활약상을 강화·환기시켜 주는 서사 전략의 일환에 지나지 않는다.

이러한 점에 있어 그 근본 태도는 순영의 형상화에서도 마찬가지다. 작품의 결말 부분에서 순영은 혁명 승리군의 선두에 선 강림의 눈부신

14) 김재용, 위의 책, p.230.
15) 이명재 편, 『북한문학사전』, 국학자료원, 1995, pp.431~433.

모습을 발견하고 스스로를 위대한 승리자들 앞에 나설 수 없는 '잘못 살아온 더러운 액체'라며 자괴감에 빠진다. 그녀는 고이시의 부관 사이또를 죽이고 자신도 아편을 먹고 자살을 시도하는데, 숨이 끊어지기 직전 강림과 극적으로 해후한다.

여기서 강림은 회한에 찬 독백과 인간적인 고뇌를 여실히 보여줌으로써 좌절된 인간에 대한 작가의 동정적 시선을 대변하고 있으나, 이 부분 역시 인간성 자체에 대한 순수한 이해라기보다 '혁명의 쟁취'라는 엄숙한 주제 부각에 복무하는 기능으로 작용하고 만다.

순영이는 말을 잇지 못하고 눈을 감았다. 량옆에 부축하고 서 있는 식모와 침모가 치마자락을 들어 얼굴을 싸며 흐느껴 울었다. 순영이는 또 가까스로 축축히 속눈썹을 열었다.

"전…… 할 말이 많아요. 허지만…… 인젠 이렇게 힘이 없어요. 전 그 많은 말을…… 다 하지 못하고 이렇게 돼요. 전…… 한 발자국 잘 못 디딘 죄로 인간을 이렇게 살았어요…… 한 발자국 잘못 디딘 죄로 이렇게 살다가요."

(…)

'괘씸한 것, 네 생애를 누가 그렇게 만들었단 말이냐? 바로 너는 너를 그렇게 계산해야 돼.' 강림은 두 어깨를 낮추며 긴 숨을 내쉬었다. 역시 안 보니만은 같지 못했다. 가슴 속에 들어앉은 처량한 음영은 긁어던질 수가 없었다. 자기 죄의 보상을 받아 그런 종말로 끝난 운명이긴 하지만 마지막 순간에 울리는 그 짙은 애가(哀歌)는 강림으로서는 무자비하게 대할 수가 없었다. 찢어던지고 비틀어던지고 했으나 역시 첫사랑의 련련한 자욱은 그 애가로 되살아났다. 자기 생애의 첫 터전 우에 그처럼 진한 발자욱을 수놓으며 울고 웃으며 꿈을 속삭이던 종달새……. 아직 때가 묻지 않고 어느 한 귀퉁이 찢기지도 않고 천진란만한 그대로 싱싱한 향기를 둘의 우주에 채우며 발랄한 성장력으로 그 소우주를 그처럼 푸르게 단장시켰던 넝쿨……. 그것이

자기의 죄로 하여 긴긴 세월을 두고두고 시들고 마르다가 햇빛이 넘치는 오늘에 와서 영원히 종말을 지었다. 장하지도 못하고 값있지도 못한 갸날픈 음향을 남기며 무너지는 낡은 력사의 거름더미 속으로 매장되여 들어갔다.[16]

위 인용문에서 읽을 수 있는 순영이란 인물에 대한 작가의 해석은 명백하다. 곧 반혁명의 길로 잘못 내디딘 인간은 결국 돌이킬 수 없는 비극적 종말을 맞을 수밖에 없으며, 그 비극적 종말은 그가 역사 앞에서 마땅히 치러야 할 대가이고, 낡은 역사의 거름더미 속에 영원히 매장시켜야 할 악의 존재라는 것이다. 따라서 순영의 최후 순간에 강림의 뇌리에 떠오르는 회한과 연민의 감정은 강인한 혁명의지와 더불어 고상한 인간애를 지닌 혁명적 영웅의 전형을 보다 효과적으로 장식하는 의미 이상이 되지 못한다.

결국『안개 흐르는 새 언덕』에 등장하는 부정적 인물들은 예외 없이 비극적인 최후를 맞으면서 어떠한 구원의 비전과도 무관하게 그려지고 있는 셈이다. 이렇게 볼 때『안개 흐르는 새 언덕』역시 긍정적 인물과 부정적 인물의 이항대립 구조를 기본으로 하는 북한 소설의 기본 틀에서 벗어나지 못하고 있다.

5.『안개 흐르는 새 언덕』이후 천세봉의 변모

앞에서 언급한 바와 같이 천세봉의『안개 흐르는 새 언덕』은 출판 직후 안함광의 찬사를 받았을 뿐 북한의 공식 문학사에는 등장하지 못한다. 물론 이 작품을 각색한 영화문학(시나리오)『내가 찾은 길』이『조선

---

16) 천세봉,『안개 흐르는 새 언덕』(하권), 살림터, 1996, pp.650~651.

문학개관』에 한 차례 언급되기는 한다.[17] 『조선문학개관』에서 순영이 원작에서와는 달리 '우여곡절에 찬 길을 거쳐 마침내 혁명의 길에 들어서는' 인물로 설명되고 있는 점으로 미루어 볼 때 여기서 언급되는 『내가 찾은 길』은 위에서 살펴본 김일성의 지적을 반영하여 개작한 작품으로 추정된다.[18]

『안개 흐르는 새 언덕』에 대한 논쟁 결과 안함광이 부르주아적·수정주의적 경향의 비평가로 평가되어 1967년 이후 북한 평론계에서 활동을 중단하는 것과는 달리, 정작 그 논쟁의 제공자라 할 수 있는 천세봉은 이후에도 활발한 창작 활동을 계속할 뿐만 아니라 정치적 입지까지 확대해 나간다. 이러한 사실은 그가 1964년에 이미 문예총 중앙위원회 위원장을 지낼 정도로 북한 문단에서 확고한 기반을 다졌을 뿐아니라, 데뷔 이후 일관되게 농민들의 형상과 농촌 현실을 제재로 한 작품들, 특히 『석개울의 새봄』(1960), 『대하는 흐른다』(1961), 『고난의 력사』(1963) 등을 통해, 당시 북한 정권이 힘 기울여 추진하고 있던 농촌 조직화와 혁명 사상 고취에 일익을 담당하는 작가로 평가받고 있던 사실과 무관하지 않을 것이다.[19]

또한 문학 자체의 독립성을 인정하지 않고 당의 강령과 수령의 교시에 따라 결정된 문예정책이 지배하는 북한문학의 제한된 조건과, 그 문예정책의 해석과 지도를 담당하는 비평의 중요성을 감안할 때, 천세봉의 창작 활동 계속과 안함광의 비평 활동 중단 배경의 일단을 읽을 수 있다.

한편, 『안개 흐르는 새 언덕』이 1967년 이후 유일사상체계를 확립해

---

17) 박종원·류만, 『조선문학개관』 하(은누리, 1988), pp.310~311.
18) 김일성은 위 담화문에서, 영화를 만드는 데 있어 "영화는 영화로서의 자기 특성이 있는 것만큼 원작에 너무 구애되지 말고 영화로서의 대를 세워야 합니다"(『김일성 저작집』 21, p.26)라고 지적할 뿐만 아니라, 쓸데없는 장면들을 삭제할 것, 장면들의 순서를 바꿀 것, 주요 인물들의 어투나, 편지 내용을 고칠 것 등 시시콜콜한 주문을 하고 있다는 점을 통해서도 최초의 『내가 찾은 길』이 『조선문학개관』에 언급되기까지는 순영의 성격 수정과 같은 일정 부분의 개작이 이루어졌음을 짐작케 한다.
19) 위 담화문에서 김일성은 천세봉에 대해 『안개 흐르는 새 언덕』을 쓴 작가는 당에서 키워 왔고 또 아끼는 사람'(『김일성 저작집』 21, p.28)이라고 지적하고 있으며, '잘못된 점이 있으면 비판하고 교양하여 고치도록 해야 한다'면서 옹호하는 입장을 취하고 있다.

나가는 과정에서 판매 금지를 당해야 할 만큼 부분적인 결함을 안고 있다 하더라도, 위에서 살펴본 바와 같이 북한 소설들의 기본 틀을 근본적으로 벗어나지는 않았기 때문에 작가의 창작적 생명이 중단되는 사태로까지는 발전하지 않은 것으로 보인다. 이는 『북한문학개관』이 인물 형상의 부분적 수정을 가해 재생산한 시나리오 『내가 찾은 길』을 긍정적으로 평가함으로써 원작을 우회적으로 인정한 사실로도 확인된다.

『안개 흐르는 새 언덕』 발표 이후 북한 문단에서 천세봉이 걸어간 행보가 어떠했는지는 그가 사망하기 1년 전인 1985년에 조선작가동맹 중앙위원회 기관지가 주최한 좌담에서 밝힌 다음과 같은 회고를 통해 대강 짐작해 볼 수 있다.

저 개인의 경우를 놓고 봐도 그렇습니다. 지난 시기 자신의 정치 사상적 안목이 바로 서 있지 못하다보니 작품 창작에서 이정 세태적인 문제에만 치우치면서 로동계급적 선을 똑바로 세우지 못한 것으로 하여 제가 창작한 장편소설에서 심중한 사상적 오류를 범하여 위대한 수령님께 심려까지 끼쳐드렸습니다. 제가 심한 자책으로 모대기고 있을 때 친애하는 지도자 동지께서 저를 몸 가까이 부르시어 창작에서 범한 심중한 사상적 오류를 하나하나 일깨워주시었으며, 또다시 저를 '4·15 창작단'에 불러주시어 위대한 수령님의 영광찬란한 혁명력사를 소설로 형상하도록 크나큰 믿음을 안겨주시었으니 그 은덕을 무슨 말로 다 이야기할 수 있겠습니까. 그때 저는 오직 친애하는 그이께서 쥐여주신 붓으로 위대한 수령님의 혁명력사를 그리는 데 모든 지혜와 열정을 다 바칠 일념으로 심장을 불태웠습니다.[20]

천세봉의 이러한 회고는 『안개 흐르는 새 언덕』 발표 이후 그가 걸어

20) 「우리 당의 향도 아래 만발한 주체문학의 대화원」, 『조선문학』(1985년 10월호), 문예출판사, pp.29~33.

온 창작 활동의 행보를 그대로 대변하는 것이다. 『안개 흐르는 새 언덕』이후 그의 작품에서는 안함광이 평가한 바와 같은 복합적인 인물 형상은 찾아볼 수 없으며, 주체문학론과 무갈등성이론에 입각한 극단적 이항대립의 도식적 인물만이 그려지고 있다. 특히 이러한 경향은 그가 4·15 창작단의 중심적 인물로 참여하여 쓴 '불멸의 력사' 총서의 일부 『혁명의 려명』(1973)과 『은하수』(1982) 등에서 뚜렷하게 나타난다.

1927년 초부터 1928년 말까지 길림 지방을 중심으로 한 김일성의 항일혁명 활동상을 그린 『혁명의 려명』의 경우, 당년 16세인 청년 지도자 김성주(김일성)는 한 장의 쪽지 질문으로 안창호의 연설을 좌절시키는가 하면, 그의 석방운동의 핵심적 역할까지 하여 이에 감화된 안창호가 자신의 행적을 반성하는 데 이르게 하고, 숱한 부르주아 민족주의자, 언론인, 영도권 쟁탈에만 눈이 어두운 종파분자들을 감화시켜 그의 아래로 모여들게 하는 불세출의 영웅으로 그려지고 있다.

그의 지도 한마디, 그가 내딛는 혁명적 활동의 행보들은 곧바로 모든 갈등들을 소멸시킴으로써 작중의 여타 인물들의 형상은 김성주 일인의 형상화를 위한 보조적 수단에 불과한 것으로 드러난다.

한편 1929~1930년 시기 옥중 투쟁을 중심으로 하여 고루한 민족주의와 편협한 공산주의 종파주의 및 사대주의를 극복하고 조선 민중들을 독립과 해방의 목표 아래 결집시켜 나가는 김일성의 활약상을 그린 『은하수』에서는, 17~18세에 불과한 김성주가 40~50대의 원숙한 혁명가로 묘사되는 등 우상화, 신격화 경향이 더욱 노골적으로 드러나고 있다. 이 소설의 대미에 해당하는 카륜회의 소집 대목에서 김성주가 등장하는 장면을 보자.

바로 이러는데 학교 교실로는 한 청년이 허겁지겁 달려 들어오며 김성주 동지가 오신다고 소리질렀다. 모두 와르르 자리를 차고 일어섰다. 그이께서 오신다는 말은 그믐밤에 해뜬다는 말과 같이도 들리는 것이었다. 모두 옷매무시를 고치며 문통이 메게 달려나왔다. 벌써 학교 앞 큰 뚝 우엔 사람 사태를 이루었다. 논벌의 농민들이 밀려 들어오다가 먼저 그 이를 맞았다. 사람들이 겹겹으로 둘러싸고 서서 무어라고 떠들어올린다. 저쪽 방 교실에서 글 배우던 아이들도 터져나왔다. 애들이 먼저 김성주 선생님을 부르며 주먹을 쥐고 내뛰었다. 강당에서 빠져나온 사람들도 뛰었다.[21]

위의 인용문 외에도 『은하수』의 전편에는 김일성을 우상화하기 위한 묘사들이 허다하게 남발되고 있다. 이와 같이 절대적 긍정 인물인 김성주의 부각에만 집중하다 보니 부정적 인물인 일제 침략자들이나 종파분자들의 형상은 물론, 당대 기층 민중인 농민들의 구체적인 생활상과 고통의 모습들은 상대적으로 허술하게 다루어지고 있다. 이 역시 직선적 플롯과 평면적 인물을 설정하여 이원적 대립구조로 이끌어 간 목적문학의 한계라고 하겠다.

요컨대 『안개 흐르는 새 언덕』 이후 천세봉의 작품들이 보여주는 이같은 변모는, 그가 우여곡절을 헤치고 변화하는 북한 문예정책의 중심부로 적극 편입해 들어갔음을 보여준다. 이는 달리 말해 1967년 이후 주체사상을 핵으로 한 북한의 문예정책이 한 작가의 작품 세계를 어떻게 조종하고 지배했는가를 말해 주는 것이기도 하다.

---

21) 천세봉, 『은하수』 하권, 도서출판 힘, 1990. p.179.

주체소설에 나타난 미세한 균열

—백남룡의 『60년 후』와 『벗』을 중심으로

고인환

1. 머리말

북한의 주체문학[1]을 어떻게 볼 것인가. 초기의 북한문학 연구는 당의 문예정책에 기초하여 작품을 이해함으로써, 북한의 자체 평가를 그대로 수용하는 방식이었다. 이는 북한체제의 특성(사회주의적 성격)을 작품 분석의 절대적 기준으로 적용하는 방식에 머물러 있었다. 그러나 연구가 심화되면서, 작품 분석을 통해 주체소설과 북한 문예정책의 허와 실을 비판하는 관점이 제시되었다. 이는 남한의 문학을 염두에 두고 주체소설을 이해하려는 태도에서 비롯된 것이다.

80년대 후반 동구 사회주의권의 붕괴는 한반도에 미묘한 파장을 일으켰다. 남한의 문학에서는 자본주의의 전 지구적 승리에 따른 개인의

---

1) 주체문학이란 주체사상에 입각한 문학이다. 북한은 1967년 5월 당중앙위원회 제4기 15차 전원회의에서 유일사상체계의 수립을 결의했으며, 1970년 11월 제5차 당대회에서는 주체사상을 당의 유일한 지도 이념으로 규정하였다. 이후 북한이 추구하는 '우리식 사회주의' 이념을 구현하는 문학은 주체문학이라 할 수 있다.

욕망이 화려하게 개화했다. 북한의 경우는 사정이 좀 복잡하다. 자본주의 시장경제의 점차적 침투에 따른 개인의 세속적 욕망이 미세하게 반영되는 '사회주의 현실' 주제의 작품들이 제출되었으며, 이와 대비적으로 체제에 대한 위기감의 발현으로 '주체'를 강조한 '우리식' 사회주의 건설의 작품들이 재평가되었다. 우리의 관심은 전자에 있다. 문학이 존재와 세계의 팽팽한 긴장을 통해 독자에게 감동을 준다는 사실을 인정한다면, 주체소설은 우리에게 감동을 주기 어렵다. 존재의 내면과 욕망이 의식적으로 거세된 작품들이 주체소설의 주류를 이루어 왔기 때문이다. 따라서 80년대 이후 개인의 욕망이 북한의 소설 속에 등장했다는 사실은 중요하다. 이는 주체소설의 미세한 균열을 드러내는 징후로도 볼 수 있다.

80년대 북한문학은 크게 두 경향으로 나뉜다.[2] 먼저, '불멸의 역사' 총서로 대표되는, 과거의 역사를 재구성하는 작품들을 들 수 있다. 이 계열의 작품은 항일혁명투쟁의 복원과 사회주의 건설의 당위성을 형상화하는 데 주력하며, 사회주의 국가인 북한 정책의 일환으로 제작된 것이다.

다음으로 '사회주의 현실'을 다룬 작품들이다. 주체문예이론에 입각하여 제작된 작품들이 대중성 확보에 실패하자, 절대적 과거에서 벗어나 실제 현실에서 인민들이 느끼는 애환이나 생활을 다룬 작품들이 등장하게 된다. 이러한 작품들은 기존의 이념적인 작품 경향에서 완전히 벗어난 내용을 담고 있는 것은 아니지만, 서민들의 실제 삶을 다룬다는 점에서 주체문예이론에 입각한 기존의 작품들과는 미세한 차이를

---

2) 김재용은 80년대 북한문학을 주제별로 구분하였다. 첫째 해방 후 혁명 투쟁을 형상화한 문학, 둘째, 역사 주제의 문학, 셋째, 조국 통일 주제의 작품, 넷째, 사회주의 현실 주제의 작품 등이 그것이다(김재용, 「80년대 북한 소설문학의 특징과 문제점」, 『창작과비평』, 1992 겨울, p.80). 이 글에서는 김재용의 분류를 수용하면서, 이전의 작품 경향과 뚜렷하게 구분되지 않는 첫째, 둘째, 셋째 작품군과 80년대 문학의 새로움을 보여주는 넷째 작품군으로 나누어 고찰하려고 한다. 백남룡은 사회주의 현실 주제의 작품 성향을 가장 잘 보여주는 작가 중의 하나이기 때문이다.

보인다.

북한의 80년대 문학은 비적대적 모순에 바탕한 사회주의 건설의 문학이 주류를 이룬다. 이 시기는 문학예술의 자율성이 표출되어 주체 문예이론의 한계점이 드러나는 시기이기도 하다. 따라서 80년대 북한 문학은 주체사상에 순응하는 문학과 개인의 욕망이 표출되는 균열의 문학으로 양분할 수 있다. 직접적이지는 않지만 개인의 세속적 욕망이 표출된다는 점에서 후자는 주체사상과 갈등하는 문학이라 할 수 있다.

백남룡은 80년대 작가라 할 수 있다. 그의 대표작 『60년 후』(1985), 「생명」(1985), 『벗』(1988) 등이 이 시기에 발표되었고 또한 그의 작품들은 80년대 북한문학의 새로운 특성을 표출하고 있기 때문이다.

백남룡의 대표작 『60년 후』와 『벗』은 주체소설에 나타난 미묘한 변화의 흐름을 반영하고 있는 작품이다. 80년대 북한문학을 이해하는 데 있어서 중요한 점은 표면적으로 드러나지 않는, 아니 드러날 수 없는 개인의 무의식적 '욕망'을 밝히는 일이다. 북한 소설이 소외시켜 온 개인의 욕망을 포착하는 일이야말로 주체소설이 가진 경직성(한계)을 완화시킬 수 있다는 판단에서이다. 『60년 후』와 『벗』에 드러난 실제 북한 주민들의 삶을 통해 그들의 미세한 '욕망'을 밝히는 일은 주체소설의 한계와 가능성을 동시에 보여주는 것이기도 하다.

2. '대가정'에서 '소가정'으로

북한은 수령을 중심으로 하는 '대가정' 사회이다. 주체시대 이후 김일성, 김정일은 당 그 자체이거나 당에 앞서는 절대 존재로 군림하게 된다. 수령은 '어버이'이며, 당은 '어머니'로 표현된다. 따라서 수령의 혁명 역사를 발굴, 복원하는 작업은 중요한 문학적 전범이 된다. 수령과 인민의 관계는 '부모—자식'의 관계와 같이 직접적이다. 수령—당—인민의 관계는 정치 도덕적 윤리에 기초한 유기체적 생명체(혁명적 가족)로 비유된다. '불멸의 역사' 총서 계열의 작품들이 보여주는 거대한 서사적 화폭은 이를 잘 보여준다.

그러나 1980년대 후반, 지금까지 주체소설이 보여준 수령의 대가족사 복원과 사회주의 건설을 추동하는 내용은 생활에 밀착된 개인들의 삶을 다룬 이야기에 조금씩 자리를 비켜 주고 있다. 이는 주체소설의 요구와 소설의 본질 사이의 미세한 균열을 보여주는 예라 할 수 있다.

이 장에서는 이러한 미묘한 변화를 염두에 두고 백남룡의 『60년 후』와 『벗』을 살펴보고자 한다. 『60년 후』는 퇴직을 앞둔 공장의 지배인 최현필이 겪는 삶의 문제를 다루고 있다. 이 작품에는 가정 생활과 직장 생활 사이의 갈등이 드러난다. 주인공 최현필은 가정보다는 사업(직장 생활)을 중요시하는 인물이다. 아들이 '보이라' 사고로 목숨이 위태로울 지경인데도 그는 '보이라' 개조 공사를 미처 끝내지 못한 사실을 더 안타까워하는 인물이다. 이러한 최현필의 태도는 수령을 중심으로 뭉친 대가정인 국가의 사업을 개인의 가정 생활보다 우위에 두는 신념의 발현이다.

　　세월의 흐름과 자신의 늙음을 뚜렷이 인식하고서 마음의 준비를 갖추고 있던 일이였건만 정작 당하고 보니 갑자기 보람차던 생이 끝나버린 듯 서글퍼졌다. 사람이 공기속에서 살듯이 공장에 관한 크고작은 일들의 련쇄(연쇄) 속에서 살던 그의 머리는 텅 비고 외롭고 쓸쓸한 감정이 가슴을 채웠다. 인제는 공장과 수백명 로동자들 대신 늙은 안해(아내)와 아들만을 거느린 단출하고 적적한 생활이 앞에 있는 것이다. (백남룡, 『60년 후』, 한웅출판, 1992, p.18)

그에게 공장은 생의 전부였다. 최현필은 '늙은 안해와 아들'이 있는 가정의 울타리를 벗어나, '수백명의 로동자들'이 일하는 공장인 더 큰 가정에서 삶의 보람을 느낀다. 이러한 최현필의 사고는 비록 수령의 가족사를 복원하는 '불멸의 역사' 총서 계열의 작품과는 다소 거리가 있지만, 수령과 당을 중심으로 한 대가정인 국가의 사업을 중시한다는 점에서 위의 계열의 연장이라 할 수 있다.

그런데 『벗』의 주인공 정진우 판사는 가정과 사업을 각기 독립적인 영역으로 설정하고, 순회 부부의 갈등을 중개하고 있다. 특히, 그가 리석춘을 비판하는 대목은 주목을 요한다.

그러나 정진우는 채순희의 결함을 허영심이라고 박아놓고 싶지 않았다. 예술인 가수는 로동자와는 달리 직업적 특성으로부터 정신생활에서 허영심이 있을 수 있다. (중략)

그렇다면 순희의 허영심이 과연 질적으로 나쁜 것인가?··· 그 녀자는 남편이 선반공이여서 불평하는 것이 아닌 것 같다. 남편이 십 년 전이나 오늘이나 정신생활에서 변화가 없이 따분하고 구태의연한 생활을 하기 때문이 아니겠는가··· 석춘이의 지성 정도나 리상은 신혼생활 때와 수평이거나 침체되는 것 같다. 그러면서도 생활에 대한 자기 만족에 차서 자존심을 세우고 있다. 거기에다 성실성이라는 울타리를 든든히 둘러치고 안해를 타매한다.··· 바로 이런 마찰에서 순희의 우월감과 절망적인 결심이 생긴 게 아닐까? 분쟁의 초점은 거기 있는 것 같다. (중략)

공장에서의 성실성은 가정에서 화목의 바탕으로 될 수는 있어도 전부로 되지는 못한다. 애정관은 사업 말고도 정신생활영역의 많은 부분에 기초를 두고 있는 것이다. (백남룡, 『벗』, 살림터, 1992, pp.133~134)

정진우 판사는 십 년 전 선반공 때의 지향과 현재의 지향 사이에 아무런 변화도 없는 석춘을 질타한다. 석춘은 십 년 전 프레스공 처녀에 대한 사랑을 그대로 유지하고 있는 인물이다. 그러나 순희는 이제 프레스공이 아니라 이름 있는 중음가수로 정신 문화적 면에서 크게 발전했다. 과학과 기술, 예술이 발전하였고 사회가 변했는데, 석춘은 시대에 뒤떨어진 목가적 사랑을 붙들고 있다. 이러한 석춘의 지향, 정신 생활의 침체가 순희의 허영을 가져왔다는 것이다. 순희와 같은 젊은 여성의 이러한 요구는 높은 정신 문명에 대한 갈망에서 나온 필연적인 것이다.

이러한 정진우 판사의 생각은 지금까지의 북한 소설과는 다른 관점이다. 대가정이라는 국가의 이념에 개인의 가정이 종속되는 과거의 주체소설을 넘어, 『벗』에서는 가정이 국가의 개별적 생활 단위로 독자적인 영역을 지닌다. 사회의 세포인 가정의 운명과 사회라는 대가정의 공고성은 긴밀한 연관을 갖는다. 이 작품에서는 가정과 사업이 거의 대등한 입장에서 제시되고 있다. 이는 채순희(가정)와 리석춘(사업, 국가)의 갈등이 어느 한쪽으로 투항하는 방식으로 화해되는 것이 아니라, 상호의 문제점을 인정하고 더 나은 미래를 설정하는 방향으로 해소된다는 점에서 드러난다.

『벗』의 채순희는 주체소설의 변화를 보여주는 문제적 인물이다. 그녀의 '낡은 과거가 여기에 무슨 상관이 있어요. 생활은 오늘이고 앞에 있어요'라는 발언은 북한 체제의 현실적인 어려움을 잘 드러내 준다. 이는 『60년 후』와도 사뭇 다른 관점이다. 이러한 순희 부부의 고민은 현실적인 생활에서 부딪치는 살아 있는 갈등이다. 이들의 갈등은 구체적 삶의 터전인 가정의 소중함을 새삼 일깨워 준다는 점에서 기존의 주체소설과는 다른 지점에 서 있다.

3. '과거'에서 '현재'로

주체소설에서 항일무장투쟁이나, 전쟁시의 영웅적 투쟁 그리고 전후 복구 사업 등 과거의 역사는 현재진행형으로 그려진다. 이러한 절대적 과거는 현실의 어려움을 극복하는 내부적 힘이 되었으며, 북한 사회를 유지하는 원동력이기도 하다.

그러나 주체형 인간상과 주체형 사회는 인공적으로 새롭게 창조되어야 할 미래형 과제이다. 이러한 새로운 과제는 절대적 과거의 전통을 바탕으로 제기되었다. 새로운 인간상과 새 사회의 이상은 그것에 위배되는 낡은 것 위에 세워진 것이다. 이러한 상황은 절대적 과거와 사회주의적 미래 사이에 현실의 문제가 소외된 형국이다. 따라서 주체소설에서 바람직한 현실의 모습은 수사의 공간에 존재할 뿐, 구체적 실제성으로부터 이탈되어 있다. 주체소설에서 과거의 규정력이 지닌 한계는 바로 여기에 있다.[3] 주체소설을 추동하던 과거의 절대적 규정력은 80년대 이후 미묘한 변화를 보인다. 이제 일본 제국주의나 전후의 피폐한 현실, 그리고 미제국주의가 인민의 삶을 위협하고 있지 않다. 오히려 일상적 삶에서 발원하는 세속적 욕망이 북한의 체제에 미세한 균열을 내고 있는 것이다. 이 장에서는 주체소설에 드러나는 과거의 규정력이 현실의 문제로 전화해 가는 과정을 『60년 후』와 『벗』을 통해 추적해 보기로 한다.

먼저 『60년 후』를 살펴보도록 하자. 이 작품에 드러나는 세대 갈등, 관료주의, 사랑 등의 현실적 모순은 과거의 소중했던 추억, 자연의 아

---

3) 신형기는 북한 사회에서 과거가 답습될 수 있었던 물질적, 역사적 토대를 다음의 두 가지로 들고 있다. 첫째, 사회 변화의 동력이 될, 계급·집단간의 이해 관계가 미분화된 상황에서 전개된 북한의 사회주의 혁명은 과거에 대한 반성적 기회를 차단하는 결과를 낳았다는 것이다. 둘째, 전쟁과 미국의 위협은 내부적 단결을 요구하게 되었고, 이는 내부적 변화를 제약하는 요인으로 작용했다는 것이다(신형기, 『북한 소설의 이해』, 실천문학사, 1996. p.21).

름다움, 어린이의 순수한 동심 등의 계기를 통해 해소된다.

최현필은 나이가 들어 지배인 자리를 은퇴하게 된 자신의 처지를 '푸른 싹이 고목으로 바뀌는 것'에 비유하면서, 이를 '세월과 자연의 법칙'으로 생각한다.

> 쏴—쏴—아—
>
> 여울물은 거품을 튕겨올리며 줄기차게 흐른다. 머나먼 산골짜기에서 시작된 간고하고도 환희로운 생의 영원한 노래를 부른다. 60년 후! 누구나 맞이하게 되는 인생말년의 노래를!
>
> 강변에는 어린 버드나무들이 서 있다. 등이 굽고 껍질이 꺼멓게 터갈라진 늙은 버드나무한테서 말큰한 잎새와 단단한 줄기, 탄력있는 가지를 물려받은 어린 버드나무들이다. 그것들은 푸르고 싱싱한 모습으로 태양을 향해 서 있다. (『60년 후』, p.263)

위의 인용문은 노세대와 후대의 조화를 '늙은 버드나무'에게서 잎새와 줄기, 그리고 가지를 물려받은 '어린 버드나무'로 비유함으로써 세대 갈등을 해소하고 세대 교체의 필연성을 드러낸다. 이러한 자연에 동화된 삶은 순수한 어린이의 모습에 대한 동경으로 변주된다. 아버지의 건강을 염려해서 '제1호 보이라 공사'를 포기하려는 아들에게 모질게 질책을 하고 공장으로 돌아오는 최현필의 복잡한 마음은 부기사장의 아들 은철이와 기관장의 딸 순애를 만나며 맑아진다. '아이들의 티없이 천진한 웃음소리'는 그의 머리를 괴롭히던 잡념을 씻은 듯이 사라지게 한다.

이러한 자연의 순수함과 어린이의 천진난만함은 세대 갈등, 사업과 가족의 문제 등 현실적 어려움을 극복하는 계기로 그려진다. 또한 자연친화적이고 과거지향적인 태도는 작품 속에서 아름다운 서정성을 표출하는 데 기여하고 있다. 하지만, 현실의 구체적 갈등을 해소하기에는 미흡하다. 이러한 서정성은 미래지향적인 듯이 보이는 주체소설이 실제로는 과거에 고착되어 있음을 보여준다.

과거지향적인 태도나 자연친화적인 태도가 『벗』에서도 드러난다. 그러나 이 작품에서는 고통스럽지만 이러한 절대적 과거로부터 벗어나려는 인물들의 무의식적 욕망이 표출된다. 이는 주체소설이 소외시킨 고통스러운 현실을 직시하려는 의지로 이해할 수 있다.

남편과의 이혼을 결심한 순희는 '천진한 유년시절, 꿈 많은 소녀시절, 수줍음과 청초함이 꽃처럼 피던 처녀시절'의 고향집 '락수물 소리'를 회상한다. 어린 순희에게 락수물은 우주를 담은 조그만 물방울들의 생명체로 여겨졌다. 그러나 현재의 락수물 소리는 '번뇌와 절망에 싸여 있는 순희에게 어떤 가혹한 운명의 예고'를 하는 듯 느껴진다. 사람에게 차별을 모르는 자연도 지금에 와선 순희를 불행에서 헤어 나오지 못하게 위협하는 듯 느껴지는 것이다.

> 순희는 모지름(모질음)을 쓰면서 소꿉놀이 친구들과 헤여져 추억의 안개를 헤치고 현실세계로 내려온다. (『벗』, p.110)

순희의 회상 자체는 이제 더 이상 현실의 문제를 해결해 주지 못한다. 머나먼 어린 시절의 공상에서 그를 부르는 아들의 목소리(현실)에 그녀는 고통스럽게 몸을 부르르 떨며 깨어난다. 순희의 심정을 대변하는 현재의 거친 빗줄기는 '추억의 세계에서 소중하고 아름다운 모든 것을 먼지처럼 씻어버리려고 끈덕지게 흘러 내'린다.

이러한 과거와 현재의 길항은 정진우 판사의 삶에서도 드러난다. 그는 리석춘과 채순희의 가정 불화를 중개하면서 자신의 삶을 반성적으로 사유하는 열린 인물로 설정되어 있다.

"좀 힘들긴 하지만… 그리고 가끔 불만스럽고 짜증나는 적도 있었지만… 보람있는 생활이였소. 결혼 생활의 리상이… 지향과 목표가 한걸음, 한걸음 이루어지는 것이 난 기쁘오. 연약한 당신이 그 참다운 연구생활에서… 기나 긴 탐구의 길에서 머리에 서리가 내리면서도 물러서지 않는 걸 보는 게 내 게는 행복이요. 솔직히 말해서 지난날에는 이런 진실하고 깨끗한 동지적 감 정을 품지 못했더랬소. 젊었을 땐 당신이 사랑스러워서 뒤바라지를 했고 다 음엔 그저 남편이니 안해를 도와주어야 한다는 의무감이 앞섰더랬소. 그러 다보니 남들의 아늑한 정상적인 가정생활을 부러워했고 목가적인 순수한 가정적 행복을 바란 적도 있었소."(『벗』, p.208)

정진우는 당의 법률사상을 옹호 관철하는 사업과 아파트 3층에 꾸린 온실 관리와 주부의 몫인 가사일까지 하면서, '가정생활의 리상으로써 가 아니라 현실적인 몸'으로 늙어 온 자신의 삶을 되돌아본다. 고향 연 수덕에 남새를 재배하려는 아내 은옥의 열정에 적극적으로 동조한 정 진우의 결혼 시절 언약과 의리는 생활의 현실적인 모습을 미처 고려하 지 못한 태도였다. 오히려 그는 이러한 현실적인 어려움은 과거의 언 약과 의리를 회상하고 되새기는 차원에서 해소되는 것이 아니라, 결혼 시절의 지향과 목표를 현실 속에서 '한걸음, 한걸음' 실현하는 과정에 서 해결된다는 점을 깨닫게 된다. 이는 과거의 절대적 원칙이 현실의 구체적 생활 속에서 실현되고 있다는 점에서 주체소설의 관심이 '절대 적 과거'에서 '일상적 현실'로 옮아가고 있음을 보여준다. 여기에서는 과거의 추억과 자연의 순수함이 현실 속에서 능동적으로 기능하고 있 다.

4. '혁명적 사랑'에서 '개인적 사랑'으로

사랑은 인간의 생물학적, 유희적 본능을 규정하는 중요한 요소로, 누구도 침범할 수 없는 개인의 가장 내밀한 욕망이다. 따라서 주체소설에 드러난 사랑을 통해 우리는 지금까지 북한의 문학이 소홀히 해온 '욕망'의 한 단면을 살펴볼 수 있을 것이다.

1970년대 이후 주체소설이 추구해 온 '주체형 공산주의자'는 정치적 생명(이성)을 육체적 생명(감성, 본능)보다 중시하는 새 인간형이다. 이들의 사랑은 '우리식 사회주의 건설'이라는 대의(정치적 과제)를 개인의 욕망보다 우위에 두고 형상화되어 왔다는 점에서 '혁명적 사랑'이라 지칭할 수 있다. 혁명적 사랑은 구체적인 개인의 욕망을 억압한다. 80년대 이후 주체소설에서 애정의 문제가 중심 소재로 채택되기 시작했다는 점은 주목을 요한다. 이는 억압된 개인의 내밀한 욕망을 표면화하고 있다는 점에서 주체소설의 변화를 보여주는 징후이다.

이 장에서는 『60년 후』에 나타나는 정민과 진옥의 사랑, 『벗』에서의 석춘과 순희의 사랑을 비교, 고찰해 보고자 한다. 이들 작품에는 북한 젊은이들의 사랑 방식과 그들이 겪고 있는 사회 현실의 미묘한 변화 과정이 보다 구체적으로 드러나 있다.

진옥과 정민은 어린 시절 고향에서 함께 오누이처럼 자란 친구 사이였다. 학창 시절이 끝나고 정민은 북방의 새 탄광개발지로 떠났다. 그리고 대학에 추천되어 열공학부를 졸업하고 '보이라' 기사로 배치되어 유치원 선생이 된 진옥과 다시 만난다. 이들의 사랑을 이어 주는 끈은 '어린시절의 추억 속에 있는' 소중한 우정이다. '다정다감한 고향도시의 잊지 못할 추억을 한품에 안고 있는 진옥'을 정민은 사랑하는 것이다.

'보이라' 개조 공사를 하던 중 사고로 다쳐 누워 있는 정민을 떠올리며 진옥은 동정과 연민, 공포의 감정에 휩싸인다. 목숨을 잃지 않은 것을 다행으로 여긴 첫 감정은 정민의 상처가 던지는 그늘로 하여 야릇한 공포를 불러일으킨 것이다. 이 공포의 감정은 진옥의 내면적 욕망을 진솔하게 드러낸 것이다. 불구가 될지도 모르는 청년과 한 평생을 살지도 모른다는 불안감의 다른 표현인 것이다.

오빠인 마진호가 정민과의 결혼을 반대하자 진옥은 거기에 적극적으로 대응하지 못한다. 정민에 대한 미지근한 사랑과 이기적인 순종감 때문이었다. 진옥은 오빠인 마진호가 가지 못하게 하는 병문안을 가면서 '아버지의 친구에 대한 의리로서, 동무로서 찾아간다고' 스스로에게 위안을 한다. 이러한 진옥의 감정은 '머나먼 산골짜기에서 시작된 애린 물줄기'라는 정민의 말을 떠올리며 고쳐진다.

> 자기 몸의 상처를 두려워하지 않는 사람, 당에서 바라는 것을 위해서라면 목숨을 바쳐서라도 해낼 각오가 있는 사람!⋯ 얼마나 훌륭하고 고상한 정신세계를 소유한 청년인가. 육체적 불구는 되어도 정신적 불구가 되지 않으려는 그 깨끗하고 충성스런 마음을 보지 않고 나는 무엇을 고민했던가. 진정한 사랑이 무엇인지도 모르고 사랑을 했었지.
>
> 진옥은 부끄러웠다. 어서 정민을 만나 동정과 의리심으로 찾아오던 속된 자기를 까밝히고 사죄하고 싶었다. (『60년 후』, p.123)

병원에서 정민은 투약 봉투를 모아 풀로 붙여서 도면을 만들어 '보이라' 공사일을 계속하는 열의를 보여준다. 이러한 소식을 간호원 처녀에게 듣고 진옥은 자신의 잘못을 뉘우치고 진정한 사랑의 감정을 느낀다.

이처럼 진옥의 내면적 갈등은 과거의 아름다운 추억과 정민의 당에 대한 헌신적 노력을 통해 극복된다. 결국 진옥은 사랑하기 때문에 한 남성을 선택하는 것이 아니라, 충성스럽고 믿음직하기에 어쩔 수 없이 받아들이는 수동적인 태도를 보여준다.

『벗』에 드러나는 리석춘과 채순희의 사랑은 『60년 후』의 정민과 진옥의 사랑이 결실을 맺은 후 겪게 되는 보다 현실적인 갈등으로 이해할 수 있다.

도 예술단의 성악배우이자 중음가수인 채순희는 시 인민재판소에 찾아와 이혼을 청구한다. 이유는 남편과 '생활리듬'이 맞지 않는다는 것이다. 강안기계공장 선반공인 남편 리석춘이 십 년 전이나 오늘이나 정신 생활면에서 변화가 없이 따분하고 구태의연한 생활을 하기 때문이다. 채순희는 진옥과는 달리 진취적이고 적극적으로 자신의 주장을 펼친다.

> 저는 가수예요. 노래를 사랑하고 관중을 사랑해요. 남편의 고통스러운 생
> 활 때문에… 저의 리상을… 앞날을 희생할 수는 없어요. (『벗』, p.20)

파경 직전까지 간 순희 부부의 사랑을 좀더 살펴보자. 순희는 남들보다 더 번듯이 남편을 내세우고 싶어한다. 그녀는 과거에 머물기보다는 새로운 감정, 정서와 이상을 펼치면서 변화 발전하는 세계를 지향한다. 이는 '문화정서적' 욕구로 표출된다. 순희의 사고 방식은 남편인 석춘에 의해 비판받는다. 석춘이 보기에 이러한 순희의 지향은 순박하지 못한 여성적 자존심, 직업에서 생긴 허영심에서 발원한 것이다.

이러한 순희와 석춘의 갈등은 세속적 욕망과 혁명적 지향 사이의 갈등이며, 신세대와 구세대의 갈등이기도 하다. 특히, 세대 갈등이 부부 사이의 갈등(수평적 관계)으로 제시되고 있다는 점은, 새로운 새대의 생활적 요구가 '혁명적 사랑'의 이상과 대등할 정도로 심각하게 부각되고 있음을 보여준다.

이들의 갈등은 부부간의 의리를 처음 맺어 주던 깨끗하고 순박한 사랑을 보존하면서, 그 위에 현실의 정신 생활이 낳은 새로운 감정들로 사랑의 탑을 쌓아 가야 한다는 점을 인식하면서 해소된다. 하지만 순희 부부의 재결합은 '혁명적 사랑'에서 '개인적 사랑'으로 변모해 가는 주체소설의 변화까지를 숨기지는 못하고 있다.

4. 맺음말

지금까지 백남룡의 『60년 후』와 『벗』을 주체소설의 변모 양상과 관련하여 살펴보았다. 이 작품들에 드러나는 가족 문제, 현실과 생활의 문제, 남녀간의 애정 문제 등은 주체소설의 미세한 균열을 드러내는 하나의 징후로 이해할 수 있다. 물론 이를 주체소설 전반의 변화라고 단정하기는 어렵다. 그러나 개인의 욕망을 억압한 주체소설이 어느덧 스스로를 되돌아보는 자리에 서게 되었다는 사실은 부인할 수 없다. 이러한 욕망의 다양한 표출은 개인과 집단의 새로운 관계 정립이라는 과제를 주체소설에 던진다.

1967년 이후 등장한 주체문학은 '과거의 영광'을 되돌아보는 회고적인 문학이다. 이러한 경향은 1980년대 들어 조금씩 변모하기 시작한다. 가장 두드러진 점은 '과거의 영광'에서 '현실 생활의 문제'로 소설의 창작 공간이 이동하고 있다는 점이다. 백남룡은 이를 대표적으로 보여주는 작가라 할 수 있다. 그의 작품 『벗』은 남·북의 독자들에게 함께 사랑받았다. 북에서는 인민들의 실제적인 관심과 현실적인 욕망을 표현했다는 점에서, 남에서는 주체소설의 경직성을 탈피한 사랑(이혼)의 문제를 본격적으로 다루었다는 점에서이다.

개인의 욕망과 집단의 이익이 일치될 때 가장 행복한 문학이 탄생한다. 그러나 남한의 문학과 북한의 문학은 모두 그렇지 못하다. 남한은 개인의 욕망이 중시되고, 북한은 집단의 이익이 강조된다. 남·북한 문학의 의사소통 가능성은 서로의 '타자'인 개인과 집단에 대한 새로운 인식에서 열릴 수 있을 것이다.

참고문헌

■ 자료

백남룡, 『60년 후』, 한웅출판, 1992.

_____, 『벗』, 살림터, 1992.

■ 논문 및 단행본

김재용, 『북한 문학의 역사적 이해』, 문학과지성사, 1994.

_____, 「80년대 북한 소설문학의 특징과 문제점」, 『창작과비평』, 1992 겨울.

_____, 「김일성 사후의 북한문학」, 『문예중앙』, 1996 여름.

노귀남, 「'인민성'의 문제로 읽은 북한문학의 변화와 전망」, 『경희어문학』, 17집, 1997. 2.

신형기, 『북한소설의 이해』, 실천문학사, 1996.

_____, 「90년대 북한문학의 동향」, 『문예중앙』, 1995 봄.

최동호 편, 『남북한 현대문학사』, 나남출판, 1995.

숨은 영웅과 새로운 공산주의적 인간

—남대현의 『청춘송가』

이봉일

1. 북한 소설의 창작 원리

북한은 신화의 나라이다. 사회의 다양성은 있을 수 없다. 다양성은 곧 주체형 공산주의 사회의 분열로 인식된다. 북한 소설에서 부정적 인물이 그려지지 않는 이유도 여기에 있다. '주체사상'으로 불리워지는 이 신화는 백전불패하는 승리에 대한 환상이다. 이러한 환상은 노동계급의 역사에 대한 자각과 혁명 위업의 정당성에 대한 확신에서 나온다. 혁명의 완성을 향해 진두지휘하며 나아가는 마차의 선두에 수령이 있다. 수령만이 인민 대중 속에서 고난을 헤쳐 나갈 수 있는 위대한 영도자이다. 북한 소설에서 실제 주인공은 작품의 부면에서 활동하는 등장인물이 아니다. 실제 주인공은 '근로인민대중의 최고뇌수이며 통일단결의 중심'인 수령이다.

북한 소설의 궁극적 목적은 주체적 인간학의 정립에 있다. 김정일은 『영화예술론』(73. 4)에서 문학을 '인간학'이라고 규정하고, 문학의 본성은 '산 인간을 그리며 인간에게 복무'하는 데 있다고 하였다. 여기서 산 인간을 그린다는 뜻은 일상 생활 속에서 사고하며 행동하는 인간을 묘사하는 것을 말하며, 인간에게 복무한다는 뜻은 사람들에게 생활의 진리를 깨닫게 하고, 참된 길로 영도한다는 것을 의미한다. 이러한 인간학으로서 문학은 자주성의 문제, 자주적 인간의 문제를 내세우고 새 시대의 참다운 인간의 전형을 창조하여 주체적 인간학을 정립하는 데 이바지하는 것을 목적으로 한다.

이러한 주체적 인간학은 공산주의자들의 고상한 품성인 당성, 노동계급성, 인민성의 구현을 기본으로 한다. 당성은 수령의 혁명 사상과 그 구현인 당의 노선과 정책을 옹호 관철하기 위하여 몸바쳐 투쟁하는 것을 말한다. 노동계급성은 노동계급의 근본 이익을 철저히 옹호하며 그것을 실현하기 위하여 견결히 투쟁하는 입장과 품성이다. 인민성은 인민을 사랑하고 그들을 위하여 복무하며 인민 대중의 힘과 지혜를 굳게 믿고 그에 의거하여 모든 사업을 해내는 공산주의적 사상과 품성이다. 당성, 노동계급성, 인민성은 수령의 혁명 사상에 앞서지 못한다. 수령은 인민 대중의 조직적 의사의 유일한 체현자이기 때문이다.

수령의 혁명 사상과 당성, 노동계급성, 인민성을 매개하는 창작 원리로 '종자론'이 있다. '종자론'은 김정일의 『영화예술론』에 나오는 이론이다. 여기서 종자란 '작품의 핵'으로서, 생활 속에서 작가가 독창적으로 찾아낸 '생활의 사상적 알맹이'를 의미한다. 종자는 작품의 사상성과 예술성을 결합시키고 그 가치를 담보한다. 이러한 종자를 형상으로 실현하기 위해서는 주제를 정치적 의의가 있게 풀어야 하고, 주제를 정치적 의의가 있게 풀려면 반드시 당 정책에 의거해야 한다. 결국 종자는 수령의 혁명 사상을 인민들에게 전파하는 중요한 도구이다.

이러한 소설의 창작 원리와 북한 사회의 조직 논리를 하나의 도표로 나타내면 다음과 같다.

당성, 노동계급성, 인민성 → 종자론 → 수령(형상 창조) ← 핵심 대오 ← 인민

이 도표를 보면 소설의 창작 논리와 북한 사회의 조직 논리는 모두 수령이라는 꼭지점을 향해 있다. 북한 사회는 수령을 정점으로 일사분란하게 움직이는 유기적 생명체이다. 북한 소설의 궁극적 표현은 수령의 혁명 사상을 인민 대중들에게 전파하고, 인민 대중의 당성, 노동계급성, 인민성을 제고하여 사회의 생산성을 높이는 것이다.

2. 인텔리와 과학 기술의 부각

북한 소설에서 인텔리를 주인공으로 한 소설은 윤세중의 『시련 속에서』(1957)가 처음이지만, 70년대 중후반까지는 거의 없었다. 그러나 1973년 초 김일성은 '3대혁명붉은기쟁취운동'의 강령적 교시를 내렸고, 김정일은 이를 실천하기 위해 1975년 12월에 '3대혁명붉은기쟁취운동'의 봉화를 지폈다. 이때 '온 사회의 인텔리화'를 위한 투쟁을 함께 전개하였다.

북한 사회에서 '온 사회의 인텔리화'는 사회주의, 공산주의 건설의 완성을 위한 문화 혁명의 가장 중요한 목표이다. '온 사회의 인텔리화'는 사회 성원들의 문화 지식 수준을 높여 정신노동과 육체노동의 차이를 없애고, 근로자들의 완전 평등을 실현하는 주체형 공산주의의 인간 개조 사업이다. '온 사회의 인텔리화'를 위한 가장 중요한 과업은 교육 사업이다. 교육 사업은 새 세대들에게 지덕체를 갖추게 하고, 문화 지식 수준을 높임으로써 기술 혁명을 적극 수행할 수 있는 참다운 공산주의자로 만든다. 이제 인텔리는 북한 사회에서 특수한 계급을 지칭하는 말이 아니다.

80년대에 이르러 북한 소설은 거의 빠짐없이 과학 기술의 중요성을 강조한다. 70년대 들어 북한은 남한과의 군비 경쟁, 근대화 경쟁 그리고 80년대 중반 이후 중국과 러시아로부터 더 이상 기술 원조를 받을 수 없는 상황에 처하였다. 위기에 처한 북한은 극복 방안으로 3대붉은 기쟁취운동과 더불어 시작한 '온 사회의 인텔리화'로 배출한 지식인들을 중심으로 하여 생산성 향상 운동인 '80년대 속도전'을 전개한다. 이러한 사회적 분위기 속에서 과학적 지식을 갖춘 '인텔리형상창조'의 문제는 소설의 중요한 위치를 차지하게 된다. 이제 소설은 과학자들을 새로운 시대의 전형으로 그려 근로자들의 기술적 창의성을 각성시켜 대중적 관심을 과학 기술에 집중시켜야 한다.

『청춘송가』의 등장인물들은 대개가 높은 지식 수준을 지닌 대학 졸업자이다. 진호, 현옥, 정아, 기철, 태수, 은심 등 젊은이들은 모두 대학을 졸업한 인텔리들이다. 이들은 새로운 기술을 창조하거나(진호, 기철, 태수), 기술의 창조를 돕는(정아, 현옥) 역할을 한다. 작품 속에서 인텔리의 과학 기술 창조 정신을 강조하고 있는 대목을 살펴보면 다음과 같다.

① 기술자에게 있어서 가장 큰 재부는 실력이다. 그 실력에 따라 기술자의 가치가 규정되고 그 가치는 어떤 창조물을 내놓는가에 따라 계산된다. (『청춘송가』상, 공동체, 1988, p.192)

② 우리의 과제—그것은 할 수 있는 일이 아니라 해야 할 일을 하는 것이다. (하, p.38)

③ 그럴수록 진호와 자기의 차이, 새것을 창조하려는 사람과 순탄한 길로만 졸졸 따라다니는 자기, 해야 할 일을 위해 자기를 바치는 그와 어떤 위험

도 없기 때문에 하려고 하는 자기와의 차이를 뚜렷이 감득케 했고…… (하, p.40)

①은 책임기사 기철의 실력론이다. 기철은 남이의 시조를 패러디한 '남아이십미현국이면 후세수칭과학도리요'라고 말할 만큼 과학 기술 실력을 강조하는 인물이다.

②는 진호의 창조론이다. 진호는 '참다운 기술자가 되려면 참다운 인간이 되어야 한다' '기술을 알기 전에 인간을 알아야 한다'는 말처럼 기술 혁명은 기계 혁명이기 전에 사상 혁명이라는 것과 자신을 위한 입장보다 노동자들을 위한 입장, 공장과 국가를 위한 입장에 서서 '할 수 있는 일이 아니라 해야 할 일'을 강조하는 인물이다.

③은 정아의 자각론이다. 정아는 진호의 시험일지 속에 '할 수 있는 일만 하는 한심한 처녀'라고 적힌 자신의 평가를 읽고 분개하기도 하지만, 우리의 과제가 '할 수 있는 일이 아니라 해야 할 일을 하는 것'이라는 진호의 글을 읽고 현실이 바라는 것이 무엇인지를 자각하게 된다.

이러한 세 사람의 논리는 작품 속에서 각각 독립된 역할을 하는 것이 아니라 진호의 창조론으로 어루어져 주제의 사상성을 드러낸다.

이를 통해 우리가 알 수 있는 것은 『청춘송가』의 주인공 이진호를 비롯한 등장인물들은, 현옥의 오빠 명식을 제외하면, 혁명적 수령관에 기초한 주체형 공산주의의 전형적 인물들임을 알 수 있다. 80년대 주체형 공산주의의 전형적 인물들은 과학 기술의 중요성을 인식하고 생산성 향상을 위해 창조적 사고를 하는 지식 수준이 높은 인텔리들이다.

80년대 소설에 등장하는 '숨은 영웅'은 노동계급화한 과학적 인텔리의 전형이다. 80년대 이전 소설의 주인공은 김일성 수령의 교시를 수행한다면, 80년대 소설의 주인공은 당장의 교시에 의하지 않더라도 과거에 들었던 김일성의 교시를 수행한다는 점에서 공통점이 있다. 그러나 이전 소설과 80년대 소설의 차이점은 이전 소설이 고난의 행군을 통해 험난한 역사를 헤치고 나아가는 혁명적인 영웅을 그리고 있다면, 80년대 소설은 일상 생활의 현장 속에서 열심히 자기의 역할을 다하는 '숨은 영웅'들이다.

3. 새로운 주체적 공산주의 인간 전형 창조

1980년대 초부터 북한 소설의 소재는 '혁명적 영웅'에서 찾지 않고, '숨은 영웅'에서 찾아진다. 김일성은 1970년대 말 10년, 20년을 하루와 같이 오직 티없이 맑고 깨끗한 충성심을 안고 영웅적으로 투쟁한 사람들을 찾아서 그들을 숨은 영웅이라고 불러 주면서 우리 시대 영웅, 공산주의 인간의 전형으로 높이 내세워 주고 그들의 모범을 따라 배우도록 하였다.

북한 사회에서 '숨은 영웅'들은 공산주의적 인간의 전형으로서 아름답고 고상한 사상 정신적 풍모를 지닌다. '숨은 영웅'들의 사상 정신적 특질은 당과 수령에 대한 높은 충성심과 조국과 인민에 대한 끝없는 헌신성이다. 숨은 영웅들의 모범을 따라 배우기 운동의 원칙은 1973년 초 김일성의 3대혁명붉은기쟁취운동에 대한 강령적 교시의 연장선이며, 80년대 속도전를 창조하기 위한 투쟁과 긴밀히 결부되어 있다. 70년대 '혁명적 영웅'을 넘어 80년대 소설에서 '숨은 영웅'을 그려야 한다는 주장은 새 시대 사회주의의 건설을 위해 달라진 사회 변화를 이끌어갈 수 있는 청년 전위를 형상화해야 한다는 필요에서 나왔다.

70년대부터 북한 소설은 김정일이 영도한다는 사실을 생각해 보면,

『청춘송가』의 주인공들이 왜 혁명 4세대에 해당하는지를 알 수 있다. 1973년 2월 3대혁명소조운동은 정치 사상적으로 준비된 당 핵심들과 주체사상과 현대 과학 기술로 무장한 청년 인텔리들로 구성된 소조가 아래 단위를 지도하는 운동으로 정치 사상적 지도와 과학 기술적 지도를 동시에 보장할 수 있게 된다. 김정일의 등장 이후 사회주의 사회 건설을 위해서는 세대 교체가 필요하게 되었고, 새로운 세대가 3대혁명소조운동을 강력하게 추진하여 세대 교체의 분위기를 형성하여 자연스럽게 김정일의 지지 기반을 다지게 된다. 3대혁명소조운동은 김일성의 청산리 방법을 구현한 현대적인 혁명 지도 방법이다.

청산리 방법의 기본은 첫째, 위가 아래를 도와주는 것이다. 둘째, 늘 현지에 내려가 실정을 깊이 알아보고 문제 해결의 올바른 방도를 내세우는 것이다. 셋째, 모든 사업에서 정치 사업, 사람과의 사업을 앞세우고 대중의 자각적 열성과 창발성을 동원하여 혁명 과업을 수행하는 것이다.

『청춘송가』는 1960년 2월 김일성이 평안남도 강서군 청산리를 현지 지도하는 과정에서 창조한 청산리 정신, 청산리 방법을 실천한 작품이다. 이진호는 기술국에 배치되자마자 대학시절부터 연구해 오던 새 연료(중유를 대체할 수 있는 고체 연료)를 수도의 한 강철공장에서 시험하다가 열 부족으로 실패하고, 그 책임을 지고 제철소로 내려간다. 진호의 이러한 태도는 청산리 방법의 둘째 방법, 현장에서 답을 구하는 이신작칙(以身作則)의 행동 원리를 따른 것이다. 그는 제철소 강철직장에 배치되어 새 연료안을 실현하기 위해 노력하지만, 중유절약안에 길들어 창조성을 상실한 동료들의 저항에 부딪친다. 그러던 중 당의 배려로 제철소에 중유가 우선적으로 공급되게 되자, 중유 절약보다 제강 시간을 단축하여 철의 증산을 높이라며 당은 책임기사 기철에게 '강욕취임안'을 구체화시키라는 명령을 내린다. 기철은 자신의 중유절약안을 맡길 수 있는 사람을 물색하던 중 정아에게 그 책임을 맡기고 진호로 하여금 정아를 보조하게 한다. 얼마 후 진호는 로장의 휴야근교대 때 자신의 새 연료안을 시험하던 도중 투사기의 폭발과 노의 분출구 파괴로 심한 상처만 입고 좌절을 겪는다. 그러나 연료와 가스와 공기의 배합비에 따라 온도가 달라진다는 사실을 알아낸다. 사고 후 초당급비서 상범은 진호의 시험일지를 읽어 보고 중유에 대한 사람들의 만성적인 의존심을 깨닫고, 진호의 새 연료안을 '우리 직장이 걸린 문제를 푸는 열쇠, 내가 틀어쥐고 나가야 할 중심고리'라고 생각한다. 상범의 권유로 시험일지를 읽은 정아 그리고 태수, 우택, 용해공들이 차례로 진호의 새 연료안에 동의한다. 사고에 대한 토론 끝에 제철소 당 위원회는 3회 시험 취입 승인을 내리고, 진호는 세 번의 시험을 통해 자신의 새 연료안을 성공적으로 증명한다. 그후 새 연료안의 취입 공정 설계안 현상 공모를 통해 태수의 '원판식취입기'와 기철의 '기류식취입기' 가운데 기철의 안을 채택하여 새 연료안 취입 공정까지 완성하게 된다.

여기서 초당급비서 상범이 진호에게 도움을 준 것은 청산리 방법의 첫째 방법, 위가 아래를 도와주는 것이다. 그리고 진호가 주체적인 철 생산을 위한 새로운 기술 혁신을 위해 난관과 애로를 극복해 나가는 노력으로 강철직장의 동료의 도움을 이끌어내어 새 연료안의 실험을 성공적으로 마친 것은 청산리 방법의 셋째 방법, 대중의 자발적 열성과 창발성을 동원하여 혁명 사업을 수행하는 것이다.

결국 이진호는 수많은 난관을 뚫고 새 연료안을 성공하여 개인의 명예보다 인텔리의 사회적 책무와 역할을 다하는 새 시대 청년 인텔리로 당과 수령에 대한 높은 충성심과 조국과 인민에 대한 끝없는 헌신성을 지닌 '숨은 영웅'이다. '숨은 영웅'은 일상 생활의 보통사람이다. 숨은 영웅론은 인민들의 구체적 생활을 풍부히 담아내어 인민들의 사고를 새 시대에 맞게 변화시키려는 노력의 일환이다. 그러나 '숨은 영웅'은 그냥 보통사람이 아니라 인민들을 위해 분투하는 말 그대로 숨은 영웅이다. 그렇기 때문에 '숨은 영웅'은 역경에 굴복하지 않고 극복하는 긍정적인 인물이다. 그런 의미에서『청춘송가』의 주인공, 이진호는 80년대 노동계급화한 인텔리의 전형으로서 '숨은 영웅'이다.

4.『청춘송가』: 북한 소설의 새로움

북한은 금욕의 사회이다. 북한 소설의 대부분은 사랑의 문제를 작품의 전면에 내세우지 못하고, 고상한 도덕적 감정 아래 감추어 왔다. 『청춘송가』의 소설사적 의의는 바로 그 동안 북한 소설사에서 부수적인 수준에 머물러 있던 사랑의 문제를 작품의 전면에 내세웠다는 데 있다. 이는 사랑이 개인적 차원의 실존적 문제임을 생각해 볼 때, 사랑의 문제까지 혁명의 차원 아래 묶어 두려는 북한 사회에서 개인주의가 등장하고 있음을 나타내는 징후라고 할 수 있다.

이전 소설에서도 사랑이 작품에 드러나긴 했지만, 그때의 사랑은 작품을 이끌고 나가는 주된 라이트 모티프가 아니라 부수적인 것이었다. 『청춘송가』는 북한 소설에서 사랑의 문제가 독립된 소재로 부각되고 있음을 보여주는 작품이다. 전통적인 작품이라면 '7장' 이전에서 끝나는 것이 일반적이라 할 수 있다. '7장' 이후는 순전히 사랑을 위한 담론이다. 물론 이때에도 사랑은 수령의 혁명 사상을 인민들의 수준에서 제고하는 수단에 불과하다. 북한 사회에서 사랑은 다른 것과 같이 공식적으로 사상 정신적 근거로부터 자유로울 수 없다. 그러나 사랑은 사회의 생산력을 높이기 위한 혁명의 수단으로 사용된다 해도 개인의 차원에 놓인다. 사랑을 작품의 중심 소재로 다루고 있는『청춘송가』는 주체의 집단화로 인해 개인 주체가 소멸된 것으로 인식되었던 북한 사회 내부에서 개인에 대한 관심이 고조되고 있음을 보여준다. 이는 1987년에 출판된 이 작품이 1994년 재판 4만 부가 발행될 만큼 북한에서 최고 인기 소설로 자리잡은 것으로 짐작할 수 있다.

『청춘송가』에서 사랑을 규정하고 있는 글들을 찾아보면 다음과 같다.

① 사랑이란 처녀의 외적인 매력과 그가 지니고 있는 내적인 지향의 합으로 이루어지는 걸세. 알겠나? 그렇지만 어디까지나 지향이 우위라는 것만은 명심해두게. (상, p.27)

② 그(현옥:필자)에 의하면 남자들이란 아무리 사랑스러운 애인에게라 해도 절대 고분고분하기만 하면 안 되는 것은 물론 어떤 경우에도 자기주장을 고집할 줄 알아야 한다는 것이었다. 아무리 처녀가 간절히 바래도 사내로서의 억센 담보와 듬직한 무게가 느껴져야 처녀의 가슴도 더욱 사랑에 불타게 된다는 것이었다. (상, p.43)

③ 사랑이란 궁극에는 외모가 아니라 마음에 뿌리를 두는 게 아니겠어요. 끝없이 진실하고 순결한 마음에서 그 뿌리가 더욱 왕성해지는 게 아니겠어요. (하, p.113)

④ 오직 상대에 대한 이해만이 사랑을 신성시하며 또 그런 이해에 의해 정화된 사랑만이 진실한 사랑이 아니겠소. 난 이렇게 말하고 싶소. 진정한 사랑이란 두 사람이 주고받는 애정의 양이 서로 같을 때에만 제대로 꽃필 수 있다고 말이요. (하, pp.151~2)

⑤ 하지만 진호동문 과학은 창조할 줄 알아도 사랑은 창조할 줄 모르거던
요. 아니, 하려고 하지 않아요. 사랑도 과학과 마찬가지로 창조하는 것이라
고 여기지부터 않으니까요. (하, p.152)

①은 진호의 여성관이라 할 수 있다. 사랑은 외적 매력과 내적 지향
의 합으로 이루어지지만, 내적인 아름다움이 우선이라는 것이다. 이
시각은 전통적인 남성의 시각이다.

②는 현옥의 남성관이다. 이 시각은 현옥이 금속공업부 심사실장인
오빠가 평가하는 진호의 인간성을 믿고, 두 사람의 굳은 사랑의 믿음
을 파기하는 데서 알 수 있듯이 전통적인 여성의 사랑관에 묶여 있다.

③은 정아의 말인데, 이 말은 정아가 진호에게 일시적인 사랑의 감정
을 품고 있을 당시 진호의 부탁으로 평양에 가서 현옥을 만났을 때, 자
기보다 아름다운 그녀를 보고 느낀 질투의 감정을 나타낸 말이다.

④와 ⑤는 사랑에 대한 진호와 정아의 대화이다. ④는 진호가 자기가
제철소로 떠나올 때, 따라오지 않고 사랑을 배반한 현옥에 대한 아쉬
움의 감정을 표현한 말이고, ⑤는 진호의 말에 대한 정아의 대답으로
사랑은 수동적인 이해를 바라는 것이 아니라 적극적으로 만들어 가는
창조 행위라는 것이다.

작품 전체를 통해서 볼 때 과학의 창조성을 발휘한 인물은 진호이지
만, 사랑의 창조성을 발휘한 인물은 정아이다. 특히 작품의 결말 부분
에서 정아가 진호에게 보여주는 사랑의 감정은 사랑을 인간의 정신 도
덕적 풍모 완성의 중요 척도로 보는 북한의 전통적인 도덕 관념을 정
면으로 부정하는 것으로 신선한 충격을 주고 있다. '생활이 요구하는
대로 하는 것'이라는 현옥의 소극적인 사랑과 '사랑도 과학과 마찬가
지로 창조'라는 정아의 적극적인 사랑의 꼭지점에 서 있는 진호를 통
해 드러나는 사랑의 삼각형은 이전의 북한 소설에서 볼 수 없었던 사

랑의 관계이다.

　이전의 소설에서 남녀의 사랑도 혁명적 동지애로 이야기하던 것과
비교해 보면, 『청춘송가』에 나타난 사랑의 대담한 표현은 북한 소설의
전통에서 이채롭다. 이는 개방적인 문화가 중국이나 러시아를 통해 북
한 사회에 상당히 유입되었다는 것을 의미한다고 볼 수도 있다. 『청춘
송가』를 통해 보면 남녀의 사랑의 방식 가운데 현옥·정아 같은 여성
의 의식이 드러난 것은 북한이 공산주의라 해도 남녀 관계에서는 가부
장적 틀 속에 놓여 있는 사회임을 의미한다. 『청춘송가』는 북한 소설사
에서 80년대와 90년대 소설을 이어 주는 교량 역할을 하고 있는 작품
이다. 북한 소설에서 사랑의 모티프는 90년대 들어 정현철의 「삶의 향
기」(91. 11), 이태윤의 「사랑」(92. 9), 백남룡의 『동해천리』(96) 등에 계
승되어 나타난다.

항일 투쟁의 영웅화와 민중적 연대

—조기천의 『백두산』을 중심으로

백지연

1. 『백두산』에 대한 문학사적 평가

조기천의 장편 서사시 『백두산』(1947)은 해방기에 창작된 북한문학 작품들 가운데 대표적인 걸작으로 손꼽힌다. 강승한의 서사시 『한나 산』(1948)과 더불어 자주 거론되는 조기천의 『백두산』은 발표 당시에 북한 시단으로부터 뜨거운 호응을 이끌어냈다. 당시 한 평자는 『백두 산』이 "인민대중의 절대한 호평리에 많은 교양적 성과를 거두었을 뿐 만 아니라, 그 스케일의 웅장성과 고도의 형상성으로 우리 시인 자신 들에게도 새로운 시사를 준"[1] 작품이라고 회고하였다. 『백두산』에서 시도된 서사시의 형식은 대중성과 예술성을 함께 성취하는 시문학을 중요한 목표로 삼았던 북한의 문예정책 추진 과정에서 모범적 사례로

---

1) 민병균, 「북조선 시단의 회고와 전망」, 『문학예술』(1948. 4). 『현대문학비평자료집』(이북편 2권, 이선 영 김병민 김재용 편, 태학사, 1993). 이후 위의 책에서 인용하는 해방기 비평 자료들의 각주는 『자료 집』 1권(이북편 1권을 뜻함). 『자료집』 2권(이북편 2권을 뜻함)으로 표시한다.

기록되었다. 실제로 조기천의 『백두산』은 이후 북한 시단에서 창작된 서사시들에 많은 영향을 주었다. 동승태의 「동트는 바다」, 민병균의 「어러리벌」, 김학연의 「소년 빨찌산 서강렴」, 이찬의 「불멸의 청춘」, 홍순철의 「어머니」, 신상호의 「련대의 기수」 등 많은 서사시 작품들이 조기천의 『백두산』을 전범으로 삼아 창작되었다.

북한문학 작품에 대한 해금 조치(1988) 이후로 남한의 연구 학자들 또한 해방기에 창작된 조기천의 『백두산』에 관해 깊은 관심을 보여 왔다. 임헌영은 『백두산』이 '민중적 영웅주의'를 구현한 작품으로서 "분단시대 초기의 남북한 이질화가 응고되기 이전의 동질성을 재확인할 수 있는 작품의 하나로 주목할 가치가 있는 서사로 평가받아 마땅하다"[2]라고 평하였다. 서사시의 장르적 특성을 염두에 두고 『백두산』을 분석한 김재홍 역시 "이 작품은 김일성의 항일 빨치산 투쟁을 미화하거나 찬양하려는 것이 주된 목표라고만 보기는 어렵다. 오히려 이 작품의 기본 전개는 '철호―꽃분'으로 표상되는 민중성에 기초를 두고 있는 것으로 보인다는 점에서 민중서사시적 성격을 더 지닌다"[3]라고 논하였다. 선행 연구자들의 견해는 『백두산』이 남, 북한 문학이 이질화되기 전에 창작되었기 때문에 분단문학을 연구하는 데 중요한 실마리가 될 수 있으리라는 것이다. 이 작품이 부분적으로 김일성의 영웅화 작업을 시도하고 있기는 하지만, 동 시기에 창작된 여러 작품들과 비교해 볼 때 사회주의 이념의 경직성을 극복하고 상당한 예술성을 성취했다는 점에서 높이 평가할 만하다는 것이 연구자들의 의견이다.

여러 논자들이 언급했듯이 조기천의 『백두산』은 해방기 문학의 한 좌표를 암시하는 중요한 작품이다. 『백두산』은 북한 문단에서 중요한 원칙으로 거론되었던 고상한 리얼리즘과 혁명적 낭만주의를 구현하는

---

2) 임헌영, 「민중적 영웅주의의 구현」, 조기천, 『백두산』(실천문학사, 1989), p.141.
3) 김재홍, 「백두산」, 그 진행형 테마―조기천/『백두산論』, 『문학사상』(1989. 6), p.209.

동시에 민중들의 항일혁명운동 과정을 리얼하게 그려 보임으로써 일제 강점기 리얼리즘 문학의 핵심적인 주제를 계승하고 있다. 이 시가 담보한 민중적 삶의 재현은 주제의 측면에서 1920~30년대의 프로 문학과 이어지는 문학사적 연속성을 획득하고 있다. 동시에『백두산』에 담긴 김일성의 영웅화 작업은 이후 주체문예이론을 뿌리로 하여 구축되는 북한문학의 정통성을 암시하는 단초가 된다.『백두산』은 초기 북한문학의 형성 과정에 이념성을 제시하는 지대한 역할을 하면서 다른 작가와 작품들에도 많은 영향을 미쳤다. 본고에서는 해방기 북한문학의 형성 과정과『백두산』의 창작 배경을 밝히는 작업을 기초로 하여 논의를 시작하려 한다. 당시 북한 시단에서 대두되었던 '고상한 리얼리즘'의 문예 원칙과『백두산』의 상관 관계를 살핀 후 해방기 문학사에서 서사시『백두산』이 갖는 의미를 입체적으로 조명해 보는 것이 이 글의 목적이다.[4]

2. 해방기 북한문학의 형성 과정과 조기천의 문학 활동

조기천[5]은 1913년 11월 6일 함경북도 회령의 한 빈농의 가정에서 태어났다. 생계의 압박을 느낀 부모가 시베리아로 이주했기 때문에 조기천은 어린 시절과 청년기를 소련에서 보냈다. 19세부터 신문에 짧은 시를 발표했던 조기천은 고리끼 사범 대학을 졸업하고 교단에서 학생들을 가르치다가 소련군으로 관동전투에 참가한다. 해방이 되면서 조

---

4) 본고에서 참조한 조기천의『백두산』판본은 다음의 세 종류이다. 1987년 3월 평양 문예출판사에서 발행한 그림책『백두산』과, 같은 해 일본 れんが 書房新社에서 허남기가 번역하여 발행한『백두산』, 그리고 실천문학사에서 1989년 1월 발행한『백두산』. 이 세 가지 판본을 참조하였다. 본문에서는 평양 문예 출판사에서 발행한 책을 인용하기로 한다.
5) 조기천의 전기적 사실은 이정구의 글을 참조하여 재구성하였다. 이정구,「시인 조기천의 문학활동과 애국주의 사상」,『문학예술』(1952. 11),『자료집』2권, pp.292~314.

기천은 고국으로 돌아와 문학 활동을 시작하게 된다. 그가 발표한 첫 작품은 1946년 3월 『조선신문』에 발표한 「두만강」이었다. 이 작품은 『백두산』의 중요한 모티프가 되는 것으로 알려져 있다. 곧이어 그는 1947년 2월 장편 서사시 『백두산』을 발표하면서 평론가들의 찬사와 호응을 얻었다. 그는 이후에도 『우리의 길』(1948), 『항쟁의 여수』 (1948), 『조선은 싸운다』(1950) 등의 시집과 수많은 서정시를 발표하였다. 6·25전쟁 때 종군 작가로 맹활약을 벌인 조기천은 1951년 조선문학예술 총동맹 부위원장으로 피선되었고 같은 해 5월 인민회의에서 주는 국기 훈장을 받았다. 그러나 그해 7월 조기천은 미완성 작품인 「비행기 사냥꾼」을 남긴 채 종군 도중 전사하였다.

불과 6여 년 남짓한 짧은 기간이었지만 조기천의 시작 활동은 북한 시단에 활력을 불어넣는 데 중요한 몫을 담당하였다. 이처럼 조기천의 시 세계가 북한문학사에서 보기 드물게도 격하나 반동의 혐의를 받지 않고 처음부터 끝까지 찬사의 대상이 될 수 있었던 데는 몇 가지 요인이 있다. 우선 청년기를 소련에서 보냈기 때문에 해방 전 국내에서 진행되던 사회주의 운동 노선의 복잡한 전개 과정으로부터 자유로울 수 있었다는 점을 들 수 있다. 국내에 있지 않았기 때문에 친일 훼절의 혐의나 정치 노선의 문제로부터 자유로웠던 점이 해방 이후의 활동에 오히려 정당성을 부여할 수 있었다. 또한 '소련에서 온 시인'으로서 당시 북한 문단에서 전범으로 숭상되던 소련의 사회주의 문학이론을 직접적으로 소개하고 실천할 수 있는 위치에 있었다는 점도 유리하게 작용하였다. 마지막으로 해방에서 분단까지 집중된 짧은 시적 생애가 오히려 이후 북한 문단의 문예정책과의 갈등을 미리 차단한 결과가 되었다는 점이다. 김일성의 문학적 영웅화를 시도했던 조기천이긴 했지만 그가 이후에 어떠한 정치적 갈등과 문학적 변화를 겪을지는 아무도 짐작할 수 없는 일이다.

결과적으로 조기천에게 해방기와 전쟁 시기는 시인으로서의 문학 활동과 이념적 전망이 행복하게 합치될 수 있었던 완벽한 시기였다. 그는 소련에서 학습한 사회주의 사상을 자신의 작품 속에 두려움 없이 구현할 수 있었으며 전쟁 중 장렬하게 전사함으로써, 전쟁 후의 혼란한 북한 정국에서 제기된 숙청 파동과 사상 시비에 연루될 필요가 없었다. 북한이 전쟁 후 사회주의 건설 노선을 둘러싸고 연안파, 소련파와의 투쟁 과정을 거쳐 김일성 주체 노선을 확립하는 투쟁을 시작했음을 감안할 때, 소련파의 정통 계보였던 조기천은 아마도 자신의 정치 노선을 어떻게 결정짓느냐에 따라 극심한 혼란과 갈등을 겪어야 했을 것이다. 해방과 전쟁이라는 엄청난 역사적 사건은 적어도 조기천에게는 이념과 실천을 하나로 합치하여 시적 성과를 고양시킬 수 있었던 시간이었다.

조기천의 생애는 해방기 북한 문단의 기수로 함께 군림했던 임화나 한설야의 삶과 비교해 볼 때도 흥미롭다. 임화는 전쟁 후 박헌영 주축의 남로당에 속해 있다는 이유와 낭만적인 시인 기질로 인해 반동 시비로 숙청당하는 비운의 종말을 맞았다. 한설야는 정치와 문학을 동일시하는 민첩함으로 전후 십여 년간 북한 문단의 핵심으로 군림하였으나 역시 반동 분자로 숙청되고 말았다. 당시 임화와 한설야는 조기천과 마찬가지로 소련의 문학이론 소개에 열렬한 관심을 가진 이들이었다. 특히 해방 직후 남로당 문화 담당의 최고 이론자로 등장했던 임화는 전쟁 직전까지 조선소련문화협회 중앙위원회 부위원장을 맡으면서 소련 문학이론의 소개와 전파에 적극적이었다. 이렇듯 동시대에 잠시나마 같은 길을 걸었던 문인들과 비교할 때 조기천은 시인으로서 짧지만 행복한 삶을 누렸던 듯하다.

구체적인 시 창작의 배경을 살펴본다면, 조기천이 『백두산』을 발표한 1947년이 북한문학의 흐름에서 일종의 전환점이 되는 중요한 해임을 알 수 있다. '건국사상총동원운동'을 주창했던 김일성의 의견에 따라 북조선문학예술총동맹은 1946년 말부터 문학의 교양적 기능을 우선시하고 낡은 문학을 처단하자는 슬로건을 주창해 왔다. 이어 1947년 3월 28일 개최된 북조선노동당 중앙위원회 상무위원회 29차 회의는 이전부터 논의되어 온 문예정책의 원칙을 '고상한 리얼리즘론'으로 수렴하게 된다. 이에 따라 당의 문예 원칙에 어긋나는 문학작품에 대해서는 반동 시비가 적용되었다. 이러한 흐름들은 당시 북한 문학계에 많은 영향을 미치고 있었던 소련 문학계의 움직임과 밀접한 관련이 있다. 소련 문단에서 '당의 문학'에 위배되는 『별』, 『레닌그라드』라는 잡지를 폐간시키는 결정이 내려진 것이 1946년 8월이었던 것이다.

김재용은 1946년 말 이후 북한에서 건국사상총동원운동이 제기된 과정과 그것이 문학 분야에서 고상한 리얼리즘이란 혁명적, 낭만주의적 경향으로 발현된 계기가 두 가지 사건에서 확연하게 드러난다고 보았다. 그것은 다름 아닌 『응향』 사건[6]과 『백두산』을 둘러싼 비평 논쟁이다. 김재용의 견해에 따르자면 조기천의 서사시 『백두산』은 1946년 문학운동에 대한 김일성의 연설이 있은 이후 준비되었던 것으로서, 김일성을 비롯한 일제하 만주 지역에서의 항일유격투쟁의 과정을 보여주려는 정책적 의도를 가지고 있었다. 발표 당시 『백두산』은 찬사와 더불어 일부 평자들로부터 산문과 다름없는 시행, 회화의 시적 연소, 빨치산 생활의 영웅화 문제로 인해 비판을 받기도 하였다. 특히 평론가 안함광은 『백두산』에 대한 부분적 비판을 덧붙인 평문을 발표하여 작

---

6) 『응향』 사건은 북조선문학예술총동맹의 지부에 해당하는 원산문학동맹의 이름으로 나온 시집 『응향』에 실린 일부 시에 대한 북조선문학예술총동맹 차원의 비판과 이에 따른 결정을 일컫는 말이다. 이 시집은 강흥운, 구상, 노향근, 박경수 등의 시를 싣고 있는 것으로 북조선문학예술총동맹은 이 중에서 구상의 「길」을 포함한 일부의 시들이 당시의 진보적 민주주의 현실과는 관계 없는 조선 현실에 대한 회의적, 공상적, 퇴폐적, 현실 도피적, 절망적 경향을 띤 것으로 파악하고 1947년 1월에 「시집 『응향』에 대한 결정서」를 발표했다. 이후 북조선문학예술총동맹은 『응향』 시집이 편집 발행되기까지의 과정, 작품의 검토와 작가의 자기 비판, 시집 원고의 검열 전말에 관한 것 등을 조사하는 절차를 밟았다. 김재용, 『북한문학의 역사적 이해』(문학과지성사, 1994), p.128.

가인 조기천으로 하여금 격렬한 반론을 펼치게 만들었다. 간접적 자료들을 통해 볼 때, 조기천과 평론가인 안함광 사이에서 벌어진 『백두산』 논쟁은 '부르조아 반동문학의 경향'에 맞서 『백두산』을 옹호하는 김일성의 정치적 반응을 이끌어내며 조기천을 문단의 중심부로 부상시킨 것으로 추정된다. 조기천의 『백두산』은 『응향』으로 대변되는 '반동적'이고 '나약한' 감상주의 문학을 극복하고, 당의 권위를 중심에 둔 고상한 리얼리즘의 창작 방법을 추구하는 한 모범으로 제시되었던 것이다.[7]

한효는 이 사건을 회고하며, "『응향』의 시인들이 '묘소를 지키는 망두석의 소태처럼 쓰디 쓴 고독'을 노래하고 '뛰며 닫고 웃고 우는 가엾은 인정'들이라고 우리 인민들을 비방하고 모욕하며 나섰던 바로 그런 시기에 조기천은 해방된 조국의 땅과 해방된 인민을 위하여 자기의 붓끝을 육박의 창 끝처럼 고루겠다고 선언하였으며 삼천만과 더불어 백두산 높은 봉우리에 우리 민족의 불굴의 의지를 다짐하던 수령의 전설적인 위업으로 사람들의 주의를 불러 일으키었던 것[8]이라고 이야기하고 있다. 그의 표현을 빌리자면 조기천의 시는 "『응향』의 '시인'들과 그 밖에 모든 반동 시인들에게 있어서 결정적인 타격"이 되었던 것이다. 이처럼 조기천의 『백두산』은 해방기 북한 문단의 정치적인 형성 과정에 중요한 영향을 미쳤다. 무엇보다도 『백두산』에서 시도된 김일성 항일유격투쟁의 영웅화 작업이 해방기뿐만 아니라 이후의 북한문학사에서도 높이 평가되는 결정적 요인이 되었음은 의심할 여지가 없다.

---

7) 김재용은 북한문학 자료들 중에서 현수의 글인 「적치 6년하의 북한 문단」과 허정숙의 글인 「민주 건국의 나날에」를 통해 이러한 사실들을 조심스럽게 추정하고 있다. 위의 책, pp.104~107.
8) 한효, 「자연주의를 반대하는 투쟁에 있어서의 조선문학」, 『문학예술』(1953. 1~4), 『자료집』 2권, pp.508~509.

3. 항일혁명 서사시 『백두산』

1) 장편 서사시로서의 특징

『백두산』이 지닌 서사시적 특성은 김재홍의 장르 고찰에 의해 자세히 분석된 바 있다. 김재홍은 ①서사적 구조 ②역사적 사실과의 연관성 ③사회적 기능 ④집단의식 ⑤당대 현실과의 암유적 관계 ⑥노래체의 율문 ⑦시의 길이 등의 항목으로 서사시의 특성을 열거한 후, 『백두산』이 우리 근대 서사시의 특성에 모두 부합됨을 밝혔다. 이러한 논의에 기댄다면 『백두산』은 일제 강점하 민족의 수난사와 민족운동이라는 역사적 사실을 배경으로 한 민족·민중 서사시의 한 전형성을 확보하고 있는 작품으로 의미를 갖는다.[9]

서사시 『백두산』은 머리시와 본시 및 맺음시로 구성되어 있으며 그중에선 본시는 7장 46절로 이루어져 있다. 전체 시는 약 1564행 정도로서 장편 서사시의 길이를 갖고 있다.[10] 우선 줄거리의 전개에 따라 본시의 내용을 요약하면 다음과 같다.

한겨울 눈보라가 몰아치는 백두산 밀림 속에서 항일유격대와 일제 토벌대의 격렬한 전투가 벌어진다. 이날 승리를 거둔 김대장은 공작원 '철호'를 조선으로 파병한다(1장). 한편 조선땅 화전 마을인 솔개골에서는 꽃분이가 아버지와 함께 힘겨운 생계를 이어 가고 있다. 여기에 철호가 와서 일 년간 꽃분을 지도하며 함께 비밀 공작원 활동을 벌인다(2장). 꽃분의 아버지는 본디 백두산 포수의 아들로서 의병 활동을 했던 사람인데, 아내를 잃고 솔개골에 정착한 화전민이다. 그 피를 이

---

9) 김재홍, 앞의 글, pp.199~120 참조.
10) 김재홍은 「백두산」의 내용을, 머리시 → 발단 : 1장(1-7절) → 전개 (1) 2장(1-7절), 3장(1-8절), (2) 4장(1-6절), 5장(1-5절) → 절정 : 6장(1-7절) → 대단원 : 7장 (1-6절) → 맺음시의 순서로 나누어 분석하였다. 위의 글, p.200.

어받은 꽃분 역시 철호의 비밀 공작 활동을 도우며 동지적 연정을 느낀다(3장). 백두산 밀림을 누비는 항일 빨치산들은 생존의 위기에 시달리며 고통스러운 유격 생활을 견뎌 나간다. 유격대를 총괄 지휘하는 김대장은 엄격한 규율과 인자한 성품으로 신임과 존경을 받는다(4장). 한편 유격대의 일원으로 임무를 부여받고 압록강을 건너려던 소년 전사 영남은 일본 수비대의 총에 맞아 장렬하게 전사한다. 영남의 억울한 죽음은 철호와 꽃분으로 하여금 H시의 야습 작전에 직접 참여하게 만든다(5장). 김대장이 총지휘하는 항일유격대는 드디어 압록강을 넘어 일본군의 통치하에 있는 H시를 야습하게 된다(6장). 드디어 항일유격대는 H시 야습 작전을 성공적으로 수행하지만 돌아가는 길에 일본군으로부터 역습을 당한다. 격렬한 전투 중에 철호와 석준은 숨을 거두지만 유격대들은 해방 투쟁의 각오로 불타오른다(7장).

서사의 흐름에 따라 살펴볼 때,『백두산』의 공간적 배경은 백두산 밀림과 압록강, 솔개골, H시 등으로 이동하고 있다. 특히 이 시에서 상징적인 의미를 지니는 공간은 '백두산'과 '압록강'이다. 빨치산 부대의 구국 활동이 벌어지는 두 공간은『백두산』에서 중요한 서사 배경을 담당한다. 먼저 '백두산'이 지니는 상징적 의미를 표현한 대목들을 살펴보자.

> 첩첩 층암이 창공을 치뚫고
> 절벽에 눈뿌리 아득해지는 이곳
> 선녀들이 무지개 타고 내린다는 천지
> 안개도 오르기 주저하는 이 절정![11]

《백두산속엔 크나큰 굴,

---

11) 『백두산』, p.5.

해도 달도 있고 별도 반짝이는
넓으나넓은 굴 있는데
그속에선 용사 수만이 장검을 간다고,
장검을 바위돌에 갈면서
령 내리기만 기다린다고,
령만 내리면
석문이 쫘악 열리고
석문만 열리면
용사들이 벼락같이 쓸어나오고
용사들만 쓸어나오면
이 땅에 해방전이 일어난다고
왜놈들을 쳐부시리라고—》[12]

아아, 백두야, 네 얼마나
동해의 날뛰는 파도인 양
격분에 가슴을 떨면서
바다속 섬나라 저 원쑤를—
하늘아래 한가지 못살 저 원쑤를
피어린 눈으로 노렸느냐![13]

오늘은
독립의 터를 닦는 인민을 본다
민전의 선두에 선 김대장을 본다
오늘은

---

12) 『백두산』, p.38.
13) 『백두산』, p.41.

푸른 리념을 함빡 걷어안고
빛나는 민주 미래를 받들며
자라자라나는 인민의 바위 ―
모란봉을 본다!
또 저 삼각산밑에서
반동의 무리 뒤엉켜 욱씰거리여도
테로의 미친눈이 백주에 희번덕이여도
민전의 싱싱한 웨침에
남산 송백도 더 푸르러 빛나는 것을
내 오늘 력력히 본다![14]

「머리시」에서 백두산의 호랑이가 울부짖는 상징적인 장면이 등장하기도 하지만, '백두산'은 겨레의 신화와 전설을 담고 있는 성스러운 장소로 묘사되고 있다. 동시에 '백두산'은 항일 빨치산 부대의 주요 근거지로 묘사되면서, 일제 강점하의 수난 현실을 극복하는 한민족의 기상과 용기를 은유적으로 표상한다. 조선과 만주의 경계를 이루는 이 상징적인 장소는 한민족의 과거와 현재, 미래의 역사를 연결시키는 기능을 하고 있다. '선녀들이 무지개 타고 내린다는 천지'는 전설 속의 공간인 동시에 조선 땅에 해방전이 일어날 것을 암시하는 미래적인 공간이다. 백두산은 한반도 민중의 삶이 처한 환난과 고통을 굽어보는 살아 있는 대상이다. 그러하기에 시인은 '백두산'을 통해 '바다속 저 섬나라 원쑤'를 미워하며, '민저의 싱싱한 웨침에' 푸르게 빛나는 감정적 반응을 느낄 수 있다. 궁극적으로 '백두산'은 항일혁명군의 승리를 미래적으로 예감하는 '낙관적 전망'을 시인에게 알려준다. 그렇게 보면 이 시에서 '백두산'처럼 시인 자신의 감정과 희망이 직접적으로 투사

---

14) 『백두산』, p.112.

된 대상을 찾기도 힘들다. 고통과 수난을 견디며 사는 한민족의 삶을 암시하는 동시에 곧이어 다가올 혁명과 해방의 기운을 암시하는 '백두산'은 이 시에서 가장 강렬한 상징이 되고 있다.

'백두산'과 더불어 주요한 서사 배경이 되는 공간은 '압록강'이다. '백두산'이 작품 전체를 감싸 안는 주제적 은유성을 지닌다면 '압록강'은 항일유격투쟁의 구체적 과정이 그려지는 실질적 서사 배경이 된다. '백두산'이 미래와 희망에 연결된다면 '압록강'은 그것을 위해 민중들이 치루어야 하는 희생과 고난을 암시한다.

> 빨찌산들이 압록강을 건너왔다―
> 왜적이 짓밟은 이 땅에
> 살아서 살곳 없고
> 죽어서 누울곳 없고
> 모두다 잃고 빼앗겼으니
> 물어보자 동포여!
> 가슴꺼지는 한숨으로
> 이 강 건너 이방의 거친 땅에
> 거지의 서러운 첫걸음 옮기던 그날―
> 〔… 중략 …〕
> 오오― 압록강! 압록강!
> 허나 오늘밤엔 그대 날뛰라
> 격랑을 일으켜
> 쾅― 쾅― 강산을 울리라,
> 이 나라의 빨찌산들이
> 해방의 불길을 뿌리려
> 그대를 넘어왔다―[15)]

압록강은 유이민들이 눈물을 흘리며 자신의 고향을 등지고 건너가야 했던 비운의 장소이다. 빨치산들이 나라를 되찾기 위해 다시 되건너오게 되는 곳도 압록강이다. 압록강은 유이민들의 아픔과 조국 해방의 열망을 동시에 표현하는 구체적인 역사의 현장이다. 서사시 『백두산』에서 빨치산 부대들은 '압록강'을 건너면서 치열한 전투를 치루고 결국 이 과정에서 주인공인 철호와 석준이 장렬하게 전사하면서 '압록강'의 비극적 의미가 증폭된다. 공간적 배경과 더불어 안개, 눈보라, 어둠의 이미지들도 인물과 서사를 감싸는 중요한 기능을 한다. 추격과 도주, 전투가 벌어지는 곳에는 언제나 안개와 눈보라, 어둠이 함께 한다. 빨치산 부대는 추운 겨울 눈보라와 자욱한 안개 속에서 고통스러운 유격을 감행한다. 안개와 눈보라는 이들의 투쟁을 장식하는 고난과 투쟁의 의미를 실어나른다.

결론적으로 이 시에서 '백두산'이 혁명적 낭만주의의 기운으로 미래를 긍정적으로 예시하는 기능을 지닌다면, '압록강'은 항일유격대가 감당해야 하는 고통과 희생을 현실적으로 보여주는 공간이다. 서사시 『백두산』에서 두 공간이 이루는 긴장감과 대조적 분위기는 구체적 서사를 감싸 안으면서도 시적이고 상징적인 여운을 형성하는 데 중요한 역할을 한다.

2) 고상한 리얼리즘과 혁명적 낭만주의

백두산과 압록강이라는 상징적 배경을 중심으로 펼쳐지는 드라마틱한 이야기에는 '김대장'(김일성)을 비롯한 항일유격대 대원들, 정치 공작원 철호와 그의 동료 석준, 철호를 사모하는 꽃분이와 그의 아버지

---

15) 『백두산』, p.84.

김윤칠, 소년 빨치산 영남 등이 등장한다. '민중'들과 '김대장'이 일제 침략군에 맞서 장렬한 전투를 벌이는 내용을 주축으로 한 『백두산』의 서사는 비극적 삶 속에서도 밝은 미래를 예감하는 긍정적 결말에 초점을 맞추고 있다. 감격과 울분을 드러내는 영탄조의 독백과, 인물들이 나누는 대화체 양식은 『백두산』의 서사를 이루는 주된 형식인 동시에 독자의 감정을 고양시키는 선동성을 목표로 구성되어 있다.

무엇보다도 이 시를 강렬하게 지배하고 있는 창작방법론은 당시 북한 문단에서 중요한 문예 원칙이 되고 있던 '고상한 리얼리즘'이다. 『백두산』에서 드러난 '영웅적 인물의 형상화'와 '혁명적 낭만주의'의 구현은 다름 아닌 '고상한 리얼리즘'에 힘입고 있는 것이다. 북한 문단에서 '고상한 리얼리즘'은 사회주의 문학이론의 핵심으로 이미 소개되었지만, 1947년 초 문예정책에 관한 김일성의 연설을 계기로 한층 강조되었던 창작방법론이다. 문학작품의 일차적 기능이 대중을 사상적으로 무장시키는 데 있음을 강조한 김일성의 연설에 힘입어, '조선 사람의 영웅적 노력과 투쟁과 승리와 영광'을 고상한 사실주의적 방법으로 그려야 한다는 주장이 당시의 북한 문단내에서 강하게 제기되었다.

더불어 해방 후 북한문학에서 중시되었던 원칙은 '혁명적 낭만주의'이다. "혁명적 로동계급의 생활과 투쟁 우에 튼튼히 두 발을 디디고 서 있는 사회주의적 사실주의 문학은 새로운 랑만성—혁명적 랑만성이 문학창작의 구성성분으로 들어가야 한다는 것을 예상하고 있다. 왜 그런가 하면 로동계급을 령도하는 당의 일체 생활, 로동계급의 일체 생활 및 그의 투쟁은 가장 엄격한 실천활동과 가장 위대한 영웅성 및 전망성과 유기적으로 결합되어 있기 때문이다"[16]라는 진술에서도 짐작되듯이 혁명적 낭만주의는 조선인들의 투쟁을 영웅적으로 형상화하는 데 필요한 세계관이었다.

조기천이 등장할 무렵 당시 북한 시단은 시의 창작방법론으로 고민하고 있었다. 전쟁 후 해방 전의 문단 상황을 회고하던 기석복[17]의 논평을 인용하면 다음과 같다. "과거 조선 시에는 대체로 두 개의 창작방법이 보편화되고 있었다. 하나는 어떠한 사상적 내용도 없이 단지 자연과 환상적인 개인의 말초 감정들을 노래하며 인민들은 도저히 이해할 수도 없는 인상주의적 표현을 하는 것과 그와 반대로 하나는 사상성을 빙자하여 예술성도 없이 생경(生硬)한 구호들을 나열하는 것"이다. 여기서 '자연과 환상적인 개인의 말초 감정'들이라는 표현은 『응향』 동인의 시 세계를 염두에 둔 비판이다. 본고의 2장에서 이미 다루었지만, 서사시 『백두산』의 존재는 『응향』 동인의 숙청을 배경으로 하여 상대적으로 격상되었다. 당시 북한 시단은 감상주의적인 시적 경향을 견제하면서 사상성과 정서적 호소성을 동시에 불러일으킬 수 있는 작품을 기다리고 있었다. 조기천은 산문과 시의 속성을 다함께 지닌 서사시라는 형식을 통해 '고상한 리얼리즘'을 한층 강렬한 주제의식으로 이끌어내는 데 모범적인 예를 보여준 것이다.

서사시 『백두산』에서 '고상한 리얼리즘'에 입각한 서사 구성은 무엇보다도 '영웅적인 인물 형상화'에 초점을 두고 있다. 본래 신화와 전설에서나 볼 수 있었던 비범한 능력의 영웅들은 사회주의 리얼리즘의 창작방법론 속에서 새로운 모습으로 변형, 도입되었다. 이념과 변혁을 위해 자신의 몸을 아끼지 않고 정열적으로 투신하는 긍정적 인간형이 새로운 '영웅'의 모습이 된 것이다. 혁명 전사와 등가를 이루는 '영웅'은 낙관적인 전망을 예시하는 데 꼭 필요한 인물 유형이다. 송희복은 영웅주의가 소비에트 애국주의나 레닌의 개인숭배론과도 관련이 있으며, 사회주의를 건설하는 데 영웅 정신을 통해 민족의 꿈을 형식화한다든지, 프롤레타리아의 영웅적 노력과 투쟁을 찬양한다든지, 지도자

---

16) 사회과학원 문학연구소 편, 『조선문학통사』(인동, 1988), pp.182~183.
17) 기석복, 「조국해방전쟁과 우리 문학」, 『인민』(1952), 『자료집 2권』, p.237.

의 위대한 역할에 깊은 경의를 유도한다든지 하는 것으로 드러난다고 지적한 바 있다.[18)

서사의 주인공인 철호―꽃분이를 비롯한 민중들의 항일유격활동에 대한 영웅화, 그리고 김일성의 지도자적 능력에 대한 영웅화는『백두산』의 주제를 형성하는 기본적인 축이다. 북한문학사에서는『백두산』이 "민족의 력사에서 영원히 빛날 김일성 원수의 항일무장투쟁의 위업을 직접적으로 묘사"[19)한 것에 높은 가치 의미를 두고 있지만, 실상 이 시가 확보하고 있는 서사적 감동은 민중들의 삶에 대한 형상화에서 우러나온다. 김일성의 문학적 영웅화가 일종의 선명한 도식을 갖고 있는 반면『백두산』에서 이루어진 민중의 항일유격투쟁에 대한 영웅화 작업이 나름대로 실제 민중들의 고통스러운 삶과 투쟁 과정을 동반함으로써 감동적 효과를 확보한다. 철호―꽃분의 동지적 로맨스를 주축으로 하여 항일 투쟁에 참가하는 일반 민중들의 삶을 긍정적인 시각에서 절실하게 그려내는 대목은『백두산』의 이념적 호소성이 부를 수 있는 경직된 분위기를 상쇄하는 역할을 한다.

예컨대 "아침이고 저녁이고/이곳을 지날 때면/밤길 떠난 철호의 모습 떠오르니…/《시방은 어느곳에 계신지?/떠나신후 소식조차 없으니/무사히나 일하시는지?》/웨 그의 모습이/날 갈수록 더 그리워질가?/웨 이리도 가슴이 안타까울까?/떠지는 걸음걸이…/무엇인지 맘속에 무겁게 처매운"[20) 꽃분의 심정을 그리는 장면이라든지, "《철호 이불 쓰고 눕소!/아버지도 정주에》 어느새에 자리 펴지고/철호도 등사기도 삐라도/이불밑에 들었다 〔… 중략 …〕 빤해진 창문에 비친 그림자―/또렷이 나타난 처녀의 젖가슴/그것은 순사의 눈뿌리 뺐다,"[21)라는 장면에

---

18) 송희복,「영웅없는 시대의 영웅주의」,『해방기문학비평연구』(문학과지성사, 1993), pp.336~337.
19) 사회과학원 문학연구소 편, 앞의 책, p.241.
20)『백두산』, p.78.

서 보이는 꽃분의 동지적 우정은 억압과 착취에 시달리는 민중들이 갖는 연대의 감정을 표현한다.

또한 꽃분의 아버지를 비롯한 솔개골 화전민들의 비참한 삶 역시 억압과 수난의 역사를 겪어온 민중의 모습을 표상한다. "아아, 칡뿌리! 칡뿌리!/이 나라의 산기슭에서/봄이면 봄마다 어김도 없이/꽃은 피고 나비는 넘나들어도/터질 듯이 팅팅 부은 두다리 끄을며/바구니 든 아낙네들이 웨 헤맸는뇨?/백성이 한평생 칡넝쿨에 얽히었거니/이 나라에 칡뿌리 많은 죄이드뇨?/음식내에 치워 사람은 쓰러져도/크나큰 창고, 넓다란 역장과 항구엔/산더미같이 쌀이 쌓여/현해탄을 바라고 있었으니/실어간 놈 뉘며 먹은놈 그 뉘냐?"[22]에서 드러나는 궁핍의 현장은 당대 현실의 수난상을 부분적으로나마 절실하게 표현한다. 이는 『백두산』이 지닌 문학사적 주제의 연속성을 입증하는 부분이기도 하다. 즉 『백두산』이 묘파한 민중적 삶의 실체는 일제 강점기 민중의 빈궁과 수난사를 리얼하게 그려낸 뛰어난 리얼리즘 작품들과 잇닿아 있다.

그럼에도 불구하고 『백두산』에서 드러난 민중적 영웅주의는 어떠한 상황에서도 굴하지 않고 고상한 이념을 훌륭하게 구현하는 다분히 도식적인 인물 유형으로 귀결된다는 점에서 근본적인 한계를 벗어나지 못한다. 예컨대 빨치산 소년 영남이가 비참하게 죽어 가는 과정에서도 "두주먹 높이 들며―/《끝까지 싸우라!/조선독립 만세!》 높이 부르짖었다./이렇게 총에 맞은 갈매기/바위에 떨어져 부닥쳐도/꺾어진 나래를 퍼덕이며/생과 투쟁에 부른다"[23]라는 대목이라든지 "빨찌산 남편을 천정에 감추고/놈들의 창에 찔려 죽으면서도/남편이 알면 뛰여내릴가

---

21) 『백두산』, p.52.
22) 『백두산』, pp.28~29.
23) 『백두산』, p.74.

/한마디 신음도 안낸 그 마을 아낙네"[24]에서 단편적으로 드러나는 '애국적 영웅'의 모습은 때로 리얼리티를 넘어서 '고상한 인간' 그 자체로 향해 간다. 물론 이기적 욕구를 억누르고 시대적 대의에 헌신적으로 몸과 마음을 바치는 투사의 모습은 당시 북한 문단이 절실히 요구하던 문학적 영웅의 모습이었다.

『백두산』에서 시도되는 고상한 리얼리즘에 입각한 영웅적 인물의 형상화는 서사의 또 다른 한 축을 담당하는 '김대장'의 형상화에서 절정에 달한다. "이름만 들어도/삼도왜적이 치떠는/조선의 빨찌산 김대장!/이는 장백을 쥐락펴락하는,/태산을 주름잡아 한손에 넣고/동서에 번쩍!/천리허의 대령도 단숨에 넘나드니/축지법을 쓴다고―/북천에 새별 하나이 솟아/압록의 줄기줄기에/그 유독한 채광을 베푸노니/이 나라에 천명의 장수 났다고/백두산 두메에서 우러러 떠드는 조선의 빨찌산 김대장!"[25]이라는 절대적인 숭배의 표현은 주제적인 목적의식이 인물의 현실성을 압도하는 예이다. 『백두산』에서 김대장은 전지전능한 지도자로 부상되고 있다. 그는 유격대를 이끌고 보살피는 용감무쌍하면서도 정이 깊고 포용력 있는 유능한 지도자이다. 굶주림에 시달리던 유격대원이 마을에서 소를 끌고 오자 "동무들!/우리 빨찌산들이 어느 때부터 마적이 되었는가?/어느때부터/평민의 재산을 로략했는가?"[26]라고 엄하게 부하들을 꾸짖으면서도, 막상 소를 죽인 부하를 처단하기보다는 관용으로 감싸는 지혜를 지닌 이가 바로 김대장이다. H시 야습을 지휘하며 "동포들이여!/저 불길을 보느냐?/조선은 죽지 않았다!/조선의 정신은 살았다!/조선의 심장도 살았다!/불을 지르라―/원쑤의 머리에 불을 지르라!"[27]라고 힘차게 외치는 김대장의 모습은 '고상한

---

24) 『백두산』, p.46.
25) 『백두산』, pp.16~17.
26) 『백두산』, p.62.

리얼리즘'과 '혁명적 낭만주의'를 절정에서 결합시킨 희대의 영웅을 보여주기에 부족함이 없다. 이처럼 김일성에 대한 영웅화의 정점에서 '혁명적 낭만주의'가 성취되고 있다는 점에서 『백두산』은 이후 북한 문학의 중추가 되는 '주체문예이론'의 싹을 이미 암시하고 있었던 것이다.

결과적으로 『백두산』이 호소하는 문학적 주제는 일제 강점기 민중적 삶의 고통을 다루면서도 김일성의 항일 투쟁 과정을 절대적 가치로 격상시키는 과제를 완전히 뛰어넘지 못하였다. 또한 민중들의 삶이나 항일운동의 실상에 대한 묘사도 '솔개골'이라는 한정된 공간과 김일성 휘하의 유격대로 제한하여 묘사함으로써 총체적 형상화의 수준에서는 다소 미달한다고 볼 수 있다.[28] 물론 『백두산』이 민중의 고난과 비극적 삶을 생생하게 증언했다는 점에서 북한 시들이 경사되기 쉬웠던 관념성을 어느 정도 극복하고 있는 점은 사실이다. 김일성의 영웅적 형상화는 사실 다른 한 축의 민중들의 삶에 대한 관심과 애정이 있었기에 더욱 돋보일 수 있었는지도 모른다. 조기천은 '철호', '영남', '꽃분이'와 '김일성'을 다 함께 '고상한 인격'으로 만들어냄으로써 대중적 호소력을 높일 수 있었던 것이다. 결론적으로 『백두산』이 제시한 혁명적 낭만주의는 민중이 당면한 비극적 역사를 생생하게 증언했다는 점에서 감동을 자아낼 수 있었다.

---

27) 『백두산』, p.90.

28) 물론 『백두산』이 실제 있었던 김일성 유격대의 '보천보 전투'를 노골적으로 선전하기보다는 은유적으로 'H시'로 표현한 대목 등은 항일유격대 활동을 가능한 한 객관적인 시각에서 표현하려 했다는 것으로 해석할 수도 있다. 그럼에도 불구하고 『백두산』이 당시 조선에서 진행되었던 항일운동이라든지 민중들의 실질적 삶에 대해서 폭넓게 형상화했다고 보기는 힘들다.

4. 분단문학과 『백두산』의 의의

우리의 문학사에서 해방기는 이념과 사상의 열기가 문학적 욕구를 압도했던 시기로 기록된다. 해방 직후의 문학운동은 정치 노선의 극심한 분열과 혼란에 영향을 받아 이합 집산을 거듭하였다. 특히 계급문학의 이념을 주축으로 결성되었던 문학 조직은 정치편향주의 대 문학주의, 전향축 대 비전향축의 분화 속에서 극심한 혼돈과 분열을 경험하였다. 여기서 문학작품은 대중을 사상적으로 고무시켜야 하는 역할을 부여받았다. 해방기 북한 문단에서 '고상한 리얼리즘'과 '혁명적 낭만주의'의 구현이 최대 목표로 설정된 맥락도 여기에 있다.

본고에서 살펴본 조기천의 『백두산』은 북한의 '건국사상총동원운동' 이후 제기된 문학운동의 방향을 충실히 구현한 작품으로 평가된다. 『백두산』은 민중들의 항일운동을 영웅화하는 동시에 지도자 김일성을 영웅화하는 작업을 통해 당시 북한 문단이 요구하던 정치적 호소력을 확보할 수 있었다. 특히 이 작품에서 구현된 민중적 영웅주의는 일제 강점기 민중들의 삶에 대한 애정어린 시선을 깔고 있다는 점에서 일제 강점기의 카프 문학과 일련의 주제적 공감대를 이룬다. 조기천은 김일성뿐만 아니라 민중을 중심부의 인물로 설정함으로써 과도한 이념적 편향성을 어느 정도 약화시킬 수 있었다.

물론 역경을 극복하고 숭고한 이상적 가치를 성취하는 인물적 형상화가 이 작품에 긍정적인 것으로만 작용하지는 않았다. 부분적인 리얼한 묘사들에도 불구하고 인물을 평면화하는 데 영향을 미친 과도한 혁명적 낭만주의는 이 시대 문학운동이 지닐 수밖에 없었던 한계였다. 『백두산』 역시 김일성의 영웅화라는 근본적 한계 이외에도 당대 민중들의 삶을 총체적으로 형상화하지는 못했다는 문제점을 보여준다. 일제 강점기의 민족 해방 투쟁을 일면적으로 예시함으로써 주제적 호소력이 둔화되었다는 점에서 이 작품의 리얼리즘적인 성취도는 한계를 지닐 수밖에 없었다.

결론적으로 조기천은 『백두산』을 통해 해방기라는 시대적 상황이 만들어낼 수 있었던 이념적 유토피아의 최대치를 보여주었다고 할 수 있다. 고대의 서사시가 꿈꾸었던 신화적 영웅을 이념의 공간에서 되살려낼 수 있었다는 것은 시인으로서 맛본 가장 큰 기쁨이었을 것이다. 이념과 현실이 더 이상 일치될 수 없었던 분단 이후의 격동기를 생각해볼 때, 조기천은 짧은 시적 생애를 아낌없이 불사를 만한 가장 적합한 시기를 만나서 『백두산』을 썼던 것이 틀림없다. 더불어 북한 서사시의 한 전범을 보여준다는 점에서 『백두산』은 남한에서 창작된 서사시의 흐름들과 비교할 때도 여러 가지 시사하는 부분이 많다. 해방 이후 남한에서 창작된 김용호의 『남해찬가』(1952), 신동엽의 『금강』(1967), 김지하의 『오적』(1970) 등의 서사시 작품들과, 『백두산』을 비롯하여 북한에서 창작된 서사시들이 어떻게 비교 연구될 것인지는 차후의 연구 과제로 남겨 두기로 한다.

백인준의 정치적 편력과 시의 성격

김수이

1. 머리말

백인준(白仁俊)은 해방 직후부터 현재까지 작품 활동을 하고 있는 북한의 대표적인 시인이다. 문학, 미술, 영화, 음악 등 예술의 각 방면에서 활발한 활동을 전개해 온 백인준은 현재 팔순이 넘은 나이에도 북한의 주요 요직에서 강력한 실권을 행사하고 있다. 그는 특히 노래 가사의 창작에 특장을 발휘하였는데, 현재 북한 영화 주제곡 가사의 20% 가량이 그의 작품인 것으로 알려져 있다. 백인준은 시인과 정치인의 면모를 두루 갖추고 있으며, 이를 문학 내·외적으로 잘 결합시킨 '모범적'인 인물에 해당한다. 그는 문학과 정치의 근본적인 통합을 지향하는 북한에서 탁월한 전범으로 평가받고 있으며, 그 자신이 제 2의 생명이라고 노래한 '정치적 생명'의 광휘를 간단(間斷)없이 누려 오고 있다.

김일성과 김정일의 두터운 신임을 받은 백인준의 삶의 역정은 매우 화려하다. 정치성이 우위에 선 북한문학의 특수성과 백인준의 문학적 이력을 생각할 때, 그의 생애사적 배경은 배경 이상의 중요한 의미를 지닌다. 그에게 있어 문학은 정치적 입지를 강화하는 효과적인 발판이며, 당의 핵심적인 위치에 선 그의 공식적인 발언 창구이자 그의 사상을 드러내는 실천적 증거물이기 때문이다. 백인준의 문학 편력은 그의 정치적 행로와 그대로 일치하고 있는 것이다. 백인준의 생애를 약술하면 다음과 같다.[1] 1919년 평북 출생인 백인준은 연희전문을 2학년 때 중퇴하고, 일본 동경서립교대학에 유학하던 중 학병에 징집되었으며, 해방 이듬해인 1946년 평양에 입성했다. 그해『조—소문화』창간호에 시「씨를 뿌린다」를 발표한 것을 필두로『문학예술』,『문화전선』등에 이른바 사회주의 리얼리즘 계열의 시와 평론을 잇달아 발표하여 주목을 받았다. 같은 해 구상 시집『응향』필화 사건이 터지자, '당의 종속물로서의 문화 예술'을 강조하는 평론을 발표하여 자유 진영 시인들을 맹렬히 공격하였다. 이때의 활약을 계기로 백인준은 김일성 정권으로부터 '조선의 마야코프스키'라는 칭호를 받게 되었으며, 평론은 물론 시, 소설, 시나리오, 심지어는 가요의 가사에까지 창작 영역을 넓혔다. 1947년 북한 최초의 극영화『내고향』의 주제가인「다시 찾은 내 고향」을 비롯하여,『첫 무장대오에서 있을 이야기』,『금강산 처녀』,『백두산』등 수많은 영화 주제곡을 작사하였다. 1949년에는 구 소련에 유학을 다녀왔고, 한국전쟁 때는 대위 계급장을 달고 낙동강 전선에 종군했으며, 1954~55년에는 내각 문화선전성의 예술국장을 지냈다. 1974년에 김일성훈장을 서훈하였고, 1980년에는 백두산창작단 단장에 임명되었으며, 1985년 9월에는 남북이산가족 고향방문단 및 예술공연교환방문단 평양예술단 단장으로 서울을 방문하기도 하였다. 1986년에

---

1) 백인준의 이력에 관해서는『북한인명사전』(1990, 1판, 서울신문사, 1998)과 최척호,「북한의 영화인들—인민배우 홍영희와 문예계의 거물 백인준」,『영화』(1994. 3)을 참조하였음.

는 조선문학예술총동맹 중앙위원회 위원장과 당중앙위원회 정위원에 선임되었고, 1990년에는 북한 최고인민회의 부의장과 상설회의 부의장, 1991년에는 조선의회그룹위원회 부위원장, 1993년에는 범민족연합 북측본부 의장에 취임하여 모두 현재까지 연임하고 있다. 1995년에 '조국통일상'을 수상하였으며, 1996년에는 한국 문인들에게 투쟁의 나팔수 선동 담화문을 발표하였고, 1996년에는 한국 문인들의 파업 동참을 촉구하는 편지를 발송하기도 하였으며, 1997년에는 판문점에서 열린 제8차 범민족대회에 참석하였다. 백인준은 남한의 인사들과도 크고 작은 연관을 맺어 왔다. '통일의 꽃' 임수경을 예찬하는 시를 쓰기도 했고, 1995년에는 북한을 방문한 고 문익환 목사의 부인 박용길(朴容吉) 여사와 만남을 가졌다. 남한의 시인 고은은 「'우리들의 시'를 공동창작합시다」[2]라는 제목으로 백인준에게 공개 서한을 보낸 일이 있는데, 이는 백인준이 조선문학예술총동맹 위원장으로서 북한을 대표할 만한 문인이라는 것을 예증하는 대목이다.

백인준이 지금까지 출간한 시집은 도합 네 권이다. 『인민의 노래』(1947),[3] 『소박한 사람들의 목소리』(1953), 풍자시집 『벌거벗은 아메리카』(조선작가동맹출판사, 1961), 『백인준시선집』(문학예술종합출판사, 1993)이 그것으로, 50년이 넘는 그의 창작 경력을 생각할 때 결코 많은 양은 아니다. 이른바 평화적 건설시기(1945. 8.~1950. 6.)[4]에 작품을

2) 고은, 「'우리들의 시'를 공동창작합시다—북한의 문예총위원장 백인준선생에게 보내는 편지」, 『사회와사상』 통권 7호, 1989. 3.
3) 본 논문은 풍자시집 『벌거벗은 아메리카』(조선작가동맹출판사, 1961)와 『백인준시선집』(문학예술종합출판사, 1993)을 텍스트로 하였다. 『인민의 노래』(1947)와 『소박한 사람들의 목소리』(1953)는 자료를 구할 수 없었지만, 『백인준시선집』에 그 대부분이 선(選)하여 실려 있어 백인준의 전체 시 세계를 통괄하는 데는 큰 무리가 없을 것으로 생각된다. 시집 『인민의 노래』는 『백인준시선집』 후기에는 『인민의 목소리』라고 쓰여 있으나, 이는 『인민의 노래』를 잘못 표기한 것이다.
4) 김일성종합대학 편, 『조선문학개관』(인동, 1986)의 문학사 시대 구분에 따름. 이 구분에 의하면 북한의 문학사는 제1기 항일혁명투쟁기(1926. 10~1945. 8), 제2기 평화적 건설시기(1945. 8~1950. 6), 제3기 위대한 조국해방전쟁시기(1950. 6~1953. 7), 제4기 전후복구건설과 사회주의 기초건설을 위한 투쟁시기(1953. 7~1960), 제5기 사회주의의 전면적 건설과 사회주의의 완전 승리를 앞당기기 위한 투쟁시기(1961~)로 나뉘어진다.

발표하기 시작한 백인준은 철저히 북한문학의 지배 이념인 당성, 노동 계급성, 인민성에 복무하는 문학을 산출한다. 특히 그에게는 한국전쟁 참전의 경험이 압도적인 것이었던바, 미제국주의를 타도하고 남한의 인민을 해방시키자는 요지의 작품을 다수 창작한다. 백인준은 거의 모든 시편에서 자신의 내면 세계는 철저히 배제한 채 당의 지침을 충실히 형상화하는 당문학의 전형을 보여주고 있다.

2. 백인준 시의 주제와 형식

북한의 문예정책의 근본 목표는 제국주의적 사상 문화의 침투를 막고, 김일성의 주체사상에 입각하여 혁명 위업에 힘있게 복무하는 혁명적 문학예술의 발전을 추구하는 것으로 규정되어 있다.[5] 이러한 목표 아래 모든 예술을 당의 통제와 관리하에 두기 위해 1946년에 조직된 단체가 조선문학예술총동맹이다. 조선노동당에 소속된 조선문학예술 총동맹은 당으로부터 사회주의 이념의 예술적 실천을 위한 '창작 계획'을 하달받아 활동에 임한다. 문예총의 역할은 이 계획을 구체화하여 작가들을 지도하는 것이다. 당이 명령한 창작 지침에 의하면, 북한에서 작가 예술인들이 창작 실천해야 할 주제는 다음과 같이 고정되어 있다.

① 혁명적 전통(김일성의 항일 투쟁을 찬양함)을 다룰 것.
② 조국 통일과 혁명 과업(6·25 당시의 인민군의 활동을 찬양함)을 그릴 것.

---

5) 권영민, 「북한의 문예 이론과 문예 정책」, 권영민 편, 『북한의 문학』(을유문화사, 1989), p.74.

③ 사회주의 사회 건설(북한 사회의 발전을 찬양함)의 위대성을 찬양할 것.

④ 제국주의의 부패상(남한의 현실 비판)과 통일의 당위성을 그릴 것.[6]

백인준의 시를 주제적으로 고찰해 보면, 거의 대부분 이 네 가지 범주에서 벗어나지 않음을 알 수 있다. 네 권의 시집은 위의 범주에 각기 다음과 같이 대응된다. 첫 시집 『인민의 노래』는 민족 해방의 영웅인 김일성에 대한 찬양과 8·15해방의 감격, 사회주의 새 조국 건설의 기쁨을 주내용으로 하며(위의 분류에서 ①과 ③), 두 번째 시집 『소박한 사람들의 목소리』는 6·25의 전장 상황과 김일성의 지도력에 대한 예찬, 승전의 의지, 미제국주의에 대한 분노를 노래하고(①, ②, ④), 세 번째 시집 『벌거벗은 아메리카』는 굶주리고 부패한 남한의 현실과 미제에 대한 풍자와 비판, 공산주의에 의한 세계 통일의 당위성과 확신을 역설한다(④). 네 번째 시집 『백인준시선집』에는 이 세 시집 이후에 발표한 시들을 주제별로 묶어 두고 있다. '그 이름은 노래'편은 항일 투쟁을 중심으로 한 김일성 예찬과 김정일, 김정숙 찬양을(①), '조국에 대한 생각'은 인민에 의한 조국 건설의 과정과 김일성의 위대함, 조선노동당 찬양과 6·25 전투 상황에서의 애끓는 동지애를(①, ②, ③), '시와 더불어'는 투쟁하는 인민으로서의 시인의 사명과 당의 고마움, 조국의 위대함을(③), '시내물'은 사회주의 낙원인 조국에서 살아가는 기쁨을(③), '로동의 나날에'는 노동의 신성함과 노동자들의 가열차고 소박한 삶을(③), '북악산우에서'는 6·25 전장에서 싸운 전사들의 영웅적인 활약상과 통일에의 염원을(②), '정론시편'은 인민이 지켜야 할 규율과 증산 계획 달성의 고무와 촉구, 남한에 대한 증오심과 6·25의 교훈, 미제에 대한 복수심을(③, ④), '풍자시편'은 아메리카의 위선과 폭력

6) 권영민, 위의 글, p.79.

에 대한 고발과 괴멸의 의지를(④), '가사편'은 김일성, 김정일의 은덕과 당과 조국에 대한 고마움을 노래하고 있다(①, ③).

시의 주제적 측면에서 볼 때, 백인준은 창작 과정에서 당의 지침을 최대한 실행하고자 했음을 알 수 있다. 여기에 한 사람의 개인이나 자기만의 세계를 갈구하는 시인의 고뇌와 갈등이 개입되어 있지 않음은 물론이다. 이러한 주제의식은 북한문학에서 설정한 서정시의 하위 갈래로도 설명될 수 있다. 북한에서 서정시는 내용의 성격 또는 창작 의도와 방법에 따라서 송시, 정론시, 풍자시로 나뉘어진다. 송시는 김일성이나 당 또는 조국을 찬양하고 충성을 맹세하는 종류의 시이고, 정론시는 사회 정치 생활에서 가장 관심사로 되는 일에 대하여 사회·정치적 평가를 의도로 하여 씌어지는 시이며, 풍자시란 대상을 조소·비판하거나 폭로하려는 의도를 지닌 시이다.[7] 백인준은 주로 송시와 풍자시를 쓴다. 양적으로는 송시가 가장 많으며, 정론시는 몇 편에 불과하다. 백인준의 문학적 재능이 가장 빛나게 발휘된 것은 풍자시로, 그의 대표 시집인 『벌거벗은 아메리카』는 풍자시집이라는 표제를 달고 있다. 풍자시는 그 풍자의 대상이 남한 사회와 미제국주의인 만큼 자연히 공격적이고 호전적인 성향을 지닐 수밖에 없다. 사회주의와 인민의 적을 가차없이 고발하고 분쇄하고자 하는 시는 인민들에게 강렬한 분노와 적대감을 심어 줌으로써 충성심과 단결을 이끌어내게 된다. 풍자시는 남한과 자본주의에 대한 대타의식을 바탕으로 인민들을 선동할 수 있는 가장 효과적인 장르인 셈이다. 백인준은 일련의 「아메리카」 연작을 통해 자본주의에 대한 격렬한 전의(戰意)를 불태우면서 가장 친체제적인 담론을 생산해내고 있는 것이다.

백인준의 시에서 당의 '창작 계획'에 속하지 않는 것은 친애하는 지

---

7) 김재홍, 「북한 시의 한 고찰」, 권영민 편, 위의 책, p.227.

도자 김정일에 대한 예찬과 충성을 노래한 시들이다. 이 창작 지침이 마련된 것이 1961년이니, 시기적으로 김정일에 대한 부분이 없는 것은 당연한 일이다. 백인준이 본격적으로 김정일에 대한 찬양시를 쓴 것은 90년대 들어서인데, 이는 후계자로서의 김정일의 입지를 강화하고 정권 세습의 당위성을 인민들에게 유포하기 위한 선전 선동의 일환임은 두말할 나위가 없다. 백인준은 그 자신 북한의 고위급 인사로서 지배층의 이데올로기를 충실하게 구현하고 있는 것이다. '93년에 출간된 『백인준시선집』에서 그는 김정일에 대한 사모와 경외의 염을 각별히 강조하고 있다. 오늘의 문학적 성과를 쌓게 해준 '두 분의 위대한 수령'의 은덕을 격찬하면서 그는 김정일을 김일성과 동일한 반열에 올려 놓는다.

8·15 해방후 위대한 수령님의 품속에서 비로소 시창작의 길에 들어서서 수령님의 어버이사랑속에 작가로 자라나기 시작한 나는 60년대초부터 친애하는 지도자 동지를 문학의 스승으로 모시면서 그이의 가르치심속에서 조국과 인민을 위한 진정한 문학의 길을 배우며 성장하게 되었다.

나의 첫 개인시집 『인민의 노래』가 어버이수령님의 직접적배려에 의하여 출판될수 있었는데 나의 시창작을 총화한다고 할수 있는 이 시선집은 친애하는 지도자동지의 배려에 의하여 출판되게 되었다. 생각할수록 참말 감개무량함을 금할수 없다.

작가로 태여나 한생에 이와같이 두분의 위대한 수령을 자애로운 어머니로, 문학의 스승으로 모시고 온갖 사랑과 가르치심을 받으며 창작의 길을 걸어올수 있은것은 얼마나 영예롭고 행복한 일인가![8] (밑줄 강조 인용자)

---

8) 백인준, 「시인의 말」, 『백인준시선집』, 문학예술종합출판사, 1993, p.11.

이 서문으로 볼 때 김일성이 '나'를 작가로 자라나게 해 준 인도자라면, 김정일은 '진정한 문학의 길'을 가르쳐 준 '문학의 스승'에 해당된다. 또한 김일성이 첫 시집의 출판을 배려해 준 데 비해, 김정일은 '나의 시창작을 총화한다고 할 수 있는 시선집'을 출판하게 해주었다. 언어의 선택과 뉘앙스로 미루어 이 글은 오히려 김정일 쪽에 비중을 두고 있는 듯이 보인다. 단적으로 말해 백인준의 시는 김일성과 김정일에게 바치는 헌사에 다름 아니라고 할 수 있다. 여기에서 지적해야 할 것은 90년대 들어 그 찬사의 무게 중심이 김일성에게서 김정일에게로 점차 이동하고 있다는 점이다. 시의 형식에 관한 고민에서도 결정적인 계기가 된 것은 김정일의 다음과 같은 언급이었다.

언젠가 한번 친애하는 **지도자 김정일**동지께서는 요새 시들가운데는 짧게 잘라놓은 시행들을 한데 이어놓으면 산문이 되는 그런 시들이 적지 않다는 내용의 말씀을 하시였다. 가슴 찔리는 말씀이였다.

(…) 시인의 흥분이 있고 시행과 음절을 조절한다고 하여 시가 노래로 되는것은 아니다. 시의 상을 받아안을 때부터 형상을 끝내는 전과정에 시인은 소설가나 극작가와는 달리 다만 사색, 사상, 구성, 묘사뿐아니라 운률속에 있어야 한다.[9]

김정일이 제기한 문제는 시의 산문성과 '운률'에 관한 것이다. 요즘의 시가 산문과 다를 바 없다는 것, 즉 운율이 없다는 이야기인데, 백인준은 이에 대해 "가슴 찔리는 말씀이였다"고 반응한다. 백인준은 북한에서 시의 한 유형으로 인정되는 노래 가사를 많이 창작하였지만, 사실상 그가 쓴 대부분의 시들은 산문성 내지는 이야기성을 많이 함유

---

9) 백인준, 위의 글, p.14.

하고 있다. 순수한 의미의 서정은 거의 찾아볼 수 없고, 인민에게 전달해야 할 이념과 메시지가 과잉된 상태에서 이는 당연한 귀결이라 할 것이다. '운률'에 대한 백인준의 고뇌는 시의 서정성과 미에 대한 고뇌로 확대 해석해 볼 수 있다. 그는 운율이 단지 '시행과 음절을 조절하'는 문제가 아닌, '시의 상을 받아안을 때부터 형상을 끝내는 전과정'에 걸친 문제라고 강조한다. 운율을 단순한 형식적 외장(外裝)이 아닌, 시인의 시의식과 시 전반에 걸쳐 육화되어야 할 대상으로 인식하고 있음을 알 수 있다. 이것이 실제 시의 창작으로 이어졌는가는 별개의 문제이지만, 시인이라면 마땅히 가져야 할 이러한 인식이 김정일에 의해 이루어졌다(고 말하)는 것은 북한문학의 현주소를 단적으로 드러내는 흥미로운 부분에 속한다.

　백인준은 북한 시의 형식적 구분에서 이야기성을 지닌 갈래의 시들을 다수 창작한다. 담시(「대동강에 흐르는 이야기」, 「물에 대한 이야기」, 「사과밭에 꽃핀 이야기」), 장시(「한 그루 소나무에 깃든 이야기」, 「고향에 와서」), 서정서사시(「새봄의 전설」, 「옹달샘의 전설」, 「봄노래」), 시초[10](「백두산시초」, 「정드는고장, 정드는 사람들」, 「지리산지구」)가 그것으로, 이 중 담시와 장시, 서정서사시에서는 전통 설화를 차용하여 이른바 '민족적 형식과 사회주의적 내용'[11]의 결합을 시도하고 있다. 시의 내용으로 보나 형식으로 보나, 백인준은 문학에 대해 당이 정해 놓은 노선을 충실히 따르면서 작품을 제작한다. 그는 마치 북한 시의 모범 답안을 작성하듯, 주제와 형식의 양 측면에서 각각의 하위 갈래들을 골고루 안배하면서 다양한 구색을 갖춘 시 세계를 창출하고 있는 것이다.

---

10) '시초'는 큰 제목하에 소제목의 시들이 여러 편 이어진 연작시의 형태를 취하고 있다.
11) 이는 사회주의적 현실주의의 구체적인 창작방법론으로, 스탈린이 "내용에 있어서 프롤레타리아적, 형식에 있어서 민족적인 문화, 이것이야말로 사회주의가 겨냥한 전인류적 문화이다"라고 말한 데서 연유한다. 김윤식, 「주체 사상에 기초한 사회주의적 문예 이론」, 권영민 편, 위의 책, p.94 참조.

3. 백인준 시 세계의 전개 양상

백인준은 박세영, 박팔양, 안용만 등과 더불어 '골수 김일성파'[12]로 지칭된다. 김일성파가 정권을 장악한 것은 6·25 직후 전쟁 실패의 책임을 남로당 계열에게 덮어씌워 이들을 숙청했기 때문인데, 이 과정에서 백인준은 큰 공로를 세워 정치적 위상을 확고히 한다. 일찍이 『응향』 사건으로 김일성의 신임을 얻은 백인준은 시인으로 첫발을 내디딘 1947년 당시부터 김일성을 고무·찬양하는 시를 발표한다. 이해에 발간한 첫 시집 『인민의 노래』에서 그는 김일성에게 바치는 「헌시」를 필두로 「그대를 불러 우리의 태양이라 노래함은」, 「나의 노래는 인민의 노래」, 「당은 나의 생명」 등 세 편의 시를 첫머리에 싣는다. 이 시들은 김일성이 정초한 『주체의 문예이론』에서 문학예술이 조선 혁명과 근로인민에 복무하기 위한 창작 원칙으로 제시된 당성, 노동계급성, 인민성을 전면에 내세우고 있다.

> 그대를 불러 우리의 태양이라 노래함은
> 저 푸른 하늘 높이 빛나는 일륜이
> 언제나 대지에서 솟아 다시 대지의 품으로 돌 듯이
> 인민의 앞장에선 그대의 가르치심이
> 언제나 우리들의 가슴속에서 우러나
> 다시 우리들 인민의 혈관으로 뻗쳐 흐르기때문이요
>
> (…)
> 5천년 혈맥을 맥맥히 이어온

---

12) 김재홍, 위의 글, p.246.

오, 그대는 우리의 자랑
세계 빨찌산사에 빛나는
김일성장군

— 「그대를 불러 우리의 태양이라 노래함은」 중에서

나의 노래는 인민의 노래
끝날줄 모르는 인민의 노래
논두렁에서 읽어다오
발동기곁에서 읽어다오
기계소리보다도 높이 읊어다오

— 「나의 노래는 인민의 노래」 중에서

당은 나를 길렀다
어머니와 같이 사랑스럽게
그러나 그보다도 억세인 품으로

(…)
당은 나의 자랑
당은 나의 행복
오, 당은 나의 생명!
그 부르는곳으로 나는 가리라

— 「당은 나의 생명」 중에서

당성은 당과 수령을 위해 목숨 바쳐 싸우는 백절불굴의 혁명 정신이며, 김일성의 혁명 사상과 주체사상을 관철하기 위해 적극적으로 투쟁하는 가운데 예술적으로 형상화된다. 이러한 의미의 당성은 레닌이 제시한 예술성의 한 부분인 인민성의 최고 형태로서의 당파성 개념과는 많은 차이가 있다. 북한문학에서 당성은 김일성 유일주체사상에 대한 절대적인 신봉과 당의 정책에 대한 전면적인 복종을 의미하는 것이기 때문이다. 위 시에서 백인준은 김일성을 가리켜 '우리의 태양'이라고 찬양한다. "인민의 앞장에선 그대의 가르치심이/언제나 우리들의 가슴 속에서 우러나/다시 우리들 인민의 혈관으로 뻗쳐 흐르기때문"이라는 것이다. 김일성에 대한 숭배의 염은 이처럼 백인준의 초기시에서부터 강하게 표출되고 있다. 김일성에 대한 외경심을 통해 이 시는 소박한 수준에서나마 당성을 표현하고 있는데, 당성은 "오, 당은 나의 생명/그 부르는곳으로 나는 가리라"는 시구에서 극대화된다. 당이 곧 '나의 생명'이라 함은 '나'의 삶을 좌우하고 결정하는 것이 '당'임을 의미한다. 그래서 당은 '어머니'에 비견되는 동시에 "그보다도 억세인 품"의 더 높은 차원으로 자리매김되는 것이다.

두 번째 시에서 백인준은 "나의 노래는 인민의 노래"라고 말한다. 자신이 쓴 시를 '논두렁에서', '발동기곁에서', '기계소리보다도 높이 읊어달'라는 요구는 인민의 사상과 감정을 표현하고, 인민의 계급적 이익에 복무하는 시를 쓰겠다는 의지의 표명에 다름 아니다. 백인준은 노동자의 계급적 이익을 철저히 옹호하는 노동계급성과 인민의 실상과 지향을 진실되게 반영하는 인민성을 시화하기 위해 계속적으로 갈등하고 고민한다. 시「용해공과 시인」은 이러한 고뇌와 더불어 계급성과 인민성이 구현된 시란 어떤 것인가를 잘 보여주는 좋은 예이다. 용해공 '상필동무'와 시인인 '나'의 대화로 시작되는 이 시에서 용해공은 "당신의 시는 왜 그리 어려우오?/지내 《심각》만 하려드군!"이라고 불만을 토로하며, 자신이 한 번 직접 읊어 보겠다고 나선다.

　　팥죽이 끓듯 불쭉불쭉

전기로안에서는 쇠죽이 끓네
큰것 작은것 녹쓴것까지
한데 섞여서 강철이 끓네
불쑥불쑥 방울까지 지면서—
휘휘 젓는다
고루고루 젓는다
류척쇠장대 가벼이 들고…

지난날 우리 어머니
팥죽가마 잘도 젓드니—
다 젓고나서 간이라도 보듯이
《시편잔》에 한잔 쑥 떠내
보기만 해도 단번에 알지
얼마쯤이나 더 끓여야 할지는…

(…)
상필동무 자작시 들고보니
참말 팥죽이 끓듯 불쑥불쑥
전기로 안에서 강철이 끓는다
휘휘 젓는다
고루고루 젓는다
류척쇠장대 척 들고나서
옛말에 나오는 힘장수인가
용해공 상필동무 강철가마 젓는다

다 젓고나더니 2천도 전극밑

그 쇳물 한방울 꾹 찍어내서
《갈매기》 한대 붙여무누나
2천도 불길에 붙인 담배를
한모금 깊이 빨아 쑥 마시더니
한참후에 후 뿜어내누나

— 「용해공과 시인」(1959) 중에서

이 시에서 '상필동무'가 실제 인물인가는 중요하지 않다. 또 그의 자작시가 실제로는 시인 백인준이 지은 것이라고 해도 큰 상관은 없다. '상필동무'가 실제 인물이든, 혹은 시인의 분신으로서의 대리적 자아이든, 중요한 것은 이 시가 노동 현장의 실감나는 형상화에 이르고 있다는 사실이다. 태양, 신, 전설적 영웅, 불멸, 생명, 영원, 무한 등등의 갖가지 과장된 수사로 김일성과 김정일, 당을 예찬하는 시들과 이 시는 격을 달리하고 있다. 우선, 전기로 안에서 끓는 쇳물을 어머니가 끓여 주던 '팥죽'에 비유한 발상부터가 예사롭지 않다. 쇳물은 '팥죽'의 이미지와 겹쳐지면서 '쇠죽'으로 바뀌고, 광물적이고 기계적인 이미지에서 따뜻하고 인간적인 이미지로 탈바꿈한다. 지난날 어머니가 끓여 주던 '팥죽'은 어머니의 사랑이 가득 담긴 추억의 먹거리라 할 수 있다. 쇳물은 '쇠죽'으로 표현되면서 이 같은 어머니의 사랑과 먹거리의 감각을 함께 획득한다. '쇠죽'은 실로 노동자들이 열과 성을 다해 지어내는 노동자의 밥이요, 인민의 먹거리인 것이다. 여기에 쇠죽이 끓고 있는 모양을 표현한 '불쭉불쭉'이라는 의태어는 힘있고 생동감 넘치는 노동 현장의 분위기를 묘사한다. 이렇게 해서 팥죽과 쇠죽, 어머니와 용해공은 동일한 의미망으로 묶인다. 어머니가 가족을 위해 팥죽을 끓이는 것처럼, 용해공은 조국과 인민을 위해 쇠가마를 젓는다. 어머니가 오랜 경험에 의해 팥죽을 "얼마쯤이나 더 끓여야 할지는" "보기만 해도 단번에 아"는 것처럼 용해공 역시 숙련된 솜씨와 감각으로 쇠죽을 '요리'한다. 이 시는 전기로 안에서 끓는 강철을 어머니의 팥죽에 비유함으로써 친근감 있는 서정성과 실감나는 형상화를 달성하고 있다.

그런데 이 시의 압권은 자작시를 읊고 난 후 상필동무가 담배를 피워 무는 마지막 연에 있다. 쇳물을 다 젓고 나서 "2천도 전극밑/그 쇠물 한방울 꾹 찍어내서/《갈매기》 한대 붙여무"는 장면은 노동의 신성함과 기쁨, 힘겨운 노동을 끝낸 뒤의 만족감과 여유를 생생히 그려낸다. "2천도 불길에 붙인 담배를/한모금 깊이 빨아 쑥 마시더니/한참후에 후 뿜어내"는 맛은 노동의 뜨거운 땀방울을 흘려 본 자만이 알 수 있는 맛일 수밖에 없다. 여기에는 어떠한 관념이나 수식어로도 표현할 수 없는 노동의 참맛이 잘 드러나 있다. 이처럼 백인준은 실제 노동 현장에서 일하는 노동자의 시각으로 '인민의 노래'를 생산하고자 한다. 노동의 본질과 그 구체적 형상화를 서정시의 핵으로 삼는 이러한 시각은 "어찌 (…)/가을의 전원에만 서정이 있다 하랴/여기는 새로운 서정의 지대!/가장 열정적인 지역이라네/조국의 공업기지―로동의 서정기지!"(「새로운 지역」, 1960)와 같은 시구에서 분명하게 돌출된다. '조국의 공업기지'는 '가을의 전원'을 넘어서는 '새로운 서정의 지대'이며, '로동의 서정기지'이다. 그러니 시인은 이 새로운 서정의 지대에서 '노동의 서정'을 형상화해야 한다. 그렇다면 '노동의 서정'과 인민의 마음을 형상화하기 위해서는 어떠한 시를 써야 하는가? 백인준은 창작 방법에 관한 이 같은 고민의 과정과 나름의 해답을 시를 통해 보여준다. 무엇보다 그는 시인 역시 조국을 위해 투쟁해야 하는 한 사람의 '노동자'임을 강조한다. 그는 "우리가 한편의 시를 쓴다면/그로써 천사람이/한삽씩의 석탄을 더 캐게 하자!"(「시인들에게 보내는 전투명령 제1호」, 1948)고 주장한다. 시인의 사명은 노동자의 노동 의욕을 고취시키는

데 있으며 이것이 바로 시인의 '창작 노동'의 역할인 것이다. 물론 시
인의 사명은 여기에만 있는 것은 아니다.

> 우리가 1년을 두고 묶어낸
> 한권의 시집이
> 우리 조국의 아름다운 장래와 인민의 승리를
> 얼마나 뚜렷이 보여주었는가?
> 인민들이 노래하고싶은
> 민주북조선의 행복을
> 얼마나 그들대신 노래하여주었는가?
> 이것은 우리들이 예술을 말할 때 잊을수 없는 일
>
> 시인이여
> 우리들이 무드기 써놓은 시가
> 우리 민족의 해방자!
> 위대한 항일투사들의 공적과 은혜를
> 얼마나 선명히 그리여냈는가!
> 이것은 우리 시의 진실성을 알아맞히는
> 중요한 시금석의 하나다
>
> —「시인들에게 보내는 전투명령 제1호」(1948) 중에서

이 시는 한편의 시라기보다는 제목 그대로 '시인들에게 보내는 전투
명령'이며, 당의 입장에서 시인들에게 내리는 창작 지침이라 할 수 있
다. 백인준은 한 사람의 시인으로서가 아니라 당의 대변자로서 공식적
이고 전체적인 목소리를 내고 있다. 인용된 부분 외에도 시인이 쓰는
시는 미제와 그 주구들에게 "증오와 저주의 비수를 꽂"는 '전투 기록'

이 되어야 하고, "인민의 심장으로 붓끝에 화력을 높인" '인민의 말'이 되어야 한다고 말한다. 미제국주의와 그 주구인 남한에 대한 백인준의 전투성은 6·25 참전 경험을 통해 더욱 심화된다. 두 번째 시집 『소박한 사람들의 목소리』(1953)는 참전 중에 쓴 시들을 모은 것으로, '인민의 말'로 시를 써야 한다는 의식을 염두에 둔 듯 제목부터가 인민성을 겨냥하고 있다. 이 시집은 김일성을 찬양하는 점에서는 첫 시집의 심화편이라 할 것이나, 6·25 현장시가 들어 있고 백인준 시의 꽃이라 할 풍자시가 등장한다는 점에서 일정한 의미를 지닌다.

> 추격에 단 몸을 식히며
> 달빛아래 지도를 펴는 이 한때도
> 톱을 굴러 앞길을 재촉하는
> 사랑하는 나의 땅크 31호야
> 네우에 기대여
> 조국의 밤하늘을 우러러보면
> 어스름 초생달 나무가지우에 걸리고
> 별들도 짝지어 남으로 흐르는 듯
>
> ―「남으로 가는 길에서」(1950) 중에서

> 《문명》한 《신사》들이여
> 우리들에게서 땀내가 난다고
> 얼굴을 찡그리지 말라
> 당신들에게서는 고름내가 난다
> 썩어져가는 제국주의냄새!
>
> ―「소박한 사람들의 목소리」(1952) 중에서

백인준의 6·25 현장시는 전쟁의 참혹한 참상과 살벌한 분위기를 묘사하기보다는 전투에 참가하는 자신의 심정을 대체로 낭만성에 기대어 형상화한다. 위 시에서도 '사랑하는 나의 땅크 31호'를 타고 남진하는 시적 화자는 '어스름 초생달'과 '별들'을 보며 낭만적 감성에 젖어들며, "별들도 짝지어 남으로 흐르는 듯"이라는 비유적 시구를 통해 남조선 해방의 소망을 우회적으로 암시한다. 이러한 전투성과 낭만성의 결합은 시「출격을 앞두고—안해에게」, 「잊지 말라 그대들이여」, 「돌아오리라 그대는 기어이」, 「봄밤」 등 6·25를 주제로 한 시에서 공통적으로 드러난다. 백인준의 시에 과격한 전투성과 공격성이 출현하는 것은 제국주의라는 '적'을 상정할 때이다. 위의 인용시에서 보듯, 그는 '우리들' 사회주의의 인민들에게는 '땀내'가 나지만, '당신들' 제국주의의 모리배들에게는 '고름내'가 난다고 말한다. '땀내'와 '고름내'는 노동과 착취, 건강과 부패, 노력과 환락 등을 상징하면서, 백인준이 인식하는 사회주의와 자본주의의 질적인 차이를 확연히 드러내고 있다. 미제국주의에 대한 분노와 저주는 세 번째 시집 『벌거벗은 아메리카』(1961)에서 극에 달한다. 이 시집은 미제와 부르주아에 대한 맹공격이며 백인준식의 총공세라 할 것인데, 시적 형상화보다는 극단적인 감정의 표출이 관건이 된 탓에 과격하고 거친 말들이 남발되고 있다.

> 내 차라리 제국주의의 배때기에
> 저주의 단도를 석 자나 박아
> 호박 속 우벼 내듯 왁왁 우벼 낸다면,
> 또는 나의 이 증오의 주먹으로
> 양키들의 턱주가리를 답새워
> 단매에 차뭇개 쩌개듯 쩌개 버린다면
> 나의 이 만신의 증오 풀릴 수도 있으리.
>
> ─「저주의 노래」(1960) 중에서

백인준이 적으로 삼고 있는 것은 남한 사회가 아니라 '아메리카'이다. 아메리카야말로 분단을 획책한 주범이며, 남한의 지배층이 인민을 착취하게끔 뒤에서 조종하는 더러운 배후 세력이기 때문이다. 아메리카에 대한 백인준의 증오와 파괴의 욕망은 어떠한 원색적인 표현으로도 충분치 않을 만큼 과격하다. "제국주의의 배때기에/저주의 단도를 석 자나 박아/호박 속 우벼 내듯 왁왁 우벼 내"고 싶다는 말은 섬뜩할 정도의 폭력성을 띠고 있다. 표현은 비록 단순하고 거칠지만, 자본주의에 대한 백인준의 비판에 타당성이 전혀 없는 것은 아니다. 자본주의가 착취의 모순을 구조적으로 떠안고 있는 것은 부정할 수 없는 사실이기 때문이다.

> 결산을 하자! 아메리카야,
> 장부를 꺼내 놓으라. 너의 죄악의…
>
> (…)
> 너 살진 아메리카야,
> 너의 몸에 두른 그 보드라운 비단이
> 그 얼마나 많은 인민의 목을
> 쇠사슬보다도 무섭게, 사납게
> 조여 매고 홀치여 숨이 지게 했느냐!
>
> —「결산하라! 아메리카」(1959) 중에서

　만약 이 시에서 '인민'이라는 단어를 '민중'이나 '피지배계급', '가진 것 없는 사람들' 등의 말로 바꾼다면, 이 시가 북한 시로서 주는 이질적인 느낌은 상당 부분 완화될 것이다. 제국주의에 저항감을 갖고 있는 남한의 시인도 충분히 이러한 시를 쓸 수 있다는 이야기이다. 그러나 시집 『벌거벗은 아메리카』는 과격한 주장과 선전 선동의 언사들로 가득 채워져 있어 제국주의에 대한 비판과 풍자가 일면적인 타당성을 확보하는 데 그치고 있다. 수사적인 기법의 측면에 있어서도 사정은 마찬가지이다. 백인준은 이 시집에 '풍자시집'이라는 명칭을 붙여 놓고 있지만, 「강아지 과거 보기」, 「동리북」, 「머리에 대하여」, 「건강진단」 등의 몇 편의 시를 제외하고는 풍자의 수법을 발견하기란 쉽지 않다. 이 시들도 지적인 비판과 위트에 기초한 풍자에 이르지 못하고, 저급한 동물에 비유해 대상을 깎아 내리거나 멸시하는 차원에 머무르고 있다.

사회주의와 주체사상이라는 특정 이데올로기로 무장된 이 시집은 그 문학적 가치를 논하기 이전에 정치적 신념의 문제를 고려하지 않을 수 없다. 여기 실린 시의 진정성은 시인이 갖고 있는 정치적 신념의 강도에 달려 있다고 보아야 하는 것이다. 시인의 사상적 믿음의 옳고 그름의 여부는 가릴 수 있지만, 시인의 정치적 성향과 사상성을 문학적 진정성과 혼동하여 평가한다면 이는 중대한 오류를 범하는 것이 된다. 북한문학을 순수하게 문학적인 잣대로 평가하기 곤란한 난점이 여기에 있다. 일례로, 백인준의 네 번째 시집인 『백인준시선집』의 주류를 이루고 있는 김일성과 김정일을 예찬하는 시들을 보자.

20세기에 이르러 인류는
위대한 수령 **김일성**동지를 모심으로 하여
인간에게는 다른 하나의 생명
정치적생명이 있음을 알게 되었나니
억만년 닫겨있던 생명의 신비는
주체의 해빛아래 비로소 밝히여졌더라

위대한 수령님께서 발견하신

그 새로운 생명의 원천을

경애하는 수령의 존함으로 이름지으시여

온 세상에 높이 알려주신

영명하신 지도자 **김정일동지**!

(…)

그이께서 나의 가슴에

그 영원하고 값높은 생의 진리 밝히여주셨기에

내 이제 당장

단두대를 향해 걸어나가도

생의 보람을 자랑높이 웨치고

억천만번 죽어도 그이의 곁에

영생할것을 굳게 믿노라

—「삶에 대한 송가」(1976) 중에서

이제 인간은 주체의 창공으로 날아오르는 길에

자기 스스로가 《신》으로 완성되여

인류사의 한대목에서 발생하였던

모든 《신》들의 종말을 고하게 되리라

—「상상봉에서」(1987) 중에서

'위대한 수령 김일성동지'는 "인간에게는 다른 하나의 생명/정치적 생명이 있음을 알게"해주셨고, '영명하신 지도자 김정일동지'는 이를 밝혀 "온 세상에 높이 알려주"셨다. 이 시에서 백인준의 김일성과 김정일에 대한 존경과 충성심은 신념의 차원을 넘어 '신앙'의 차원으로 돌입한다. "억천만번 죽어도 그이의 곁에/영생할것을 굳게 믿"는다는 것은 김일성과 김정일을 절대 신으로 숭배할 때 가능한 일이다. 영생에의 믿음은 한 걸음 나아가 "인간은 주체의 창공으로 날아오르는 길에/자기 스스로가 신으로 완성"될 것임을 확신하는 경지에까지 이른다. 김일성과 김정일은 지금까지 인류사에 등장한 어떠한 종교의 신보다도 위대한 존재로 예찬되고 있는 것이다. 이러한 면에서 백인준의 시는 북한문학의 극단적 면모를 생생히 증거하는 하나의 모델이 된다. 바꾸어 말하면, 백인준 시의 한계를 논하는 것은 북한문학의 한계와 난점을 논하는 일과 직결되는 작업이 되는 것이다.

4. 맺음말

백인준의 시 세계는 거의 대부분 사적인 개인의 목소리가 아닌 공식적인 집단의 목소리로 이루어져 있다. 그는 당의 정책과 이념적 지향을 시로써 웅변하는 대변자의 위치에서 시를 쓰고 있는 것이다. 따라서 그의 시에서 그가 살아온 삶의 내력이나 인간적인 고뇌, 정신의 편력 과정을 읽어낸다는 것은 거의 불가능한 일이다. 그의 시 세계는 북한문학이 그 이념적이고 형식적인 카테고리를 형성하는 역사적인 과정을 그대로 구현하면서 전개되어 왔다. 이런 점에서 백인준은 북한문학의 정수를 보여준다고 할 것인데, 그가 이룩한 문학적 성과를 그의 정치적 입신과 별개의 것으로 생각하기는 어렵다. 북한문학에서 한 작가가 갖는 예술적 위상은 그의 정치적 위상을 통해 더욱 견고해지는 것이기 때문이다. 백인준의 시를 논함에 있어서는 이 같은 프리미엄 효과와 북한문학의 특수성을 염두에 두지 않을 수 없다. 여러 가지 측면에서 백인준은 북한문학을 연구함에 있어 문제적인 인물로 우리 앞에 가로놓여 있는 것이다.

　백인준의 시는 당성, 노동계급성, 인민성이라는 북한문학의 3대 강령을 철저히 준수하면서 창작되었으며, 그 가운데 미제국주의와 자본주의의 부패상에 대한 분노와 처단의 의지를 강하게 표출하고 있다. 그가 사용한 풍자의 기법이 소박한 차원에 머문 것은 사실이지만, 자본주의의 착취구조를 대체로 정확히 꿰뚫고 있으며, 단지 남한 사회만이 아닌 자본주의 전체를 투쟁의 대상으로 삼고 있다는 점에서 일정한 이념적 정당성을 획득하고 있다고 할 수 있다. 한 가지 아쉬운 점은 「용해공과 시인」 같은 노동자의 피땀어린 서정이 살아 숨쉬는 작품들이 지속적으로 산출되지 못한 점이라 할 것이다. 이는 그가 중년 이후 당의 고위직에 오르게 되면서 노동자의 실생활과는 거리가 먼 삶을 살게 된 때문인 것으로 볼 수 있다. 북한문학은 정치성과 문학성 중 월등히 정치성을 우위에 두는 불균형의 문학이지만, 이러한 편협한 지향성 속에서도 문학성을 담보해내는 길은 분명 있기 마련이다. 그 중 하나가 노동자의 진실된 삶과 노동의 참된 가치를 시화하는 일일 터인데, 백인준은 그 가능성만을 보여준 채 시 세계의 물꼬를 다른 곳으로 돌리고 있다. 김일성과 김정일의 신격화, 항일 투쟁의 영웅담과 6·25 전쟁담을 시화하는 일이 시인의 길보다 정치인의 길이 우선이었던 그에게는 훨씬 중요한 과제였기 때문이다.

　이 글에서는 백인준의 담시, 장시, 서정서사시, 시초 등은 다루지 못하였다. 백인준 시의 전체적인 내용 파악에 초점이 되는 자유시만이 분석의 대상이 되었는데, 북한 시의 형식적 특질을 보여주는 다양한 장르의 시에 대해서는 별도의 지면이 필요할 것으로 보인다.

동상의 제국과 시인의 운명

—김철론

홍용희

1. 북한 사회와 서정시의 특성

주지하듯, 해방 이후 북한문학은 김일성을 정점으로 하는 북한식 사회주의 체제 이데올로기를 직접 반영하고 재생산하는 공식적인 담론 기제의 역할을 수행한다. 실제로 북한문학의 양상은 사회주의 리얼리즘을 기본 골간으로 하고, 여기에 역사적 상황에 따라 변모하는 당 정책과 이에 상응하는 문예 지침에 의해 엄정하게 지도, 관리, 평가되는 면모를 뚜렷하게 보여준다. 따라서 북한문학은 정론성, 획일성, 공리성,전체성의 한계를 벗어날 수 없는 생래적인 속성을 지니고 있다. 북한 사회에서 문학작품이 도식주의로 치달으면서, 작품 창작의 개성을 강조하는 논의가 몇 차례에 걸쳐 제기되었으나 현실적으로 그 실효성을 크게 거두지 못한 까닭이 여기에 있다.

그렇다면, 북한 사회와 같은 교조주의적인 전체주의 사회에서 주관성의 원리에 기반하는 서정시의 존재 방식은 어떠한 것일까? 1959년에 북한 사회에서 전면에 내세운 "개인은 전체를 위하여, 전체는 개인을 위하여"라는 구호는 그 해답을 찾는 한 실마리를 제공한다. 북한 시인들의 시 창작 원리에는 개인의 내밀한 주관적인 정서를 지향하는 구심력적인 수렴의 원리와 전체주의적인 사회성의 구현을 위한 원심력적인 확산의 원리가 동시적으로 강요되고 있는 것이다. 물론 이때에 개별적인 주관성은 국가사회주의 체제의 당성과 직접 상응되는 성향에 국한된다. 그러나 북한 시에서 비교적 전자가 우위를 차지할 때는 서정시의 순도가 어느 정도 확보되고, 후자가 우위를 차지할 때는 정론적이고 산문적인 서사성의 경향을 띠게 된다. 북한에서의 시적 방법론의 관건은 이와 같이 대위되는 양자의 축을 적절하게 통합시키는 접점을 찾는 데에 있다. 대부분의 북한의 서정시가 일종의 '서사적—서정시'의 성향을 드러내는 이유도 여기에 있다.

북한 시단에서 「어머니」(1981년)의 시인으로 널리 알려진 김철은 바로 이와 같은 개인의 삶의 목소리와 지배 체제가 강요하는 당위적인 역사의 목소리를 동시적으로 적절하게 일치시킨 면모를 보여준 바 있는 대표적인 시인이다. 그가 평양에서 시작 활동을 본격적으로 전개하기 시작하던 1949년의 북한 사회는 이미 '건국사상운동'(1946), 시집 『응향』 사건(1946), '고상한 리얼리즘'(1947)의 제기 과정을 통해 당의 영도성을 선전, 선동, 교양하는 공리주의적인 역할로서의 문학적 위상이 엄정한 제도의 차원에서 정립되어 가고 있었다. 그럼에도 불구하고, 그의 시 세계는 많은 경우에 개인의 내면적인 삶의 현존성, 체험, 정감의 언어가 중심음을 이루고 있음을 볼 수 있다. 다시 말해, 개인의 곡진한 삶의 실존을 환기시키는 정서적 언어가 지배 체제의 권력 의지가 투영된 정론적인 개념어와 서술어의 경직성을 연성화시키는 역할을 하고 있다. 그의 이러한 시적 특징은 시집, 『갈매기』(1958), 『철의 도시에서』(1961), 『어머니』(1989), 서사시 『끝나지 않은 담화』(1992)

등에 이르기까지 도처에서 발견된다.

이와 같은 그의 시 세계의 특징에 대한 북한 사회에서의 평가는 상황에 따라 서로 상반되게 나타난다. 개인의 목소리가 합목적적인 역사의 목소리와 행복하게 일치할 때와 어긋날 때에 따라 평가의 양상은 서정시인의 모범이라는 찬사와 가혹한 숙청이라는 상반된 결과로 이어지게 된다.

김철의 시적 삶의 역정은 크게 세 부류로 나누어지는바, 전쟁 체험과 이산가족의 고통을 겪기 시작한 1950년대, 탄광의 광산 노동자로 전전했던 16년간의(1964~1980)의 숙청 기간, 복권되면서 평양의 조선창작사에서 활발한 시작 활동을 벌이며 전성기를 구가하고 있는 1980년대 이후가 그것이다. 그리고 이러한 그의 시적 삶의 중심부에는 유년 시절의 가족 공동체의 원형적인 삶에 대한 간곡한 그리움과 회억의 정서가 정도의 편차는 있으나 일관되게 기본 정조로 작용하고 있음을 볼 수 있다.

여기에서는 김철의 시 세계에서 비교적 순도 높은 서정시편에 촛점을 두고 그 전개 과정을 순차적으로 살펴보기로 한다. 이러한 작업은 ①북한에서의 서정시 장르의 원론적인 특성을 구체적으로 살펴볼 수 있다는 점, ②북한의 서정 시편을 통해 남·북한의 민족적 원형성과 동질성을 찾아볼 수 있다는 점, ③북한에서 겪는 월남한 이산가족에 대한 그리움의 정서를 가까이서 목도할 수 있다는 점, ④철저히 폐쇄된 북한식 전체주의 사회에서의 한 서정 시인의 운명적인 삶의 행로를 조망할 수 있다는 점 등에서 중요한 의미를 지닌다.

2. 전쟁의 참상과 이산의 고통

한국전쟁이 일어나던 1950년, 김철은 17세의 나이로 인민군에 자원 입대한다. 그는 험열한 전장에서도 "탄약과 비상미를 지고 다니는 배낭 속에 시를 쓴 수첩들을 간수하"[1]는 것을 잊지 않는다. 그는 시를 통해 "조국해방전쟁"으로 표상되는 혁명적인 계급 투쟁과 민족 해방의 전쟁 이데올로기를 선전 선동하고 전쟁의 참상을 생생하게 증언하기 위한 험난한 진군의 길을 떠난 것이다. 그에게 인민군으로서 전쟁에 참여하는 길은 자신의 가족과 기약 없는 결별을 낳는 계기가 된다. 그가 전쟁터로 떠나간 해에 가족들은 모두 월남했기 때문이다. 1950년대 그의 시 창작의 배경에는 이러한 격변의 삶의 굴곡이 중심 내용을 이룬다.

전쟁 시기 북한 시의 일반적인 경향은 매우 경색된 혁명성, 전투성, 선동성의 면모를 보인다. 전쟁은 이데올로기적 동의의 창출을 모든 지배 책략의 도구와 수단을 동원하여 단기간내에 최대치로 성취하는 것을 목적으로 하기 때문이다. 이 시기에 발표된 북한 시의 유형은 김일성의 교시 「우리 문학예술에 있어서의 몇 가지 문제에 대하여」(1951. 6)와 직접 대응되는바, "인민군 예찬시", "소·중공군 헌사시", "김일성 우상화 시", "인민영웅 예찬시", "반제반미시" 등으로 분류된다. 문학 작품이 전쟁 이념을 사회의 정신 습속 속으로 내면화시키는 일련의 과정을 통해 타자를 동화, 순응, 복속시키는 작업을 급속하게 실행하는 역할을 수행한 것이다.

1950년대 대부분의 북한 시편이 김일성 중심의 사회주의 체제 건설의 투쟁 무기로 집중되면서, 비시적인 격동적 음조와 원색적인 어투를

---

1) 김철, 『갈매기』(평양:문예출판사, 1989) 편집 후기 참조.

전면에 노정하고 있으나, 김철(당시 본명 김영철 사용)의 시 세계는 비교적 높은 시적 형상력을 확보하고 있다. 특히 죽임과 파괴가 난무하는 전란의 소용돌이 속에서 진한 인간애를 노래한 다음과 같은 시편은 그의 시 세계의 한 원형성을 선명하게 보여준다.

> 나의 구리단추를 젖꼭진줄 알고
> 틀어쥔채 놓지 않는 나어린 아기
> 폭격의 연기속 엄마는 어디?
> 아! 군복 입은 사나이 엄마될순 없는가!
>
> ―「더는 쓰지 못한 시」(1953) 전문

이 시는 남·북한을 통털어 한국전쟁 시기에 발표된 휴머니즘 계열의 빼어난 절편으로 꼽을 수 있을 것이다. "폭격의 연기 속"에서 엄마 잃은 "나 어린 아기"에 대한 시인의 절실한 안타까움이 생생하게 표현되어 있다. 굶주림에 지친 아기가 시인의 인민군복의 "구리단추를" 엄마의 "젖꼭진줄" 알고 놓지 않고 있다. 그러나 시인은 불쌍한 이 아이에게 아무것도 줄 수 없다. 그래서 그는 "아! 군복 입은 사나이 엄마될순 없는가!"라고 한탄할 수밖에 없게 된다. 여기서 시인의 장탄식은 독자들에게 전쟁의 폭력성과 참혹함을 뼈아프게 환기시키는 매개항으로 작용한다. 세상에서 가장 천진스럽고 순수한 "어린 아이"에게 죽음의 공포를 가져온 원천이 전쟁인 것이다. 전란 속에 버려진 어린 아이의 처절한 모습 앞에서 전쟁 이데올로기의 명분과 당위성이란 얼마나 무망한 것인가! 시인은 이 작품을 통해 어린 생명에 대한 가슴 저미는 안타까움과 함께 독자들에게 전쟁의 허구성과 폭력성에 대한 사유의 여백을 마련하고 있다.

이와 같은 김철 시인의 순박한 인간애와 가족 공동체에 대한 갈망의 정서는 인민군대의 민족 통일 과업의 완수를 위한 남진의 길에 대한 묘사에서도 중심 정조를 이룬다.

아, 부둥켜 안고 부둥켜 안고
오래 머물지 못하는 것을
나무람 말라 동포들이여!
삭정이처럼 여윈 손으로
샘물 한바가지 받들어올리며
전사의 군복을 눈물로 적시는
남녘의 어머니시여, 당신의 백발우에
군모를 벗지 못하는 것을 량해하시라

금강은 어디?
대전은 이제 얼마?
7월의 폭양아래
따바리 총신 불처럼 뜨거운데
물통에 출렁이는 한바가지 샘물은
수원지나 평택에서도
어이 줄지 않는가

아, 승리의 날 만나자 겨레들이여!
통일의 날 만나서
실컷 울어보시자 어머니시여!
남진의 길 천리는 결전의 길 천리—

—「남진의 길」(1950) 일부

시인은 남진하고 있다. 전쟁 초기 남한을 쉽사리 석권했던 북한의 맹렬한 기세를 실감 있게 확인할 수 있다. 시적 정황의 주조음을 이루는 영탄적 어조는 남진의 길에 오른 시인의 통일 위업에 대한 당위성과 열망을 강렬하고 절도 있게 표현하고 있다. 시인에게 통일 위업이 지니는 가장 절실하고 직접적인 상징성은 무엇인가? 그것은 시상의 전체적인 흐름이 응집되는 "통일의 날 만나서/실컷 울어 보시자 어머니시여!"에서 드러나듯, 어머니와의 해후이다. 물론 여기에서 어머니는 북녘의 고향땅에 두고 온 시인의 어머니만을 뜻하지는 않는다. 1연의 남진하는 인민군 "전사의 군복을 눈물로 적시는/남녘의 어머니" 역시 여기에 포함된다. "삭정이처럼 여윈 손으로/샘물 한바가지" 떠 주던 남녘의 어머니의 눈물은 아마도 인민군 전사들을 통해 국군 병사로 입대한 동연배의 아들을 떠올리면서 흘린 연민과 그리움의 산물일지 모를 일이다. 이렇게 보면, 또한 통일은 남녘의 어머니와 그 아들과의 기쁨의 해후로도 해석된다. "물통에 출렁이는 한바가지 샘물"을 마실 겨를도 없이 통일을 향해 남진하는 시인의 발걸음은 궁극적으로 이 땅의 아들들이 어머니의 품을 향해 가는 귀환의 길트기로서의 의미를 지닌다. 여기에는 이미 전쟁 상황의 적대감과 대결의식의 긴장은 무화되고 있다. 이 시의 가족 공동체에 대한 그리움에는 아직 10대 소년이었던 시인의 순정한 정서가 투영되어 있는 것으로 보인다.

그러나 전쟁의 형세는 시인이 기대하던 바대로 진행되지 않는다. 한국전쟁의 발발과 함께 무너졌던 3·8선이 다시 육중한 민족 분단의 경계선으로 확고하게 구축된 것이다. 민족 통일의 실패는 시인 자신에게도 어머니와의 상봉을 불허하는 비극적인 운명을 초래시킨다. 그가 전선에서 돌아왔을 때, 고향집은 텅 빈 폐가가 되어 있었던 것이다. 부모와 형제가 모두 월남했기 때문이다.

돌아올 수 없는 어린 시절의

다만 하나 벗이였던 맑은 눈이여,

마음껏 아껴주고 돌봐주지 못한 생각

두고두고 가슴에 마치는 천진한 얼굴이여,

지금도, 의용군대렬에서 전선으로 향할 때

《오빠!》《오빠!》 대문가에 손 젓던

그런 어린 아이로만 생각키우는 너

아! 하루에도 몇번

너를 생각한다

내 곁에 없는… 내 곁에 없는…

〔…중략…〕

오죽이나 좋으랴, 네 내곁에 있다면!

네 순진한 꿈 가슴다는 홍분까지

오빠로서 너그러이 들어줄수 있다면!

얼마나 좋으랴 늙으신 어머니 더운 방에 모시고

너, 나의 안해— 새 언니와 마주 웃고

너, 나의 아들— 어린 조카를 업어 준다면…!

내 집에 찾아오는 좋은 친구들중에

네가 택한 길동무 있어준다면…!

—「누이에게 보내는 노래」(1958) 일부

　남녘에 살고 있는 누이동생에 대한 애절한 그리움의 정서가 간곡하게 표현되어 있다. 지금 누이동생은 "내 곁에 없"지만, 그러나 그녀의 "맑은 눈/천진한 얼굴/대문가에 손 젓던" 모습은 늘 함께 있다. "늙으신 어머니 더운 방에 모시고" 누이동생은 "나의 안해— 새언니와 마주 웃고", "나의 아들— 어린 조카를 업어" 주는 모습을 상상하는 시인의 면모에는 평범한 가족적 삶에 대한 절실한 염원이 드러나 있다. 그는 전쟁의 참상과 이산의 고통이라는 원체험을 고스란히 가슴에 안은 채, 김일성 중심의 중앙집권식 명령 체제가 확고하게 구축되는 1960년대를 맞이한다.

3. 절망과 동경의 먼 세월

1950년대 후반 김일성은 남로당, 소련파, 연안파를 순차적으로 제거시키면서 무소불위의 1인 독재권을 확립해 나가는 한편, 사회주의적 공업화의 토대를 닦는 "천리마 운동"(1957)을 급속도로 추진한다. 북한 사회에서 1961년 「조선로동당」 제4차 대회는 김일성 중심의 유일관료 체제의 강력한 정비와 재도약을 위한 새로운 출발을 의미하는 것이었다.

1960년대 북한문학 역시 강력한 김일성 중심의 교조주의적인 사회주의 체제 건설과 직접 연관된다. 김일성은 「작가 예술인들 속에서 낡은 사상 잔재를 반대하는 투쟁을 힘있게 벌일 데 대하여」(1958. 10)라는 교시를 통해 문학계 내부에 잔존하고 있는 '부르조아 잔재'와의 투쟁을 요구하였다. 김일성의 이러한 교시는 1950년대 중반 북한 문단에서 제기되었던 문학의 도식주의 경향에 대한 비판과 창작의 활성화가 다시 외부의 지배 권력에 의해 차단되는 결과를 가져온다. 작가들은 종전보다 더욱 가열차게 '오늘의 사회주의 건설의 대고조기를 반영하면서 공산주의에로 들어설 내일의 높이로 지향 전진하는' '새로운 인간 공산주의자의 전형적 성격을 창조하는'(조선작가동맹 중앙위원회 제4차 전원회의 결의, 1959년 4월) 과업에 매진해야 하는 억압적인 상황에 놓이게 된다.

이 시기에 김철은 노동계급의 생활 현장 속에 창작 기지를 정하고 현실 체험을 깊이 하길 바라는 당의 의도에 따라 성진제강소와 김책제철 련합기업소의 전로직장에서 직접 용해공일을 하면서 새로운 공산주의 인간형의 창조를 위한 문예 활동에 적극적으로 참여한다. 그러나 그의 노동 현장 속에서의 창작 기지 설정은 중앙 문단으로부터 오랜 기간 소외되는 어두운 숙청의 세월로 이어진다. 1964년부터 1980년에 이르는 16년간이나 그는 깊고 험한 탄광촌을 전전하는 신세가 된다. 김철은 "남이 떠밀어서가 아니라/스스로 정한 드팀없는 결심대로/…/수령님 마련해주신 땅우의 락원을 빛내기 위해/땅밑으로 간다"(「저 하늘 아래」)고 진술하고 있다. 그러나 김일성 중심의 사회주의 혁명 과업을 향한 일원론적인 결속과 대오의 통합이 강조되는 1960년대에, 유년시절의 안온한 고향집 추억을 묘사하고 있는 「고향집 옛 이야기」(1961), 노동 현장의 풍경을 낭만적인 시각으로 형상화한 「강반의 새봄」(1963) 등과 같은 유형의 작품 창작은 자신도 모르게 스스로의 존립 근거를 위태롭게 만들고 있었던 것으로 보인다. 그리고 또한 섬세한 사생활까지도 철저히 관리하는 북한식 통제 사회에서 그의 일탈적인 낭만적 열정의 추구는 당으로부터 엄중한 문책을 받는 계기로 작용한다.[2] 다시 말해, 김철의 천성적인 시인의 형질이 역설적으로 스스로를 시단의 중심으로부터 소외시키는 결과를 낳았던 것이다.

탄광촌으로 내몰린 그의 절망적인 삶은 마치 막장 속의 "동발 나무" 처럼 스스로 처연하게 여겨진다.

한때 너는 서 있었다

---

2) 김철이 당으로부터 숙청당한 결정적인 이유는 당시 외국인 여성(러시아 출신의 여성 번역가)과의 재혼 문제로 알려져 있다. 그러나 이보다 더 근원적인 이유는 당시 그의 시 세계에 반영된 사회주의 혁명의 사상성이 미약했던 점에서 비롯된 것으로 보인다.

높은 산마루에 푸른 하늘을 이고
사위는 무한한 공간
맑은 바람 밝은 해가 벗이였다
〔…중략…〕
너는 산우으로부터
산밑으로 깊이깊이 내려왔으니
지금은 너의 뿌리에 젖줄을 주던
어머니산을 어깨우에 받들었다

지금 너의 몸에는 잎도 없고 가지도 없어
너를 찾아 새들도 날아들지 않고
해도 바람도 눈도 비도
찾아오지 않는다 찾아올수가 없다
〔…중략…〕
지나간 날을 아쉬워 하지도 않으며
다가올 래일을 두려워하지 않는 너
너는 오늘을 또한 구차히
저울질하지 않나니

참되도다! 너를 어찌
내가에 휘청이는 개버들따위에 비기랴
산우에서 머리 높이 하늘을 찌르더니
산밑에서도 산을 이고 굽힘이 없도다

—「동발나무」(1966) 일부

숙청의 직접적 원인이 정치적 과오에 있었던 것은 아니였기 때문에,

시인은 광산촌에서도 작품 활동을 지속할 수는 있었다. 이 시기의 그의 작품은 광부로서의 보람과 '노력 영웅들'에 대한 예찬이 주류를 이룬다. 그러나 위의 시편에는 예외적으로 자신의 진솔한 내면 세계가 선명하게 표현되어 있다. "높은 산마루에 푸른 하늘을 이고" 살았었지만, 이제는 잎도 가지도 날아오는 새도 없고, "해도 바람도 눈도 비도/찾아오지 않는" 어두운 갱도 속에 갇혀 있는 동발나무의 처지란 곧 시인 자신의 삶의 역정을 가리킨다. 다시 말해, 새로운 미래에 대한 설레이는 기대와 희망을 안고 조국해방전쟁과 사회주의 혁명의 대열에 동참했었지만, 이제는 절망적인 막장의 터널 속에서 고달픈 생활을 영위하는 시인 자신의 모습이 동발나무의 경우와 그대로 일치하는 것이다. 그래서 "지나간 날을 아쉬워하지 않으며/다가올 래일을 두려워 하지 않는 너"라는 동발나무에 대한 묘사는 시인의 자신에 대한 스스로의 위안과 체념의 목소리로 들린다. 그는 탄부의 생활이 힘겨울수록 스스로를 향해 "산우에서 머리 높이 하늘을 찌르더니/산 밑에서도 산을 이고 굽힘이 없"는 동발나무처럼 의연하게 살아가자고 다짐한다. 그러나 이와 같은 자기 위안과 고투의 결의가 그를 광산촌에 안주시키지는 못한다. 세월이 더할수록 평양에 대한 그리움의 열도도 더욱 높아간다. 그가 어두운 막장의 세월을 청산하고 평양 생활을 구가할 수 있는 방법은 무엇일까? 그 해답은 김일성에 대한 경배와 충성의 송가를 목청껏 부르는 것이다. 이 즈음에 집중적으로 발표한 「지평선에 은은한 포성을 맞받아」(1977), 「따발총이야기」(1977), 「우리의 최고 사령관」(1977), 「해빛은 남해끝까지」(1977), 「눈내리는 고개길」(1977), 「고산진 도리깨」(1977), 「붉은 화살」(1977) 등의 시편이 공통적으로 김일성에 대한 절대적인 흠모와 상찬으로 채워진 것은 이러한 문면에서 이해된다.

드디어 1978년 8월 김철은 평양을 방문하게 된다. 아직은 "큰 대회의 대표도/출장원도 아닌 보통 려행자"(「금요로동」)의 자격이다. 그러나 평양에 발을 디뎠다는 사실만으로도 그는 너무나 가슴 벅차서 도무지 잠을 이룰 수 없다.

> 자정도 넘어
> 광부는 려관방을 나서고야 말았다
> 잠들 수 없어
> 수도에 와서 그저 잔다는 것이
> 어쩐지 송구하고 죄스러워서
> 〔…중략…〕
> 순간의 사색으로 시대를 떠밀고
> 한번의 결심으로 력사를 운명짓는
> 당중앙위원회 정문 앞에 이르러
> 4평방메터의 굴진갱도를 맡은
> 이름없는 전사는 멈춰섰다
>
> 명예위병과도 같이
> 가장 높고 가장 밝은 하나의 창문을 경건히 우러러
> 그 창문에서 아침노을이 불타오를 때까지 …
> 그리도 보고싶던 승용차가 나올 때까지…
>
> ―「잠들 수 없는 밤에」(1978) 일부

그 동안 시인의 가슴속에 응축되었던 평양에 대한 그리움의 강도를 충분히 엿볼 수 있다. 꿈에도 그리던 공화국의 수도 평양에서 "잔다는 것이/어쩐지 송구하고 죄스러"워 하염없이 밤길을 배회하던 시인은 "당중앙위원회 정문 앞에 이르러" 발길을 멈춘다. 그는 새벽이 될 때까지 "당중앙위원회" 건물을 경건히 우러러본다. 그곳은 마치 성스러운 신전처럼 여겨진다. 검은 산으로 뒤덮인 오지의 땅에서 그를 구원해 줄 수 있는 유일한 곳이기 때문이다.

어느덧 평양의 짧은 여행 기간은 끝이 나고 시인은 다시 멀고 먼 탄광촌으로 돌아가야 하는 날을 맞게 된다.

> 뺨을 대인 차창에
> 비껴흐르느니 별무린가 꽃바단가
> 아, 평양!
> 떠나노라 평양아!
>
> 〔…중략…〕
>
> 머나먼 북쪽 지하 깊은 갱도에서
> 그대를 장식할 보석이 되여 다시 오리
> 그대에게 열을 주고 빛을 더해 줄
> 불붙는 탄덩이 되여 다시 오리
>
> 다시 오리
> 그대 품에 만발할 꽃씨가 되여
> 그대 위용을 억년토록 떠받들
> 강철들보가 되여 …
>
> 가뭄 드는 봄철이면
> 비가 되여 오리라
> 수령님 가꾸시는 사험포전에

보슬보슬 봄비 되여 함뿍 내리려

추위 맵짠 새벽이면
눈이되여 오리라
그이께서 밝히시는 사색의 창가를
소담한 눈송이 되여 고이 지키려

〔…중략…〕

다시 오리
다시 오리
다시 오지 못할 진댄 떠나지도 못할
아, 평양! 어버이 계신 품아!

―「다시 오리」(1978) 일부

  평양을 다시 떠나는 시인은 울먹이고 있다. 차창 밖에 펼쳐지는 평양
의 밤 풍경이 "비껴 흐르"는 눈물에 어리어 별무리 같기도 하고 꽃바다
같기도 하다. 차창 밖의 평양 거리가 형언할 수 없을 만큼 아름답게 느
껴질수록 시인의 다시 오고 싶은 마음은 더욱 강렬해진다. 후렴처럼
반복되는 "다시 오리"라는 염원은 "다시 오지 못할진댄 떠나지도 못
할" 절박한 심정을 배가시킨다. 이제 시인의 평양에서 살고 싶은 마음
은 처절한 기도가 된다. 살아서 오지 못한다면 죽은 원혼이 되어서라
도 오고 싶다. 그래서 그는 가뭄 드는 봄이면 "봄비"가 되어, 겨울이면
"눈송이"가 되어서라도 자신을 잊고 있는 수령님 곁에 오고 싶다고 노
래한다. 평양에 다시 돌아오지 않는다면, 삶의 의미는 물론이고 죽음
의 의미도 있을 수 없는 절대 절명의 형국이다. 봉건 왕조시대의 애절

한 유배문학의 한 자락을 보는 것 같다.

4. 평양의 거리, 빛의 시간

마침내 김철은 "머나먼 북쪽 지하 깊은 갱도"를 떠나 그토록 바라던 평양의 햇빛 아래서 살게 된다. 1980년부터 북한의 문예정책의 실질적인 주도자이며, 당의 제2인자로 떠오른 김정일에 의해 그는 16년 만에 복권된 것이다. 그의 복권은 제3차 조선작가동맹대회(1980. 1)에서 김정일이 제시한 80년대 문학예술이 나아가야 할 길에 대한 지침과 연관되는 것으로 보인다. 김정일은 여기서 "작가들이 당이 제시한 주체적인 창조체계와 창작 원칙을 철저히 구현"하되, "개성적 특성을 옳게 살리며 철학적 심도를 보장"할 것을 적극 권유한다. 작가의 창의성과 개성의 발현이 강조되는 새로운 문학사적 흐름이 긴밀한 시적 구성력과 서정성을 특장으로 지닌 김철 시인을 다시 중앙 문단으로 중용하게 된 중요한 배경이 되었을 것으로 짐작된다.

1978년, 평양을 방문했을 때, 밤을 지새우며 하염없이 우러러보았던 "당중앙위원회" 건물을 시인은 이제 직접 평양의 시민으로서 거닐게 된다. 그는 스스로도 지금의 황홀한 상황이 믿어지지 않는다. "아 — 어찌 꿈엔들 생각했으랴/전당과 인민의 령도자께서/이름없는 산골짝에서/이 몸을 찾아주시고 빛내여주실줄!" 그의 입에서는 자신도 모르게 "목메이는 한마디/《친애하는 … 친애하는 지도자 동지!》"(「당중앙위원회 정원을 나서며」)라는 말이 흘러 나온다. 그의 평양 생활의 환희는 김일성, 김정일에 대한 심중에서 우러나오는 고마움과 충성심으로 직접 연결된다. 그의 실존적인 삶의 내오에서부터 솟아오르는 당에 대한 충성의 결의가 김일성—김정일 공화국에서 요구되는 역사적 당위성과 합치되는 지점이다. 이때 그의 시 세계는 북한 사회에서 가장 큰 파장력을 확보한다.

내 이제는
다 자란 아이들을 거느리고,
어느덧 귀밑머리 희여졌건만
지금도 아이적 목소리로 때없이 찾는
어머니, 어머니가 내게 있어라

기쁠 때도 어머니
괴로울 때도 어머니
반기여도 꾸짖어도 달려가 안기며
천백가지 소원을 다 아뢰고
잊을번한잘못까지 다 말하는
이 어머니 없이 나는 못살아

놓치면 잃을듯
떨어지면 숨질듯
잠결에도 그 품을 더듬어찾으면
정겨운 시선은
밤깊도록 내 얼굴에 머물러있고
살뜰한 손길은
날이 밝도록 내 머리를 쓰다듬어 주나니
이 어머니 정말
나를 낳아 젖먹여준 그 어머닌가…

내 조용히 눈길을 들어

어머니의 모습을 다시 쳐다보노라
그러면… 아니구나!
이 어머니
나 하나만이 아닌
이 땅우의 수천만 아들딸들을
어엿한 혁명가로 안아키우는
위대한 어머니가 나를 굽어보나니
〔…중략…〕
송구스러워라 이 어머니를
나에게 젖조차 변변히 먹여줄수 없었던
한 시골 아낙네와 나란히 한다는 것은
그러나 어이하리
당이여 조선로동당이여
어머니란 이 말보다
그대에게 어울리는 뜨거운 말을
이 세상 어느 어머니도
나에게 가르쳐주지 못했거니 …
〔…중략…〕
아, 나의 생명의 시작도 끝도
그 품에만 있는 조선로동당이여
하늘가에 흩어지고 땅에 묻혔다가도
나는 다시 그대 품에 돌아올 그대의 아들!
그대 정겨운 시선, 살뜰한 손길에 몸을 맡기고
나는 영원히 아이적 목소리로 부르고 부르리라 ―
어머니! 어머니 없이 나는 못살아!

―「어머니」(1981) 일부

김철의 출세작인 이 시에서는 어머니와 조선로동당이 동일시되고 있다. 그의 가슴속에는 "어느덧 귀밑머리 회여졌건만/지금도 아이적 목소리로 때없이 찾는/어머니"가 있다. 이때의 어머니는 "잠결에도 그 품을 더듬어 찾으면/정겨운 시선"으로 내려다보고, "살뜰한 손길"로 "내 머리를 쓰다듬어" 주던, 지금은 남한에 계신 그리운 어머니를 가리킨다. 그는 31년 전 의용군에 입대하면서 헤어진 어머니를 한결같이 가슴속에 묻어 두고 있었던 것이다. 4연에 이르면 시인의 육친의 어머니 모습에 조선노동당의 이미지가 겹쳐지면서 전면으로 부각되고 있다. "이 땅우의 수천만 아들딸들을/어엿한 혁명가로 안아키우는" 조선노동당 또한 자신의 생명을 잉태한 어머니와 비견되는 것이다. 그는 스스로 "한 시골 아낙네"에 지나지 않았던 어머니와 조선노동당을 비교하는 것은 송구스럽기도 하지만, 그러나 이보다 "더 어울리는 뜨거운 말을" 찾지는 못하겠다고 진술한다. 이 대목은 시상의 흐름에서 가장 핵심적인 부분에 해당한다. 어머니와 조선노동당은 시인 자신의 삶에서 가장 "뜨거운 말", 즉 가치의 절대성이라는 점에서 근원 동일성을 지닌다는 것이다. 따라서 이 시의 지향점은 조선노동당이면서 또한 어머니이다. 육친의 어머니와 조선노동당이 서로 마주치는 접점이 이 시를 낳은 씨눈인 것이다. 그래서 마지막 연의 "나는 영원히 아이적 목소리로 부르고부르리라 —/어머니! 어머니 없이 나는 못살아!"에서 어머니에는 육친의 어머니와 조선노동당이 동시적으로 함축되어 있다. 다시 말해서, 이 시에서 당에 대한 충성과 감사의 목소리에는 어머니를 부르는 그리움의 메아리가 스며 있고, 어머니에 대한 그리움에는 당의 은혜에 대한 고마움의 육성이 스며 있다. 16년간의 폐허의 세월이 10대의 나이에 이별했던 어머니에 대한 복받치는 그리움을 낳고, 이것이 또한 당에 대한 깊은 충성심으로 연결되고 있다. 이 시가 북한의 서정시편들이 일반적으로 노정하고 있는 "직선적이며 개념화된 표현에서 벗어 못나고 있는 현상"[3]을 극복할 수 있었던 것은 시인의 실존적인 목소리와 역사의 목소리가 합치되는 지점을 관통하고 있기 때문이다.

김정일이 직접 이 작품을 거론하면서 서정시의 한 전범으로 높이 평가하는 배경도 바로 여기에 있다.

우리 인민이 서정시 〈어머니〉를 좋아하는 것도 거기에 소박하고 친근한 생활감정이 사실 그대로 진실하게 표현되었기 때문이다. 당에 대한 송가는 〈어머니〉에서와 같이 꾸민데도 없고 현란한 표현도 없지만 생활적으로 표상되고 모든 사람에게 지난날의 체험을 깊이 되살려주는 진실한 감정을 펼쳐줄 때 그 어떤 정치적내용도 형상적으로 소화할 수 있다.

김정일의 위의 전언의 중심 내용은 "생활 감정", "진실한 감정"이란 용어를 통해 집약적으로 드러난다. 그는 어떤 정치적 내용이라도 개인의 진실한 내적 감정을 바탕으로 할 때, 온전하게 성공할 수 있음을 강조하고 있다. 그 동안 당과 수령에 대한 찬양의 시편들이 무수히 창작되었지만, 대부분이 공허한 수사적인 분식과 장식음에 그친 한계의 실체를 정확하게 진단하고 있는 것이다. 그리고 그의 이와 같은 문제의식은 김철을 일약 '조선문학창사'의 정맹원으로 떠오르게 한다.

80년대 이래 김철의 시 세계는 대체로 북한 시의 형성 원리에 충실한 모범적인 면모를 보인다. 다음 시편 역시 그 구체적인 실례에 해당한다.

나는 꿈꾸었나니
조국이 평화적으로 통일되는 날

---

3) 류만, 「서정시 《어머니》에서 새롭게 탐구된 서정 세계를 두고」, 『조선문학』(1998. 5).

남녘땅의 어느 신문에라도
눈물나는 시 한편 발표했으면…

그래서 생사조차 알길 없는
내 동생, 내 누이, 내 조카애들이
그 시의 필자를 찾아
신문편집국에 달려오게 했으면…!

그런데 또다시 《팀 스피리트》?!
어찌하여 이런 비렬한 불장난이
내 작은 소원마저 짓밟으려 하는가!
어찌하여 나의 절박한 의사도 함께 담긴
우리 최고주권의 엄숙한 제의에
이런 무엄한 도전이 행해진단 말인가!

—「나는 화분에 물을 준다」(1984) 일부

이 시는 13연으로 이루어진 장대한 형식이지만, 민족 통일에 대한 열망과 반미의식이 시인의 절실한 개인사적 소망과 병치되면서 비교적 강한 시적 긴장력을 끝까지 유지하고 있다. 그가 "생사조차 알길 없는 내 동생, 내 누이, 내 조카애들이" 볼 수 있도록 "남녘땅의 어느 신문에라도/눈물나는 시 한편 발표했으면" 하는 바램에는 천부적인 시인의 자세, 월남한 형제들에 대한 은밀한 그리움, 통일에 대한 열망 등이 서로 겹쳐지면서 제각기 효율적으로 상승 작용을 이루고 있다. 그리고 이와 같은 개인사적인 시적 정감의 고조는 《팀 스피리트》 군사 훈련을 일삼는 미국에 대한 적개심을 증폭시키는 배력으로 작용한다. 이 시는 이른바 "생활감정"에 입각한 정치적 내용의 형상화를 충실하게 이루어내고 있는 것이다.

1980년대 김철의 시 세계는 대체로 북한 시의 모범적인 구성 원리에 부합하는 균형 감각을 적절하게 유지한다. 그러나 1990년대에 이르면 김일성—김정일 우상화의 시가 대폭 늘어나면서 관념적이고 생경한 도식성의 경향으로 치닫는다. 서사시, 「끝나지 않은 담화」(1992)를 비롯하여 「그이는 우리의 최고 사령관」(1992), 「해돋이」(1992), 「김일성 대원수께 영광을」(1992), 「우리 노래의 시작도 끝도」(1993), 「나를 알려거든」(1997), 「우리의 장군」(1997), 「새해의 노래」(1998), 「시련은 첩첩 앞을 막아도」(1998) 등에는 김일성—김정일에 대한 일방적인 신격화가 반복되고 있다.

김철은 스스로 "무엇을 쓸 것인가? 당이 요구하고 인민이 요구하는 작품을! 어떻게 쓸 것인가? 당에 기쁨드릴 명작, 인민의 사랑받는 좋은 작품을!"(《새해 결의》, 「당에 기쁨드릴 명작을」, 1992. 1)이라고 분명하게 언명한다. 물론 그의 이러한 결의가 종전의 창작방법론과 크게 변별되는 것은 아니지만, 90년대 들어 더욱 적극적으로 공식적인 제도 담론의 경향으로 나아가는 면모와 관련되는 것으로 보인다.

이와 같은 김철의 특징적인 시적 변모의 일차적인 원인은 1990년대 북한 사회의 전체적인 현상과 직접 연관되는 것으로 파악된다. 1990년대 들어 북한은 독일의 흡수 통일, 소련을 비롯한 동구 사회주의권의 와해, 민중에 의한 루마니아의 장기 독재자 차우셰스쿠 부부의 처형, 중국·베트남의 시장경제 원리 수용 등의 세기적인 변화로부터 강한 위기의식을 느끼면서 효율적인 내부적 통합을 위해 더욱 폐쇄적인 민족주의 노선을 견지한다. 북한 시 역시 90년대 들어서면서 이른바 자주 시대가 요구하는 문학 건설과 영도의 원칙에 의해 더욱 낭만적 혁명주의의 경향으로 치닫는 보수적 양상이 요구된다.

그러나 이보다 더 본질적인 원인은, 당성·계급성·인민성의 미학 원리가 강요되는 북한 사회에서 지속적인 문예 창작이란 상투적인 도식성과 관념성의 국면에 이를 수밖에 없다는 점에서 찾아진다.

5. 맺음말

김철은 50여 년에 걸쳐 지속적으로 시 창작 활동에 매진하고 있는 원로 시인이다. 그는 스스로 자신과 시의 관계에 대해 "옛 사람은 말했더라/시 짓는 일 자기에겐 하나의 병이라고/허나 내게 있어서는/호흡과도 같은 것, 생존과도 같은 것/그와 헤여질 때에 나는 죽는 것"(「가고 가는 길우에」, 1985)이라고 노래한다. 그에게 시는 자신의 절대적인 존재 의미이며 가치로서의 위상을 지닌다는 것이다.

그러나 그의 시적 삶의 도정은 결코 순탄치가 못했다. 소년 시절, 함경북도 명천군 바닷마을에서 동요와 동시의 창작을 통해 문학적 재능을 자랑하던 그가 정작 시인이 되어서는 자신의 창의성을 제대로 발휘할 수 없는 상황에 처하게 된다. 그가 문단 활동을 시작하던 10대 중반에는 이미 모든 문예 창작이 지배 권력 중심의 단원성과 일원성의 구조 속으로 귀속되면서, 예술적 자율성과 다양성의 가능성은 거세되어 있었다. 다시 말해, 그의 시적 삶은 김일성—김정일 공화국의 권력적인 지배 체제에 의해 조종·관리·지도되는 상황에서 한치도 벗어날 수 없었던 것이다.

그의 어둡고 긴 숙청의 세월과 중앙 문단으로의 복권 그리고 김일성상(1992)을 수여받기까지의 도정은 북한 사회에서의 시인의 운명이란 개인의 내적 의지와 열정의 차원이 아니라 외부의 제도에 의해 타의적으로 규정되는 것임을 확연하게 보여준다.

한편, 여기에서, 북한식 전체주의 사회에서 생산된 문학작품이 통일

이후에 어떠한 모습으로 남을 것인가? 하는 물음을 제기해 보게 된다. 물론 여기에 대한 해답을 찾기 위해서는 통일된 사회의 성격에 대한 논의가 전제되어야 할 것이다. 그러나 적어도 북한의 김일성—김정일을 정점으로 하는 유일관료체제에 입각한 통일이 되지는 않을 것임을 상정한다면, 북한의 도식화된 공적인 제도 담론으로서의 문학은 쉽게 휘발되어 버릴 것임에 틀림없다. 허구적인 동상이 무너지면, 그 동상에 대한 찬양의 송가도 한순간에 사라지는 것은 당연한 이치일 것이기 때문이다. 이렇게 보면, 통일 시대에도 남을 수 있는 북한문학은 지배 이데올로기의 추종이 아니라 살아 있는 구체적인 삶의 정서를 구현한 작품에서 찾을 수 있을 것이다. 이를테면, 북한 문단에서 주변부로 배제되었던 작품이 통일된 사회에서는 문학사의 중심부에서 조망될 것이다.

따라서 김철의 시 세계에서 유년기의 가족 공동체에 대한 그리움, 휴머니즘의 시각에 입각한 전쟁의 참상에 대한 비탄, 이산가족에 대한 혈육의 정, 숙청 시절의 실존적인 내성의 언어 등은 통일 시대를 향한 민족 문학의 중요한 자산으로서 적극적으로 발굴, 평가해야 할 것이다. 이러한 문학작품은 반세기가 넘도록 폐쇄적인 동상의 제국으로 일관되고 있는 북한 사회의 현실을 증언하는 소중한 기록물이면서 또한 남·북한의 삶의 이질성과 동질성의 참모습을 올바로 확인할 수 있는 증빙 자료로도 중요한 의미를 지닌다.

---

*시 인용의 띄어쓰기(북한의 원문 인용 포함)는 북한의 원문을 그대로 따랐음.

1990년대 북한 서사시의 변화와 한계

이선이

1.

우리에게 90년대는 현실사회주의 국가의 몰락이라는 충격으로 인해 대안과 전망 부재라는 암담한 상황과 함께 기존의 인식론적 기반에 대한 총체적 반성의 시기였다. 이러한 사실은 이성 중심의 근대 사회에 대한 전면적 반성을 시도했던 탈근대의 다양한 징후들과 함께 우리 사회의 인식론적 기반에 대한 총체적 반성의 계기가 되었다. 이러한 90년대적 상황은 우리 사회 자체에 대한 전반적인 점검과 함께 북한 사회를 비교적 객관적으로 파악할 수 있는 시각을 확보해 주었다는 점에서 향후 남북 관계의 중요한 전환기로 인식된다. 기왕의 지배 논리가 강요해 온 맹목적 혐오감에서 벗어나서 북한에 대한 새로운 이해와 전망 확보가 가능하게 되었다는 점에서 이 변화의 파장은 적지 않은 것으로 판단된다. 문학내에서 90년대적 인식의 변화는 북한문학의 올바른 이해로 이어져 통일문학을 예감하려는 노력으로 이어지고 있는 실정이다.

한편 90년대 접어들어 북한 사회도 상당한 변화의 폭을 보여주었다. 한편으로는 기존의 개발정책을 가속화하면서도 다른 한편으로는 세계 사적 흐름에 발맞추기 위해 부분적으로 자본주의를 받아들이는 등 변화 모색에 적극적이다. 이와 함께 세계 질서 재편이라는 시대적 변화상에 능동적으로 대처해 나가기 위해 문화의 각부분에서도 공식적인 입장의 전환을 보이고 있다. 이른바 '우리식 사회주의'의 일환인 '우리식 문학'이 그 변화의 일단이라 할 수 있다.

지금까지 북한 사회에서 문학은 당문학으로서의 공식적인 목소리를 통해 일관되게 유지되어 왔다. 90년대에 접어들어 당의 공식적인 입장은 '주체문학론'으로 제시되었다. '주체문학론'은 김정일 시대의 북한 문학의 향방을 제시한다는 점에서 주목된다. 여기에서 주목할 수 있는 것은 80년대 이후 줄곧 제기되어 온 철학적 심오함과 사회적 문제의 예리함, 생활의 새로운 탐구라는 기존의 입장과 함께 시인의 개성과 생활에서 환기된 정서의 형상화를 강조하고 있는 점이다.[1] 90년대 북한 서사시도 이러한 시대적 변화를 작품 속에 받아들이며 지속적으로 창작되고 있다.

북한 시에서 서사시를 문제삼을 경우 다음과 같은 점을 우선적으로 고려하여야 한다. 북한 시의 경우 김일성 가계 우상화의 일환으로 활성화된 송가가 활발하게 창작되었고 이러한 흐름은 문학이 체제 유지의 선전 선동용 도구로 전락하는 데 일정한 역할을 해왔다는 점이다. 항일혁명시가가 지닌 초기의 서정성과 전통성은 김일성 우상화의 찬양시로 변질되면서 그 역사적 의의를 잃고 말았다. 이와 함께 찬양시의 전형인 송가 형식이 활발하게 창작되었고 송가적 성격은 여타의 북

---

1) 김정일, 『주체문학론』(사회로동당출판사, 1992), pp.227~229.

한 시에서도 중요한 특징으로 자리잡게 되었다.[2] 초기에 창작된 서사시가 민족·민중 서사시로서 역사적 의의를 확보하고 있다면 최근의 북한 서사시는 역사적 의의는 결락되고 송가적 성격이 강화된 형태라 할 수 있다.

이와 함께 북한 서사시에서 문제삼을 수 있는 것은 사실주의 경향이라고 할 수 있다. 사실주의 경향은 시가 사상성과 혁명성을 담지하면서 서정성을 드러내려는 사회주의 리얼리즘의 문예 원칙 속에서 전개되어 왔다. 사실주의 시 경향은 서정 위주의 시에 비해 서사가 차지하는 비중이 높다고 볼 수 있다. 북한 시문학계에서는 시문학의 사회적 기능을 강조하여 시에 있어 리얼리티를 확보해 나가려는 당의 공식적인 입장이 일찍부터 제기되었다.[3] 시에서 사회적 기능이 강조될 수 있는 장르로서 서사시가 지닌 유용함으로 인해 북한 시문학에서 서사시는 중요시될 수 있었다. 이런 까닭에 북한에서는 지금까지 활발하게 서사시가 창작되어 오고 있다. 서사시는 그 자체로 리얼리즘 수용이 용이하여 북한 문예정책과 잘 부합되어 활발하게 창작될 수가 있었다.

북한 서사시의 경우 여타의 하위 갈래에 비해 당의 공식적인 목소리가 보다 전략적으로 보지되면서 분단 이후 북한 사회의 변화에 능동적으로 대응해 온 장르로 볼 수 있다. 따라서 90년대 북한의 서사시를 살펴보는 일은 분단 이후 당문학으로서 지닌 서사시의 특징적인 면과 함께 90년대 서사시의 특징적인 경향을 살피는 일이 될 것이며, 이를 통해 가장 공식적인 목소리를 담아내는 서사시의 변화를 통해 90년대 북한문학의 변화 기류를 포착하는 일이 될 것이다.

---

2) 임헌영, 「북한의 항일혁명문학」, 권영민 편, 『북한의 문학』(을유문화사, 1990).
3) 박기훈, 「북한에서 사실주의 서정시론의 전개와 확립」, 『사실주의 서정시 강좌』(이웃, 1992).

2.

북한 현대 시문학의 형태는 크게 서정시와 서사시의 형태로 나누어 볼 수 있다. 이 중 서정시 형태에는 송시, 서정시, 풍자시, 정론시, 벽시, 가사 등이 있고 서사시 형태에는 서사시, 서정서사시, 담시 등이 있다.[4] 서정서사시나 담시는 서사시의 하위 갈래 중에서도 서정시와의 관련 양상에서 보면 서정과 서사의 중간 갈래 정도로 볼 수 있다. 따라서 서사시는 서사성의 강화라는 점과 역사적 효용성이라는 면에서 다른 갈래와의 차이점을 드러낸다고 볼 수 있겠다. 그렇다면 서사시의 특성은 무엇일까?

서사시의 특징은 무엇보다 서사적 묘사 방식에서 찾을 수 있을 것이다. 기존의 서사시가 운문적 형태를 취하면서 사건과 인간 관계를 중심으로 이야기를 풀어 나가는 형식이라면 이때 서사시에서 중요한 것은 서사를 통해 형상해 나가는 전형 창조와 주인공의 성격 창조라 할 수 있을 것이다. 즉 전형적 사건을 형상화해내는 일과 인물의 성격 창조가 서사적 묘사의 핵심이라 할 수 있다. 한편 이와는 다르게 북한 현대 서사시에는 이야기 줄거리를 가지지 않는 서사시가 있다. 이것은 주체적 시가문학에서 새롭게 발전시킨 이른바 '우리식 서사시'의 하나로, 이 서사시 형태는 수령찬양문학의 일환으로 창작되는 송가적 서사시를 가리킨다.[5] 일반적으로 서사시는 시대적으로 중요한 의의를 지니는 주제를 영웅적이며 숭고한 생활 화폭을 통하여 구현하며 시대의 전형적인 성격을 창조하는 시[6]로 규정되어 왔다. 그러나 문예정책의 시대적 변화에 따라 최근 북한 시문학에서 서사시의 특성은 다음과 같이

---

4) 장용남, 『서정과 시창작』(문예출판사, 1990), p.262.
5) 송가적 서사시는 서사시적 화폭의 중심에 김일성과 김정일을 놓고 그 불멸의 혁명활동력사를 장에 따라 부분별로 노래하는 형식을 취하고 있다.
6) 『창작의 벗』(사로청출판사, 1973), p.162.

파악되고 있다.[7]

첫째, 서사시는 전형화에서 다른 시 형태와 구별되는 특성을 지니고 있다. 서정시에서는 전형적인 생활 정서를 전형화한다면 서사시에서는 전형적 환경 속에서 인간 성격을 전형화한다. 이때 인물은 영웅적 인물보다는 숨은 영웅을 부각시키며 이들을 통해 시대의 인간 전형을 보여준다. 또 서사시의 전형화에 있어 여타의 시 형태와는 달리 원형에 기초하여 전형을 창조하는데 창작적 환상과 예술적 허구를 통하여 원형을 그대로 복사하지 않더라도 실재한 역사적 사실과 생활 자료에 의거한다는 점이다. 즉 서정시가 생활 자료 그 자체를 묘사하는 것이 아니라 그것이 불러일으키는 사상 감정을 전형화한다면 서사시는 실재한 사실 자료를 창조적 환상과 예술적 허구의 도움으로 전형화한다.

둘째, 서사시의 전형화에서 특징적인 면은 형상의 집중화, 집약화를 꼽을 수 있다. 시문학에서 대작 창작이 요구될 경우 사건의 규모를 크게 잡는 경우도 있지만 형상의 집중화 내지는 집약화를 통해 깊이 있는 내용으로 대작의 요구를 해결한다. 이와 함께 생활에 대한 세부 묘사를 간결하고 함축성 있게 보여주면서 생활의 전모를 형상화한다.

셋째, 서정과 서사의 결합인 서사시는 구체적으로 서정이 흘러넘치는 환경, 서정적 묘사, 심오한 내면 세계에 대한 정서적 묘사, 행동의 시적 분위기 조성, 사건의 서정적 형상 등으로 서정성을 확보해낸다. 따라서 서정적 형상 수단으로서의 주정 토로는 다양하게 발전될 수 있다.

넷째, 대사를 형상 수단의 하나로 쓸 수 있다. 그러나 서사시의 대사는 시적 대사로서 꼭 필요한 대목에서 극적 효과를 높이기 위해 사용되어야 한다.

---

7) 장용남, 「서사시」, 『서정과 시창작』(문예출판사, 1990), pp.280~285.

이상과 같은 서사시 특성에 대한 인식은 그 동안 북한 시사에서 서사시가 생명력을 지닌 문학 장르로 발전해 왔음에 말해 준다. 최근의 북한 현대 시사에서도 서사시의 유효성을 여전히 강조하면서 현대 시문학사에 있어 서사시의 흐름을 중요한 항목으로 기술하고 있다.

『백두산』에서부터 시작된 우리 서사시 문학은 이미 『백두산』에서 보여준 현대서사시의 원숙한 형상적 경지를 살려 발전하는 시대의 요구와 인민대중의 지향에 맞게 보다 풍부화되고 새롭게 심화되면서 다양한 발전을 이루었다.[8]

이처럼 서사시가 시대의 변화에 따라 그 형상적 경지를 살려 변화 발전해 왔음을 공식화하고 있다. 북한 서사시는 1947년 조기천의 『백두산』에서부터 강승한의 『한나산』(1948), 동승태의 『동트는 바다』(1950), 민병균의 『어러리벌』(1953) 등으로 이어지는 항일혁명투쟁과 조국해방전쟁의 투쟁성을 강조한 혁명적 전통에서 비롯되었다. 전후 시기에는 전쟁 중의 인민군대의 영웅성을 노래한 시, 사회주의 건설에 동참하자는 시대 정신을 고무한 시, 김일성 가계 우상화를 다룬 송가적 서사시가 활발하게 창작되었다. 신상호의 『련대의 기수』(1956), 박세영의 『밀림의 역사』(1962), 전관진의 『흐르는 나의 강아』(1963), 집체 서사시 『푸른 소나무 영원히 솟아 있으리』(1969) 등은 서사시의 대표작으로 평가받고 있다.[9]

80년대에 접어들어 북한 서사시는 한편으로는 기존의 수령 찬양과 사회주의 건설 주제 등을 다루면서 다른 한편으로는 김정일의 지도력

---

8) 류만, 「독창적인 탐구와 줄기찬 발전의 길을 걸어온 서사시」, 『현대조선시문학연구』(사회과학출판사, 1988), p.208.
9) 류만 외, 『조선문학사』(과학백과사전출판사, 1981).
   과학원 언어문학연구소 문학연구실, 『조선문학통사』(과학원출판사, 1959).

을 강조하고 변화된 현실과 새로운 인간상에 대한 이야기를 다루기 시작한다. 오영재의 『철의 서사시』(1981), 『대동강』(1985), 백하의 『70일 전투』(1987), 정문향의 『눈보라』(1986) 등이 80년대의 대표적인 서사시로 평가받고 있다.[10] 특히 80년대 이후 북한 서사시의 변화 양상은 주목할 만하다.

『백두산』으로부터 시작되어 다양하고 줄기찬 발전의 길을 걸어온 우리 서사시 문학은 혁명과 건설이 보다 심화발전되는 현실을 반영하여 1980년대에 보다 새로운 개화를 이룩하였다. 우리당의 현명한 령도 밑에 생활과 시 문학과의 련계가 강화됨에 따라 80년대에 창작된 서사시들은 주체사상적 내용의 적극성과 다양성, 심오성이 확고히 보장되고 다양한 형식의 탐구와 함께 그 예술적 형상이 더 한층 원숙한 경지에 이르게 되었다.[11]

이처럼 북한 현대 시에서 서사시는 장르의 역사적 현재성을 확보하면서 지속적으로 창작되고 있다. 초기 북한 서사시는 한국 서사시의 전체 흐름에서 볼 때, 근대 서사시적 특성을 보여주고 있다. 세계를 통찰하는 인식틀로서의 역할을 해온 근대 서사시는 근대적 민족의식 혹은 민중의식과 관련되는 것으로 이해할 수 있다. 초기 북한의 서사시가 특정한 역사적 시기의 공동체적 열망을 담지한 장르로서의 서사시적[12] 힘을 지니고 창작되기 시작했다는 점에서는 근대 서사시의 출발선상에 놓인다고 볼 수 있다. 그러나 북한 사회가 본연의 사회주의 이념에서 벗어나 일당독재의 성격을 강하게 드러내면서 그 내용과 형식

10) 성기조, 『주체사상을 위한 혁명적 무기의 역활』(신원문화사,1989).
11) 류만, 「혁명과 건설의 심화발전과 서사시문학의 새로운 개화」, 『현대조선시문학연구』(사회과학출판사, 1988), p.209.
12) 헤겔, 『시학』, 최동호 뿔(열음사, 1985). pp.93~96. 헤겔은 서사시를 원래의 서사시의 내용과 형식은 한 민족의 정신이 지닌 전체의 세계관을 포함하는 것이며, 한 민족이 진정한 자각에 도달하지 않은 동면의 상태에서 깨어나 그 자신의 세계를 창조하려는 중간 시기에 성립한다고 보았다.

에 있어 변화의 양상이 가속화되었고 생활과 시정의 결합으로서의 서사시를 강조하면서 북한 서사시는 근대 서사시가 지닌 역사적 의의는 점점 상실해 갔다. 특히 80년대 이후 변화하는 현실 속에서 서사시는 다양한 시 형식의 변화를 통해 근대적 서사시의 의미에서 벗어나 서정 장르 속에 서사를 포함하는 미온적 처지에 머무르고 있다.

3.

90년대에 접어들어 발표된 북한의 서사시는 박산운의 『두더지 고개』(1990), 한원희의 『삶은 어디에』(1991), 김철의 『끝나지 않은 담화』(1992), 오영재의 『인민의 아들』(1992), 민병준의 『꽃세상』(1993), 김병두의 『인간찬가』(1993) 등이다. 이들 작품을 중심으로 90년대 북한 서사시의 변화된 면을 살펴보면 다음과 같다.[13]

우선 지난 시기 혁명 전통의 문학에서 주로 다루던 김일성의 영웅적 형상화가 퇴조를 보이고 김정일의 인간적 면모를 강조하는 데에 주력하고 있다는 점을 꼽을 수 있다. 거의 모든 서사시에서 지금까지 강조해 오던 김일성의 영웅적 항일혁명투쟁 전통을 대신하여 지도자 김정일의 인간적 진실성과 성실성을 그리는 데 주력하고 있다.

이 땅 어디에도 인민이 살고/인민의 마음 속엔/친애하는 지도자 그이가 계시거니/어찌 그대에겐들 그이와 나누는/마음 속의 담화가 없을 것인가//

참으로 그렇더라/내 어디서 려장을 풀어도/그곳은 이미 그이 다려가신 곳

---

13) 이들 작품 중 왕성한 창작력을 보여주고 있는 김만영의 경우는 김일성 사후에 그에 대한 찬양과 추모의 정을 드러내는 찬양시의 전형을 보여주고 있기 때문에 논외로 한다.

/내 어디서 잠자리를 보아도/그 자리도 벌써 그이 보살피시여/찬기운이 말끔히 가셔진 자리/

―시 『끝나지 않은 담화』 중에서

인간을 떠난 천금이/제 아무리 빛난대도/그것은 한갖 돌덩이/인간을 위한 것 이라면/그것이 설사 돌덩이라도 천금이거늘//

이것은 인민을 위한/모든 것 다바치시는/친애하는 그이의 위대한 사색의 총체/위대한 사랑의 결정체//

―시 『인간찬가』 중에서

이 점은 90년대 북한 서사시에서 인물 창조의 경우, 인물의 인간성이나 양심의 문제를 강조하고 있다는 점과도 무관하지 않다. 이전의 서사시에서는 혁명성과 노동계급성을 지닌 인물을 강조했다면 90년대에 접어들면서 강조하는 인물은 인간적인 면모를 지닌 인물이라 할 수 있다.

누구에게나 있더라/그가 평범한 사람이든/아니면 이름난 영웅이든/ 그가 산촌에서 살아가든/화려한 도시에서 살든//

소중하고도 깨끗이 지녔다면/그는 참다운 사람/인간이 인간으로 되게 하는 것 귀중하게 값높이 지니지 못했다면/그가 사람이라도 사람답지 않게 되는 것//

심장이 멎으면/저하나 개인을 잃지만/량심을 버리면/자신도 부모도 온 세상을 버리나니//

그것이더라/누구나 수월히 말하는/인간의 량심/사람마다 참답게 지니기란 헐치 않는 것//

—시『삶은 어디에』서장 중에서

80년대적 숨은 영웅을 형상화하면서도 90년대 접어들어 북한 서사시에서는 '인간이 인간으로 되게 하는 것'이라는 양심과 도덕의 문제를 강조함으로써 혁명 주체에서 인간 주체로의 변모를 적극적으로 강조하고 있다. 이는 김정일에 대한 우상화 전략이 보다 심층적이고 무의식적인 차원으로 옮겨갔음을 의미하는 것이기도 하지만 영웅화를 통한 숭배 전략이 아닌 북한 인민 전체의 심정적 동의와 감화를 통한 지배를 지향한다는 점에서 중요한 변화 기류로 판단된다. 이러한 경향은 총서『향도의 해발을 우러러』를 통해 참다운 인간애의 최고봉인 주체사상을 위해 불철주야 노력하는 김정일의 모습을 형상화하는 데에도 나타난다. 김일성이 혁명을 이끄는 영웅적인 인물의 전형이라면 김정일은 주체사상을 뿌리내리는 인물로 인간적 삶의 조건을 문제삼는 인간 사랑의 화신으로서, 고결한 인간성을 지닌 인물의 전형이라 할 수 있다.

한편 혁명적 투쟁 주체에서 인간적 주체로의 변화는 90년대 북한 서사시의 숨은 영웅들에도 그대로 적용된다. 시『인간찬가』에서는 북단의 마천령 기슭에서 광산의 운광 문제 개선을 위해 노력하는 철삼을 주인공으로 그리고 있다. 철삼은 제대 군인의 강철 같은 모습을 지니고 있으면서도 고생 없이 자란 성수를 이해와 사랑으로 감싸 안는다. 여기에서 철삼은 서로 다른 계급차에서 오는 생활의 차이를 인간적으로 극복해낸다. 또 시『삶은 어디에』에서도 기술 과학자들의 양심을 문제삼으면서 세 친구의 우정과 남녀의 사랑 문제를 그려나가는데, 이들의 갈등은 인간적 신뢰와 이해라는 범주 속에서 사랑으로 해결된다. 인간적 이해와 신뢰를 통한 갈등 극복은 일상적 생활에서 발생하는 갈등을 해결하는 하나의 원리로 자리잡아 가고 있는 듯하다. 이러한 현상은 지도자 김정일의 일상 생활을 마치 숨은 영웅을 형상화하듯이 그려나감으로써 인간적 신뢰를 자아내게 한다는 점에서 90년대 인물 형상의 특징적 경향이라 할 수 있다. 김일성 가계 우상화를 위해 기획되었던 '불멸의 총서'에서 김정일의 지도자적 위상 강화를 위해 기획된 『향도의 해발을 우러러』로의 변화는 인간화 전략을 통해 모든 노동자 대중과 인간적 교류를 계속하면서 인민과 정신적 결속력을 강화하려는 전략적 차원으로 이해된다.

두 번째로 90년대 북한 서사시의 특징적인 면모는 산업화 시대의 과학 기술 문제와 환경 문제에 대한 강조에서 찾아진다. 시『삶은 어디에』의 최민철 지배인은 대형 산소 분리기의 심장부인 열 교환기를 생산해내는 과정에서 발생한 공해 문제로 고민한다. 기술 과학을 발전시키려는 노력과 함께 산업화로 인한 환경 파괴를 최소화하려는 노력은 90년대 북한문학의 중요한 내용이 되고 있다. 시『끝나지 않은 담화』에서는 국토 순례를 통해 아름다운 강산을 지켜 나가고자 하는 결의를 보여준다. 국토에 대한 애정은 도시와 그 밖의 삶의 터전을 그 기능에 맞게 개발하여 아름다운 환경을 지켜 나가자는 결의로 이어진다. 특히 이 시에서는 산업화로 인해 부수적으로 야기되는 환경 파괴를 최소한으로 줄이면서 아름다운 국토를 지켜 나갈 것을 강조한다. 이러한 모습은 시『꽃세상』에서는 자연 보호를 강조하면서 환경 파괴를 노골적으로 거부하고 온 세상을 꽃동산으로 만들고자 하는 소년 백화원을 그리고 있다.

아, 활짝 열린/꽃시대 인민의 꽃시대/아이들의 행복에서/기쁨을 찾으시고/향기도 모으시고/빛깔도 모으시여/영원히 피고/영원히 웃는/나라의 꽃으로/피우셨기에//향기는 진동하여/하늘땅에 넘치고/끝에서 끝까지/내 조국은 백화원//

— 시, 『꽃세상』 중에서

동심의 강조를 통해 인간성을 옹호하고 아름다운 환경을 가꾸려는 모습은 환경 문제가 90년대 북한의 사회적 문제에 있어 중요한 위치를 점유하고 있음을 시사하고 있다. 이러한 인식은 남한 사회에서 90년대 들어 활발하게 전개된 환경 운동과도 연맥되는 것으로 남북문학의 공통 주제의 확보라는 점에서 소중한 의의를 지닌다. 이와 동시에 과학기술 개발을 중시하여 거의 모든 노동 현장에서 기술 개발에 힘쓰는 인물을 그리고 있다. 이러한 현상은 기술 제일주의를 지향하는 일만이 세계적 질서의 재편 속에서 살아 남을 수 있다는 북한의 생존 전략과 맞물려 국가에서 필요로 하는 정책을 작가들이 창작 과정에서 수용한 결과로 볼 수 있다.[14]

세 번째로 90년대 북한 서사시의 특징적인 경향은 서사의 현저한 약화라 할 것이다. 남한 사회의 노동해방운동을 다룬 박산운의 『두더지 고개』를 제외한 여타의 서사시는 김정일의 인간적 면모를 들어내기 위한 장치로서 서사가 의도적으로 설정된 듯하다. 서사의 약화는 기법상으로 다양한 화자의 목소리가 작품 속에서 공존하고 있다는 점과도 관련된다. 기왕의 서사시가 전지적 화자를 통해 작품을 일관된 목소리로 이끌어 간다면 90년대 북한 서사시의 경우 다양한 화자가 이야기를 이끌어 간다. 이러한 현상은 특정의 인물 중심의 서사를 지양하고 작품에 등장하는 인물들 다수에 비중을 두는 민중서사를 지향하고 있음을 말해 준다. 독자들을 작품 속으로 끌어들이는 작품의 개방성은 화자가

---

14) 김재용, 『북한 문학의 역사적 이해』(문학과지성사, 1994), p.307.

서사적 골격을 유지하는 완벽한 서술자에서 독자와 함께 이야기를 완성해 나가는 열린 구조를 보여준다.

독자들은 이미 짐작했으리/나의 이 이야기에/일관된 줄거리가 없는 것처럼/나의 려행길에도/꼭꼭 맞물린 일정이 없는 것을//내 만일 어느 해질 무렵에/ 그대 집앞에 멎어선다면/그날밤의 이야기는/독자인 그대가/ 펼쳐갈 수도 있다는 것을//

—시, 『끝나지 않은 담화』 중에서

그러나 작품의 개방성과 다양한 화자의 공존은 사건의 진행을 지연시킴으로서 서사의 약화를 초래하고 있다. 시 『인간찬가』나 『인민의 아들』에서는 숨은 영웅을 그려나가는 화자와 당의 공식적인 목소리를 내는 또 다른 화자가 장을 달리하면서 이야기를 이끌어 간다. 특히 당의 공식적인 목소리는 "사람에게 귀중한 것은 혁명적 량심입니다/만약 양심없는 사람이 위훈을 떨쳤다면/그것은 개인의 이름을 떨치자는 것입니다/"(『삶은 어디에』 중에서)에서처럼 주로 김정일의 목소리를 통해 드러난다. 대화는 서사시에서 극적 긴장력을 확보하는 수단으로 쓰여져야 하지만 서사의 약화로 인해 극적 긴장력은 없어지고 당의 공식적인 목소리를 일방적으로 전달하는 방식으로 대화가 사용되고 있다. 이러한 면모는 송가적 형식의 강화와도 결부된다. 김정일에 대한 송가적 성격의 강조는 "친애하는 지도자동지께서 쥐여주신/이 붓을 더 억세게 틀어잡고/조국 편답의 먼길을 떠나겠습니다/"(시 『끝나지 않은 담화』)에서 알 수 있듯이 서사시가 당의 공식적인 요구를 노골적으로 드러내는 수단으로 창작되고 있음을 보여준다. 송가적 성격의 강조와 서사의 약화는 북한 서사시가 역사적 위기 상황에서 민족과 민중의 총체적 열망을 담지한 장르로서의 근대 서사시라기보다는 생활의 리얼리티와 문예의 사회적 기능을 강조하는 당문학에 철저히 부합하는 장르가 되고 있음을 말해 준다.

4.

이상에서 90년대 북한 서사시의 특성을 변화된 면을 중심으로 살펴 보았다. 북한 서사시의 경우 초기에는 항일혁명 전통을 강하게 부각시 키며 시문학에서 사회주의 리얼리즘을 성취해 나간 유효한 장르였으 나 점점 그 역사적 의의를 잃어 가면서 당의 공식적인 문예정책을 반 영하는 수단으로 전락한 장르라 할 수 있다. 이것은 북한 시문학사에 서 서사시 논의가 거의 이루어지지 않았다는 사실에서도 알 수 있다. 북한 서사시는 남한 서사시와 비교할 때 양적으로는 엄청난 우위를 차 지하고 있지만 그 질에 있어서는 커다란 성과를 보이지 못하고 찬양의 송가적 형식만이 강조되고 있다. 송가적 서사시의 성격을 띠고 있는 90년대 북한 서사시는 문학적 공감대나 국민적 공감대 없이 창작되고 있다는 점에서 문제점을 내포하고 있다. 북한의 서사시 형태가 서사시 와 서정서사시, 담시 등으로 분화되어 나간 것도 서사시가 그 역사적 의의를 제대로 확보해 나가지 못한 데서 비롯되었다고 볼 수 있다. 사 실 서정서사시나 담시의 경우 서사시와의 변별점은 작품의 길이에 있 을 뿐, 내용상의 차이는 없다고 하겠다. 따라서 북한 서사시는 시대의 변화에 능동적으로 대처해 나간 장르라기보다는 당의 공식적인 목소 리를 대변하는 찬양, 고무의 도구로서의 역할을 해왔다고 볼 수 있다. 90년대 북한의 서사시는 서사의 급격한 와해와 송가적 서사시라는 특 징과 함께 김정일의 인간적 면모를 부각시키는 수단으로 사용되고 있 음을 알 수 있다. 그러나 문학 장르는 변화하는 현실에 따라 그 역사적 의미도 새롭게 조망될 필요가 있다는 점을 고려한다면 한국 서사시의 큰 흐름에서 현대 북한의 서사시는 잠정적으로나마 다음과 같이 평가될 수 있다.

우선 개인의 삶을 공동체적 삶의 양태로 끌어올리려는 집단성을 기초로 하는 북한 서사시는 계몽적 성격에 놓여 있다고 할 수 있다. 한국 서사시는 서구의 서사시 개념과는 달리 시문학의 한 하위 범주로 개발된 형식이며, 집단의 운명을 상징하는 영웅의 이야기가 중심에 놓이기보다는 구체적인 개인의 이야기라는 점, 객관적 사실의 주관적 표현에 가깝고 과거의 사실만이 아니라 현재의 사실까지 포함하고 있다는 특징을 보인다.[15] 이러한 특징적인 면은 북한의 서사시에도 그대로 적용될 수 있다. 북한 서사시는 고전 영웅서사시와는 달리 반제·반봉건의 민족적이면서도 민중적 저항 의지를 표출하는 데 유효한 장르로 출발하여 지속적으로 창작되면서 현실의 문제를 수용하려는 형식적 실험을 계속하고 있는 미완의 장르라 하겠다. 이와 함께 북한문학이 당의 공식적인 입장을 수용하는 가운데 창작되는 당문학의 성격을 띠고 있다는 점을 고려하여야 한다. 시문학 일반이 보여주는 공식적 목소리를 보다 충실하게 수용할 수 있는 장르가 서사시라는 점에서 당 정책의 수용이라는 면에서 서사시의 우세가 두드러진다고 할 수 있을 것이다. 북한문학이 항일혁명 전통에서 비롯되었고 이러한 항일혁명문학을 서사시가 탁월하게 묘파했다는 점은 북한 현대 서사시의 의의로 인정할 수 있다. 그러나 점차 당문학으로서의 기능에 충실하다 보니 서사시 본연의 특징을 살리지 못하는 한계를 드러내고 말았다. 90년대 북한 서사시의 운명은 이 지점에서 표류하고 있다.

90년대에 접어들면서 북한 서사시는 과거의 문제보다는 현재의 문

---

15) 홍기삼, 「한국 서사시의 실제와 가능성」, 『문학사상』(1975, 통권30호).

제를 숨은 영웅을 중심으로 형상화하고 있다. 그러면서 세습 체제 유지를 위해 김정일의 인간적 면모를 강조함과 동시에 환경 문제, 과학 기술 문제를 중요한 사회적 문제로 부각시키고 있다. 이것은 북한의 당 정책 변화가 문학에 미친 변화라 할 수 있다.

그러나 이러한 90년대적 변화를 좀더 예의 주시해 보면 전체주의 사회가 지닌 집단성 우위의 당위론적 문학정책하에서 90년대 북한의 서사시는 상당 부분 개인적 개성을 드러내는 특징을 보여준다. 이 점에서 90년대 북한 서사시는 민중서사시로서의 가능성도 내포하고 있다고 할 것이다. 개성의 중시는 자연스럽게 인간에 대한 다양한 이해로 이어질 것이며, 이러한 풍요로운 인간 이해는 경직된 북한 사회에 탄력성을 부여하는 빌미를 제공할 수 있다는 점에서 중요한 의의를 지닌다. 물론 북한의 변화가 어떤 행로를 거치게 될지는 다분히 추측에 불과하지만 문학이 계몽과 교화의 수단으로 사용되는 북한 사회의 현실을 감안할 때, 당분간 북한문학은 우리식 사회주의를 고무하고 김정일 체제를 공고히 하려는 입장을 표방하면서 변화하는 현실상을 반영하는 수준에 머무를 듯하다. 그러나 분명한 것은 인간 개성에 대한 강조는 혁명 주체에서 인간 주체로의 이행을 통해 다양한 목소리를 수용하려는 북한 사회의 포용의 자세를 반영하는 것은 분명해 보인다. 90년대 북한 서사시는 이러한 흐름의 중심에 놓여 있다고 하겠다.